suhrkamp taschenbuch 947

Jean-Marie Villiers de l'Isle-Adam (1838–1889) ist vor allem als Verfasser der *Contes Cruels* bekannt geblieben. Nach dem Vorbild Poes schuf Villiers mit diesen sprachlich ausgefeilten, kurzen »grausamen Geschichten« die ersten wirklich modernen Horrorgeschichten. Mit dem Roman *L'Eve future* (1886) wurde Villiers zu einem Ahnen der Science-fiction-Literatur.

Lord Ewald hat das Unglück, sich unsterblich in eine Frau zu verlieben, die ebenso schön wie geistlos und vulgär ist. In dieser Lage stellt sich Thomas Alva Edison, der berühmte Erfinder, als Retter ein und konstruiert einen Automaten, eine »Androide«, die alle Anforderungen in schönster Weise erfüllt. Sie ist ein durch und durch künstliches Wesen und kann damit auch idealer sein als jede natürliche Frau.

Villiers de l'Isle-Adam, der bis dahin zur Technik eine spöttische Haltung eingenommen hatte, schildert hier erstmals die Technik nicht als gefährlichen und dummen Irrweg, sondern als Mittel zur Befreiung des Menschen und zur Gestaltung einer harmonischen Zukunft. Aber seine Haltung bleibt zwiespältig, in die Bewunderung mischt sich das Grauen, und trotz eingehender chemisch-physikalischer und elektrotechnischer Beschreibungen bleibt das Wunderbare, Unerklärliche und damit Märchenhafte und auch Grauenvolle der Schöpfung.

Jean-Marie Villiers de l'Isle-Adam
Die Eva der Zukunft

Deutsch von Annette Kolb
Mit einem Nachwort von
Peter Gendolla

Phantastische Bibliothek
Band 108

Suhrkamp

Redaktion und Beratung: Franz Rottensteiner
L'Eve future erschien 1886 in Paris. Der Verlag von Hans von Weber,
München, veröffentlichte die Übersetzung von Annette Kolb 1909
unter dem Titel *Edisons Weib der Zukunft*.
Für die vorliegende Taschenbuchausgabe wurde die Übersetzung
leicht revidiert.
Umschlagzeichnung von Tom Breuer

suhrkamp taschenbuch 947
Erste Auflage 1984
Copyright der deutschen Übersetzung
Verlag von Hans von Weber, München 1909
© des Nachworts Suhrkamp Verlag Frankfurt am Main 1984
Alle Rechte vorbehalten durch Suhrkamp Verlag, Frankfurt am Main,
insbesondere das des öffentlichen Vortrags, der Übertragung
durch Rundfunk und Fernsehen, auch einzelner Teile.
Suhrkamp Taschenbuch Verlag
Satz: Philipp Hümmer, Waldbüttelbrunn
Druck: Ebner Ulm · Printed in Germany
Umschlag nach Entwürfen von
Willy Fleckhaus und Rolf Staudt

1 2 3 4 5 6 – 89 88 87 86 85 84

Die Eva der Zukunft

Ein Wort an den Leser

Es scheint mir durchaus notwendig, einem Mißverständnis vorzubeugen, das betreffs des Helden dieses Buches entstehen könnte.

Jedermann weiß heute, daß ein weltberühmter amerikanischer Erfinder: Herr Edison, seit ungefähr 15 Jahren eine Menge ebenso merkwürdiger wie zweckmäßiger Dinge erfand; – unter anderen das Telephon, den Phonographen, das Mikrophon – und diese wundervollen elektrischen Lampen, die heute auf der ganzen Erde verbreitet sind; – von hundert anderen Wunderdingen nicht zu reden.

Um diesen großen amerikanischen Staatsbürger hat sich denn auch schon in der Einbildungskraft mancher Leute eine *Legende* gebildet. Man überbot sich förmlich im Ausdenken phantastischer Beinamen: der Magier des Westens, der Zauberer von Menlo Park, der Vater des Phonographen usw. usw. Ein sehr berechtigter Enthusiasmus hat ihm eine Art geheimnisvollen Vorrechtes, oder wie man es sonst nennen soll, zuerkannt.

Gehört demnach der *Held* dieser Legende nicht schon zu Lebzeiten des Mannes, der sie ins Leben rief, der Weltliteratur an?

Mit anderen Worten: Wenn der Doktor Johannes Faust als Zeitgenosse Johann Wolfgang von Goethes zu seiner symbolischen Sage Anlaß gegeben hätte, wäre der »Faust« nicht trotzdem mit vollem Rechte geschrieben worden? So mußten denn der Edison des vorliegenden Buches, sein Charakter, sein Rahmen, seine Sprechweise und seine Theorien von dem wirklichen Edison ziemlich abweichen.

Es ist also wohl festgestellt, daß ich eine moderne Legende zugunsten des metaphysisch-künstlerischen Vorwurfs ausbeute, dessen Gedanken ich faßte; kurz, daß der Held dieses Buches vor allem der »Zauberer von Menlo Park« usw. ist, – und nicht Herr Edison, unser Zeitgenosse.

Weiter habe ich keinen Vorbehalt kund zu tun.

Villiers de l'Isle-Adam

Erstes Buch
Herr Edison

I. Menlo Park

> Der regelmäßig angelegte Garten glich einer schönen Frau,
> Die wonnig hingestreckt und mit geschlossenen Wimpern
> Unter freiem Himmel schlummernd liegt.
> Die blauen Beete reinlich eingezäunt
> Von einem Kreise sonniger Blumen,
> Ihr schillernder Schmelz, die runden Tropfen funkelnden Taus
> Die an den azurnen Blättern hingen,
> Blinkten wie Sterne durch das Blau der Nacht.
>
> *Fletcher*

Fünfundzwanzig Meilen von New York entfernt, inmitten eines Netzes elektrischer Leitungen, erhebt sich ein von weiten, einsamen Gärten umgebenes Haus. Die Front gebietet über einen schönen Rasenplatz, der von sandbestreuten Alleen durchkreuzt ist und sich bis zu einem pavillonartigen Gebäude hinzieht. Dieser Pavillon ist im Süden und Westen von einer Reihe sehr alter hoher Bäume beschattet. Hier steht die Nr. 1 des Besitztums von Menlo Park. – Hier wohnt Thomas Alva Edison, der Mann, der das Echo gefangennahm.

Edison ist ein Mann von zweiundvierzig Jahren. Unlängst hatte er noch eine frappante Ähnlichkeit mit einem berühmten Franzosen: Gustave Doré. Es war fast das Gesicht des Künstlers in das eines Gelehrten *transponiert*. Verwandte Talente in verschiedener Verwertung. Geheimnisvoll verschwistert. Von ihren beiden Photographien – zusammen unter das Stereoskop gehalten – läßt sich der geistige Eindruck dahin formulieren: daß gewisse Exemplare edler Rassen nur in verschiedenartigen Prägungen erschöpfend zur Äußerung gelangen. – Was Edisons Züge anbelangt, so sind sie, mit alten Abdrücken verglichen, die leibhaftige Reproduktion der syrakusischen Medaille des Archimedes.

An einem Herbstabend also dieser letzten Jahre, gegen 5 Uhr, geschah's, daß dieser Erfinder so zahlreicher Wunderdinge, dieser selbst fast taube Zauberer des Ohrs (der wie ein Beethoven der Wissenschaft jenes fast unmerkbare Instrument erschuf, welches, an das Ohr hingehalten, die Taubheit nicht nur vernichtet, sondern einen noch geschärfteren Gehörsinn entwickelt), kurz daß sich dieser Edison in das Innerste eines Privatlaboratoriums, eben jenen Pavillon nämlich, der abseits des Schlosses stand, zurückgezogen hatte.

Seine fünf Gehilfen, die Leiter seiner Werkstätten, geschickte, treue und geschulte Arbeiter, die er fürstlich belohnt, und deren Verschwiegenheit ihm sicher ist, hatte der Ingenieur an diesem Abend verabschiedet. In seinem amerikanischen Lehnstuhl saß er nun mit aufgestützten Ellbogen, allein, die Havanna zwischen den Zähnen (er, der sonst so wenig rauchte, weil der Tabak mächtige Pläne leicht in Träumerei zerfließen läßt); von seinem bereits sagenhaft gewordenen Gewand umhüllt, dem schwarzseidenen mit den bläulich-violetten Quasten, sah er starren und zerstreuten Auges vor sich hin und schien in tiefster Betrachtung verloren.

Zu seiner Rechten ließ ein weitgeöffnetes, nach Westen gelegenes Fenster die Luft auf das große Pandaemonium einströmen und wehrte dem Lichte nicht, das alle Dinge mit rötlich goldenem Scheine umfloß.

Die Tische waren übersät mit allerlei Instrumenten, Räderwerken, mit geheimen Mechanismen versehen, elektrischen Apparaten, Teleskopen, Reflektoren, riesengroßen Magneten, beröhrten Retorten, Phiolen mit geheimnisvollen Substanzen, mit Ziffern bedeckten Tafeln.

Fern am Horizonte durchleuchtete die untergehende Sonne mit ihren Strahlen die entlegenen Ahorn- und Tannenwälder auf den Hügeln von New Jersey, und hin und wieder erhellte sie das Gemach blitzartig oder mit purpurnem Schein. Dann glühten von allen Seiten metallene Griffe, kristallene Facetten, Rundungen von Stromsäulen.

Der Wind wehte kühler. Ein Gewitter hatte tagsüber das Gras im Parke durchfeuchtet sowie die schweren duftenden Blumen Asiens, die in ihren grünen Kästen vor dem Fenster blühten. An den Balken zwischen den Zugrollen hingen getrocknete Pflanzen, die, von der Temperatur wie neu belebt, gleichsam die Erinnerung ihres einstigen duftenden Seins in den Wäldern enthauchten. Unter der Wirkung dieser Atmosphäre ermattete das sonst so gewaltige und lebhafte Denken Edisons, und unbewußt ließ er sich vom Reiz der Dämmerung und Träumerei einfangen.

II. Der Phonographenpapa

> Er ist es! ... O! sagte ich, und machte große Augen in der
> Finsternis: der Sandmann ist's!
>
> *Hoffmann*

Obwohl das Gesicht Edisons mit den ergrauenden Schläfen ein ewig kindliches Etwas beibehält, so bekennt er sich doch zeitweilig zur skeptischen Schule. So verglich er seine Erfindungskunst mit nichts anderem als dem Treiben des Korns.

Kalt und seiner leidensvollen Anfänge eingedenk, hat er das teuer erkaufte Lächeln derjenigen, deren Gegenwart allein den Nächsten schon zu mahnen scheint: »Werde auch du! ich bin geworden.« Positiven Geistes, schätzt er selbst die glaubhaftesten Theorien erst, wenn sie durch Tatsachen beglaubigt sind. Der »Humanitarier« in ihm ist auf seine Arbeit stolzer als auf sein Genie. Scharfsinnigen Geistes verliert er dennoch den Mut, wenn er Vergleiche anstellt, da er sich nicht für unfehlbar halten kann. Es ist seine Manie – und eine gewisse Eitelkeit ist ja dabei im Spiel – sich einen Ignoranten zu nennen.

Daher die Schlichtheit in seinem Umgang und der Schein einer etwas barschen, bisweilen sogar burschikosen Offenheit, mit welcher er die eisige Unnahbarkeit seiner Gedankenwelt verbirgt. Der Mann von erwiesenem Genie, welcher die Ehre hatte, arm gewesen zu sein, pflegt mit einem einzigen Blick den einzuschätzen, der ihm in den Weg kommt. Er weiß auf das Karat genau die heimlichen Triebfedern der Bewunderung zu erkennen, ihre Ehrlichkeit und Qualität haarklein zu durchschauen, den Grad ihrer Aufrichtigkeit bis auf die kleinsten Approximationen zu unterscheiden. Und dies alles, ohne daß der andere sich dessen je bewußt wird.

Da er zur Genüge bewies, mit welch erfindungsreichem Verstande er ausgestattet ist, glaubt sich der große Meister das Recht des Spottes erworben zu haben, und sei es sich selbst und seinen geheimsten Meditationen gegenüber. Wie die Schneide eines Messers am Stein geschärft wird, so schärft er seinen wissenschaftlichen Geist an harten Sarkasmen, deren Funken auf seine eigenen Entdeckungen zurückfliegen. Kurz, er scheint dann auf seine eigenen Truppen zielen zu wollen. Aber es sind meist nur blinde Schüsse, der Abhärtung halber. So war denn an diesem Abend Edison freiwillig dem Zauber des schönen Augenblickes hingegeben: in der

Laune, sich eine Erholung zu gestatten, genoß er den vorzüglichen Duft seiner Havanna, ohne sich dem Reiz der Stunde und der Einsamkeit zu entziehen, der holden Einsamkeit, die nur die Toren nicht lieben.

Wie ein einfacher Sterblicher überließ er sich sogar – um auszuruhen – allerlei seltsamen und fantastischen Gedanken.

III. Die Wehklagen Edisons

> Wer seiner Trauer nachgibt, setzt seinen eigenen Wert herab.
> *Spinoza*

Er sprach mit leiser Stimme zu sich selbst: – Ach wie spät bin ich geboren! – Wäre ich doch einer der Frühesten meines Geschlechts! ... Große Worte stünden heute im Urtext auf den Platten meiner Walze eingegraben, deren unerhörte Vervollkommnung schon heute es ermöglicht, entfernte Schallwellen aufzuhalten! ... Und diese Worte, sie wären mit der Stimme, dem Tonfall, dem Akzent, ja selbst mit den Unvollkommenheiten der Vortragsweise des Sprechenden bewahrt.

Ohne gerade das galvanoplastische Klischee des »Fiat Lux« anzustreben – ein Ausspruch, der 72 Jahrhunderte zurückgehen soll (und übrigens, ob erwiesen oder nicht, aufgrund seines zeitlich unbestimmbaren Geschehens, dem Phonographen entzogen geblieben wäre), würde es mir vielleicht möglich gewesen sein, – etwa kurz nach dem Tode Liliths und während Adams Witwerschaft – in einem Gebüsch des Paradieses versteckt, jenes erhabene Selbstgespräch aufzufangen und zu verzeichnen: – »Es ist nicht gut, daß der Mensch allein sei« – dann das »Eritis sicut deus«, das »Wachset und vermehret Euch!« ... endlich das düstere Quodlibet des Elohim: Nun ist Adam wie einer der Unseren geworden... Und später, nachdem das Geheimnis meiner vibrierenden Platte sich verbreitet hätte, welche Freude wäre es für meine Nachfolger gewesen zur Zeit der Antike, zum Beispiel das berühmte »Quos ego!« zu phonographieren, die Orakel von Dodona, – die Gesänge der Sybillen? Alle wichtigen Aussagen der Menschen und der Götter wären durch alle Zeiten hindurch auf unzerstörbare Weise in diesen ehernen Tonarchiven bewahrt geblieben: und alle ferneren Zweifel an ihre Authentizität unmöglich gemacht.

Ja selbst unter den *Geräuschen* der Vergangenheit, wie viele Laute sind da von unseren Ahnen vernommen worden, und in Ermangelung eines geeigneten Apparates auf ewig dem Nichts anheimgefallen? ... Wer könnte sich in der Tat heutzutage einen genauen Begriff machen, wie zum Beispiel die Trompeten von Jericho tönten ... oder das Gebrüll des Stiers von Phalaris? ... das Lachen der Aguren ... das Seufzen der Memnons-Säule bei Tagesanbruch? ...

Tote Stimmen, verlorene Klänge, vergessene Laute, in das Nichts versinkende Vibrationen, nunmehr zu weit entrückt, um eingeholt zu werden! ... Welcher Pfeil könnte diese flüchtigen Vögel erreichen?

Nachlässig drückte Edison auf einen an der Mauer im Bereich seiner Hand angebrachten Porzellanknopf. Zehn Schritte von seinem Lehnstuhl brach aus einer faradischen Säule ein blendend blauer Strahl, stark genug, ein paar Elefanten zu erschlagen. Er durchdrang mit seinem Blitz einen kristallenen Block – und erlosch in demselben hunderttausendsten Bruchteil einer Sekunde.

Ja, dachte der große Mechaniker besonnen weiter, wohl habe ich den Funken, der dem Laute ist, was der Schildkröte ihr unverletzlicher Panzer. Den Vibrationen, die von der Erde ausgingen, könnte er fünfzig Jahrhunderte und mehr in den Abgründen, in welchen sie versanken, Vorsprung lassen! ... Allein auf welchem Drahte, auf welchen Spuren könnte dieser Funke sie erreichen? ... Und selbst wenn sie eingeholt würden, wie sie zurückgewinnen und dem Ohr erobern? ... Vorläufig muß das Problem wohl als unlösbar gelten.

Edison streifte melancholisch mit der Spitze seines kleinen Fingers die Asche seiner Zigarre ab. Nach einer Pause des Stillschweigens erhob er sich lächelnd und begann in seinem Laboratorium auf und ab zu gehen.

– Und denken, daß nach einer Lücke von sechstausend und etlichen Jahren, die meinem Phonographen so nachteilig sein mußte, das Erscheinen meines ersten Versuches mit faulen, der menschlichen Gedankenlosigkeit entsprossenen Witzen begrüßt wurde ... »Kinderpossen!« murmelte die Menge. Zwar weiß ich wohl, daß, wo sie überrumpelt wird, ein paar Witze ihr zur unentbehrlichen Erleichterung werden, und ihr Zeit geben sich zu sammeln ... An ihrer Stelle hätte ich mich aber doch wenigstens bemüht, wenn es nicht ohne Witz hergehen durfte – etwas weniger geringhaltige auszudenken, als die ganz untergeordneten Kalauer, welche sie sich nicht scheute, uns zu widmen.

So hätte ich lieber getadelt, daß der Phonograph sich unfähig erwies, an Geräuschen das Geräusch ... vom Sturz des römischen Reiches festzuhalten ... der umlaufenden Gerüchte, ... des eloquenten Schweigens ... und betreffs der Stimmen, daß er die Stimme des Gewissens nicht ertönen lassen kann, ... noch die des Blutes, ... noch all die wundervollen Aussprüche, die man den großen Männern *zuschreibt*, noch den Schwanengesang, ... noch das Echo der unausgesprochenen Gedanken ... oder der Milchstraße? Ah – ich gehe zu weit. Allein ich fühle wohl, daß ich, um meinen Zeitgenossen zu behagen, ein Instrument erfinden muß, das wiederholt, bevor noch etwas gesagt wurde, – oder das, wenn der Experimentator ihm zuflüstert: »Guten Tag« antwortet: »Danke gut, und Ihnen?« Oder das, wenn im Auditorium einer niest, ihm zuruft: »Gesundheit!«

Die Menschen sind doch erstaunlich.

Ich gebe ja zu, daß die Stimme meiner ersten Phonographen in der Tat stark an die Sprechweise des Hanswurstes erinnerte, wenn er im Theater die Stimme des Gewissens mimt, aber man konnte doch warten, zum Teufel auch! bevor man so schnell aburteilte, bis der Fortschritt ihn zu dem machte, was im Verhältnis zu den ersten Platten von Nicéphore, Niepce und Daguerre die heutigen Farbphotographien und Heliotypen sind.

Nun denn, da uns gegenüber diese Monomanie des Zweifels unverbesserlich scheint, so werde ich bis auf weiteres die überraschende absolute Vervollkommnung geheimhalten, die ich entdeckte! ... und die hier unter dem Boden liegt! – fügte Edison hinzu, indem er leicht mit dem Fuße stampfte. – So werde ich zu dem Zwecke für fünf bis sechs Millionen alte Phonographen vernichten, und da schon einmal gelacht werden soll ... werde ich zuletzt lachen.

Er hielt inne, dachte einen Augenblick nach, dann schloß er achselzuckend: an der menschlichen Torheit ist schließlich immer etwas Gutes. – Genug der müßigen Scherze.

Plötzlich ein helles Geflüster, die Stimme einer jungen Frau, die ihm ganz leise zuraunte:

Edison?

IV. Sowana

> Wie sollten wir uns über etwas wundern?
> *Die Stoiker*

Allein nicht einmal ein Schatten war zugegen.
 Edison fuhr auf.
 Sind Sie es, Sowana, fragte er mit lauter Stimme.
 Ja. – Heute abend sehne ich mich nach dem schönen Schlaf! Ich nahm den Ring: er steckt mir am Finger. Sie brauchen nicht laut zu sprechen: ich bin neben Ihnen – und seit einigen Minuten höre ich Sie mit Worten spielen wie ein Kind.
 Und wo weilen Sie dem Körper nach?
 Auf den Fellen ausgestreckt, hinter dem unterirdischen Vogelhain. Hadaly scheint zu schlummern. Ich gab ihr die Pastillen und ihr klares Wasser, so daß sie wieder ganz ... belebt ist.
 Die bei den letzten Worten scherzhaft klingende Stimme des unsichtbaren Wesens, das Edison Sowana genannt hatte, fuhr in einer Rosette der bläulichen Vorhänge leise zu rauschen fort. Diese Rosette bildete in Wirklichkeit eine tönende Platte und bebte unter einem fernen Geflüster, das ihr durch Elektrizität zugetragen wurde: es war eine jener neuen, eben erst erfundenen Verdichtungspressen, welche die Silbenaussprache und den Tonfall der Stimme deutlich übertragen.
 – Sagen Sie, Mrs. Anderson, nahm Edison, nachdem er einen Augenblick nachgedacht hatte, das Wort, glauben Sie, daß Sie jetzt hören würden, was eine dritte Person hier zu mir sagte?
 – Ja, wenn Sie es dann selbst, leise und zwischen den Zähnen nach und nach wiederholten; der verschiedene Stimmlaut in Ihren Antworten ließe mich den Dialog unterscheiden. – Sie sehen: ich gleiche ein wenig den Geistern des Ringes im Märchen aus Tausendundeiner Nacht.
 – Sie glauben also, wenn ich Sie bäte, die telephonische Leitung, die Sie jetzt mit mir verbindet, *auf die Person* unserer jungen Freundin zu übertragen, daß dann das Wunder, das wir meinen, sich ereignen würde?
 – Ohne jeden Zweifel. Es hat hiermit ein Wunderwerk idealster Erfindung eine ganz natürliche Verwirklichung gefunden. Damit ich *Sie* höre in dem wunderbar zwiespältigen Zustand, in dem ich mich befinde, ganz durchtränkt von dem lebendigen Fluidum, das

in Ihrem Ringe konzentriert ist, brauchen Sie kein Telephon; aber damit Sie mich hören, so gut wie irgendeinen Ihrer Besucher, muß da nicht das Telephon, an dessen Mündung ich mich befinde, mit einer Tonplatte, so verborgen sie auch sei, verbunden werden?

Mrs. Anderson, ich möchte wissen ...

Nennen Sie mich bei dem Namen meines Schlafes. *Hier* bin ich nicht mehr nur ich selbst. *Hier* vergesse – und leide ich nicht mehr. Der andere Name gemahnt mich an die schreckliche Welt, an die ich noch gefesselt bin.

— Sowana, nicht wahr, Sie sind Hadalys ganz sicher?

— O! Sie haben mich richtig über sie belehrt, und ich habe sie so gut studiert, Ihre schöne Hadaly, daß ich für sie bürge ... wie für mein eigenes Spiegelbild. Ich bin lieber in diesem »Lebenskinde« als in mir selbst. Welch herrliches Wesen! Sie erhält ihre Existenz von dem erhöhten Zustand, der mir jetzt zuteil geworden ist: sie ist durchdrungen von unseren beiden Willenskräften, die in ihr eins geworden sind. Sie ist nicht Bewußtsein; sie ist Geist! – Wenn sie zu mir sagt: »ich bin ein Schatten«, so fühle ich mich ergriffen: – Ah! – ich hatte soeben die Vorahnung, daß sie sich verkörpern wird! ...

Eine leichte Bewegung der Nachdenklichkeit und des Erstaunens, dann:

Gut. Schlafen Sie, Sowana! ... antwortete leise der Meister. –

Ach! es bedarf leider eines dritten Lebenden, wenn die große Tat gelingen soll! ... und wer auf Erden dürfte es wagen, sich ihrer wert zu erachten!

Warten Sie, heute abend werde ich bereit sein! Ein Funke und Hadaly wird erscheinen ... sagte die Stimme im Tone eines im Schlafe versinkenden Wesens.

Es folgte auf dies ebenso seltsame, wie unerklärliche Gespräch ein Augenblick geheimnisvollen Schweigens.

Wahrhaftig, murmelte Edison, obwohl ich an das Phänomen gewöhnt bin, kann ich mich eines schwindeligen Gefühles nicht ganz erwehren. Und statt es zu ergründen, ziehe ich entschieden vor, erneut an all die ... unerhörten Worte zu denken, deren Laut die Menschheit niemals wird bestimmen können, da der Phonograph vor mir nicht entdeckt wurde.

Was bedeutete wohl der plötzliche Leichtsinn, mit welchem der große Ingenieur das merkwürdige Geheimnis abzufertigen schien, von dem eben die Rede war?

Aber dies gehört ja gerade zu den Eigenheiten genialer Menschen. Oft ist es, als suchten sie sich selbst ihrer wahren Denkungsart zu entschlagen: nur im Moment, wo diese gleichsam aufflammend klar hervortritt, erkennt man, daß sie ihre Gründe hatten, selbst in der Einsamkeit hin und wieder zerstreut zu *scheinen.*

V. Resumé des Selbstgespräches

Wirst du schweigen, furchtbare Stimme der Lebendigen?
Conte de Lisle

Es scheint, daß besonders im Reiche des Mystischen, fuhr er fort, versäumte Gelegenheiten unwiederbringlich sind. O der erste Schall, der den ganzen Wortlaut der Messianischen Botschaft in sich faßte! der himmlische Klang des Englischen Grußes, durch die Jahrhunderte hin im Angelus weitergetragen! die Bergpredigt! das »Sei gegrüßt Meister!« (Saleïn, sabboni, wenn ich nicht irre) am Ölberg – und der Laut des Judaskusses –, das Ecce Homo des verhängnisvollen Statthalters. Und die Gerichtsverhandlung vor dem Hohen Priester! ... der ganze Prozeß, mit einem Worte, der in unseren Tagen eine so verständige Revision durch den Präsidenten der französischen Assemblée, Dupin, erfuhr: in einem ebenso beredten wie opportunen Buch weist der berühmte und scharfsinnige Advokat mit großer Gelehrsamkeit all die vom rein juristischen Standpunkt der damaligen Zeit begangenen Rechtsfehler, Unterlassungen, Versehen, Unüberlegtheiten und Nachlässigkeiten nach, deren Pontius Pilatus, Kaiphas und der ungestüme Herodes Antipas sich im Laufe des Verfahrens schuldig gemacht haben. –

Edison hielt inne und dachte schweigend einige Augenblicke nach.

Merkwürdigerweise, fuhr er dann fort, scheint der Messias auf die äußeren Faktoren des Wortes und der Schrift geringen Wert gelegt zu haben. Er schrieb nur ein einziges Mal – und da nur auf Sand. Gewiß schätzte er in den Schwingungen des gesprochenen Wortes nur jenes unfaßlich *Jenseitige*, die vom Glauben begeisterte magnetische Kraft, welche ein Wort im Augenblick, wo es gesprochen wird, durchdringen kann. Wer weiß, ob das andere nicht vielleicht von geringer wirklicher Bedeutung ist? ... Soviel ist sicher, daß er den *Druck* seines Evangeliums zuließ, nicht aber, daß es *phonographiert* würde. Und dennoch: man hätte dann gesagt statt: »Leset die heiligen Schriften!« »Vernehmet den Klang des göttlichen Wortes!« Nun ja, es ist zu spät ...

Die Schritte des Erfinders hallten auf den Dielen: die Dämmerung ringsumher vertiefte sich.

Was habe ich heutigentags zu phonographieren? klagte er; es ist doch wirklich, als hätte das Schicksal erst dann meiner Erfindung hervorzutreten gestattet, als nichts mehr von dem, was die Menschen sagen, besonders verdient, daß man es aufbewahre ...

Nun, gleichviel. Laßt uns weiter erfinden; nur immerzu erfinden, erfinden! Was kommt auf den Klang einer Stimme an, auf den Mund, der spricht, das Jahrhundert, die Minute, in der dieser oder jener Gedanke sich offenbarte, da von Jahrhundert zu Jahrhundert jeder Gedanke nur subjektiv vorhanden ist? Die, welche nie zu *lesen* wissen werden, hätten die je *gehört*? ... Nicht den Laut, sondern das *innere Motiv* seiner Schwingungen zu erfassen, das ist das Wichtigste.

VI. Geheimnisvolle Gründe

> Wer Ohren hat, der höre.
> *Neues Testament*

Während Edison so vor sich hinsprach, steckte er sich gemächlich eine zweite Zigarre an.

Man darf sich also das Unheil nicht größer vorstellen, als es ist, meinte er, während er in der Dunkelheit rauchend auf und nieder ging.

Wenn es in Wahrheit bedauerlich ist, daß der authentische und originale Tonlaut berühmter Aussprüche durch den Phonographen nicht aufbewahrt wurde, so sehe ich bei näherer Betrachtung ein, daß es ad absurdum führen würde, wollte man dabei auch die rätselhaften oder geheimnisvollen Geräusche mit einbeziehen, an die ich vorhin dachte.

Denn nicht *sie* sind entschwunden, sondern das tiefe Wirkungsvermögen, das ihnen verliehen war in und durch das sie vernehmende Gehör der Alten, das allein jene Geräusche ihrer objektiven Belanglosigkeit enthob. Weder jetzt noch ehemals wäre es mir also möglich gewesen, Geräusche genau festzustellen, deren *Realität* vom Hörer abhängt.

Viel interessanter wäre es gewesen, jene Geräusche *damals* festzuhalten, als sie noch geheimnisvoll waren, und das Geheimnisvolle einem Apparate gefügig zu machen und es so für die Jahrtausende zu erhalten ... Aber – was sage ich da wieder? unterbrach sich Edison plötzlich: – ich vergesse, daß eine Wechselwirkung die hauptsächliche Bedingung jeder Wirklichkeit ist, so daß sich im Grunde behaupten läßt, die Mauern der Stadt Jericho hätten allein den Klang der Trompeten Josuas gehört, da sie allein dazu berufen waren, daß aber weder das Heer Israels, noch die Belagerten in jenem Klang etwas Abnormes vernahmen: so daß sich schließlich herausstellt, daß eigentlich *kein Mensch sie jemals gehört hat.*

Wenn ich aber – um einen Vergleich anzustellen – die Gioconda des Leonardo da Vinci zum Beispiel – vor die Augen eines Kaffern – oder auch gewisser Philister jeder Nationalität – stellte, würde ich sie je dazu bringen, *das* zu sehen, was sie anschauen, wenn auch die Vergrößerungsgläser und Linsen, mit welchen ich die Sehkraft dieser Barbaren schärfen würde, noch so ausgezeichnet wären?

Woraus ich schließe, daß es mit den Geräuschen wie mit den Stimmen, und mit den Stimmen wie mit den Zeichen ist – und daß keiner befugt ist, Klagen anzustellen. – Wenn es übrigens in unseren Tagen keine übernatürlichen Geräusche mehr gibt, so kann ich dafür ziemlich merkwürdige registrieren, wie das einer Lawine, des Niagara, der Börse, eines Vulkanausbruches, einer Riesenkanone, eines Sturmes, einer Menschenmenge, des Donners, des Windes, des Meeres, einer Schlacht usw. Hier fuhr ihm ein neuer Gedanke dazwischen.

Wahr ist ja, schloß er melancholisch, daß mein Ärophon allein schon heute all das Getöse beherrscht, dessen wohl erwiesene Zufälligkeit fortan keinerlei Interesse mehr bietet.

Und wie gesagt: der Phonograph und ich, wir sind eben beide zu spät auf die Welt gekommen: eine Erwägung, die so entmutigend ist, daß, wäre ich nicht ein Mensch von außerordentlichem Tatendrang, ich mich ganz einfach wie ein neuer Tityrus im Schatten eines Baumes auf dem Lande draußen niederlassen würde; das Ohr an mein Mikrophon haltend, ließe ich so die Tage vorbeiziehen, indem ich zum Zeitvertreib auf das Wachsen des Grases horchte, und dabei im stillen dächte, ein mutmaßlicher Gott habe mich zu solcher Muße bestimmt.

So weit war Edison in seinen Träumen gelangt, als plötzlich, die Schatten ringsumher aufscheuchend, ein lautes und helles Klingeln erscholl.

VII. Das Telegramm

> Achtung ... es ist ...
> Ich sehe nicht recht ... Herein!
> *Lübner: Das Gespenst*

Edison senkte den Hahn eines Wasserstoffapparates, der ihm näher zur Hand war als die elektrischen Zündapparate, beim Kontakt mit dem Platinschwamm entzündete sich der Gasstrom.

Eine Nachtlampe erstrahlte, und das Riesen-Laboratorium stand plötzlich in heller Beleuchtung.

Edison näherte sich dem Phonographen, dessen Sprachrohr mit einem Telefon verbunden war, und löste das Schraubengewinde der Schalltafel (denn er verschmäht gewöhnlich zu reden, außer mit sich selbst).

Was ist denn? Was gibt es? Wer da? rief Edison ein wenig ungeduldig in den Apparat hinein. Sind Sie es, Martin?

Eine laute Stimme erscholl in der Mitte des Zimmers, obwohl niemand zu sehen war.

Ja, ich bin es, Herr Edison. Ich spreche von New York aus, aus Ihrem Bureau am Broadway, und übermittle Ihnen eine Depesche, die vor zwei Minuten hier für Sie eingelaufen ist. – Die Stimme kam von einem – noch nicht öffentlich bekannten, vervollkommneten Kondensationsapparat – einer Art kantigen Kugel, die an einem Draht vom Plafond herabhing.

Edison blickte nach dem Behälter eines verkleinerten Morseapparates, der auf einem Sockel neben dem Phonographen angebracht war. Ein viereckiges Telegraphenblatt war daran befestigt.

Ein unmerkliches Beben, ein Flüstern wie von ziehenden Geistern bewegte den doppelten Draht der Leitung. Edison streckte die Hand aus, das Papier flog aus der metallnen Höhlung; folgende Worte hatten sich rasch auf dasselbe abgedruckt, und Edison hielt nun die Depesche unter die Lampe.

New York, Broadway, nach Menlo Park Nr. 1.
– 8. 1. 83 4 h 35 m abends. – Thomas Alva Edison, Ingenieur.
Heute angekommen: werde Sie abends besuchen. Herzliche
Glückwünsche.

Lord Ewald

Als er diese Unterschrift las, rief der große Mechaniker mit einem
Ausdruck aufrichtiger und großer Freude: Lord Ewald! – Was, *er?*
... und wieder in Amerika? – Ja er soll kommen, der edle, liebe
Freund!

Und mit einem stillen Lächeln, an dem man schwerlich den Skeptiker von vorhin erkannt hätte:

Nein, ich habe ihn nicht vergessen, den prächtigen Jüngling ...
der mir zu Hilfe kam – es sind nun schon Jahre her – als ich vor
Hunger sterbend auf dem Wege drüben bei Boston zusammenfiel.
Alle waren sie an mir vorbeigegangen und sagten nur: »Der arme
Kerl!« Er aber, dieser gute und liebenswürdige Samariter, war abgestiegen, um mich aufzurichten, und mit einer Hand voll Gold
mir das Leben, die Arbeit zu retten! – So hat er meinen Namen
nicht vergessen? ... Mein ganzes Herz heißt ihn willkommen!
Dank ich ihm nicht den Ruhm – und alles andere!

Edison drückte eilig auf einen elektrischen Knopf in der Tapete.

Von ferne ertönte eine Glocke im Park, in der Nähe des Schlosses.

Alsbald erklang vom Rande eines elfenbeinernen Schemels an
Edisons Seite eine helle Kinderstimme.

Was willst du, Vater? sagte die Stimme.

Edison ergriff das Mundstück eines telephonischen Apparates,
der in der Tapete angebracht war:

Dash! – sagte er, ein Besucher, Lord Ewald, ist heute abend im
Pavillon einzulassen. Er soll empfangen werden, als wenn ich es
selbst wäre ... er ist hier zu Hause.

Schon recht, Vater! sagte dieselbe Stimme, welche nun durch einen Trick der Kondensatoren mitten aus der großen Magnesiumlampe zu sprechen schien.

Falls er hier mit mir zu Abend speist, sage ich es noch. Wartet
nicht auf mich. Seid brav! Gute Nacht.

Ein kindliches, reizendes Lachen erklang diesmal von allen Seiten, als erwiderte, in den Lüften verborgen, ein unsichtbarer Elf
dem Zauberer.

Edison legte mit einem Lächeln das Sprachrohr hin und nahm seine Promenade wieder auf.

Zerstreut warf er das Telegramm auf einen Tisch aus Ebenholz unter die Utensilien, die darauf lagen.

Allein zufällig fiel das Papier auf einen Gegenstand, dessen Anblick höchst seltsam und überraschend war: wie er hierher kam, war unerklärlich.

Der Umstand dieses unvermuteten Zusammentreffens schien Edisons Aufmerksamkeit zu fesseln. Er stutzte nachdenklich.

VIII. Der Träumer berührt einen Gegenstand des Traumes

> Warum nicht?
> *Modernes Motto*

Es war ein menschlicher Arm, der auf einem Kissen von bläulich-violetter Seide ruhte. Nach der Schulter zu schien das Blut zu stokken, kaum, daß einige Blutstropfen auf einem daneben liegenden Battiststreifen von einer eben erfolgten Operation zeugten.

Es war der linke Arm und die linke Hand einer jungen Frau.

Ein emailliertes Goldarmband in Form einer Schlange umspannte das zarte Gelenk: am Ringfinger der bleichen Hand funkelte ein Saphirring. Die ideal schönen Finger hielten einen scheinbar schon mehrfach getragenen perlgrauen Handschuh.

Das Fleisch war von einem so lebendigen Ton, die Haut so rein und samten geblieben, daß der Anblick ebenso grauenhaft wie phantastisch war.

Welch rätselhaftes Leiden mochte diese verzweifelte Amputation erfordert haben? – besonders da ein so gesundes Leben in diesem Prachtstück eines jugendlichen Körpers zu pulsieren schien?

Ein entsetzlicher Gedanke wäre bei diesem Anblick im Geiste eines fremden Zuschauers aufgestiegen. Denn in der Tat: Das große Cottage Menlo Park, dessen verstreute Anbauten ihm das Aussehen eines hinter Bäumen verlorenen Schlosses geben, ist sehr einsam gelegen; Edison aber ist weltbekannt als ein unerschrockener Experimentator, der sich nur erprobten Freunden weichherzig zeigt. Seine Entdeckungen als Ingenieur und auf dem Gebiete der Elektrizität, seine mannigfachen Erfindungen, von welchen man nur die einfacheren kennt, erwecken im allgemeinen den Eindruck eines rätselhaften Positivismus. Er hat Anaesthetica von so starker Wirkung erfunden, daß seine Schmeichler behaupten, daß ein Verdammter, der einige Tropfen davon einnehmen würde, alsbald für die ärgsten Qualen der Hölle unempfindlich würde. Wovor schrickt ein Experimentator zurück, wenn es sich um einen neuen Versuch handelt? vor der Existenz anderer? vor seiner eigenen?

Welcher Mann der Wissenschaft, der würdig dieses Titels ist, dächte nur einen Augenblick ohne Gewissensbisse, ja ohne Schmach an derartige Dinge, wo es sich um eine Entdeckung handelt? Edison gottlob gewiß weniger als irgendeiner.

Die europäische Presse hat nicht unerörtert gelassen, welcher Natur solche Experimente manchmal sind. Ihn aber kümmert nur das großartige Ziel; das andere verdient in seinen Augen nur die Aufmerksamkeit, die etwa ein Philosoph (immer noch zu sehr) reinen Zufälligkeiten zuwendet.

Amerikanischen Blättern zufolge soll Edison das Mittel entdeckt haben, zwei Eisenbahnzüge, die mit größter Geschwindigkeit aufeinander zufahren, plötzlich und ohne jede Schwierigkeit anzuhalten. Er vermochte es, den Direktor eines Eisenbahnnetzes der Western Railway zu bewegen, das neue System alsbald zu erproben, um sich das Patent desselben zu wahren.

In einer schönen Mondnacht lenkten also die Weichensteller auf ein und derselben Linie zwei mit Reisenden angefüllte Züge, die mit einer Geschwindigkeit von 30 Meilen die Stunde aufeinander zuausten.

Die Mechaniker jedoch, die angesichts der plötzlichen Gefahr den Kopf verloren, führten Edisons Anweisungen verkehrt aus: Der aber stand, die Regalia im Munde, auf einer nahen Anhöhe und beobachtete das Phänomen.

Die beiden Züge fuhren wie der Blitz aufeinander und prallten mit furchtbarer Wucht zusammen.

Einige Sekunden, und Hunderte von Opfern lagen nach allen Richtungen erdrückt, verbrannt, zermalmt, Männer, Frauen und Kinder sowie die zwei Mechaniker und Heizer.

Dummköpfe! Idioten! war alles, was der Physiker sagte. Jede andere Leichenrede wäre ja in der Tat überflüssig gewesen. Außerdem gehören sie ja nicht zu seiner Branche. – Seit einiger Zeit wundert sich Edison, daß die Amerikaner davor zurückschrecken, das

Experiment ein zweites Mal zu wagen, und wie er meint, »nötigenfalls auch ein drittes Mal, bis das Verfahren eben gelingt«.

Die Erinnerung an derartige, oftmals wiederholte Versuche hätte, wie wir glauben, in der Seele eines fremden Zeugen einen zu starken Eindruck hinterlassen, um nicht beim Anblick dieses herrlichen, so grauenhaft abgetrennten Armes den Verdacht irgendeines verhängnisvollen Experimentes rege werden zu lassen.

Vor dem Ebenholztische stehend, betrachtete Edison indes den telegraphischen Zettel, der zwischen zwei Finger dieser Hand geglitten war. Er berührte den Arm und erbebte, als durchführe ihn ein plötzlicher Gedanke.

Wie, murmelte er, wenn dies am Ende der Reisende wäre, der Hadaly erwecken soll?

Das Wort »erwecken« sprach der Physiker mit einem ganz merkwürdigen Zögern aus. Einen Augenblick später zuckte er lächelnd die Achsel:

»Nun werde ich gar abergläubisch!«

Er ging am Tische vorüber und setzte seinen Spaziergang fort.

Da er offenbar die Dunkelheit vorzog, löschte er im Vorbeigehen die Nachtlampe.

Draußen schien der Mond über das Tal und ein Strahl glitt geisterhaft zwischen den Wolken durch das offene Fenster auf den schwarzen Tisch.

Der blasse Schein küßte die leblose Hand, schlich am Arme hinauf, und ließ die Augen der goldenen Viper aufleuchten; der blaue Ring erglänzte ...

Dann fiel alles in Finsternis zurück.

IX. RÜCKBLICK

Der Ruhm ist die Sonne der Toten.
Honoré de Balzac

In seiner immer düstereren und skeptischeren Träumerei wandte sich nun Edison neuen Gesichtspunkten zu. Es ist wirklich höchst erstaunlich – ja unglaublich – daß in der Geschichte unter den zahlreichen großen Erfindern, die es seit so vielen Jahrhunderten gab, keiner den Phonographen erfand. Und doch haben die meisten von ihnen Erfindungen ans Licht gebracht, deren Herstellung tausendmal komplizierter war. Der Phonograph ist von so einfacher Beschaffenheit, daß er kein Material erfordert, das Produkt der Wissenschaft sein müßte. Abraham hätte ihn schon herstellen können: ein stählerner Zacken, ein Papier, wie man es kaum besser zum Einwickeln der Schokolade nimmt, ein blechernes Rohr, und man fängt damit die Stimmen und die Geräusche unter dem Himmel und auf der Erde.

An was dachte denn der Ingenieur Berosius? Hätte er vor viertausendfünfhundert Jahren seine Studien über die Sonnenuhr in Babylonien auf später aufgespart, etwas Vernunft und Nachdenken hätte ihn sicher zur Entdeckung meines Apparates geführt. Und der scharfsinnige Eratosthenes? Statt in seinem Observatorium zu Alexandrien vor nun zweitausend Jahren ein halbes Jahrhundert damit zuzubringen, daß er seine übrigens sehr genauen Messungen anstellte, hätte er nicht besser getan, darüber nachzusinnen, wie sich eine Schallwelle durch eine Metallplatte aufhalten ließe? – Und die Chaldäer! Hätten sie ... Aber nein! Die lebten ja ins Blaue hinein. – Und der gewaltige Euklid? Der logische Aristoteles? Und Pythagoras, der Mathematiker und Poet? Und der große Archimedes, er, der als der alleinige Verteidiger von Syrakus zerstörende Schiffshaken, Brennspiegel herstellte, die auf offenem Meere die römische Flagge versengten, war er nicht mit derselben Beobachtungsgabe ausgestattet wie ich? Wenn ich den Phonographen erfand, indem ich bemerkte, daß der Klang meiner Stimme in meinem Hute weiter vibrierte, wenn ich in ihn hineinredete, hat er nicht sein Prinzip entdeckt, indem er beim Baden das Wasser beobachtete? Weshalb hat er da nicht vor mir erkannt, daß die Schwingungen des Tones Spuren haben, die sich wie eine Schrift aufzeichnen lassen?

Ach! Hätte auf seine unerhörte Erfindung hin ein Soldat aus dem Heer des Marcellus nicht die Untat begangen, ihn über jener unbekannten Gleichung zu erschlagen, so wäre er mir, ich fühle es, in meiner Entdeckung zuvorgekommen.

Und die Ingenieure von Karnak? von Ybsamboul? Die Architektur der heiligen Festung von Ang-Kor, diese unbekannten Michelangeli eines Tempels, in dem ein oder zwei Dutzend Louvres Platz hätten, und dessen Höhe, soviel ich weiß, die der Pyramide von Cheops um die Hälfte überstieg, – eines sichtbaren und greifbaren Tempels im Norden von Cambodscha, in dem jeder Querbalken, jede Vorhalle, jede Riesensäule, die da zu Hunderten stehen, ausgemeißelte und durchbrochene Verzierungen trägt, und das auf einem Berge, der auf hundert Meilen hin von einer Wüste umgeben liegt! ... eines so alten Tempels, daß es unmöglich ist, seinen Ursprung zu erforschen, noch welcher Gottheit er geweiht war, noch den Namen des Volkes zu erfahren, das vor Urzeiten dies ungeheure Wunder hervorbrachte! War der Phonograph nicht leichter auszudenken als jener Tempel? – Und die Mechaniker des Königs Gudea, der vor sechstausend Jahren starb und, wie die Inschriften besagen, nur darauf stolz war, Wissenschaften und Künste gefördert zu haben? Und jene von Khorsabad, Troja und Baalbek?

Und die Weisen der alten Satrapen aus Mycien? Die lydischen Physiker des Krösus, die in einer Nacht die Direktionspunkte seiner Frontenmärsche umänderten? Und die babylonischen Schmiede, welche Semiramis beim Durchstich des Euphrats beschäftigte? Und die Architekten von Memphis, Tadmor, Sikyon, von Babel, Ninive und Karthago? Und die Ingenieure von Ys, Palmyra, Ptolemaïs, Ankyra, Theben, Ecbatana, Sidon, Antiochien, Korinth, Jerusalem? ... Und all die Meister, die jenen antiken Zivilisationen, von welchen schon zur Zeit des Herodot kein Name, kein Stein, keine Spur mehr übrig war, zu Tausenden erstanden waren, – wo hatten sie ihren Kopf, daß sie nicht erst den Phonograph erfanden? So könnten wir heute doch wenigstens ihre Sprachen und ihre Namen richtig aussprechen. Sind doch auch so viele andere, sogenannte unsterbliche Namen für uns nur Silben geworden, deren Tonlaut mit der wirklichen einstigen Benennung jener Entschwundenen nichts gemein hat! – Wie konnte die Welt bis zum heutigen Tage ohne Phonographen auskommen? Mir unbegreiflich. Glichen denn die Gelehrten der früheren Nationen den unseren, die meistens nur zu konstatieren und dann einzuteilen und zu vervollkommnen haben, was die Unwissenden entdecken und erfinden?

Ich sage, es ist unerhört, daß jene gediegenen Leute von vor fünftausend Jahren – (die Ingenieure von Rhampsinit z. B. aus der elften Dynastie, welche das Kupfer härter zu machen wußten, als wir heute den Stahl. Das Geheimnis ihres Verfahrens ging verloren, und wir können selbst mit den stärksten Schmiedehämmern nicht das kleinste ihrer Werkzeuge aus diesem Metall schmieden) es ist unerhört, sage ich, daß unter Leuten solchen Kalibers nicht einer war, der getrachtet hätte, seine eigene Stimme auf unzerstörbare

Weise wiederzugeben... Aber vielleicht wurde mein Apparat erfunden, verachtet und wieder vergessen. Es heißt ja, daß mein Telephon vor neunhundert Jahren schon zum alten Eisen geworfen wurde – in China, dieser uralten Heimat der Luftschiffer, der Buchdruckerkunst, der Elektrizität, des Pulvers usw. und so vieler anderer Dinge, die wir noch nicht erfanden, und die dort längst nichts Neues mehr sind. – Wer wüßte nicht, daß in Karnak Spuren von Eisenbahnschienen gefunden wurden, die dreitausend Jahre alt sind, also aus einer Zeit stammen, wo die Völker nur von Invasionen lebten? – Glücklicherweise ist den heutigen Erfindungen ein dauerndes Bestehen garantiert. Freilich sagte man das auch zur Zeit des Nabonassar, sogar schon zur Zeit des Xisuthros, also vor sieben- oder achttausend Jahren; aber heute muß man sicher annehmen, daß es diesmal »dabei bleibt«. – Warum? Ich weiß es nicht. Jedenfalls müssen wir es glauben, sonst würde ein jeder, hätte er nur erst sein Schäfchen ins Trockene gebracht, die Hände in den Schoß legen, ich zuallererst.

X. Photographien der Weltgeschichte

> Momentaufnahme:
> *Ein Herr* eintretend: – »Ich möchte gern meine Phot...«
> *Der Photograph* auf ihn losstürzend: »Halt!... hier ist sie schon...«
> *Cham*

Edisons Blick fiel auf die große Magnesiumlampe, aus welcher vorher die Stimme des Kindes gesprochen hatte.

Auch die Photographie wurde recht spät erfunden! – fuhr er fort. Wie jammerschade um all die Bilder, Porträts, Ansichten und Landschaften, welche sie uns bewahrt hätte, und die nun auf immer für uns vernichtet sind. Die Maler imaginieren: sie aber hätte uns die nackte Wirklichkeit überliefert. Welch ein Unterschied! Allein niemals werden wir das wahre Bild von Menschen und Dingen vergangener Zeiten kennen, – es sei denn, daß der Mensch durch die Elektrizität oder eine noch subtilere Kraft den interastralen und ewigen Widerschein alles Lebenden entdeckte. Doch auf diese künftige Entdeckung dürfen wir nicht allzu sehr bauen, denn es ist höchst wahrscheinlich, daß das ganze Sonnensystem durch die Glut des *Zéta* des Herkules, der uns unaufhörlich an sich zieht, verdunstet sein wird, oder daß unser Planet trotz seiner drei bis zehn Meilen breiten Kruste angebohrt und aufgebrochen werden, und, wie so viele andere, zum *Kohlenbehälter* seines Satelliten erlöschen wird, – oder auch, daß eine zwanzigste oder fünfundzwanzigste Oszillation an den Polen uns wieder wie ehedem mit einem drei- oder viertausend Meilen hohen Meeresschaum überziehen wird. bevor unsere Gattung auf irgendeine Weise von dem allerdings erwiesenen Phänomen des ewigen interastralen Widerscheins aller Dinge irgendeinen Nutzen wird ziehen können.

Schade.

Wie schön wäre es, ein paar gute Momentaufnahmen zu besitzen, von Josua z. B., als er die Sonne aufhielt? – einige Ansichten des irdischen Paradieses, von dessen schwertbewachtem Eingang; vom Baum der Erkenntnis, von der Schlange... Oder Ansichten der Sintflut, vom Berg des Ararat aufgenommen (ich wette, der kluge Japhet hätte seinen Photoapparat in die Arche mitgenommen, hätte er die herrliche Erfindung gekannt!). Später hätte man die sieben ägyptischen Plagen, den brennenden Dornbusch, den Durchzug durchs Rote Meer vor, während und nach dem Ereignis photographiert, das Mene Tekel Upharsin beim Gastmahl des Balthasar; den Scheiterhaufen Assurbanipals, das Labarum, das Medusenhaupt, den Minotauros usw. und wir hätten heute das Vergnügen, Abbildungen vom Prometheus, den Stymphaliden, den Sybillen, den Danaiden, Furien usw. zu besitzen.

Und alle Episoden des Neuen Testamentes! Was für Photographien hätte das gegeben! – Und alle Anekdoten der östlichen und westöstlichen Kaiserreiche. Welch herrliche Kollektion! Und alle Martyrien und verhängten Todesqualen! Von jenen der sieben Makkabäer und ihrer Mutter an bis zu denen des Johann v. Leyden und Damians und die Christenopfer, die in den Arenen zu Rom und Lyon den wilden Tieren preisgegeben wurden. Und die Folterszenen vom Anbeginn menschlicher Gemeinschaft bis auf die in den Gefängnissen der San Hermandad zur Zeit der guten Redemptoristen? Mit ihren Eisenwerkzeugen marterten sie in ihren grauenvollen Mußestunden Jahre hindurch die Mauren, die Häretiker und die Juden. – Und jene anderen Foltern, von welchen die Kerker Deutschlands, Italiens, Frankreichs, des Orients und der ganzen Welt erzählen könnten? Die Photographie hätte mit Hilfe des Phonographen (zwei verwandte Erfindungen), zugleich den Anblick und die Schmerzensrufe der Gefangenen registrierend, uns eine genaue und vollkommene Schilderung davon gegeben. Welch lehrreiches Unterrichtsfach für die Gymnasien zur Aufklärung der modernen Kinder, – und auch der Erwachsenen! – Welch eine Laterna magica! – Und all die Bildnisse der Zivilisatoren, von Nimrod bis zu Napoleon, von Moses bis zu Washington und von Konfuzius bis Mohammed! – Und der illustren Frauen, von Semiramis bis zu Katharina d'Alfendelh, von Thalestris bis Jeanne d'Arc, von Zenobia bis zu Christine von Schweden? Und all die Bildnisse schöner Frauen, von Venus, Europa, Psyche, Dalila, Rahel, Judith, Kleopatra, Aspasia, Freya, Thaïs, Phryne, Circe, Dejanira, Helena bis zur schönen Pauline Borghese! bis zur vorschriftsgemäß verschleierten Griechin! bis zur Lady Emma Hammilton!

Und alle Götter endlich! alle Göttinnen! bis zur Göttin Vernunft. In Lebensgröße!

Ist es nicht schade, daß wir keine Photographien dieser ganzen Gesellschaft haben? Was wäre das für ein Album!

Und in der Naturgeschichte! Vor allem der Paläontologie!

Wir machen uns ja erwiesenermaßen einen ganz falschen Begriff vom versteinerten Riesenfaultier z. B. und von der Flughauteidechse, dieser Fledermaus, diesem Riesen-Cheropteros! Vom Plesiosauros, dem Ungetüm und zugleich Urahn aller eidechsenartigen Reptilien, haben wir eine geradezu kindische Auffassung.

Aber diese merkwürdigen Tiere flogen oder liefen, wie die Skelette bezeugen, an der Stelle, an der ich heute stehe, – und das vor kaum ein paar hundert Jahrhunderten. Das ist weniger als nichts; – vier- oder fünfmal weniger ferngerückt als die Entstehung des Kreidestückes, mit dem ich die Zahl auf einer Tafel schreibe.

Wie schnell hat doch die Natur mit dem Schwamm ihrer Sündfluten diese unförmlichen Versuche, diese ersten Ausgeburten des Lebens ausgetilgt! Was für interessante Aufnahmen hätte man aber von diesen Tieren machen können! Ach, das bleibt alles entschwunden!

Edison seufzte.

Jawohl, es ist nicht anders: Alles vergeht und verwischt sich; selbst die Reflexe auf dem Kollodium, selbst die Punktierungen der Tonplatten. Vanitas vanitatum! Alles ist unleugbar eitel. Es ist zum Apparateinrennen, zum Phonographenzertrümmern. Fragt man sich da nicht, die Augen zum (auch nur scheinbar vorhandenen) Himmelsgewölbe erhoben, ob uns die Miete dieses Universumteilchens unentgeltlich zugedacht ist, und wer die Beleuchtung desselben bestreitet? – wer, mit einem Wort, uns die Kosten dieses so wenig soliden Erdensaales vorstreckt, in dem sich das alte Rätsel abspielt – und endlich, woher man sich die schwerfälligen Kulissen des Raumes und der Zeit beschaffte, die so verbraucht und zusammengeflickt sind, und an die niemand mehr glaubt.

Was die Mystiker betrifft, so kann ich ihnen einen, wenn sie wollen, naiven, paradoxen, oberflächlichen, aber eigentümlichen Einfall unterbreiten: – ist es nicht betrüblich zu denken, daß Gott, das allerhöchste Wesen, der »liebe Gott«, der Allmächtige mit einem Wort (der bekanntermaßen so vielen Leuten erschienen ist [seit Jahrhunderten wird dies behauptet, und es wäre ketzerhaft, es zu bestreiten] – und von dem so viele mittelmäßige Bildhauer und Maler uns die vorgeblichen Züge zu veranschaulichen suchen, weil es so üblich ist), ja, daß *Er* nur zu geruhen brauchte, die kleinste, die flüchtigste Aufnahme von sich machen zu lassen, oder gar zu gestatten, daß ich, Thomas Alva Edison, amerikanischer Ingenieur, und sein Geschöpf, nur einmal Seine wahre Stimme (denn als solche ist doch seit Franklin der Donner zu problematisch geworden) phonographisch aufzeichnen dürfte! Tags darauf gäbe es keinen Atheisten mehr auf Erden.

Der Meister verspottete einigermaßen, indem er so sprach, die unklare, seines Erachtens sogar gleichgültige Idee einer persönlichen und zurückstrahlenden Wesenheit Gottes.

Aber in dem, der sie aufnimmt, wird der lebendige Gottesgedanke nur in dem Grade herrschen, als der Glaube ihn beschwören *kann*. Für diesen, wie für jeden anderen Gedanken liegt das Maß im Menschen. Keiner kann sagen, wo Illusion und Wahrheit sich voneinander scheiden. Da nun Gott der erhabenste Gedanke ist, und jeder Gedanke seine Wesenheit nur durch die geistigen Augen und die jedem Menschen eigentümliche »Gewilltheit« erhält, so folgt, daß des Gottesgedankens sich entschlagen gleichbedeutend ist mit einer freiwilligen »Enthauptung« des eigenen Denkvermögens. Bei den letzten Worten hielt Edison in seiner nachdenklichen Promenade inne, und starren Auges blickte er durch die weite Öffnung des Fensters auf die über dem Rasen wallenden, vom Monde bestrahlten Nebelstreifen.

Es sei denn! ... sagte Edison. Herausforderung gegen Herausforderung! Da das Leben so hochmütig mit uns umgeht, und unsere Fragen nur mit einem tiefen und rätselhaften Schweigen beantwortet, so wollen wir doch sehen, ob sich diesem Schweigen keine Gewalt antun läßt! ... Auf alle Fälle können wir ihm schon zeigen ... wie es vor uns besteht.

Bei diesen Worten fuhr der seltsame Mann zurück: – hinter der Glastüre zum Park hatte er den unbeweglichen Schatten eines Menschen erblickt, den ihm ein Strahl des Mondes verriet.

Wer da! ... fragte er sehr laut in der Dunkelheit – und indem er mit der Hand in die Tasche seines weiten violetten Seidenrockes fuhr, griff er leise nach seiner Pistole.

XI. Lord Ewald

> Es war, als senkte ihren Schatten diese Frau
> auf dieses jungen Mannes Herz.
> *Byron: Der Traum*

Ich, Lord Ewald – rief eine Stimme.

Und bei diesen Worten öffnete der Schatten die Glastüre.

Ach, mein lieber Lord, entschuldigen Sie vielmals! rief Edison, indem er im Dunkeln nach einem elektrischen Drücker tastete, die Eisenbahnen fahren ja noch so langsam, daß ich Sie erst in dreiviertel Stunden erwartete.

Auch habe ich einen Extrazug genommen, der mich mit Volldampf hierher brachte, damit ich heute abend in New York zurück sein kann.

In bläulichen Schirmen flammten jetzt plötzlich am Plafond drei Lampen auf, die einen Herd strahlender Elektrizität bildeten und wie ein Nordlicht das Laboratorium erhellten.

Edison gegenüber stand ein junger Mann von siebenundzwanzig oder achtundzwanzig Jahren, groß und von außerordentlicher Schönheit.

Die Eleganz seiner Kleidung war so vollkommen, daß man unmöglich hätte sagen können, worin sie bestand. Die Linien seines Körpers ließen Muskeln von jener hervorragenden Kraft vermuten, wie sie in den Regatten und Sportsübungen in Cambridge und Oxford erworben werden. Sein etwas kaltes, aber reizvolles und sympathisches Gesicht war von einem Lächeln belebt, das zugleich jene höhere Art von Traurigkeit verriet, die edle Charaktere kennzeichnet. Seine Züge, obwohl von antiker Regelmäßigkeit, bekundeten durch die Qualität ihrer Vornehmheit eine merkwürdige Energie und Entschlossenheit. Sehr feine und dichte Haare, ein blonder Schnurrbart und ein leichter Anflug von Backenbart belebten die schneeige Blässe seines jugendlichen Teints. Unter fast waagrechten Brauen blickte sein ruhiges blaues Auge gerade auf Edison. – In seiner korrekt behandschuhten Hand hielt er eine erloschene Zigarre.

In seiner Erscheinung war etwas, das die meisten Frauen berücken mußte und ihn zu einem ihrer unwiderstehlichsten Abgötter stempelte. Er war so schön, daß er ganz unwillkürlich dem eine Gunst zu erweisen schien, der gerade mit ihm sprach. Dem ersten Eindrucke nach konnte man ihn für einen herzlosen Don Juan halten, doch schon nach kurzer Prüfung sah man im Blicke seiner Augen jene ernste und verschlossene Melancholie, deren Schatten stets eine innere Verzweiflung verrät.

Mein teurer Gönner! rief Edison aus und streckte ihm beide Hände entgegen. Wie oft gedachte ich des jungen Mannes, den die... Vorsehung mir auf der Bostoner Landstraße entgegensandte, und dem ich Ruhm, Leben und Vermögen danke.

O, mein lieber Edison, erwiderte lächelnd Lord Ewald, vielmehr muß ich mich doch selbst für Ihren Schuldner halten, da ich dank Ihnen der ganzen Menschheit nützen konnte. Das bißchen Gold, auf das Sie anzuspielen scheinen, war doch für mich von sehr unbedeutendem Wert: war es da nicht mit mehr Recht (besonders da Sie es benötigten) in Ihren Händen? Wenigstens im Interesse der Allgemeinheit, das wir doch niemals ganz aus dem Auge verlieren dürfen. Wie muß ich also dem Schicksal danken, daß es mir diesen »mildernden Umstand« meines Reichtums gewährte! – Und sehen Sie, gerade um Ihnen dies auszusprechen, drängte es mich, Sie während meines Aufenthaltes in Amerika aufzusuchen. Ich war es, der Ihnen danken wollte, daß ich Ihnen damals auf der Bostoner Landstraße begegnete. Und Lord Ewald verbeugte sich, indem er zugleich Edisons Hände schüttelte.

Von dieser Ansprache, die von einem phlegmatischen, ja eisigen Lächeln begleitet war, etwas überrascht, erwiderte Edison den Gruß seines jungen Freundes.

Aber, wie Sie gewachsen sind, mein lieber Lord, sagte er lächelnd, auf einen Lehnstuhl hinweisend.

Dasselbe könnte man von Ihnen sagen! erwiderte der junge Mann, indem er sich setzte.

Edison, der ihn jetzt in voller Beleuchtung sah, bemerkte sofort den furchtbaren Schatten, der auf diesem Antlitz lag.

Mylord, sagte er, sollte die Schnelligkeit Ihrer Fahrt nach Menlo Park Sie angegriffen haben? ... Ich kann Ihnen hier ein stärkendes Gläschen ...

Durchaus nicht, gab der junge Mann zur Antwort: warum?

Nach einer kurzen Pause sagte Edison einfach:

Entschuldigen Sie. Es war nur ein momentaner Eindruck.

Ich verstehe, sagte Lord Ewald. Es ist nichts Körperliches, versichere ich Ihnen. Es ist nur eine unausgesetzte Pein, die mir allmählich dies Aussehen gab.

Und, seinen Zwicker aufsetzend, blickte Lord Ewald umher.

Wie glücklich sind Sie, lieber Meister. Sie sind ein Auserwählter, und dies Museum ist reich an Verheißungen. Haben Sie dieses wundervolle Licht nicht selbst ins Leben gerufen?

Dank Ihnen, lieber Lord!

Das war ja wirklich ein: Es werde Licht! das Sie vorhin aussprachen.

Gott, ja, zwei- bis dreihundert solcher Kleinigkeiten habe ich erfunden, und offen gesagt, ich hoffe, auf dem Wege noch eine Weile fortzufahren. Ich arbeite stets, selbst im Schlafe – selbst träumend! Ich bin eine Art von wachendem Schläfer, wie Scheherezade sagen würde. Das ist alles.

Ich bin in Wahrheit stolz auf unsere Begegnung auf jener geheimnisvollen Landstraße. Ich glaube, sie war vom Schicksal bestimmt. Und wie Wieland in seinem *Peregrinus Proteus* sagt: es gibt keinen Zufall. Es war bestimmt, daß wir uns begegnen würden, und wir *sind* einander begegnet.

Selbst in diesen herzlichen Worten war die innere Abwesenheit des Lords zu fühlen. Es entstand eine Pause.

Lord Ewald, erwiderte unvermittelt Edison, – so erlauben Sie auch, daß ich als alter Freund mich für Sie interessiere.

Lord Ewald sah ihn an.

Sie sprachen von einer Pein, die Ihr Aussehen in der Tat gestempelt hat, fuhr er fort. Wie soll ich Ihnen so schnell den Wunsch aussprechen, den ich in mir trage – allein, finden Sie nicht, daß die Last einer Sorge leichter wird, wenn ein treues Herz sie tragen hilft? – Ohne weitere Umschweife, wollen Sie mir nicht vertrauen? Wer weiß!... Ich gehöre jenem eigentümlichen Schlag von Ärzten an, die nicht recht glauben, daß es Übel gibt, gegen die kein Mittel existiert.

Lord Ewald konnte bei diesem unerwarteten Anerbieten sein Erstaunen nicht verbergen.

Ach, das Übel, sagte er, hat seine sehr banale Ursache: eine sehr unglückliche Leidenschaft, die mir das Leben auf immer vergällt. Sie sehen: mein Geheimnis ist sehr einfach. Lassen wir das lieber.

Sie! eine unglückliche Leidenschaft! rief Edison, an dessen Reihe es nun war, erstaunt zu sein.

Entschuldigen Sie, unterbrach ihn Lord Ewald, allein ich halte mich nicht für befugt, eine Zeit, die für alle so kostbar ist, lange in Anspruch zu nehmen, – und unser Gespräch wäre viel interessanter, scheint mir, wenn wir es wieder auf Sie zurückführten.

Meine Zeit? Nun – aber die kommt Ihnen doch wirklich zu! sagte Edison. Alle, die mich heute bewundern, ja aufgrund meines geistigen Kredits oder meiner früheren oder künftigen Entdeckungen hundert Millionen zur Gründung von Gesellschaften hergeben, hätten mich damals an Ihrer Stelle ruhig sterben lassen, wie einen Hund. Ich habe meine Erfahrungen gemacht. Die Menschheit kann warten: sie selbst steht höher als ihre Interessen, wie ein Franzose sagt. Die Freundschaft hat Rechte, die ebenso heilig sind, mein lieber Lord, die meine ist derart, daß sie mir gestattet, noch einmal um Ihr Vertrauen zu werben.

Lord Ewald hatte seine Zigarre angezündet. Ich kann Ihrer Sympathie nicht widerstehen, Meister. Ich muß Ihnen gestehen, daß ich mir dies nicht hätte träumen lassen: kaum bei Ihnen angekommen, mache ich Sie zu meinem Vertrauten. Man sieht, bei euch Elektroingenieuren geht alles wie der Blitz. Nun also, da Sie es wissen wollen, ich bin das Opfer einer Leidenschaft, der ersten meines Lebens (und in meiner Familie ist die erste gewöhnlich auch die letzte), für ein sehr schönes Wesen, ja, ich glaube das schönste der Welt. Sie läßt gegenwärtig im Theater in New York in unserer Loge die Steine ihrer Ohrringe funkeln und hört scheinbar auf den Freischütz. – So. – Ist Ihre Neugier jetzt befriedigt?

Edison aber betrachtete Lord Ewald mit eigentümlicher Aufmerksamkeit. Er antwortete nicht sogleich: sein Gesicht hatte sich augenblicklich verfinstert, und er schien in einen geheimen Gedanken vertieft.

Ja, es ist schrecklich in der Tat, was Sie mir da mitteilen, sagte er gezwungen.

Und zerstreuten Auges sah er vor sich hin.

Sie können nicht ermessen wie sehr! murmelte Lord Ewald.

Mein lieber Lord, dann müssen Sie mir aber etwas mehr darüber sagen! bemerkte Edison nach einem kurzen Schweigen.

O! – Wozu denn?

Ich habe jetzt noch einen anderen Grund, Sie darum zu befragen.

Und der wäre?

Ja, ich glaube, daß ich vielleicht ein Mittel habe, Sie zu heilen – das heißt ...

Ach, unmöglich ... sagte Lord Ewald mit einem bitteren Lächeln. So weit geht die Wissenschaft nicht.

Die Wissenschaft? Ich bin der, der nichts weiß, manches Mal errät, oft findet und stets überrascht.

Die Liebe, an der ich leide, würde Ihnen übrigens nur höchst seltsam, ja unbegreiflich erscheinen.

Um so besser, – um so besser! ... rief Edison mit wachsendem Interesse: sagen Sie mir nur einige Einzelheiten!

Das ist es eben – ich muß fürchten, daß sie selbst Ihnen unverständlich sein werden.

Unverständlich? ... Sagt nicht Hegel, das Unverständliche müsse als solches verstanden werden? Lassen Sie mich versuchen, lieber Lord, rief Edison. Und Sie werden sehen, wie klar wir den dunklen Punkt Ihres Kummers ans Licht bringen werden. – Wenn Sie mir jetzt noch Ihr Vertrauen versagen, dann ... ja dann ... dann muß ich Ihnen Ihr Geld zurückzahlen.

Also hören Sie die Geschichte! sagte Lord Ewald, von Edisons unkonventioneller Herzlichkeit angesteckt.

XII. Alicia

> In ihrer Schönheit wandelt sie, ähnlich der Nacht in Ländern wolkenloser, sternbesäter Firmamente.
> *Byron, Hebräische Lieder*

Lord Ewald hatte die Beine gekreuzt.

Seine Zigarre weiterrauchend, begann er:

Seit einigen Jahren lebte ich in England auf einer der ältesten Besitzungen meiner Familie, dem Schloß Athelwold, in Staffordshire, einer sehr einsamen und nebligen Gegend. Dies Schloß, eines der wenigen, die noch von Seen, Nadelnwäldern und Felsen umgeben sind, liegt einige Meilen von Newcastle-under-Lyne entfernt; ich bewohnte es seit meiner Rückkehr von Abessinien, und lebte, da ich keine Familie mehr hatte, einsam unter einer in unserm Dienst ergrauten Dienerschaft.

Da ich meiner militärischen Pflicht Genüge getan hatte, glaubte ich nun das Recht zu haben, ganz nach eigenem Gutdünken zu leben. Meine Ansichten, die sich mit dem Zeitgeist nicht vertrugen, hatten mich schon früh von jeder Karriere ferngehalten. Weite Reisen vertieften in mir den angeborenen Hang zur Einsamkeit. Mir behagte dieses einsiedlerische Leben und ich fühlte mich vollkommen zufrieden.

Jedoch bei Gelegenheit eines Krönungsjubiläums der Kaiserin von Indien, unserer Königin, wurde ich durch eine offizielle Verordnung mit den anderen englischen Pairs nach der Hauptstadt berufen, und mußte eines Morgens mein Schloß und meine Jagden verlassen, um mich nach London zu begeben. Unterwegs brachte mich ein reiner Zufall mit einer Dame zusammen, die sich wie ich zu den Festlichkeiten nach London begab. Ich traf sie auf dem Bahnhof in Newcastle; der Zug war überfüllt, und die Wagen erwiesen sich als nicht ausreichend. Sie schien sehr enttäuscht, ja fast betrübt, nicht mitfahren zu können. Im letzten Augenblick näherte sie sich mir, ohne mich zu kennen, wagte aber nicht, mich um einen Platz in dem Salonwagen, in dem ich allein reiste, zu bitten – eine Gefälligkeit, die ich meinerseits ihr nicht versagen konnte.

Hier, mein lieber Edison, muß ich Ihnen ein Geständnis machen: den Gelegenheiten zu dem, was man unter einer Liaison versteht, hatte ich mich bis zu diesem Tage zu entziehen gewußt. Eine gewisse Scheu in meiner Natur hielt mich ab, bei den Frauen mein Glück zu versuchen. Wenn ich nie eine Verlobte besaß, so war doch in mir ein angeborener Zug, keine andere Frau lieben noch begehren zu können, als die noch unbekannte, wenn auch vielleicht ersehnte, welche die meinige werden sollte.

So ernst nahm ich es, dank meiner »Rückständigkeit«, mit der Liebe. Meine besten Freunde, die ich bei mir zu Gaste hatte, und die meine sonderbaren Prinzipien durchaus nicht teilten, erregten nur mein Erstaunen, und selbst heute noch bedaure ich die jungen Männer, die unter feigen Vorwänden im *voraus* diejenige verraten, die sie eines Tages heiraten werden. Mir aber trug meine Haltung jenen Ruf von Kälte ein, der selbst bis zu den Ohren der Königin drang: von meinen wenigen intimeren Bekannten war behauptet worden, ich hätte selbst den Russinnen, Italienerinnen und Kreolinnen widerstanden.

Nun aber geschah es: in wenigen Stunden schon hatte mich eine heftige Leidenschaft zu dieser Reisenden erfaßt, die ich zum ersten Male sah! Als ich London erreichte, war ich, ohne mir dessen noch bewußt zu sein, jener ersten und wahrscheinlich letzten Liebe verfallen, die in unserer Familie traditionell zu sein scheint. In wenigen Tagen hatten die engsten Bande uns vereinigt; und sie bestehen auch noch heutigen Tages.

Da Sie – im Augenblick – nur als geheimnisvoller Arzt vor mir stehen, dem nichts verborgen bleiben soll, so muß ich Ihnen das Äußere von Alicia Clary beschreiben. Es dürfte Ihnen sonst schwer fallen, das Weitere zu verstehen. Und ich werde es Ihnen als Liebender, ja wenn möglich als Poet zu schildern haben; denn selbst für das objektivste Künstlerauge ist diese Frau nicht nur eine unleugbare, sondern eine ganz außergewöhnliche Schönheit.

Alicia ist ungefähr zwanzig Jahre alt und schlank wie eine Silberpappel. Ihre Bewegungen sind von einer leisen und berückenden Harmonie; – ihr Körper aber ist von einer Schönheit der Linien, die selbst die größten Bildhauer in Erstaunen setzen würde. Dieser herrliche Körper, der in Wahrheit die Pracht der Venus victrix ins Leben rief, ist von der Blässe der Tuberosen. Ihr reiches braunes Haar ist strahlend wie eine orientalische Nacht. Auf dies leuchtende wellige Haar tritt sie oft, wenn sie dem Bade entsteigt, und schlägt es wie einen Mantel von einer Schulter zur anderen um sich. Das Oval ihres Gesichtes ist von verführerischer Zeichnung und ihr grausamer Mund erinnert an eine taufrische purpurne Nelke. Ihre Augenbrauen beben um ein Nichts. Die Hände sind eher heidnisch denn aristokratisch, und ihre Füße haben dieselbe antike Eleganz. Aus diesem Körper leuchten zwei stolze, dunkel aufblitzende Augen, meist von den Wimpern bedeckt. Ein Duft wie von Fichtenwäldern umweht diese Menschenblume, ein Duft, der verzehrt, berauscht und entzückt. Ihre Stimme, wenn sie spricht, wenn sie singt, ist von so tief vibrierenden Akzenten, daß, wenn sie Verse vorträgt oder singt, etwas in mir vor Bewunderung erbebt, einer Bewunderung, die, wie Sie sehen werden, eine unerhörte ist.

XIII. Schatten

> Ein Nichts...
> *Menschliche Redensart*

Während der Hoffeste in London hatte ich selbst für die schönsten Mädchen unserer »Schwaneninsel« kein Auge. Alles, was nicht die Gegenwart Alicias war, berührte mich nur peinlich. Ich war geblendet.

Dennoch suchte ich, obwohl vergebens, schon in den ersten Tagen dem Eindruck mich zu entziehen, den eine sehr seltsame Eigentümlichkeit der jungen Frau hervorrief. Ich wollte an die Empfindung nicht glauben, die ihre Worte und ihre Handlungen so oft in mir erweckten. Ich zog es vor zu glauben, daß ich sie nicht begriff, und suchte nach allen denkbaren vernünftigen Gründen, um sie mir nicht in ihrer ganzen scheinbaren Tragweite auszulegen. – Eine Frau, dachte ich, ist das nicht ein Wesen, das allen Einflüssen unterworfen ist und leicht geschreckt und beunruhigt wird? Müssen wir nicht mit mildester Nachsicht und unserem gütigsten Lächeln das scheinbar Phantastische ihres Wesens, die Unberechenbarkeit ihrer Launen als etwas hinnehmen, das veränderlich ist wie das Schillern eines Kolibriflügels? Diese Wandelbarkeit der Stimmungen gehört zu den Reizen des weiblichen Geschlechtes. Freudig müssen wir vielmehr trachten, dies schwache, zarte und wenig verantwortliche Wesen, das instinktiv einen Halt und Schutz ersehnt, leise und auf tausend Umwegen, die es nur um so inniger an uns fesseln werden, zu entwickeln. – War es daher weise, so schnell und rückhaltlos einen Charakter zu beurteilen, den die Liebe (dies hing ja nur von mir ab) zu einem Spiegelbilde des meinen umwandeln würde?

Dies alles freilich sagte ich mir! Allein ich konnte dennoch nicht vergessen, daß in jedem Lebenden ein unwandelbarer Grundzug besteht, der allen seinen Eindrücken, den flüchtigen wie den bleibenden, allen äußeren Einflüssen zum Trotz – die Färbung, die Qualität, mit einem Worte den *Charakter* verleiht, der eben allein die Art des Individuums, zu denken und zu fühlen, bestimmt. Nennen wir es *Seele*, wenn Sie wollen.

Zwischen Alicias Körper und ihrer Seele nun war es nicht ein Mißverhältnis, das mich nachdenklich stimmte und beunruhigte, es war eine *Unzusammengehörigkeit*.

Bei diesen Worten Lord Ewalds war es, als überzöge sich Edisons Gesicht mit einer plötzlichen Blässe. Erstaunt, je bestürzt blickte er auf, doch wagte er nicht, ihn zu unterbrechen.

Und in der Tat, fuhr dieser fort, es bestand eine Fremdheit zwischen ihrem Selbst und den göttlichen Linien ihrer Schönheit; ihre Worte schienen in ihrer Stimme nicht recht zu Hause, und ihr innerstes Wesen schien sich wie im Gegensatz zu ihrer Form zu betonen. Es war, als fehlte ihrer Persönlichkeit nicht nur das, was die Philosophen, glaube ich, den vermittelnden Faktor nennen, sondern als wäre ihr inneres Wesen infolge eines okkulten Urteilsspruches in einen ewigen Widerspruch gegen ihre ideale Erscheinung gebannt. Ab und zu trat er so offen zutage (und ich werde Ihnen dies gleich durch Beispiele erklären), daß es mir endlich fast zur unleugbaren Tatsache wurde. Ja, des öfteren war ich versucht, *ganz ernsthaft* anzunehmen, daß sich diese Frau aus den Untergründen des Werdens in diese Gestalt, die ihr nicht gehörte, verirrt hatte.

Das ist eine ziemlich phantastische Hypothese, bemerkte Edison; indessen erwecken doch fast alle Frauen, *so lange* sie schön sind, was ja kurz genug dauert, ähnliche Eindrücke, besonders bei Männern, die sich zum ersten Male verlieben.

Wenn Sie mir noch einen Augenblick Gehör schenken, erwiderte Lord Ewald, so werden Sie sehen, daß sich hier die Sache komplizierter verhält, und daß Miss Alicia Clary in meinen Augen als eine menschliche *Neuheit* erscheinen mußte, und zwar als ein Exemplar von jener traurigen und beängstigenden Abart, die man Abnormitäten nennt. – Was aber die *Dauer* der strahlendsten Schönheit betrifft, und währte sie nicht länger als ein Blitzstrahl, hätte sie für mich nicht ewig gedauert, falls dieser Blitz mich getroffen hätte? Und die Hauptsache bei der Schönheit ist nicht ihre Dauer, sondern daß sie zutage trat! Und bin ich im übrigen nicht befugt, ernst zu nehmen, was, der skeptischen und gleichgültigen Kälte meines Urteils zum Trotz, zugleich meinen Geist, meine Sinne und mein Herz gefangennimmt? –

Glauben Sie doch ja nicht, mein lieber Doktor, daß ich hier Ihre Aufmerksamkeit auf einen mehr oder minder alltäglichen Fall von Hysterie lenke, der in medizinischen Handbüchern schon zur Genüge verzeichnet ist. Nein; die physiologische Eigenart dieses Falles ist in der Tat viel rätselhafter; beruhigen Sie sich.

Entschuldigen Sie: rührt Ihr Unglück vielleicht daher, daß diese schöne Person untreu wurde?

Wäre sie nur dessen fähig! erwiderte Lord Ewald. Ich brauchte dann nicht zu klagen, *daß sie anders sei*. – Übrigens, wenn eine Frau uns betrügt, so können wir doch nur über etwas klagen, was wir uns selber zugezogen haben. Wie können wir es einer Frau nachtragen, daß wir sie nicht zu fesseln vermochten? – Diese Wahrheit wird so allgemein empfunden, daß den Klagen der betrogenen Ehemänner immer etwas Lächerliches anhaften wird. Seien Sie versichert, wenn auch nur der Schatten eines Verrates, einer leidenschaftlichen Laune Alicia verleitet hätte, die gegenseitige Treue, die uns vereint, zu brechen, ich würde diese Unbeständigkeit durch hochmütige Gleichgültigkeit begünstigt haben. Nein, sie bringt mir im Gegenteil alle Liebe entgegen, *deren sie fähig ist*, und ich muß diese um für so aufrichtiger halten, als Alicia sich ihr *wider ihren eigenen Willen* hingibt.

Wollen Sie, lieber Lord, sagte jetzt Edison, Ihre Erzählung wieder dort aufnehmen, wo ich Sie zuletzt unterbrach?

Nach einigen Tagen erfuhr ich von meiner Freundin, daß sie von einer ziemlich guten, kürzlich sogar geadelten schottischen Familie stamme. Von ihrem Verlobten verführt, dann, eines Vermögens wegen, im Stiche gelassen, hatte sie eben ihr elterliches Haus für immer verlassen: sie wollte die unabhängige und nomadenhafte Existenz einer Virtuosin führen, um sie später wieder aufzugeben. Ihre Stimme, ihr Äußeres, ihr dramatisches Talent geben ihr die begründete Hoffnung, sich ein für ihre einfachen Bedürfnisse hinreichendes Auskommen zu verschaffen. – Was mich beträfe, sagte sie, so erachtete sie diese Begegnung als ein Glück vom ersten Augenblick an. Da sie keine Heiratsansprüche mehr machen konnte, sich aber sympathisch zu mir hingezogen fühlte, so nahm sie ohne weiteres meine Liebeswerbung an und hoffte, meine Neigung schon bald erwidern zu können.

Alles in allem, unterbrach hier Edison, liegt eine gewisse Würde des Herzens in ihren Geständnissen, scheint mir?... oder?... Nicht?...

Lord Ewalds Antwort war ein undefinierbarer Blick. Es war, als hätte hier Edison den wunden Punkt dieser melancholischen Mitteilungen berührt.

XIV. Wie das Innere durch die äussere Form verändert wird

> Die Abwesenden haben immer unrecht.
> *Völkerweisheit*

Lord Ewald fuhr jedoch im selben Tone gleichmütig fort:
Ja; aber was Sie vorhin vernahmen, war meine Übertragung, nicht Alicias eigene Worte.
Andere Ausdrucksweise, andere Gefühle! – und ich sehe wohl, daß ich Ihnen den Text selber zur Verfügung stellen muß. – Seinen eigenen Stil dem einer anderen Person unterschieben, deren Charakter man zu schildern vorgibt, unter dem Vorwand, daß sie sich *ungefähr* so ausgedrückt hat, heißt seinen Zuhörer in die Lage eines Reisenden versetzen, der sich des Nachts verirrte, und auf der Straße einen Wolf reizt, während er einen Hund zu streicheln glaubt. Dies also ist, was sie *wörtlich* sagte:
»Der Mann, der sie im Stiche ließ, war nur ein kleiner Geschäftsmann, für den nur sein Vermögen sprach. Sie hatte ihn nie geliebt, gewißt nicht. – Wenn sie ihn trotzdem erhörte, so geschah es, weil sie dachte, hierdurch die Hochzeit zu beschleunigen: sie wollte nur ihrer Mädchenexistenz ein Ende machen: er oder ein anderer. – Die Stellung, die er ihr zu bieten hatte, war wirklich nicht übel. – Aber junge Mädchen rechnen verkehrt. Ein anderes Mal würde sie nicht mehr so töricht sein, sich auf Phrasen zu verlassen. – Er war sehr froh, daß sie kein Kind bekam. Wenn ihr Abenteuer geheim geblieben wäre, so hätte sie wohl versucht, sich mit einem anderen Freier zu ›etablieren‹.
Ihre Leute aber, durch einen törichten Wahn irregeleitet, hatten selbst die Geschichte an die große Glocke gehängt; so daß sie die Flucht ergriff, so unangenehm war das alles für sie gewesen. Da sie nicht wußte wohin, entschloß sie sich zum Theater. Darum wollte sie nach London, wo ihre kleinen Ersparnisse es ihr ermöglichten, ein gutes Engagement abzuwarten. Eine solche Karriere würde freilich ihrem Rufe schaden. Aber was hatte sie nach dem begangenen Fehltritt noch zu riskieren, in dieser Hinsicht wenigstens? Im Notfall konnte sie immer noch ein Pseudonym wählen. Da maßgebende Leute ihr versichert hatten, daß ihre Stimme sowie ihre Erscheinung sehr schön sei, und sie sehr dekorativ wäre, war sie befugt zu glauben, daß sie ›ein Erfolg‹ sein würde. Mit

Geld läßt sich aber viel machen. Wenn sie genügend zurückgelegt hätte, dann würde sie die Bretter verlassen, wohl ein Geschäft eröffnen, heiraten und ein ehrenwertes Leben führen. – Einstweilen sei ich ihr sehr sympathisch! – welch ein Unterschied! ... mit mir, das fühle sie, habe sie es mit einem großen Herrn zu tun, – und dann sei ich Edelmann. Das will alles sagen.« Und so weiter. – Was sagen Sie nun zu Miß Alicia nach dieser Version?

Alle Wetter! sagte Edison: die beiden sind allerdings so verschieden im Ton, daß das Original und die Übertragung nur eine imaginäre Beziehungen zueinander haben.

Sie schwiegen eine Weile.

XV. Analyse

> Herkules betrat das Lager des Ebers im Hain des Erymanthes, faßte ihn beim Halse, und das Riesentier, aus seiner Finsternis hervorziehend, zwang er den kotigen Rüssel des geblendeten Ungeheuers ans strahlende Sonnenlicht.
> *Griechische Mythologie*

Als ich dann jene Worte auf ihren Grund hin untersuchte, fuhr Lord Ewald in gelassenem Tone fort, da drängten sich mir folgende Gedanken auf.

Ein so herrliches Wesen, sagte ich zu mir selbst, scheint also fürs erste nicht zu ahnen, bis zu welch unbeschreiblich hohem Grade ihr Körper das Ideal menschlicher Schönheit erreicht. Nur weil es zu ihrem Beruf gehört, trägt sie, und das mit so viel Talent, geniale Dichtungen vor, – sie selbst findet sie hohl. Diese großen, für denkende Gemüter einzigen »Wirklichkeiten« nennt sie lächelnd poetische Hirngespinste, und nur wider Willen, sich ihrer schämend, als seien es Kindereien, stellt sie sie dar.

Wäre sie reich, so gälten sie ihr höchstens als Zeitvertreib, etwa wie das Kartenspiel. – Diese Stimme, die über jede Silbe ihren goldenen Zauber ergießt, ist nur ein leeres Instrument: in ihren Augen nichts weiter als ein Erwerbszweig, geringer als irgendeiner, den sie wählte, weil sie keinen anderen kannte. Sobald er sie bereichert haben wird, wird sie ihn schleunigst verleugnen. Die göttliche Illusion des Ruhmes, der Enthusiamus, die edle Begeisterung unter den Zuhörern, das alles gilt ihr nur als eine Laune der Müßiggänger, für die ihres Erachtens die großen Künstler nichts anderes als Spielzeug sind.

Und was diese Frau an ihrem Fehltritt bedauert, ist durchaus nicht ihre geschädigte Ehre (derlei Begriffe scheinen ihr sehr veraltet), sondern der Verlust eines Kapitals, das, klug verwaltet, einträglich sein kann. Ja, sie geht so weit, daß sie die Vorteile erwägt, die eine erlogene Jungfräulichkeit ihr geboten haben würde, wenn niemand ihr Mißgeschick erfahren hätte. In keiner Weise ist sie sich bewußt, daß schon allein solche Erwägungen sie in Wahrheit entehren. Ihre Unkenntnis von der wahren Natur dieser von ihr verloren geglaubten Ehre läßt die Tatsache ihrer Verführung als eine nichtssagende und eine rein zufällige Äußerlichkeit erscheinen. Wann war diese junge Frau wirklich eine Gefallene? Vorher oder nachher? Rühmt sie sich nicht fast ihres Falles, da ihre Art ihn zu beklagen sündhafter ist als ihr Fehltritt? – Und was ihre Jungfräulichkeit betrifft, so hatte sie diesbezüglich nur ein leeres Nichts zu verlieren, da sie nicht einmal die Entschuldigung der Leidenschaft für sich hatte.

Da sie in keiner Weise den Abgrund erkennt, der zwischen einer verratenen Jungfrau und einer »Geprellten« liegt, verwechselt sie mit dem Begriff der »Unehre« eine pathologische Sache in ihrer rein äußeren und sekundären Wichtigkeit, nur weil die öffentliche Meinung gewissen Anschauungen von Würde und gewisse Konsequenzen unfehlbar damit verbindet. Ein verführtes Mädchen, das in der Tatsache ihrer verlorenen Ehre nur allein diese Ehre beklagte, wäre doch unendlich achtbarer als Millionen von Frauen, die nur aus Berechnung ihre Tugend bewahrten. Somit gehört sie denn zur ungeheuren Zahl der Frauen, deren berechnete Tugend sich zur Ehrbarkeit verhält wie die Karikatur zum Gesicht. Diese Ehre würden solche Frauen, wenn sie ehrlich sprächen, als eine Art von Luxus bezeichnen, den nur Reiche sich gestatten können; dabei fiele sie ja stets dem Meistbietenden zu, womit gesagt ist, daß die Ehre dieser Damen, mögen sie noch so sehr dagegen aufbegehren, eine recht käufliche ist. – Auch würden sie, wenn sie die Reden vernähmen, die Alicia führt, diese alsbald als eine von den ihren erkennen und mit einem Seufzer denken: »Wie schade, daß sie *umgeschmissen* hat.« Unter so Gesinnten wendet sich der Vorwurf ja einzig gegen die »Dummheit«, die hier eine zu Unerfahrene beging. Eine so ungeheuerliche Sympathie, die ihr übrigens im stillen geschmeichelt häte, würde Alicia sicherlich zuteil werden. So gering ist ihr Ehrgefühl, daß sie mir unumwunden derartige Geständnisse machte. Ein Rest weiblichen Taktes warnte sie nicht einmal – und wäre es nur von diesem verpönten rechnerischen Standpunkt aus – daß ihre ernüchternde Ungeschicklichkeit alle Sympathie und Bewunderung für sie in mir ertöten müßte. – Wie, dachte ich, so bis ins Innerste erbärmlich ist also dies wundervolle Weib? Lieber will ich ihr entsagen. Ihre zynische Offenheit ist derart, daß ich nur ihre Unverantwortlichkeit bedauern und mich entfernen kann. Denn ich gehöre nun einmal nicht zu denen, welche einen Leib besitzen möchten, dessen Seele sie verwerfen.

Meine Antwort sollten demnach tausend Guineen sein. Aus dem Abschiedsbrief, der sie begleitete, würde sie sich dann wohl nicht viel machen.

XVI. Hypothese

> O du! usw.
> *Die Dichter*

Ich war fest entschlossen, auf diese Weise und ohne Aufschub meine Trennung von Alicia zu vollziehen, als plötzlich ein Zweifel mich wieder zögern ließ.

Wenn nämlich Alicia zu sprechen aufhörte und ihre trivialen und schnöden Worte die Wirkung ihrer Schönheit nicht mehr beeinträchtigten, dann schien ihr Angesicht in seiner edlen antiken Schönheit alles Gesagte zu verleugnen.

Bei einer anderen sehr schönen Person, deren Vollkommenheit jedoch nicht diesen Grad erreicht hätte, würde ich diesen Eindruck des »Unfaßlichen«, den Alicia hervorrief, nicht gehabt haben. Irgendein Detail, ein Schatten – eine Härte des Haares, ein flüchtiger Ausdruck, ein Etwas an der Haut, an den Fesseln der Hände oder Füße, eine Bewegung, hätten mir sicherlich das verborgene Naturell verraten – und ich hätte da ihre *Identität mit sich selbst* (denn so muß ich mich ausdrücken) erkannt.

Hier aber, ich wiederhole es, behauptete sich eine Ungereimtheit des Geistigen und Körperlichen in paradoxer Weise und fortwährend: ihre Schönheit war die Vollkommenheit selbst; auch die schärfste Analyse konnte keinen Makel an ihr entdecken. Äußerlich, von Kopf zu Fuß, eine Venus Anadyomene; innerlich ein diesem Körper gänzlich fremdes Gemüt: eine bourgeoise Göttin. Malen Sie sich das aus.

Ich kam auf die Idee, daß hier entweder alle physiologischen Gesetze auf den Kopf gestellt waren, oder daß ich es ganz einfach mit einem Wesen zu tun hatte, dessen Trauer und dessen Stolz sich bis zum höchsten Grad gesteigert hatten und das sich selbst wissentlich in einem bitteren und höhnischen Spiele der Natur entfremdet hatte. Mit einem Worte: eine Erklärung dieser Frau schien mir nicht möglich, ohne ihr folgende lyrisch-sentimentale Beweggründe zuzuschreiben:

Noch bebend unter dem furchtbaren und nicht wiedergutzumachenden Unrecht, das ihr zugefügt wurde, ist sie von jener kalten Verachtung erfüllt, die ein erster Verrat gerade den edelsten Herzen einflößen kann. Ein finsteres, vielleicht unheilbares Mißtrauen läßt sie unter ihrem äußeren Wesen eine souveräne Ironie verbergen, da sie niemanden für würdig erachtet, den wirklichen Charakter ihrer Trostlosigkeit zu erfassen.

Da die Begierde, denkt sie, jedes erhabene Gefühl unter diesen Menschen (deren Sinn allzusehr der Erde zugeneigt ist, und mit welchen ich mich auf lange Zeit vereinigt sehe) erstickt, so wird auch dieser junge Mann, der mir von Zärtlichkeit und überirdischer Leidenschaft spricht, von seinen Zeitgenossen sich nicht unterscheiden. Gewiß ist er gesinnt, wie all die anderen, die gänzlich der Sinnlichkeit verfallen, um in ihrer Erniedrigung sich eine »Lebens-Raison« zu schaffen, glauben, sie könnten mit einem leeren Sarkasmus das Maß aller Schmerzen ausgleichen und die nicht mehr fähig sind sich vorzustellen, daß es auch untröstliche Traurigkeiten gibt. Mich lieben!... Liebt man denn noch?... das Feuer der Jugend ist es nur, das in seinen Adern brennt, und bald verlöschen würde, wenn ich ihn heute erhörte. Ich wäre morgen nur um so verlassener... Nein! nein. – Bevor ich, die Trauernde, so schnell eine neue Hoffnung fasse, mag meine erste Erfahrung mich wenigstens belehrt haben. Erst muß ich erproben, ob nicht auch er mich täuschen will; und niemandem werde ich das Recht zuerkennen, meines vergangenen Unglücks zu spotten, noch vor allem soll mein Geliebter glauben dürfen, daß ich es vergaß.

Lieber alles verlieren, als die letzte Unantastbarkeit. Ich will unvergeßlich sein für den, welchen ich in meiner gekränkten Würde noch erwählen werde. Nein, in keinem Kusse und keinem Worte werde ich mich diesem neuen Fremdlinge preisgeben, bevor ich nicht sicher bin, daß er meiner wert ist. Wenn seine Worte nur ein eitles Spiel verbergen, so mag er sie behalten mit samt seinen Geschenken. Meine schwermütige Gleichgültigkeit wird nur voll Müdigkeit seine viel zu erfinderischen Bemühungen aufnehmen. Ich will so geliebt werden, wie nicht mehr geliebt wird. Nicht nur so sehr als meine Schönheit, sondern auch so sehr als mein Unglück es verdient.

Wie die marmorne Antike, der ich ähnlich sehe, so bleibt meine einzige Aufgabe (ach! und dies auf immer!), daß ich allen, die sich mir nähern, zu fühlen gebe, welche Ausnahme ich bin. Auf denn zum Spiel! Ich will jenen Frauen gleichen, welche diese Niedriggesinnten vorziehen und begehren. Nie soll das wahre Licht meines Wesens sich ihnen zeigen! Völlig nichtssagend sei alles, was ich sage. Dies sei die erste Rolle meiner schauspielerischen Karriere. Ich binde die Maske um und spiele für mich selbst. – Wenn ich eine wahre Künstlerin bin, wird mein Triumph nicht der Ruhm, sondern die Liebe sein. Ich will mir jene abscheuliche Maske erwählen, hinter welcher die meisten Frauen meiner Zeit, unter dem Vorwand, daß die Mode es so will, ihre Natur entstellen.

Dies sei mein Prüfstein. Wenn trotz der seelischen Erbärmlichkeit, die ich schonungslos zur Schau tragen werde, er *trotz allem* in seiner Liebe beharrt, so wird das beweisen, daß er meiner so wenig wert ist als jeder andere, und daß ich für ihn, für seine Leidenschaft nur einen Kelch des berauschenden Genusses darstelle; daß er aber mein wahres Wesen nur verlachen würde, wenn er es durchschauen könnte.

Und dann werde ich zu ihm sagen: Gehen Sie zu jenen, die Sie lieben können, zu jenen, die kein Gefühl mehr für ein höheres Dasein in sich tragen.

Wenn er im Gegenteil, ohne auch nur nach meinen Besitz zu trachten, trauernd sich von mir wendet, auch er, aber ohne damit das Ideal entweihen zu wollen, das er in mir zu erkennen glaubte – dann werde ich an diesem Zeichen sehen, daß er meinesgleichen ist. Ich werde jenen heiligen Schauer der Begeisterung in seinen Augen lesen, der allein die wahre Liebe ist. Ich werde dann erkennen, daß er all meine Zärtlichkeit verdient, und wenige Augenblicke werden dann genügen, um uns ach! den Himmel offen zu zeigen.

Wenn er sich hingegen als der gefürchtete Verräter erweist, und ich mich zur Einsamkeit verurteilt sehe, nun denn, so sei es. Schon fühle ich in mir einen höheren Drang als den der Sinne und des Herzens. Ich will nicht noch einmal getäuscht werden! Die Kunst allein versöhnt und befreit. – Den sogenannten »wahren Zuneigungen« dieses Lebens entsagend, will ich gerne in jenen imaginären Wesen fortbestehen, welche das Genie hervorrief, und sie mit meinem geheimnisvollen Gesang beleben. Sie werden meine einzigen Gefährtinnen, meine einzigen Freundinnen, meine einzigen Schwestern sein! – und wie für Maria Malibran wird sich wohl auch ein großer Dichter finden, der meine Erscheinung, meine Stimme, meine Seele und mein Andenken der Unsterblichkeit weihen wird. So werde ich meine Melancholie mit lichtem Scheine umhüllen und mich den idealen Regionen zuwenden, in welchen die Unbill der Menschen uns nicht mehr erreicht.

Alle Wetter! rief Edison.

Ja, entgegnete Lord Ewald, so *unmögliche* Geheimnisse suchte ich ihr unterzuschieben, um mir diese Frau zu erklären. Daraus, daß ich mich dabei so versteigen konnte, mögen Sie entnehmen, von welch wunderbarer, verwirrender Schönheit sie sein muß, nicht wahr?

Mein lieber Lord, erwiderte lächend Edison. Ich begreife jetzt, daß ein Lord »Byron« heißen konnte. Sie müssen doch ein hartgesottener Idealist sein, daß Sie sich mit einer so unpraktisch poetischen Auslegung behelfen, statt ganz einfach die nüchterne Wirklichkeit hinzunehmen. Aber sagen Sie selbst, sind das nicht gerade opernhafte Argumente? Welcher Frau, einige selten mystisch angelegte Wesen ausgenommen, sind solche Dinge zuzumuten? – So übermenschlich hoch erhebt sich das Gemüt doch nur vor Göttern!

Mein lieber und scharfsinniger Freund, ich habe zu spät einsehen gelernt, daß diese Sphinx in der Tat kein Rätsel in sich birgt. Ich muß nun büßen für meine Illusionen.

Aber wie kommt es, sagte Edison, daß Sie diese Frau noch lieben, nachdem Sie sie so deutlich analysiert haben?

Ach, weil das Erwachen nicht immer das Vergessen eines Traumes bedingt, und der Mensch zum Sklaven seiner eigenen Einbildungskraft werden kann, erwiderte Lord Ewald bitter. Nun hat sich noch folgendes zugetragen: von dem Vertrauen durchdrungen, das ich in sie setzen wollte, machte ich sie bald zu der meinigen. Wie viele Beweise bedurfte es dann noch, um mich zu überzeugen, daß die Komödiantin *nicht Komödie spiele*. Als ich keinen Zweifel mehr darüber haben konnte, wollte ich noch einmal mich von diesem Phantom befreien ... Allein ich mußte nun erfahren, wie dunkel und wie stark die Bande der Schönheit sind. Die ihr innewohnende Macht kannte ich noch nicht, als ich dieser Leidenschaft verfiel. Und als ich dann, unwiderruflich enttäuscht, von meiner Chimäre erwachte, da waren jene Schlingen wie die Geißel eines Folterknechtes zu tief bis in mein innerstes Fleisch gedrungen, und ich konnte mich ihnen nicht mehr entziehen! – Ich erwachte wie Gulliver in Lilliput, von einer Million Fäden gebunden. Und ich hielt mich für verloren. Meine Sinne, durch Alicias Umarmung entbrannt, hatten meine Energie geschwächt. Dalila hatte mir im Schlafe die Haare geschoren. Ich kapitulierte. Lieber verzichtete ich auf die Seele und verstummte, als daß ich mutig diesem Körper entsagt hätte.

Nie hat sie etwas von den Wutanfällen geahnt, die ich ihretwegen in mir zurückdränge und bemeistere. Wie oft wünschte ich, erst sie und dann mich selber zu vernichten! Durch ein unerhörtes Zugeständnis, ein Trugbild, bin ich denn also dieser herrlichen, leblosen Form verfallen! ... Ach, Alicias Gegenwart ist mir heute unentbehrlich, und Gott ist mein Zeuge, daß es mir unmöglich wäre, sie zu besitzen.

Als er dies sagte, und zugleich bei diesem letzten Worte sein Auge aufblitzte, empfand Edison etwas wie einen inneren Schreck. Dennoch schwieg er.

So sind wir denn beide, schloß Lord Ewald, vereint und zugleich getrennt.

XVII. TRENNUNG

> Das ist das Unverzeihliche an den Dummen, daß sie uns zur Nachsicht gegen die Bösen stimmen.
>
> *Jean Marras*

Lord Ewald war mit seinem Bericht zu Ende.

Wollen Sie mir noch einige Punkte auseinandersetzen, mein lieber Lord. Alles dreht sich ja hier nur um Nuancen, die zweifellos sehr interessanter Natur sind. – Ist Miß Alicia Clary eine ... dumme Person? Nein; nicht wahr?

Gewiß nicht, erwiderte Lord Ewald mit einem traurigen Lächeln.

– Es ist in ihr keine Spur von jener fast verehrungswürdigen Dummheit, die, gerade weil sie ein Extrem ist, ebenso seltsam geworden ist wie die wahre Intelligenz. Ist denn eine Frau, die jeder Dummheit bar ist, etwas anderes als ein Ungeheuer? Was gibt es Betrüblicheres, was ist tödlicher als das greuliche Geschöpf, das man eine »geistreiche Frau« nennt? Höchstens ihr Gegenstück, der Schönredner! Ein solcher Geist, im mondänen Sinne des Wortes, steht im schärfsten Gegensatz zur Intelligenz. So sehr eine nachdenkliche, gläubige, ein bißchen *dumme* und stille Frau ein unvergleichlicher Schatz, die wahre Gefährtin ist, eine Frau also, die mit ihrem wunderbaren Instinkt den wahren Sinn eines Wortes wie durch einen leuchtenden Schleier erfaßt, so bestimmt ist die andere eine unverträgliche Plage.

So ist denn auch Miß Alicia, wie alle nichtssagenden Personen, nicht *dumm*, sondern nur *albern*. Ihr Traum wäre, allgemein für eine »geistreiche Frau« zu gelten, des glänzenden Scheins und der Vorteile halber, die ihrer Meinung nach ein solcher Ruf mit sich bringt. Diese Bourgeoise mit dem Stich ins Phantastische liebte diese Maske wie eine Toilette, wie einen angenehmen Zeitvertreib, den sie doch nicht weiter ernst zu nehmen brauchte. So weiß sie selbst in ihren leeren und krankhaften Idealen ihre Mediokrität zu bewahren.

Wie zeigt sich ihre Albernheit im täglichen Leben? fragte Edison.

Sie ist, erwiderte Lord Ewald, mit jenem rein negativen, angeblich gesunden Menschenverstand *ausgestattet*, der alles verkleinert, und dessen Beobachtungen sich stets nur jenen nichtssagenden Dingen zuwenden, die sich in ihrer Geringfügigkeit von selbst verstehen, über die weiter kein Wort zu verlieren ist, und die doch keinesfalls berechtigt sind, ein denkendes Wesen so stark zu beschäftigen.

Allein zwischen solch untergeordneten Dingen und gewissen Leuten bestehen heimliche Beziehungen: daher die natürliche gegenseitige Anziehungskraft zwischen diesen Leuten und diesen Dingen: sie locken, sie entsprechen einander. Diese Leute versuchen vergebens, sich zu kultivieren; heimlich siechen sie an ihrer eigenen Niedrigkeit dahin. Vom physiologischen Standpunkt aus sind diese Fälle von unzulänglichem Positivismus, die in unseren Tagen sich mehren, nur eigenartige Erscheinungsformen der Hypochondrie. Die von dieser Art von Wahnwitz Behafteten sprechen selbst im Schlafe scheinbar bedeutsame Worte, um sich über ihre eigene Gehaltlosigkeit hinwegzutäuschen; Worte wie: Gründlich! – Positiv! – Vernünftig! usw. aufs Geratewohl und sinnwidrig betont. Diese Toren glauben, und oft mit Recht, daß der, wenn auch gedankenlose Gebrauch dieser Worte ihnen einen gewissen Kredit verleiht, so daß sie sich mechanisch die nützliche Gewohnheit zu eigen machen, sich beständig solcher Worte zu bedienen; eine Gewohnheit, an der sie mit einer ans Hysterische grenzenden Hartnäckigkeit festhalten. Das Erstaunliche ist nur, daß sie damit andere Leute anführen können, und daß sie mitunter bis zu hohen öffentlichen Machtstellen gelangen, während sie vielmehr in ihrer lächelnden, selbstzufriedenen und unbeirrten Nichtigkeit reif sind für das Irrenhaus. Nun denn! Die Seele der Frau, die ich liebe, gehört leider Gottes zu jener Familie.

Gut! sagte Edison. Also weiter: wenn ich Sie recht verstand, ist Miß Alicia keine *hübsche* Frau?

Gewiß nicht! versetzte Lord Ewald. Wäre sie nur die hübscheste ihres Geschlechtes, so würde ich ihr wahrlich nicht solches Interesse schenken. Sie kennen den Spruch: Wer das Schöne liebt, ist dem Hübschen abhold. Ohne zu zögern, nannte ich vorhin anläßlich einer Schilderung Aliciens die Venus victrix: würde ein Mann, der seiner fünf Sinne mächtig ist, sich's einfallen lassen, die Venus victrix »hübsch« zu nennen? Wenn daher eine Frau auch nur für einen Augenblick den Vergleich mit einem so idealen Standbild menschlicher Schönheit auszuhalten vermag, so kann sie unmöglich das sein, was man »eine hübsche Person« nennt. Zu dieser steht Alicia in ebenso schroffem Gegensatz wie zur häßlichsten der Eumeniden, und man könnte sich diese drei Typen als die drei Extreme denken.

Bei Alicia ist nur das eine schade: daß sie denkt. Dächte sie nicht, so könnte ich sie verstehen. Die marmorne Venus kann des Gedankens entraten: die Göttin verhüllt sich hier hinter dem stummen Marmor. Ihr Bild aber spricht zu uns: »Ich bin einzig nur die Schönheit selbst. Ich denke nur durch den Geist desjenigen, der mich betrachtet. In meinem Selbst schwindet der Begriff, weil er in mir zur Unbegrenztheit wird. Alle Begriffe verlieren, versenken, vereinen und identifizieren sich in mir wie die Wellen der Flüsse bei der Mündung ins Meer. Für den allein, dessen Geist mich widerspiegelt, bin ich ergründbar.

Diesen Sinn der Venus victrix könnte auch Alicia Clary, wenn sie am Sand des Meeresufers vor uns stünde, zu verkörpern scheinen – vorausgesetzt, daß sie schwiege und ihre Wimpern schlösse. Wie aber könnte eine Venus victrix, die aus der Nacht der Vorzeit inmitten der Menschheit erstünde und ihre Arme wiedererlangt hätte, verständlich sein, wenn sie zugleich einer von Staunen und Bewunderung erfüllten Welt den nüchternen und verstohlenen Seitenblick einer aus der Art geschlagenen Matrone zeigte. Ihr Geisteszustand wäre mit einem Scheideweg vergleichbar, an dem alle Hirngespinste jener eben erwähnten dünkelhaften und unfrohen »Vernünftigkeit« ihren müßigen Rat halten und sich begegnen.

Weiter, sagte Edison. Miß Alicia ist auch keine Künstlerin, nicht wahr?

Gerechter Himmel, nein! rief Lord Ewald. Sagte ich Ihnen nicht, daß sie eine Virtuosin ist? Und ist der Virtuose nicht der Todfeind des Genius und infolgedessen auch der Kunst selbst?

Sie wissen, daß die Kunst so wenig Beziehung zum Virtuosentum hat wie das Genie zum Talent, da zwischen ihnen die Kluft in Wahrheit unüberbrückbar ist.

Den Namen Künstler verdienen nur jene Schaffenden, die einen tiefen, ungekannten und erhabenen Eindruck in uns erwecken. Die anderen? ... Was bedeuten die? Die Eklektiker können wir ja noch gelten lassen, jene Virtuosen aber, welche mit ihren Verzierungen und Mätzchen sich an das Werk des Genies heranwagen? Diese Unglückseligen, die in der Musik zum Beispiel auch noch für die Posaune des letzten Gerichts ihre »Variationen« und »Phantasien« komponieren möchten? ... Welcher Affenzirkus! – Kennen Sie jene Leute, die nach einem »Vortrag« mit zwei Fingern über ihr Haar hinstreichen und mit begeisterter Miene den Blick nach oben richten? Man möchte sich für sie schämen. Es ist, als ob bei ihnen nur figürlich, wie bei einer Violine, von einer Seele die Rede sein könnte. – Nun, Miß Alicia hat auch nur diese Art von »Beseeltheit«, aber ihre Mittelmäßigkeit geht so weit, daß ihr selbst das Aftertalent der Virtuosen abgeht, welche doch wenigstens glauben, daß die Musik schön ist, obwohl sie weniger Recht dazu haben als der Taubsten einer. Sie aber meint, in ihrer überirdisch schönen Stimme, dem Zauber und den reichen Modulationen ihres unvergleichlichen Organs ein »niedliches Talent« zu besitzen. Sie findet die Leute, die sich stark für derlei Dinge interessieren, etwas übertrieben! Der Enthusiasmus scheint ihr immer ein klein wenig verächtlich und nicht distinguiert. So daß sie, wie Sie sehen, die Albernheit und Einbildung des Virtuosentums noch überbietet. Wenn sie auf mein Drängen sich zu singen entschließt (denn es langweilt sie, und sie betreibt ihren Gesang nur aus Not und ach, so ungern!) und ich vor innerer Bewunderung die Augen schließe, so unterbricht sie mich, um mir zu sagen, daß sie wirklich zuweilen nicht verstünde, wie ein Edelmann so viel Wesens aus solchen Nichtigkeiten machen könne, statt auf die Würde bedacht zu sien, die sein Stand ihm zu wahren gebietet.

Sie ist auch keine gute Frau? fragte Edison.

Wie kann sie gut sein, da sie albern ist! Sie könnte gut sein, wenn sie nur dumm wäre. Wäre sie bös, finster, eine Verbrecherin mit den Instinkten einer römischen Imperatorin, ich hätte es begriffen und tausendmal vorgezogen. Ohne gut zu sein, fehlen ihr jene wilden Triebe, welchen doch wenigstens ein mächtiger Stolz zugrunde liegt. Gut! sagten Sie? In ihr ist keine Spur jener erhabenen Güte, welche die Häßlichkeit verklärt und ihren Wunderbalsam auf jede Wunde legt.

Nein. Sie ist auch zu mittelmäßig, um wirklich böse zu sein: sie ist harmlos, wie sie eher knickerig ist als geizig; in allem stets albern, niemals dumm. Sie ist von jener Unaufrichtigkeit, die schwachen und gefühllosen Herzen eigen ist, die morsch sind wie Heckenholz, der empfangenen Wohltaten so unwert als der erwiesenen. Mit welcher Sentimentalität suchen sich denn auch solche Menschen über ihre traurige Gleichgültigkeit hinwegzutäuschen! – Eines Abends, mein lieber Edison, beobachtete ich Miß Alicia im Theater während eines Melodramas aus der Feder eines jener literarischen Strolche und Wortfälscher, die ungestraft mit ihrem leeren Kauderwelsch, ihrem öden Lyrismus, ihren widerwärtigen Possen jeden höheren Sinn im Publikum ertöten und dabei noch triumphieren und sich bereichern dürfen. Nun denken Sie! in einem solchen Stück sah ich die herrlichen Augen dieser Frau in Tränen schwimmen, und ich sah ihrem Weinen zu, wie man dem Regen zusieht. Moralisch gesprochen wäre mir ja der Regen lieber gewesen, aber physisch... was wollen Sie? selbst solche Tränen waren herrlich auf einem solchen Antlitz. Im hellen Lichte glitten sie wie Diamanttropfen an diesem blassen göttlichen Antlitz herab, hinter dem weiter nichts als eine alberne Rührung sich abspielte. Und mit melancholischer Bewunderung betrachtete ich dieses rein animalische Zauberspiel.

Gut! sagte Edison. – Miß Alicia gehört sicher einer religiösen Sekte an, nicht wahr?

Ja, sagte Lord Ewald. Ich habe die Religiosität dieser eigentümlichen Frau genau studiert. Sie ist fromm, – nicht aus Liebe zu einem erlösenden Gott – sondern weil es »zum guten Ton« gehört. Sehen Sie, die Art, wie sie ihr Gebetbuch hält, wenn sie sonntags von der Kirche kommt, hat eine gewisse Ähnlichkeit – von ferne besehen natürlich – mit ihrer Art, mich »einen Edelmann« zu nennen. Der Eindruck ist so unangenehm, daß man errötet.

So glaubt sie an einen alles klar überschauenden, wohlberatenen Gott; ihr Himmel ist von Märtyrern bevölkert, die nichts übertreiben, gravitätischen Heiligen, phlegmatischen Auserwählten, klugen Jungfrauen, bedächtigen Cherubinen. Sie glaubt an einen Himmel, aber an einen Himmel von vernünftigen Dimensionen. Ihr Ideal wäre ein Himmel, der nicht zu hoch hinge, sondern hübsch greifbar wäre, hängt ihr doch selbst die Sonne zu hoch in den Wolken, zu sehr »im Blauen«.

Den Tod findet sie durchaus anstößig, ja geradezu einen Unfug, den sie nicht begreift, der ihr nicht mehr zeitgemäß erscheint. Damit ist die Summe ihres Mystizismus gezogen. Das Verwirrende an ihr ist diese fast übermenschliche Schönheit, die mit ihrem göttlichen Schleier einen so alltäglichen Charakter, eine so triviale Gesinnung verhüllt, die einzig und allein auf die rein äußerlichen Werte des Reichtums, der Frömmigkeit, der Liebe und der Kunst gerichtet, ja in sie vernarrt ist. Man wird dabei an jenen Menschenstamm am Ufer des Orinoko erinnert, bei dem die Köpfe der Kinder zwischen Brettern eingezwängt werden, damit sie unfähig werden, hohe Gedanken zu fassen. – Denken Sie sich nun zu diesem Charakter noch einen gewissen befriedigten Eigendünkel, so haben Sie den Gesamteindruck, den ihr Wesen hinterläßt.

Ich aber gestehe, fuhr Lord Ewald nach kurzem Schweigen fort, daß die objektive Beobachtung dieser Frau alle Lebensfreude in mir ertötet hat. Wenn ich sie ansehe und ihr zuhöre, so erinnert sie mich an einen profanierten Tempel, der nicht etwa durch gottlose Freveltaten, durch Barbarei und blutige Greuel entweiht wurde, wohl aber durch die berechnete Ostentation, die schüchterne Heuchelei, die eitle und mechanische Frömmigkeit, die unbewußte Kälte, den ungläubigen Aberglauben der Priesterin dieses Tempels selbst, dessen Gottheit zu gering ist, um gelästert zu werden, und kaum ein Lächeln verdient, deren nichtssagende Legende diese

Priesterin jedoch mit salbungsvoller und überzeugter Miene immer wieder heruntersagt.

Nur eines noch, warf Edison ein, sagten Sie mir nicht, daß dieses so wenig differenzierte Wesen dennoch von edler Rasse ist?

Eine kaum merkliche Röte überzog bei diesen Worten das Gesicht Lord Ewalds.

Habe ich das gesagt? erwiderte er.

Sie sagten, daß Miß Alicia Clary einer guten schottischen Familie entstammt, die kürzlich geadelt wurde.

Ach ja, versetzte Lord Ewald, aber das ist doch nicht dasselbe. Das ist doch kaum ein Vorzug; im Gegenteil. In diesem Jahrhundert muß man adlig geboren sein, da man es längst nicht mehr werden kann. Der Adel wird in unseren Ländern heutzutage nur mit einem geringschätzigen Lächeln verliehen. Und wir sind der Meinung, daß es dem innersten Charakter gewisser Geschlechter nur schädlich sein kann, mit jenem zweifelhaften und verbrauchten Impfstoff in Berührung zu kommen; sind doch so viele geschwächte Bürgerfamilien davon nur vergiftet worden.

Und in seinen eigenen Gedanken wie vertieft, fügte Lord Ewald leise mit einem ernsten Lächeln hinzu:

Vielleicht ist dies sogar der *Grund*.

Auch Edison, dieser geniale Mann (eine Klasse Menschen, deren eigentümlicher Adel den Verfechtern des Gleichheitssystems stets ein Dorn im Auge sein wird), lächelte jetzt, und auf Lord Ewalds Gedanken eingehend, sagte er:

Ein Pferd ist allerdings noch kein Vollblut, weil es einmal am Rennplatz erschien. Höchst beachtenswert an Ihrer ganzen Analyse jedoch ist, wie wenig Sie merken, daß für drei Viertel der Menschheit diese Frau das Ideal der Weiblichkeit wäre. Welch angenehmes Leben würden Millionen von jungen Leuten wie Sie, schön, reich und jung, mit einer solchen Geliebten führen!

Und ich gehe daran zugrunde, sagte Lord Ewald. Und um bei unserem Vergleich zu bleiben: Hier liegt eben der Punkt, welcher für mich den Unterschied zwischen dem Vollblut und den gewöhnlichen Pferden ausmacht.

XVIII. KONFRONTIERUNG

> Unter seinem bleiernen Mantel brachte der Verdammte nur
> dies eine Wort hervor: Ich kann nicht mehr.
>
> *Dantes Inferno*

Einer bisher unterdrückten jugendlichen Ungeduld nachgebend, rief plötzlich Lord Ewald:

Ach! wer entrisse diese Seele diesem Körper! – ist es doch, als läge hier ein Mißgriff des Schöpfers vor! Ich dachte nicht, daß mein Herz die Marter eines solchen Dilemmas verdient hätte. Verlangte ich so viel Schönheit um den Preis einer so harten Pein? Nein. Und ich habe ein *Recht* zu meiner Klage. Mit einem Kind von einfachem Herzen, mit lebensvollem Gesicht und liebenden unschuldigen Augen wäre mir das Leben so viel annehmbarer geworden; ich hätte mir ihrethalben den Kopf nicht zerbrochen. Ich würde sie geliebt haben! Gott, wie man eben liebt. – Aber dieses Weib! . . . Ach! Sie ist das Unabwendbare. – Mit welchem Recht fehlt ihr der Geist, da ihr solche Schönheit zuteil wurde. Mit welchem Recht darf diese einzige Gestalt eine so edle Liebe in mir erwecken, um ihrer Erhabenheit dann Hohn zu sprechen! »Verrate mich lieber, aber erwache! Sei was du scheinst!« dies ruft ihr mein Blick unaufhörlich zu, – ohne daß sie je ihn verstünde. Erschiene ein Gott einem in höchster Ekstase und Inbrunst Flehenden, um ihm zuzuflüstern: »Ich existiere nicht«, wahrlich, er wäre nicht unverständlicher als dieses Weib. Ich bin kein Liebhaber, sondern ein Gefangener. Meine Enttäuschung ist entsetzlich. Die Freuden, welche diese dumpf Dahinlebende mir spendete, waren bitterer als der Tod. Ihr Kuß weckt in mir nur die Lust am Selbstmord, und schon sehe ich keine andere Rettung mehr.

Lord Ewald unterdrückte seine Erregung und fuhr mit ruhigerer Stimme fort: Ich führte sie auf Reisen. Manchmal wechseln die Gedanken ihre Farbe im fremden Lande. Ich weiß nicht recht, was ich mir davon versprach: ein Erstaunen vielleicht, eine wohltätige Ablenkung. Ich behandelte sie wie eine Kranke, ohne daß sie es bemerkte.

Allein weder Deutschland noch Italien, noch die russischen Steppen, noch das herrliche Spanien, noch das junge Amerika vermochten dies unerklärliche Geschöpf zu interessieren, zu zerstreuen, oder zu rühren. Eifersüchtigen Auges betrachtete sie die Meisterwerke, welche für den Augenblick die Aufmerksamkeit von ihr abzogen, ohne zu begreifen, daß sie teilhatte an der Schönheit dieser Meisterwerke und es *Spiegel* waren, die ich ihr da zeigte.

In der Schweiz, angesichts des Monte Rosa, rief sie (mit einem Lächeln, das ebenso schön war, wie die Morgenröte auf dem Schnee): Ach! ich liebe die Berge nicht! Sie haben für mich etwas Bedrückendes!

In Florenz, vor den Wunderwerken aus der Zeit Leos X., bemerkte sie mit einem leichten Gähnen: Ja, das ist alles sehr interessant.

In Deutschland, Wagnerscher Musik folgend, sagte sie: Man hört ja keine Melodie bei dieser Musik heraus. Das ist doch toll.

Überhaupt nennt sie alles, was nicht ganz einfach trivial und flach ist, überspannt.

So höre ich oft ihre himmlische Stimme zu mir sagen: Nein, mein lieber Lord, alles was Sie wollen, nur keine Überspanntheiten!

Das ist ihr Lieblingsmotto, das sie mechanisch wiederholt, und durch das sie nur ihrer angeborenen Neigung Ausdruck verleiht, alles, was sich über das gewöhnliche Niveau erheben möchte, zur Erde herabzuziehen.

Die Liebe? das ist eines jener Worte, die sie zum Lächeln zwingen und um ein Nichts würde sie dabei zwinkern, wenn die frivole Regung ihrer Seele (sofern sie wirklich eine hat) über ihre edle Miene gebieten könnte. *Daß* sie aber tatsächlich eine Seele hat, dies konnte ich in den seltenen schrecklichen Momenten wahrnehmen, in denen sie etwas wie eine dunkle und instinktive Angst vor der idealen Schönheit ihres Körpers zu empfinden schien.

In Paris ereignete sich einmal folgendes: meinen Augen, meiner Vernunft nicht länger trauend, kam ich auf die frevelhafte, ja, ich gestehe es, wahnsinnige Idee, eine Konfrontierung zwischen Alicia und der Venus victrix, ihrem Ebenbilde, herbeizuführen. Ich wollte sehen, welche Wirkung die hehre Statue auf sie ausüben würde. So führte ich sie denn eines Tages in den Louvre: Liebe Alicia, sagte ich scherzend zu ihr, ich glaube, daß ich Ihnen eine Überraschung bereiten werde.

Wir gingen durch verschiedene Säle und plötzlich stellte ich sie brüsk vor das unvergängliche Marmorbild.

Diesmal schlug sie den Schleier zurück. Sie betrachtete die Statue mit einem gewissen Erstaunen; dann rief sie in naiver Betroffenheit:

Aber das bin ja ich!
Einen Augenblick später fügte sie hinzu:
Ja, nur habe ich meine Arme, und ich sehe distinguierter aus.
Dann durchfuhr sie ein Frösteln; ihre Hand, die sich meinem Arme entzogen hatte, um sich an die Balustrade zu lehnen, ergriff ihn von neuem, und sie sagte ganz leise:
Diese Steine... diese Mauern... es ist hier so kalt. Gehen wir.

Als wir im Freien standen und sie fortfuhr zu schweigen, hegte ich ein wenig die Hoffnung, daß sie etwas Unerhörtes sagen würde. Nun – darin enttäuschte sie mich nicht. Miß Alicia, die ihren Gedanken nachhing, schmiegte sich enger an mich, dann bemerkte sie:
Wenn man aber so viel Wesen aus dieser Statue macht – dann werde ich auch Erfolg haben.

Offen gestanden, mich überkam bei diesen Worten ein Schwindel. Eine so himmelstürmende Albernheit erschien mir wie ein Fluch. Sie brachte mich aus der Fassung.

Ich hoffe es, sagte ich mit einer Verbeugung, und begleitete sie nach Hause. Als ich dieser Pflicht genügt hatte, kehrte ich in den Louvre zurück.

Ich betrat den heiligen Raum. Ach, und beim Anblick der marmornen Göttin, die herrlich ist wie eine bestirnte Nacht, fühlte ich zum erstenmal in meinem Leben etwas wie ein geheimes Schluchzen, das mich ersticken wollte.

So mußte denn diese Geliebte, die in ihrer Dualität mich zugleich anzog und abstieß, mich gerade dadurch an sich fesseln, durch ihren *Gegensatz*, wie die zwei Pole dieses Magneten dies Stück Eisen an sich ziehen.

Trotzdem bin ich nicht die Natur, mich auf die Dauer von einer Kraft – und wäre sie noch so stark – anziehen zu lassen, deren Hälfte mich abstößt. Eine Liebe, in deren Genuß sich kein höheres Gefühl, kein höher Gedanke mischt, scheint mir eine Herabwürdigung meiner selbst. Mein Gewissen wirft mir eine solche Liebe wie eine Ehrlosigkeit vor. Die sehr entscheidenden Eindrücke, welche diese »erste Liebe« in mir erweckte, haben mich den Frauen in hohem Grade entfremdet, und mich zu einem unheilbaren Spleen getrieben.

Meine erst so heftige Leidenschaft für die Linien, die Stimme, den Duft, und den *äußeren* Reiz dieser Frau ist absolut platonisch geworden. Ihr Gemüt hat meine Sinne auf immer erstarren lassen: sie sind nunmehr rein *kontemplativ*. Der Gedanke, Alicia noch länger zu meiner Geliebten zu machen, hätte heute etwas Empörendes für mich. Was mich an sie fesselt, ist nur mehr eine Art schmerzlicher Bewunderung. Alicias Leiche zu betrachten, wäre mir eine Erfüllung, wenn der Tod nicht die traurige Zerstörung ihrer Züge mit sich brächte! Mit einem Wort, ihre äußerliche Gegenwart, und wäre sie illusorisch, würde meinem entzückten und zugleich gleichgültigen Herzen genügen, da nichts diese Frau der Liebe würdig machen kann.

Auf ihr Drängen habe ich mich entschlossen, ihr zu einem Engagement an einem Londoner Theater zu verhelfen: mit anderen Worten: ich ... mache mir nichts mehr aus dem Leben.

Um mir selbst zu beweisen, daß ich nicht ganz unnütz gewesen bin, wollte ich Sie wiedersehen und Ihnen die Hand drücken, bevor ich auf immer verschwinde.

Sie wissen nun meine Lebensgeschichte. Sie selbst haben sie zu erfahren verlangt. Sie sehen, daß mir nicht zu helfen ist. Geben Sie mir die Hand, und adieu.

XIX. Ermahnungen

> Wo wäre hier ein Ausweg möglich?
> *Montaigne*

Lieber Lord Ewald, sagte langsam Edison, was muß ich hören? und das einer Frau wegen! was sage ich? einer solchen Frau wegen! Es ist ja nicht denkbar!

In der Tat, sagte Lord Ewald mit einem kalten melancholischen Lächeln. Allein, was wollen Sie? Diese Frau war mir wie eine jener klaren Quellen, die in sonnigen Ländern in den tiefen Gründen uralter Wälder entspringen. Wenn Sie im Frühjahr, von der Schönheit ihrer tödlichen Wellen verlockt, ein von jungen Säften erfülltes grünes Blatt hineinwerfen, so ziehen Sie es versteinert wieder hervor.

Gewiß, sagte Edison nachdenklich, indem er Lord Ewald betrachtete; deutlich las er in seinen tiefen, verlorenen Blicken die selbstmörderische Absicht.

Lieber Lord, Sie sind von einer Jugendkrankheit befallen, die von selber ihre Heilung findet. Haben Sie vergessen, daß sich alles vergißt?

O! erwiderte Lord Ewald, halten Sie mich für einen Wankelmütigen? Das liegt in meiner Natur und meinem Charakter, daß ich, obwohl mir die Sinnlosigkeit meiner Leidenschaft vollkommen bewußt ist, darum nicht minder unter ihrem Banne stehe. Ich weiß, wie tief sie mich getroffen hat. Es ist zu Ende. Und nun, lieber Freund, sprechen wir nicht mehr davon.

Edison betrachtete einige Augenblicke den bleichen, etwas *gar* zu edlen jungen Mann, wie ein Arzt einen aufgegebenen Kranken ansieht.

Er dachte nach; – er zögerte.

Es war, als sammelte er alle seine Gedanken und seine Energie zu einem seltsamen und geheimen Projekt.

Nehmen Sie doch Vernunft an, sagte er. Sie sind einer der größten Herren Ihres Landes. Sie wissen, daß es Gefährtinnen gibt, die alle Freuden dieses Lebens adeln, strahlende junge Mädchen, die ihr Herz nur *einmal* einem Manne schenken: edle, hochgesinnte Idealgestalten; – und Sie Mylord, mit Ihren persönlichen Gaben, Ihrer Macht, Ihrem Reichtum, der Sie, wenn Sie nur wollen, eine glänzende Laufbahn vor sich haben, ... Sie lassen sich von einer solchen Frau Ihrer Energie berauben! Sie brauchten nur zu wünschen, um tausend andere, die ebenso verführerisch und fast ebenso schön sind, an Aliciens Stelle zu sehen! Unter ihnen würden wohl hundert sympathische Naturen sein, welchen Sie nur glückliche und liebenswürdige Eindrücke verdanken würden! unter diesen hundert zehn Frauen von fleckenlosem Ruf und unwandelbarer Treue, und unter diesen endlich die eine, welche vor allen würdig wäre, Ihren Namen zu tragen, denn immer ist eine Hypermnestra unter fünfzig Danaiden.

Und denken Sie sich mit einer solchen Gefährtin in dreißig oder vierzig Jahren – auf eine glückliche, ja ruhmvolle Vergangenheit zurückblickend! von schönen Kindern umgeben, die stolz sind, Ihren Namen zu tragen und sich Ihrer Abkunft wert erzeigen! – Und ein solches Glück, das Ihnen das Schicksal als einem der Bevorzugten unter den Erdensöhnen bietet, das andere unter tausend beharrlichen Kämpfen und Opfern erstreben würden, ein solches Glück wollen Sie verschmähen, allem entsagen und sich selbst vernichten, und das um einer Frau willen, die ein Verhängnis, ein Zufall unter fünf Millionen ihresgleichen erkor, ein so schnödes Werk zu vollbringen! Sie wollen einen Schatten ernst nehmen, an den Sie in einigen Jahren zurückdenken werden, etwa wie man an die schwarzen, betäubenden Dämpfe denkt, die den Haschisch-Pfannen entströmen! – Gestatten Sie mir die Bemerkung, daß, wenn Fräulein Alicia von Natur aus dazu neigt, Minderwertiges dem Wertvollen vorzuziehen, dieser Hang Sie wirklich angesteckt zu haben scheint, – und dies ist in Wahrheit sehr beklagenswert.

Lieber Freund, entgegnete Lord Ewald, seien Sie mir gegenüber weniger streng, bin ich es doch mehr als Sie, und ganz vergebens.

Ich spreche im Namen jenes jungen Mädchens, das Ihr Heil sein würde, versetzte Edison. Wem wollen Sie sie überlassen? Man ist für das Übel verantwortlich, das man durch Unterlassungssünden veranlaßt hat.

Ich gebe Ihnen die Versicherung, daß ich mich nicht leichtsinnig darüber hinwegsetzte, aber es steckt mir im Blute, nur einmal lieben zu können. In meiner Familie ist das so herkömmlich, und hat man es schlecht getroffen, so wird sehr kurz und bündig damit abgerechnet. Sich abzufinden und sich zufrieden zu geben, das überlassen wir anderen.

Edison schien seinen Klienten auf den Puls zu fühlen. Zum Teufel auch! murmelte er. Es ist ihm wirklich ernst. Dann aber, sich plötzlich zu Lord Ewald wendend:

Mein lieber Lord, sagte er, da ich der einzig mögliche Arzt bin, der hier helfen könnte, so fordere ich Sie auf, beim Andenken der Dankbarkeit, die ich Ihnen schulde, mir eine Frage auf das genaueste und bestimmteste zu beantworten. Sie versichern mir also zum letzten Male, daß es Ihnen nicht möglich ist, dies galante Abenteuer (denn nur in Ihren Augen ist es etwas anderes) als eine vorübergehende Laune aufzufassen, die bei aller Leidenschaftlichkeit keine wirkliche Bedeutung für Ihr Leben haben kann?

Daß Miß Alicia morgen für manchen anderen eine Geliebte des Zufalls werden könnte, ist möglich. – Ich aber werde nicht darüber hinwegkommen: sie ist mein Verhängnis, und ich sehe kein anderes Bild als das ihre auf dem Grunde meiner Seele.

Trotz Ihrer Verachtung beharren Sie also auf Ihrer Schwärmerei für ihre Schönheit, und das auf rein platonische Weise, da Sie mir sagten, daß Sie sie nicht länger mehr begehrten?

So ist es, erwiderte Lord Ewald. Nur meinen Geist hält sie gefangen; das ist alles. Meine Sinne sind ertötet, und ihre Nähe läßt mich völlig kalt. Dennoch komme ich nicht von ihr los. Im Mittelalter hätte man mich für verzaubert gehalten!

Und Sie sind entschlossen, nicht wieder zu Ihrem früheren Leben zurückzukehren?

Ja, sagte Lord Ewald, und erhob sich. Jetzt leben Sie wohl, mein lieber Edison, freuen Sie sich Ihres Ruhmes! Ich gehe. Starb doch selbst Achilles an einer verwundeten Ferse! – Zum letztenmal Adieu. Ich will nicht länger Ihre so kostbare Zeit für so persönliche und nichtige Dinge in Anspruch nehmen.

Und Lord Ewald griff nach seinem Hut.

Aber auch Edison war aufgestanden.

Ja, glauben Sie denn, rief er, daß ich Sie ruhig ziehen lasse, damit Sie jetzt hingehen und sich eine Kugel vor den Kopf schießen; ich, der ich Ihnen mein eigenes Leben schulde? – Habe ich Sie deshalb ausgefragt? – Mein lieber Lord, Sie gehören zu jenen Kranken, die man nur mittels Gift kuriert. Da meine Ermahnungen nichts halfen, zwingen Sie mich, Ihnen mit einem radikalen, ja schrecklichen Mittel beizukommen. Es besteht darin, daß Ihre Wünsche erfüllt sein sollen! – Zwar ließ ich mir wahrlich nicht träumen, daß ich an Ihnen ein solches Experiment versuchen würde, fügte er halb zu sich selber hinzu. Es ist doch, als bestünde eine Anziehungskraft zwischen den Ideen und den Menschen, – und fast möchte ich glauben, daß ich unbewußt heute abend auf Sie wartete. Nun, ich sehe wohl, daß ich es wagen muß. Und da es Wunden gibt, die sich nur heilen lassen, indem man sie noch verschärft, *so soll Ihr ganzer Traum verwirklicht werden!* – Sagten Sie nicht soeben, mein lieber Lord Ewald, als Sie von ihr sprachen: »Wer entrisse diese Seele diesem Leibe?«

Ja! erwiderte Lord Ewald etwas betroffen.

Nun ja, *ich werde dies tun*.

Was?!

Sie aber, Mylord, unterbrach ihn Edison in einem plötzlich ernsten und feierlichen Tone, vergessen Sie nicht, daß ich nur der Not gehorche, wenn ich Ihren verhängnisvollen Wunsch erfülle.

ZWEITES BUCH
Der Vertrag

I. Weisse Magie

> Halt ein! Mit Gespenstern spielend, wirst du zum Gespenst.
> *Vorschrift aus der Kabbala*

Lord Ewald faßte Edison scharf ins Auge. Der Ton, die Stimme, als er die letzten Worte sprach, hatten ihn erschreckt. War Edison bei Sinnen? Was er da gesagt hatte, war denn doch zu befremdlich. Nun, er würde es wohl erklären.

Bei alledem fühlte sich Lord Ewald jetzt wie unter einem magnetischen Bann. Er ahnte, daß sich etwas Unerhörtes zutragen würde.

Er schwieg noch immer, aber sein Blick ruhte nicht mehr auf Edison, sondern schweifte durch den Raum, die seltsamen Gegenstände umfassend, die ihn überall umgaben.

Im geisterhaft bleichen Lichte der Lampen hatten die Instrumente und wissenschaftlichen Geräte ein drohendes, unheimliches Aussehen und das Laboratorium glich in der Tat der Werkstatt eines Zauberers: das Wunderbare mußte dort an der Tagesordnung sein.

Dabei erwog Lord Ewald, daß die meisten Entdeckungen Edisons noch unbekannt waren. All das Paradoxe, das er darüber vernommen hatte, bewirkte, daß er Edison mit einer Art von intellektuellem Heiligenscheine umgab, und in diesem Manne den Abgesandten einer anderen Welt erblickte. Nun spürte er Neugier, Verwunderung und eine ganz geheime Hoffnung, etwas Neues zu erleben; und seine Vitalität war sozusagen davon erhöht.

Es handelt sich einfach um eine ... Transsubstantiation, begann Edison. Doch sind vorher einige Maßnahmen zu treffen. – Habe ich denn auch Ihre Einwilligung?

Sie sprachen also wirklich im Ernst?

Jawohl. – Willigen Sie ein?

Gewiß! und im vollsten Maße, erwiderte Lord Ewald mit einem Lächeln, dessen Traurigkeit bereits etwas Konventionelles hatte.

So beginne ich, sagte Edison und warf einen Blick auf die elektrische Uhr, die über der Tür angebracht war. Denn die Zeit ist kostbar und ich brauche drei Wochen.

Wirklich? Ich gebe Ihnen einen Monat!

Nein. Ich bin pünktlich. Es ist hier jetzt 8 Uhr 35 Minuten. Um diese Stunde wird Ihnen hier in einundzwanzig Tagen Fräulein Alicia Clary nicht nur umgewandelt erscheinen, nicht nur als die ideale Lebensgefährtin, sondern gewissermaßen von einem Schein von Unsterblichkeit umwoben. – Mit einem Worte: diese verwirrende und alberne Person wird keine Frau mehr, sondern ein Engel sein; nicht nur eine Geliebte, sondern eine Liebende; nicht Wirklichkeit, sondern Ideal.

Lord Ewald betrachtete Edison sichtlich beunruhigt.

O! Sie sollen noch heute abend in mein Verfahren eingeweiht werden! . . . fuhr dieser fort, und wäre es nur, um Ihnen zu beweisen, daß ich vollkommen bei Verstande bin! Aber vor allem ans Werk. Die Erklärung wird sich nach und nach von selbst ergeben. – Sie sagten also, daß Miß Alicia Clary sich augenblicklich im Theater zu New York aufhält.

Ja.

Die Nummer der Loge?

Nummer Sieben.

Sie haben ihr nicht mitgeteilt, warum Sie sie dort allein zurückließen?

Es hätte sie so wenig interessiert, daß ich es unterließ.

Kennt Sie meinen Namen?

Vielleicht . . . Aber sie hat ihn wieder vergessen.

Um so besser, sagte Edison nachdenklich, denn dies ist sehr wichtig.

Er näherte sich dem Phonographen, schob den Griff auf die Seite, warf einen Blick auf die Punktierungen, setzte die Walze in Bewegung, schob dann den Griff wieder zurück, und indem er die Verbindung mit dem Telephon wiederherstellte, klingelte er. Sind Sie da, Martin? schallte der Phonograph in das Telephon. Die Antwort blieb aus.

Der Taugenichts hat sich auf das Bett geworfen, ich wette, daß er schnarcht! brummte Edison.

Er horchte an einem sehr vervollkommneten Mikrophon: Was sagte ich? – Natürlich! wenn er nach dem Essen seinen Grog genommen hat, glaubt er, sich eine Siesta schuldig zu sein – und um sie ungestört zu genießen, stellt er mir dann manchmal die Leitung ab.

In welcher Entfernung befindet er sich denn?

O, nur in New York, in meiner Wohnung am Broadway, erwiderte Edison zerstreut.

Was? und Sie hören ihn von hier aus schnarchen?

Ich würde ihn vom Nordpol hören! Der Kerl schnarcht ja auch laut genug.

Aber meinen Sie wohl, daß sich selbst Kinder (und würde es ihnen in einem Märchen erzählt) so etwas bieten ließen, ohne auszurufen: »Ach! das ist ja unmöglich!«

Und doch ist es so: und morgen wird sich keiner mehr darüber wundern. – Nun, zum Glück ist der Fall vorgesehen... sehen Sie dort mein Ärophon, das mit diesem Telephon verbunden ist; das dürfte genügen, nicht nur ihn, sondern vielleicht das ganze Stadtviertel aufzuwecken. Und Edison stellte den Kontakt her.

Wenn nur die Pferde auf den Straßen nicht scheuen! sagte er halblaut vor sich hin.

Der Apparat wiederholte seine Frage.

Drei Sekunden später erscholl die hastige Stimme eines Menschen, der offenbar plötzlich aus dem Schlafe aufgefahren war; sie schien direkt aus dem Hute hervorzukommen, den Lord Ewald noch in der Hand hielt, und der zufällig einen der Kondensatoren berührte.

»Was ist? – Wer da? – Ist Feuer ausgebrochen?« rief der Angerufene bestürzt.

Na! lachte Edison, den hätten wir geweckt!

Er sprach jetzt selbst in den Apparat hinein.

Nein, mein lieber Martin, es ist alles in Ordnung. Beruhigen Sie sich. Aber lassen Sie augenblicklich die Depesche befördern, die ich an Sie gehen lasse.

Gewiß, Herr Edison! antwortete jetzt die Stimme in beruhigtem Tone.

Der Telegraph funktionierte bereits; Edison chiffrierte. Verstanden? rief er dann in das Telephon.

Ich will es sogleich selbst besorgen, erwiderte die Stimme. Und aus Zerstreuung, oder weil er sich einen Scherz machen wollte, legte Edison die Hand auf das Netz der Zentralleitung seines Laboratoriums, wodurch die Stimme von allen Seiten nach allen Ecken, in denen sie auf Kondensatoren geriet, hin und her zu springen schien. Es war, als ob in diesem Zimmer zwölf Menschen zu gleicher Zeit dasselbe sagten. Lord Ewald wandte sich unwillkürlich um.

Lassen Sie mich bald die Antwort wissen, rief Edison seinem Diener telephonisch nach, dann sich wieder an Lord Ewald wendend:

Es funktioniert alles vortrefflich, sagt er.

Er hielt inne und maß ihn mit einem scharfen Blick. Dann sagte er kalt in plötzlich verändertem, nur eindringlicherem Tone:

Mylord, wir beide verlassen jetzt die zwar unerklärten, aber dennoch nur zu wohlbekannten Gebiete der sogenannten Wirklichkeit und betreten eine Welt ebenso ungewohnter als überraschender Phänomene. Der Schlüssel ihrer Verkettung kann ich Ihnen geben. Ihre *Natur* aber Ihnen zu erklären, bin ich – wenigstens jetzt, und wie ich fürchten muß, für immer – ebenso unfähig wie alle anderen Menschen. Wir werden daher nur konstatieren. Nichts weiter. Das Wesen, das ich Ihnen zu zeigen vermag, ist nicht von einer Art, die sich beschreiben ließe. Doch muß ich Sie darauf aufmerksam machen, daß sein Anblick selbst für den, der ihn schon gewöhnt ist, stets etwas Erschreckendes und Furchtbares beibehält. Er ist für uns ohne physische Gefahr, aber ich erachte es doch für meine Pflicht, Sie zu warnen: denn, um diesen Anblick zu ertragen, werden Sie wohl Ihre ganze Kaltblütigkeit aufbieten müssen ... und selbst einen Teil Ihres persönlichen Mutes.

Es entstand eine kurze Pause. Dann sagte Lord Ewald: Gut. Ich hoffe mich beherrschen zu können.

II. Vorsichtsmassnahmen

Ich bin für niemanden zu Hause. Für niemanden! Hören Sie!
Balzac

Edison schritt auf das große Fenster zu und schloß es. Dann ließ er die inneren Läden herab, befestigte sie und zog die Vorhänge zu, deren schwere Fransen übereinander fielen. Er schloß und verriegelte die Tür des Laboratoriums. Sodann drückte er auf einen Knopf, der am Dach des Pavillons das Alarmzeichen einstellte: eine blutrote Leuchte, die von weitem den Kommenden warnte, daß hier ein gefahrvolles Experiment im Gange sei, und er sich fern zu halten habe. Ein Ruck an dem Schraubengewinde des Zentralisolators unterbrach alsbald sämtliche telephonische Verbindungen, ausgenommen die nach New York.

So! Nun sind wir gewissermaßen von der Welt abgeschnitten, bemerkte Edison, der indes auf seinen Telegraphenposten zurückgekehrt war, verschiedene Drähte regulierte und zugleich mit der rechten Hand eine Menge Punkte und Striche aufzeichnete, dabei stumm die Lippen bewegend.

Haben Sie keine Photographie von Miß Clary bei sich? fragte er jetzt, ohne aufzublicken.

Richtig, ja, das habe ich vergessen, sagte Lord Ewald, und zog eine Brieftasche hervor. – Hier ist sie – urteilen Sie selbst, ob meine Worte übertrieben waren.

Edison hatte das Bild genommen und einen raschen Blick darauf geworfen:

Wundervoll! rief er, ganz die berühmte Venus des Louvre; in der Tat. Es ist überraschend, unerhört! – Zugleich drehte er am Schalter einer elektrischen Batterie.

Zwischen zwei Platinstiften entstand ein Funke, flackerte einen Augenblick, als suche er zu entrinnen; ein seltsamer Summton erfüllte den stillen Raum.

Ein blauer Draht – wie für den Ritt ins All »gesattelt« – näherte sich dem Funken, sein anderes Ende führte in die Erde.

Kaum hatte der ungeduldige Kurier das Metall gespürt, als er schon übersprang und verschwand. Sofort entstand zu Füßen der beiden Männer ein dumpfer Lärm. Er rollte wie aus den Tiefen der Erde, aus einem Abgrund zu ihnen empor; er schien von einem schweren, angeketteten Gegenstand herzurühren und es war, als ob Genien der ewigen Finsternis ein Grab entrissen und zur Erdoberfläche emportrügen. Edison, die Photographie Alicias noch immer in der Hand, und die Augen starr auf eine ihm gegenüberliegende Stelle der Mauer gerichtet, schien besorgt und von großer Spannung ergriffen. Als der Lärm aufhörte, legte Edison die Hand auf einen Gegenstand, den Lord Ewald nicht genau unterscheiden konnte...

Hadaly! rief er endlich mit lauter Stimme.

III. Erscheinung

> Wer verbirgt sich hinter diesem Schleier?
> *Das Bild zu Sais*

Beim Klange dieses Namens drehte sich lautlos, auf geheimen Angeln, ein Teil der Mauer am südlichen Ende des Laboratoriums, und enthüllte einen von Steinen umschlossenen engen Verschlag.

Alles Licht konzentrierte sich plötzlich auf diese geheimnisvolle Stelle.

Dort, den hohlen, kreisförmigen Wänden entlang, fiel in schweren Falten eine schwarze Seidendraperie herab, von großen goldenen Nachtfaltern hie und da zurückgehalten.

Unter diesem Baldachin erschien in aufrechter Haltung ein Wesen, dessen Anblick den Eindruck von etwas Unbestimmbarem hervorrief.

Das Gesicht, düster und schattenhaft, trug um die Stirn eine von Perlenschnüren festgehaltene schwarze Schleierwindung, welche das Haupt vollständig verhüllte.

Eine weibliche Rüstung aus bleichen Silberblättern umschloß und markierte in zahllosen Schattierungen jungfräuliche und schlanke Formen.

Die Schleierenden kreuzten sich am metallenen Kragen des Harnisches; an den Schultern zurückgeworfen, verflochten sie sich am Rücken wieder und fielen dann wie ein Haargewinde zum Boden nieder, wo sie im Schatten verflossen.

Eine schwarze Batistschärpe, um die Hüften geschlungen und nach vorn wie ein Indianerschurz gerafft, war von schwarzen mit Diamanten besetzten Fransen umsäumt.

In den Falten dieser Schärpe blitzte eine dolchähnliche, längliche Waffe; die rechte Hand hielt sie am Griff umfaßt, während die herabhängende Linke eine goldene Immortelle hielt. An allen Fingern dieser Hände funkelten Ringe von verschiedenen Steinen – die an den feinen Handschuhen angebracht schienen.

Nachdem die Gestalt einen Augenblick in dieser Stellung unbeweglich verharrte, stieg sie die einzige Stufe ihres Sockels herab und näherte sich den beiden Männern.

Obwohl ihr Gang ein sehr schwebender war, hallten doch ihre Schritte sehr vernehmbar, und das mächtige Licht der Lampen spiegelte sich in ihrer Rüstung.

Die Erscheinung trat dicht bis an Edison und Lord Ewald heran; dann klang es mit ernstem, entzückendem Tonfall:

Nun, mein lieber Edison, hier bin ich.

Lord Ewald starrte sie schweigend und verwundert an. Wenn Sie wollen, Miß Hadaly, sagte Edison, so ist die Stunde zu leben gekommen.

O, ich wünsche sie nicht! flüsterte die Stimme unter dem dichten Schleier.

Dieser junge Mann will das Unternehmen wagen! – fuhr Edison fort, indem er Alicias Bildnis in eine offene Kassette warf.

So sei es denn! sagte nach einer kurzen Pause Hadaly, indem sie sich leicht vor Lord Ewald verneigte.

Edison warf ihm einen Blick zu; mit einer raschen Bewegung regulierte er sodann den Beleuchtungsapparat und ein grelles Magnesiumlicht flammte am anderen Ende des Laboratoriums empor.

Zugleich ergoß sich ein greller Strahl auf ein Objektivglas, das vor die Photographie Miß Alicias gestellt war. Auch unterhalb der Photographie stand ein Reflektor, dessen Widerschein direkt darauf zurückfiel.

Fast im selben Augenblicke färbte sich auch im Objektivglas eine viereckige Scheibe, trat von selbst aus ihrer Umrahmung, um sich dann in ein metallenes Gehäuse mechanisch einzulassen, das mit zwei runden Löchern versehen war. Die weißglühenden Speichen drangen durch das vom Glase nicht länger gesperrte Loch, und kamen dann durch eine andere, von einem kegelförmigen Projektiv umschlossene Öffnung farbig wieder zum Vorschein, – und nun trat auf einem Hintergrund von weißer Seide die lebensgroße leuchtende Gestalt – das leibhaftige Bild der Venus victrix in breiter Umrahmung hervor.

Träume ich? sprach leise Lord Ewald.

Dies ist die Form, sagte Edison zu Hadaly, in welcher du dich verkörpern sollst.

Diese ging einen Schritt auf das herrliche Bild zu, und schien es unter ihrem dunklen Schleier einen Augenblick zu betrachten.

O!... so schön!... flüsterte sie... Und muß es denn sein? –

Dann neigte sie den Kopf und mit einem tiefen Seufzer: Es sei denn.

Das Magnesiumlicht erlosch: Die Erscheinung innerhalb des Rahmens verschwand.

Edison streckte die Hand nach Hadalys Stirne aus.

Diese erbebte, dann reichte sie stumm die symbolische goldene Blume Lord Ewald, der sie nicht ohne heimliches Grauen entgegennahm. Hierauf wandte sie sich von ihm ab, und kehrte, immer in demselben somnambulenartigen Gang, nach dem geheimnisvollen Versteck zurück, aus dem sie hervorgetreten war.

An der Schwelle drehte sie sich um, hob mit beiden Händen den schwarzen Schleier, der ihr Gesicht verhüllte und mit einer unendlich reizenden zärtlichen Geste grüßte sie die beiden Männer.

Dann verschwand sie hinter dem Baldachin.

Die Wände schlossen sich wieder.

Derselbe dumpfe Lärm, der aber diesmal tief unter die Erde hinabzurollen schien, ertönte von neuem und verhallte. Die beiden Männer standen allein in dem hell erleuchteten Raum einander gegenüber.

Wer ist dies seltsame Wesen? fragte Lord Ewald, indem er die Blume Hadalys in sein Knopfloch steckte.

Es ist kein lebendes Geschöpf, erwiderte Edison, und sah Lord Ewald ins Auge.

IV. Präliminarien eines Wunders

> Ohne Phosphor kein Gedanke.
> *Moleschott*

Lord Ewald blickte ihn fragend an:

Ich gebe Ihnen die Versicherung, sagte Edison, daß diese sprechende, wandelnde und gehorsame Gestalt im eigentlichsten Sinne wesenlos ist.

Und da Lord Ewald in seinem Schweigen beharrte:

Ja wesenlos, wiederholte er. Gegenwärtig ist Hadaly weiter nichts als ein noch ungewordenes Geschöpf, dessen ganzes Wesen in Möglichkeiten beruht. Ich werde ihnen sogleich, wenn Sie es wünschen, das Geheimnis ihrer magischen Natur enthüllen. Aber hier ist etwas, das Sie über den Sinn meiner Worte am besten aufklären wird.

Und den jungen Mann zu dem Ebenholztische führend, deutete er auf jene Stelle, die vorher ein Mondstrahl so geisterhaft beleuchtet hatte.

Wollen Sie mir sagen, was für einen Eindruck dieser Anblick auf Sie ausübt? – fragte er, und zeigte auf den bleichen, blutigen Frauenarm, der auf dem bläulichen Seidenkissen ruhte.

Lord Ewald starrte mit immer wachsendem Staunen auf das unerwartete grausige Bild, das jetzt im hellen Schein der Lampen vor ihm lag.

Was ist denn das? fragte er.

Betrachten Sie es genau.

Der junge Mann faßte zuerst die Hand an.

Was bedeutet dies? rief er. Die Hand ist ja noch warm!

Bemerken Sie nicht auch an dem Arm etwas Außerordentliches?

Lord Ewald faßte ihn scharf ins Auge und rief dann aus:

Das ist ebenso erstaunlich und rätselhaft, als was Sie uns vorhin zu sehen gaben. Ohne die Wunde hätte ich den Arm für lebendig gehalten. Der Engländer hatte den Arm genommen und verglich dessen Hand mit seiner eigenen.

Das Gewicht! Die Modellierung! Selbst die Farbe! – Ist das nicht wirkliches Fleisch, was ich hier fasse? Es fühlt sich auch genauso an!

Es ist besser als wirklich, bemerkte Edison. Denn wirkliches Fleisch welkt und altert: dieses aber ist aus so köstlichen, auserlesenen chemischen Substanzen hergestellt, daß es die Natur beschämen dürfte.

Und unter uns gesagt, der Dame Natur möchte ich einmal vorgestellt werden; denn jeder spricht von ihr, und niemand hat sie jemals erblickt.

Diese Kopie aber wird das Original überleben und stets jung und lebendig scheinen. Es ist künstliches Fleisch, das niemals altern wird, und ich kann Ihnen erklären, wie es gemacht wird; übrigens, lesen Sie doch Berthelot.

Wie? Was sagten Sie?

Es ist künstliches Fleisch, sagte ich, – und ich glaube, der einzige zu sein, der es so gut imitieren kann.

Lord Ewald, der sprachlos vor Verwunderung war, blickte wieder prüfend auf den unwirklichen Arm.

Aber dieser leuchtende, warme Fleischton, das Leben, das in diesem Gliede pulsiert! – Wie ist Ihnen diese Wundertat gelungen?

O! das ist das Leichteste daran! erwiderte Edison lächelnd. Er wird mit Hilfe der Sonne erzielt.

Der Sonne?... murmelte Lord Ewald.

Ja. Das Rätsel ihrer Schwingungen haben wir zum Teil gelöst... sagte Edison. Nachdem ich einmal den weißlichen Farbton der Haut erfaßt hatte, konnte ich ihn, durch eine besondere Stellung der Linsen zueinander, folgendermaßen wiedergeben.

Dieser biegsamen, zugleich festen Eiweißsubstanz, deren Elastizität durch hydraulischen Druck erzeugt ist, habe ich einer sehr subtilen farbphotographischen Einwirkung unterworfen. Ich hatte ein ausgezeichnetes Modell; und außerdem enthält der elfenbeinerne Oberarmknochen eine galvanische Masse, die in beständiger Verbindung mit einem Netz von Induktionsdrähten steht, welche sich wie Nerven und Adern verzweigen; diese Drähte nun verursachen ein ununterbrochenes Freiwerden von Wärmeeinheiten, die Ihnen soeben den Eindruck von Körperwärme und Bewegungsfreiheit gemacht haben.

Wenn Sie wissen wollen, wo die Elemente für dieses Netz von Drähten sind, wie diese sich sozusagen selbst immer wieder regenerieren und auf welche Weise das Fluidum, welches das Gleichgewicht erhält, seine Bewegung in eine fast tierisch zu nennende Wärme umsetzt, so will ich Ihnen gerne dies alles anatomisch erklären:

Das Ganze ist hier nur eine einfache Frage mechanischer Arbeit. Hier haben Sie den Arm einer Androide vor sich, der erstmals durch jene überraschende Lebenskraft, welche wir Elektrizität nennen, bewegt wird; und wie Sie sehen, ist ihm dadurch der Schmelz, die Weichheit, der ganze täuschende Schein wirklichen Lebens verliehen.

Eine Androide?

Eine Nachbildung des Menschen, wenn Sie wollen. Es bleibt noch eine Gefahr zu vermeiden: die Nachbildung darf das Original nicht physisch übertreffen. Erinnern Sie sich, lieber Lord, jener früheren Mechaniker, die menschliche Figuren nachzubilden versuchten? Ha, ha! und Edison lachte überlegen, wie einer der Kabiren aus den Werkstätten von Eleusis.

Diese Unglücksmenschen, denen die genügenden Mittel zur Ausführung fehlten, brachten nur klägliche Mißgeburten hervor. Albertus Magnus, Vaucanson, Maelzel, Hornes usw. waren schließlich nur Fabrikanten von Vogelscheuchen. Ihre Automaten gehören allenfalls in die scheußlichen Wachsfigurenkabinette, zu jenen abschreckenden Gegenständen, die einen starken Geruch von Holz, ranzigem Öl und Guttapercha ausströmen. Diese unförmigen Nachbildungen können den Menschen, statt ihm ein Gefühl seiner Macht zu verleihen, nur verleiten, sein Haupt vor dem Gotte Chaos zu beugen. Erinnern Sie sich an jene krampfhaften und barocken Bewegungen, wie bei den Nürnberger Puppen – und an die verkehrten Linien, die verfehlte Hautfarbe! an jenen Ausdruck, wie er den Perückenköpfen in Coiffeurschaufenstern eigen ist! an das Geräusch beim Aufziehen des Mechanismus! an das Gefühl der Leere! Schließlich ist alles an diesen abscheulichen Masken dazu angetan, Schrecken und Beschämung einzujagen. Entsetzen und Lächerlichkeit ist hier zu einem grotesk-feierlichen Etwas vereinigt. Man wird an die Götzen des australischen Archipels, an die Fetische der Völker von Zentralafrika gemahnt. Und diese Gliederpuppen sind wirklich nur beleidigende Karikaturen unseres Geschlechts. Ja, auf so niedriger Stufen standen die ersten Versuche der Androidenhersteller.

Während Edison sprach, hatte sich sein Gesicht verzogen, sein starrer Blick schien sich in düsteren Bildern zu verlieren, seine Stimme wurde eisig, kurz, lehrhaft. – Aber heute, fuhr er fort, ist diese Zeit vorbei. Die Wissenschaft hat zahlreiche Entdeckungen gemacht. Auch auf metaphysischem Gebiete haben unsere Begriffe sich verfeinert. Die Instrumente zur Herstellung von Abdrücken sind zu einer nahezu vollkommenen Genauigkeit gelangt und die Hilfsmittel, über welche der Mensch bei den heutigen Experimenten zu verfügen hat, sind durchaus andere – o ganz andere! – als die damaligen. Von nun an dürfen wir an die *Verwirklichung* gewaltiger Phantome, geheimnisvoller *Mischwesen* denken, an die bloß zu denken unsere Vorgänger nicht einmal versucht hätten, ja deren Ankündigung sie nur mit einem schmerzlichen Lächeln aufgenommen hätten, so unmöglich wäre sie ihnen erschienen. Aber wäre es Ihnen beim Anblick der Hadaly nicht schwer gefallen, zu lächeln? und dennoch ist dies, ich versichere Sie, nur Rohmaterial, ungeschliffener Diamant. Es ist das *Skelett eines Schattens*, das nur wartet, daß der *Schatten werde*. Der Eindruck, den ein einzelnes Glied einer weiblichen Androide soeben auf Sie ausübte, war gewiß nicht ganz und gar demjenigen gleich, welchen Sie bei der Berührung eines automatischen Armes gefühlt hätten. Noch ein zweites Experiment: wollen Sie diese Hand hier drücken? wer weiß, sie wird den Druck vielleicht erwidern.

Lord Ewald ergriff die Finger und preßte sie leicht.

Wie schrecklich! die Hand gab diesen Druck mit einem zarten, freundlichen Drucke wieder, so daß der junge Mann unwillkürlich eine Empfindung hatte, als ob der Arm mit einem unsichtbaren Körper zusammenhinge. Sehr erregt ließ er das mysteriöse Etwas wieder los.

Unglaublich!... murmelte er.

Und all dies, fuhr Edison kühl fort, ist noch nichts! Nein, wirklich nichts (absolut nichts, sage ich Ihnen!) im Vergleich zu dem, was wir schaffen können. O! dies angestrebte und mögliche Werk!... wenn Sie wüßten... Wenn Sie...

Er hielt inne, plötzlich von einem Gedanken erfaßt, der so furchtbar war, daß er ihm die Worte im Munde abschnitt.

Es ist mir wirklich, sagte Lord Ewald, indem er sich noch einmal umsah, als befände ich mich hier bei Flamel, Paracelsus oder Raymundus Lullus, im Zeitalter der Schwarzkünstler und Magier des Mittelalters. Wo hinaus wollen Sie eigentlich, mein lieber Edison?

Edison, der jetzt sehr nachdenklich geworden war, betrachtete den jungen Mann mit etwas besorgter Aufmerksamkeit: Mylord, sagte er, es kommt mir plötzlich der Gedanke, daß bei einem Manne von Ihrer Einbildungskraft mein Experiment ein unglückliches Resultat herbeiführen könnte. Sehen Sie, an der Schwelle einer Schmiede unterscheidet man im Dunst das Feuer, das Eisen, die Menschen. Die Ambosse ertönen und die Arbeiter, die Werkzeuge, Stangen und Waffen schmieden, haben keine Ahnung, wozu dereinst ihre Erzeugnisse dienen werden. Der Schmied wird sie mit ihrem üblichen Namen bezeichnen. Und so ergeht es uns allen. Niemand kennt die wahre Natur dessen, was er schafft; aus dem einfachen Grunde, weil jedes Messer zum Dolche werden und weil der Gebrauch, den eine Sache findet, diese selbst umtaufen und umgestalten kann; die Ungewißheit allein befreit uns von der Verantwortlichkeit.

Wir müssen sie uns daher zu erhalten wissen, denn wer würde sonst etwas zu schaffen wagen? Der Arbeiter, der eine Kugel schmiedet, sagt sich unbewußterweise: »die ist dem Zufall übergeben und vielleicht ist sie nichts als unnützes Blei«. Und er vollendet sie, deren Bestimmung ihm gänzlich verhüllt ist. Aber wenn vor seinen Blicken das Bild der Wunde entstünde, welche diese Kugel zu schlagen berufen ist, der klaffenden, roten tödlichen Wunde, an der sein Guß indirekt Teil hat, ihm würde die stählerne Form aus den Händen gleiten, falls er ein guter Mensch wäre, ja, vielleicht würde er des Abends seinen eigenen Kindern das Brot verweigern, wenn er dies Brot nur um den Preis einer solchen Arbeit verdienen könnte; denn er würde zurückschrekken vor dem Gedanken, teil an einem zukünftigen Morde zu haben.

Wo wollen Sie hinaus, Edison? fragte Lord Ewald.

Nun – ich bin der Mensch, der das geschmolzene Metall über das Feuer hält, und als ich soeben an Ihr Temperament, Ihre unheilbare Enttäuschung dachte, war mir plötzlich, als sähe ich die Wunde vor mir. Denn der Vorschlag, den ich Ihnen zu machen habe, kann Ihnen Heil oder Vernichtung bringen.

Darum bin ich es jetzt, der zögern muß. Wir sind beide Teilhaber des in Frage stehenden Experimentes. Und ich halte es für viel gefährlicher, als ich im ersten Augenblicke meinte. Denn Ihnen allein droht dabei die schrecklichste der Gefahren. Freilich stehen Sie schon jetzt im Banne einer Gefahr, da Sie zu jenen Naturen gehören, für die eine große Leidenschaft fast immer verzweifelte Folgen hat, und freilich darf ich hoffen, daß mir Ihre Rettung gelingt. Aber für den Fall, daß die Heilung meiner Erwartung nicht entsprechen wird, glaube ich, daß es in der Tat besser wäre, wenn wir das Unternehmen unterließen.

Da Sie einen so ernsten Ton anschlagen, mein lieber Edison, sagte jetzt Lord Ewald, so zwingen Sie mich, Ihnen ein Geständnis abzulegen: ich hätte noch in heutiger Nacht meinem Leben ein Ende gemacht. Zaudern Sie also nicht länger.

So sind denn die Würfel gefallen! sagte Edison halblaut vor sich hin, und er soll es sein! Wer hätte das je gedacht!

Zum letztenmal haben Sie die Güte und antworten Sie mir: was haben Sie vor?

Als Lord Ewald die letzten Worte gesprochen hatte, entstand ein kurzes Schweigen und dabei war es ihm, als zöge ein Lufthauch des Unendlichen durch den Raum.

Ach! rief Edison mit funkelnden Augen und schneidender Stimme, so sei es denn! Da mich das Schicksal so mächtig herausfordert, sei es gewagt! Ich will für Sie etwas ins Werk setzen, mein lieber Lord, was noch keiner für einen anderen unternahm. – Ich verdanke Ihnen mein Leben, ziemt es sich da nicht, daß ich Ihnen das Ihre zu retten suche?

Sie sagten, daß Ihre Lebensfreude, Ihr innerstes Gemüt im Banne eines Wesens stehen, dessen Schönheit für Sie so verhängnisvoll ist, daß dieser Reiz einer Lebendigen Sie dem Tode in die Arme treibt.

Gut denn – da diese Frau Ihnen so teuer ist ... *so will ich sie ihrer eigenen Wesenheit berauben*.

Ich werde Ihnen sogleich ganz genau erklären, wie mich die großartigen Hilfsmittel der gegenwärtigen Wissenschaft instandsetzen, – von der Grazie einer jeden ihrer Bewegungen, dem Ton ihrer Stimme, dem Duft, den Linien ihres Körpers, dem Licht ihrer Augen, dem Charakteristischen ihres Ganges, ihrer Gesten, dem Ausdruck ihres Blickes, ihrer Züge, ja von ihrem Schatten, dem Reflex selbst ihres Wesens Besitz zu ergreifen. Ich werde die Albernheit in ihr ertöten, zum Mörder ihres animalischen Bewußtseins mich erheben. Ich werde zuerst diese ganze Ihnen so verhängnisvolle Erscheinung reinkarnieren, und ihre Ähnlichkeit, ihr *menschlicher Reiz* wird *alle* Ihre Hoffnungen und Träume überbieten. *An Stelle der Seele aber, die Sie in der Lebenden abstößt, werde ich eine Art von Seele einhauchen*, die weniger bewußt vielleicht – ich sage vielleicht – aber tausendmal schöner und edler, ja sogar jener erhabensten Eindrücke fähig sein wird, ohne welche unser ganzes Dasein ja wertlos und so verlogen ist. Ich werde mit Hilfe des Lichtes die genaueste Reproduktion dieser Frau, eine Entdoppelung ihres Selbst hervorrufen. Und indem ich es auf ihre strahlende Materie konzentriere, werde ich die imaginäre Seele dieses neuen Geschöpfes in einer Weise erklären, daß selbst die Engel des Himmels darob erstaunen dürften. Ja, ich will die Illusion *bezwingen!* In der Erscheinung, die ich hervorzubringen gedenke, will ich des Ideales selber mich bemächtigen, daß es sich zum ersten Male *Ihren Sinnen* als etwas *Greifbares, Hörbares*, etwas Materialisiertes darstellt. Denn so, wie Ihr entzückter Sinn das leuchtende Trugbild dieser Frau, bevor Sie enttäuscht wurden, erfaßte, so genau an dem Punkte will ich sie bannen und ein zweites Exemplar der Lebenden erzielen, das genau Ihren Wünschen entspricht! Ich will diesen Schatten ausstatten mit allen Harmonien der Antonia Hoffmanns, allem leidenschaftlichen Mystizismus der Ligeia des Edgar Allan Poe, allen verführerischen Reizen von Wagners Venus. Ich will – und werde Ihnen noch einmal im voraus beweisen, daß ich es wirklich vermag – aus den geheimen Kräften der heutigen menschlichen Wissenschaft ein Wesen nach unserem Ebenbilde schaffen, ein Wesen, das sich zu uns so verhält wie wir zu Gott.

Und Edison erhob die Hand wie zum Schwur.

V. Verblüffung

> Ich stand vor Staunen unbeweglich.
> *Théophile Gautier*

Lord Ewald starrte Edison wie verstört an und schwieg. Man hätte glauben können, er *wolle* seinen Vorschlag nicht verstehen. Nach einer Minute der Verblüffung schrie er endlich: Aber ein solches Geschöpf wäre ja nur eine vernunftslose und fühllose Puppe!

Mylord, erwiderte Edison, glauben Sie mir: wenn Sie die beiden vergleichen werden, könnte es leicht geschehen, daß Sie das Original für die Puppe halten.

Der junge Mann, der seine innere Fassung noch nicht zurückerlangt hatte, lächelte mit etwas gezwungener Höflichkeit.

Lassen wir das, sagte er. Es ist unmöglich. Das Werk wird die Maschine nie verleugnen können. Wie, wollen Sie ernstlich glauben, daß Sie eine Frau ins Leben rufen werden! – Wahrlich, das Genie scheint ...

Ich gebe Ihnen die Versicherung, daß Sie selbst die beiden fürs erste nicht unterscheiden werden! unterbrach ihn Edison ruhig, und zum zweiten Male sage ich Ihnen, daß ich bereit bin, es Ihnen im voraus zu beweisen.

Unmöglich, Edison!

Ich verpflichte mich, Ihnen auf der Stelle den striktesten Beweis zu erbringen, nicht für die Möglichkeit des Experimentes, sondern für seine mathematische *Gewißheit*.

Sie wollen die *Identität* einer Frau hervorzaubern. Sie, ein Staubgeborener wie alle?

Mehr als ihre Identität ... Ja, gewiß. Denn nicht ein Tag vergeht, der nicht an den Linien unseres Körpers leise etwas verändert, und die Wissenschaft lehrt uns, daß unsere Atome innerhalb von sieben Jahren von Grund auf erneuert werden. Ist denn der Körper etwas so Reales? Gleicht man sich je ganz? Was sind das für vorsintflutliche Vorurteile?

Sie würden ihre Schönheit, ihre Stimme, ihren Gang, kurzum ihre ganze Erscheinung reproduzieren können?

Mit Hilfe des Elektromagnetismus und der radioaktiven Substanz würde ich selbst das Auge einer Mutter, geschweige denn die blinde Leidenschaft eines Liebenden täuschen. – Ja, ich werde sie Ihnen so genau hervorzaubern, daß, wenn sie selbst in zwölf Jahren ihr unverändert gebliebenes Modell erschauen dürfte, sie es nicht ohne Tränen der Reue – und des Schreckens würde anschauen können.

Aber, sagte Lord Ewald nach einer Pause nachdenklich, hieße ein solches Unternehmen nicht Gott versuchen?

Auch zwinge ich es Ihnen nicht auf, bemerkte Edison einfach mit leiser Stimme.

Sie werden ihr einen Geist einhauchen?

»Einen Geist«, nicht. Aber »den Geist«, ja.

Bei diesem titanischen Worte stand Lord Ewald wie versteinert vor dem Erfinder. Sie sahen sich an und sprachen kein Wort.

Es galt hier eine Wette, deren Einsatz, wissenschaftlich gesprochen, in einem Geiste bestand!

VI. Excelsior

> Die Kranken können unter meiner Pflege das Leben, niemals aber die Hoffnung verlieren.
>
> *Doktor Reilh*

Ihren guten Glauben, mein lieber Edison, stelle ich durchaus nicht in Frage, sagte Lord Ewald. Was Sie mir da sagen, ist aber nur ein ebenso schrecklicher wie unerfüllbarer Traum! Ich verkenne deshalb nicht Ihre gütige Absicht, und ich danke Ihnen.

Sie fühlen ganz gut: er *ist* erfüllbar, denn Sie zögern.

Lord Ewald trocknete sich die Stirne.

Miß Clary würde sich niemals zu einem solchen Unternehmen hergeben, und ich selbst würde mir, offen gesagt, ein Gewissen daraus machen, sie dazu aufzufordern.

Lassen Sie das meine Sache sein; das ganze Unternehmen wäre unvollendet, daß heißt absurd, wenn es mit Wissen Ihrer teuren Miß Alicia vor sich ginge.

Hören Sie, rief Lord Ewald, aber hier zähle ich doch auch mit!

Und wie sehr, das werden Sie nie erfahren! erwiderte Edison.

Nun, wie wollen Sie es denn aber zuwege bringen, mich von der *Realität* dieser neuen Eva zu überzeugen, selbst wenn Ihr Werk gelänge?

O, das ist eine Frage, die viel mehr mit dem momentanen Gefühl als mit der Vernunft zu tun hat. Was soll die Vernunft, wo das Herz gefesselt ist? Meine Darlegungen werden übrigens nur der genaue Ausdruck dessen sein, was Sie sich selbst zu verbergen suchen. Homo sum. Das Werk wird erst, indem es zutage tritt, seine wahre Wirkung ausüben.

Ich werde aber meine Einwendungen machen dürfen – daran halte ich als Bedingung fest.

Wenn Sie auch nur einen einzigen Ihrer Einwände aufrecht erhalten, werden wir beide das Unternehmen aufgeben.

Ach! meine Augen sind gar scharf, sagte Lord Ewald, der nun wieder nachdenklich geworden. Das muß ich Ihnen im voraus zu bedenken geben.

Ihre Augen, sagen Sie? – Glauben Sie nicht auch, diesen Wassertropfen deutlich zu sehen? Wenn ich ihn aber zwischen die beiden Kristallscheiben und vor den Reflektor dieses Sonnenmikroskopes halte, und den Reflex auf jene weiße Seide fallen lasse, auf deren Hintergrund die zauberhafte Alicia Ihnen vorhin erschien, werden da Ihre Augen ihr erstes Zeugnis nicht widerrufen, angesichts des viel intimeren Bildes, das Ihnen von selbst dieser Tropfen widerspiegeln wird? Und bedenken wir all die okkulten Wirklichkeiten, welche dies flüssige Kügelchen in sich bergen kann, so werden wir unsere Sehkraft als eine optische Krücke, als etwas Unbedeutendes erachten; denn der Unterschied zwischen dem, was sie uns enthüllt, und was wir ohne sie erfassen – und dem, was sie uns alles nicht zeigen kann, ist *unabsehbar*. – Vergessen Sie also nicht, daß wir von den Dingen nur das sehen, was unsere Augen uns davon *suggerieren*; wir wissen darüber nur soviel, als diese Augen uns von ihrer geheimnisvollen Beschaffenheit verraten; wir eignen uns nur so viel davon an, als wir vermöge unserer Natur daran teilnehmen können! Innerhalb seines Ichs wie ein Eichhörnchen in seinem Käfig eingefangen, sucht der Mensch umsonst der Täuschung zu entrinnen, die seine, in ihrer Unzulänglichkeit geradezu kläglichen Sinne über ihn verhängen. So wird Hadaly, indem sie Ihre Augen täuscht, nichts anderes tun als Miß Alicia selbst.

Es ist doch gerade, mein lieber Herr Magier, sagte Lord Ewald, als glaubten Sie im Ernste, daß ich mich in Miß Hadaly »verlieben« werde?

Das müßte ich in der Tat befürchten, wenn Sie wie alle anderen wären, erwiderte Edison. Allein Ihre Mitteilungen haben mich beruhigt. Haben Sie mir nicht vorhin versichert, daß jedes Verlangen nach Ihrer schönen Geliebten in Ihnen erstorben sei? – So werden Sie dann Hadaly lieben wie sie es verdient, was viel mehr wert ist, als nur verliebt zu sein.

Ich werde sie *lieben*?

Warum denn nicht? Wird sie nicht jene Gestalt annehmen, welche für Sie einzig den Begriff Liebe repräsentiert? Und Materie hin, Materie her, da der Leib nie derselbe bleibt und also auch nur in der Einbildungskraft als etwas Wirkliches existiert, sollte da eine wissenschaftlich hergestellte Materie nicht – die realere sein?

Man liebt nur ein lebendiges Wesen, warf Lord Ewald ein.
Nun? fragte Edison.
Die Seele ist das Unbekannte; werden Sie Ihre Hadaly beseelen?
Beseelt man nicht auch ein Projektil mit einer X-Schnelligkeit? Nun – X ist doch auch das Unbekannte.
Wird sie wissen, was sie ist? *Was* sie ist, meine ich?
Wissen wir denn selbst so gut, wer wir sind? und was wir sind? Wollen Sie von der Kopie mehr verlangen, als Gott dem Original verliehen hat?
Ich frage, ob Ihr Geschöpf seiner selbst bewußt sein wird?
Gewiß! gab Edison etwas überrascht zur Antwort.
Was? Sie wollen behaupten? ... rief Lord Ewald.
Ich sagte: Gewiß! – da es nur von Ihnen abhängt. Und gerade um diese Phase des Wunders zu ermöglichen, verlasse ich mich auf Sie.
Auf mich?
Auf wen sonst könnte ich zählen? Denn wer hätte an dem Problem annähernd dasselbe Interesse?
Dann sagen Sie mir, mein lieber Edison, wo ich den Funken des heiligen Feuers hernehmen soll, welches der Weltgeist in uns entfacht! Ich heiße nicht Prometheus, sondern einfach Lord Ewald, – und bin nur ein Sterblicher.
Ach, jeder Mensch hat in sich etwas von Prometheus – und keiner entrinnt der Klaue des Geiers, erwiderte Edison. – Gewiß, Mylord, ich gebe Ihnen die Versicherung, daß ein einziger jener göttlichen Funken, den Sie Ihrer Seele entnahmen, um (immer vergebens) die tote Leere Ihrer Angebeteten zu beleben, genügen würde, um ihren Schatten lebendig zu machen.
Beweisen Sie mir das! – rief Lord Ewald, – und dann vielleicht...
Ich will es –, und zwar sofort. – Sie sagten, fuhr Edison fort, das Wesen, welches Sie in Alicia lieben, und das für Sie das einzig *Wirkliche* ist, sei nicht das, welches sich bei ihr äußert, sondern das, welches Sie ersehnen. Somit ist es nicht das in ihr Existierende, – nicht einmal das, welches Sie ihr zuschreiben! Denn weder sind Sie von dieser Frau in Ihrem Urteil geblendet, noch betrügen Sie sich selbst.
Freiwillig also schießen Sie die Augen – die Ihres Geistes – und überhören Ihre eigene Überzeugung, um in dieser Geliebten nur

das Phantom Ihrer Sehnsucht zu erblicken. Ihr wahres Wesen ist somit für Sie nichts anderes als die Illusion, welche in Ihnen der Strahl ihrer Schönheit erweckte. Und diese Illusion ist es, der Sie trotz allem in der Person Ihrer Freundin zur Vitalität verhelfen wollen, trotz der fortwährenden Enttäuschung, welche Ihnen die tödliche, die schreckliche Nichtigkeit der wirklichen Alicia bereitet.

Der Schatten ist es allein, den Sie lieben; er ist es, für den Sie sterben wollen. Ihn allein erkennen Sie als etwas *Wirkliches* an! Mit einem Worte: diese in Ihrer Einbildungskraft objektivierte Vision ist es, die Sie sehen, die Sie kraft Ihres eigenen Seins schaffen, und die nichts anderes ist, als das, was Sie selbst in sie hineindenken. Ja, das ist Ihre Liebe. – So ist sie denn, wie Sie mir selbst zugeben werden, nichts als ein fortwährender und stets vergeblicher Belebungsversuch.

Wieder entstand ein Augenblick tiefen Schweigens zwischen den beiden Männern.

Nun denn, schloß Edison, da es offenbar ist, daß Sie auch jetzt schon nur mit einem Schatten leben, dem Sie großmütig und so illusorisch Wirklichkeit verleihen, so schlage ich Ihnen vor, dasselbe Experiment auch auf diesen äußerlich realistischen Schatten Ihres eigenen Seins auszudehnen; weiter nichts. Illusion um Illusion, das Wesen dieses Mischlingdaseins, das man Hadaly nennt, hängt von dem freien Willen desjenigen ab, der wagen wird, es hervorzurufen. *Suggerieren Sie ihm von Ihrem eigenen Sein.* Bestärken Sie es durch die Lebendigkeit Ihres Glaubens, wie Sie auch das – so relative – Wesen Alicias mit Ihren mannigfachen Illusionen unterstützen. Beseelen Sie diese ideale Stirn. Und Sie werden sehen, wie viel von der Alicia Ihrer Wünsche sich in jenem Schatten verwirklichen, verdichten, beleben wird. Versuchen Sie es! falls eine letzte Hoffnung noch in Ihnen lebt. Und Ihr innerstes Bewußtsein wird Ihnen dann sagen, ob das vermittelnde Scheinwesen, welches den Wunsch zu leben in Ihnen wieder wachgerufen haben wird, nicht in Wahrheit viel eher *menschlich* genannt zu werden verdient, als das lebendige Gespenst, dessen vorgebliche und armselige »Wirklichkeit« Sie dem Tode zutrieb.

Ihre Ausführungen haben ja etwas sehr Überzeugendes, sagte Lord Ewald lächelnd, aber ich glaube, in Gesellschaft Ihrer Eva werde ich mich etwas einsam fühlen.

Weniger als mit ihrem Originale, so viel ist schon bewiesen. Übrigens wäre es Ihre eigene Schuld, Mylord! Man muß sich von einem ganz übermenschlichen Bewußtsein getragen fühlen, um das Wagnis zu unternehmen, von dem hier die Rede ist.

Edison hielt inne, dann fügte er mit seltsamer Stimme hinzu: Sie vergegenwärtigen sich wohl nicht ganz, welchen Eindruck es auf Sie machen wird, wenn Sie zum ersten Male mit der Androiden-Alicia an Ihrer Seite in der Sonne spazieren gehen, und sie auf die denkbar natürlichste Weise ihren Sonnenschirm dem Lichte entgegenhält. – Sie lächeln? ... Sie halten eine solche Täuschung Ihrer Sinne nicht für möglich, um so weniger, als Sie von der Unterschiebung, die ich der »Natur« anbiete, im voraus unterrichtet sind. Aber wollen Sie mir sagen, ob Miß Alicia nicht einen Windhund oder sonst einen Lieblingshund besitzt? Oder führen Sie einen Ihrer Hunde mit?

Ich nahm Dark, einen sehr anhänglichen, schwarzen Windhund, mit auf die Reise.

Gut, sagte Edison. Dieser Gattung ist ein so mächtiger Spürsinn eigen, daß sozusagen die *Leibhaftigkeit* lebender Wesen sich dem Nervenzentrum der sieben bis acht Hornhäute einprägt, aus denen das Geruchsorgan dieser Tiere besteht.

Nun, ich wette, daß dieser Hund – der seine Herrin selbst im Dunkeln unter Tausenden erkennen würde – ich wette, daß, falls wir diesen Hund eine Woche lang von Ihnen beiden fern halten, und ihn dann vor die, in Alicia transfigurierte Hadaly bringen, er fröhlich auf dies Scheinwesen zuspringen und ohne Zögern erkennen wird! – Ja, ich wette, daß, falls wir ihn gleichzeitig der Wirklichkeit und dem Schatten gegenüberstellen, er vor der wahren Alicia erschrocken zurückbeben – und nur dem Schatten allein gehorchen wird.

Gehen Sie da nicht zu weit?! sagte Lord Ewald verblüfft.

Ich verspreche nur, was ich halten kann; der Versuch ist außerdem schon vollkommen geglückt! – und schon zu einer Errungenschaft der physiologischen Wissenschaft geworden. Wenn ich also die in ihrer Schärfe den unseren überlegenen Organe eines einfachen Tieres zu täuschen vermag, wie sollte es mir da nicht gelingen, die Kontrolle der menschlichen Sinne zu täuschen? Und, schloß Edison, obwohl Hadaly sehr geheimnisvoll ist, muß sie doch ohne Exaltation betrachtet werden. – Bedenken Sie doch, daß sie von der Elektrizität nur um ein geringes stärker belebt sein wird, als ihr Vorbild; das ist alles.

Wieso! was meinen Sie? fragte Lord Ewald.

Nun ja! sagte Edison. – Haben Sie nie an einem gewitterschweren Tag eine junge, schöne Brünette bewundern können, während sie vor der bläulichen Scheibe eines großen Spiegels in einem halbdunklen Zimmer und bei geschlossenen Vorhängen sich kämmt? Die Funken stieben aus ihrem Haar hervor, und glänzen wie Diamanten an ihrem Kamme. An Hadaly werden Sie dies Schauspiel erleben können, falls Alicia es Ihnen nicht zuteil werden ließ. Brünette Frauen haben sehr viel Elektrizität in sich.

Und nun Mylord, fragte Edison, willigen Sie in diese Inkarnation ein? Mit der goldenen Blume, welche Hadaly Ihnen gab, bot sie Ihnen zugleich die Möglichkeit, aus dem Schiffbruch Ihrer Liebe einige Trümmer zu retten.

Lord Ewald und sein schrecklicher Freund blickten einander ernst und schweigend an.

Das ist doch das furchtbarste Angebot, welches je einem Verzweifelten gestellt wurde, sagte Lord Ewald halblaut und wie zu sich selbst, – und dabei kann ich es nicht recht über mich bringen, es ernst zu nehmen.

Nur Geduld! sagte Edison; lassen Sie das Hadalys Sorge sein.

Ein anderer würde sofort – und wäre es nur aus Neugierde – in Ihren Vorschlag einwilligen.

Auch würde ich ihn nur den wenigsten machen, erwiderte Edison lächelnd. Falls ich das Rezept der Menschheit vermache, so kann ich die Unseligen, die ihren Mißbrauch damit treiben werden, nur bedauern.

Hören Sie, sagte jetzt Lord Ewald, es klingt zwar fast wie Gotteslästerung, aber: läßt sich das Experiment, während es im Gange ist, noch jederzeit rückgängig machen?

O gewiß! selbst nachträglich, da Sie das Werk stets vernichten können, wenn Sie wollen.

Ja, richtig, meinte Lord Ewald verträumt. Nachträglich aber, nicht wahr, würde das nicht mehr dasselbe sein. –

Auch will ich Sie in keiner Weise zur Einwilligung überreden. Ich sprach Ihnen davon als von einem Heilmittel. Es ist ebenso wirksam als gefährlich. Und Sie sind ja vollkommen frei, es abzulehnen.

Lord Ewald schien jetzt sehr unschlüssig und verwirrt, um so mehr, als es ihm nicht gelingen wollte, Gründe dafür anzugeben.

Ach, was die Gefahr betrifft! . . . meinte er.

Wäre sie nur eine physische, so würde ich Ihnen auch nicht so viel zu bedenken geben.

Sie wollen sagen, ich könnte den Verstand verlieren?

Edison schwieg einen Augenblick.

Lord Ewald, sagte er dann, Sie sind ohne Zweifel die edelste Natur, die mir im Leben begegnet ist. Ein Unstern hat Sie dem Land der Liebe zugeführt; dort ist Ihr Traum mit gebrochenen Schwingen von seinen Höhen gefallen, weil eine irreführende Frau, durch die in ihr beruhende unaufhörliche Dissonanz eine Pein in Ihnen rege hält, die tödlich für Sie werden muß. Denn Sie gehören zu jenen melancholischen Gemütern, die eine derartige Prüfung nicht überleben mögen, trotzdem Sie die anderen Menschen um sich her gegen Krankheit, Elend und Liebe weiter kämpfen sehen. – In Ihnen aber ist die Pein der ersten Enttäuschung so heftig, daß Sie mit dem Leben fertig zu sein glauben, ja Ihre Mitmenschen verachten, die sich unter einem so traurigen Schicksal weiterzuleben entschlossen. Der Spleen hat sein Leichentuch über Ihre Gedanken geworfen, und nun flüstert dieser kaltblütige Ratgeber das entscheidende Wort schon in Ihr Ohr. Ihr Übel ist so weit vorgeschritten, als es nur sein kann. Es ist für Sie nur noch eine Frage von Stunden, wie Sie es mir offen gestanden: das Ende ist deshalb deutlich genug. Wenn Sie diese Schwelle verlassen, so ist es der Tod, den Sie erwählen werden. Deutlich spricht dies aus Ihrem ganzen Wesen.

Lord Ewald antwortete nicht.

Was ich Ihnen biete, ist das Leben – aber um welchen Preis? Wer kann es wissen, und wer könnte sich im voraus ein Urteil darüber anmaßen?

Das Ideal hat Sie betrogen! Die »Wirklichkeit« hat Ihren Wunsch zerstört! – So fahre sie denn hin, die vorgebliche Wirklichkeit, diese uralte Betrügerin.

Was ich Ihnen biete, ist, das Künstliche zu erproben, und seine neuen Reize. – Wenn Sie aber nicht davor bestehen sollten? – Sehen Sie, mein lieber Lord, wir beide verkörpern ein ewiges Symbol: ich die Wissenschaft mit der Allmacht ihrer Vorspiegelungen, Sie die Menschheit und ihre verlorenen Hoffnungen.

So wählen Sie denn für mich! sagte Lord Ewald ruhig.

Unmöglich! rief Edison aus.

Würden Sie – an meiner Stelle – ein so unerhörtes, absurdes und dennoch verwirrendes Wagnis unternehmen?

Edison sah dem jungen Mann gerade ins Auge und sein Blick nahm dabei jenen ihm eigentümlichen starren Ausdruck an, dessen Ernst von einem Hintergedanken, den er nicht aussprechen mochte, vermehrt wurde.

Ich hätte ja zu meiner Einwilligung noch andere Gründe, sagte er, als die meisten Menschen. Mein Standpunkt kann hier nicht als der allgemein geltende genommen werden.

Nun, was würden Sie aber tun?

Vor eine solche Alternative gestellt, würde ich die weniger gefährliche wählen.

Und die wäre?

Mylord, Sie zweifeln nicht an meiner sehr herzlichen und treuen Anhänglichkeit? – Nun – Hand aufs Herz ...

Welche Wahl würden Sie treffen?

Zwischen dem Tod und dem fraglichen Experiment?

Ja!

Der furchtbare Gelehrte neigte sich vor Lord Ewald und sagte:

Ich würde mir eine Kugel vor den Kopf schießen.

VII. HURRA! DIE WISSENSCHAFT REITET SCHNELL

> Wer will alte Lampen gegen neue umtauschen? ...
> *Aladdin oder die Wunderlampe*

Lord Ewald zögerte einen Augenblick, dann sah er auf die Uhr. Sein Ausdruck hatte sich verfinstert.

Danke, sagte er mit einem kurzen Seufzer, und diesmal gehen wir auseinander.

Aber ein Klingeln erscholl da plötzlich aus dem Dunkel hervor.

Ich fürchte, sagte Edison, es ist zu spät. Auf Ihre erste Zusage hin *hatte ich begonnen*.

Und er klopfte lebhaft an den Phonographen, der alsbald in seinen telephonischen Apparat hineinrief.

Die Baßstimme des unsichtbaren Boten erklang inmitten des Laboratoriums: Miß Alicia Clary, in der Loge Nr. 7 der großen Oper (rief es im Tonfall eines vom Laufen außer Atem Geratenen) verläßt eben das Haus und wird den Mitternacht-Expreß nach Menlo-Park benutzen.

Lord Ewald zuckte zusammen, als er diese unerwartete Nachricht vernahm.

Die beiden Männer sahen sich stumm ins Auge; ein schwindelndes und zugleich herausforderndes Gefühl durchbebte sie.

Ich bestellte in Menlo-Park keine Wohnung für diese Nacht, sagte jetzt Lord Ewald.

Aber während er sprach, war Edison an seinen Telegraphen getreten.

Einen Augenblick! sagte er. Die Depesche hielt er schon in Händen. Für die Wohnungsfrage hatte ich zufällig vorgesorgt. Hier ist sie! rief Edison, indem er sein Telegramm überlas. – Ich habe eine sehr hübsche Villa für Sie gemietet; sie liegt zwanzig Minuten von hier entfernt und ziemlich einsam. Man wird die ganze Nacht auf Sie warten. Sie bleiben also mit Miß Alicia Clary zum Abendessen. Abgemacht, nicht wahr? Mein Kutscher, dem ich die soeben aufgenommene Photographie, auf welcher nur der Kopf Ihrer Venus victrix abgebildet ist, einhändigen werde, soll mit meinem Wagen zur Bahn fahren, sie dort in Ihrem Namen empfangen und hierher geleiten. Es ist weder ein Mißverständnis noch ein Irrtum dabei möglich, denn fast niemand kommt um diese Stunde hierher... seien Sie also ganz beruhigt. Während er sprach, hatte er dem Objektivglas ein Medaillon entnommen; er warf es in einen Wandkasten, indem er dem Bilde schnell einige Zeilen beifügte. Dieser Kasten war mit einem Automaten verbunden, der als Rohrpost funktionierte, und gleich darauf kündete ein Klingeln den Empfang der Depesche an.

Zu seinem Morsetelegraphen zurückkehrend, fuhr Edison indes zu telegraphieren fort.

Fertig! sagte er plötzlich und sich zu Lord Ewald wendend:

Es versteht sich, daß wir das besprochene Projekt mit keinem Worte mehr erwähnen werden, falls Sie es nicht wünschen.

Lord Ewald hob den Kopf; sein blaues Auge erglänzte.

Zuviel des Zögerns, sagte er. Ich willige ein, mein lieber Edison, und diesmal gilt's.

Edison verneigte sich ernst.

Es sei. Somit habe ich Ihr Versprechen, daß Sie mir die Ehre erweisen werden, noch einundzwanzig Tage zu leben. Ich habe Ihr Wort.

Ja. Aber nicht einen mehr! erwiderte Lord Ewald mit der kalten und ruhigen Bündigkeit eines Engländers, der eine Frage als erledigt betrachtet, und sie nicht wieder verhandeln wird.

Edison warf einen Blick auf die Uhr.

Ich selbst werde Ihnen an dem bestimmten Tage um 9 Uhr abends die Pistole reichen, falls ich Sie nicht dem Leben zurückgewonnen habe, sagte er.

Dabei war er wieder an sein Telephon getreten.

Gestatten Sie nur, da es immerhin eine gefährliche Reise gilt, daß ich meine Kinder zuvor umarme; denn die Kinder, die zählen eben doch im Leben. So gut sich der Lord auch zu beherrschen wußte, bei diesen Worten zuckte er doch zusammen. Edison rief zwei Namen in den Apparat hinein.

Ein fernes, von den Tapeten gedämpftes Glockengeläute drang durch die stürmische Nacht vom anderen Ende des Parkes herüber.

Many thousand *Kisses*! sagte Edison mit väterlicher Stimme und gab mehrere Küsse in das Mundstück des Instruments.

Was sich nun zutrug, war seltsam genug.

Diese beiden Kundschafter des Unerforschten, Abenteurer des Schattenreiches, vernahmen plötzlich (Edison hatte zuvor noch an irgendeinem Knopf gedrückt) ein Jauchzen, ein Niederregnen kindlicher Küsse und reizender Stimmen, die riefen: noch einen, und den noch, und noch diesen.

So, mein lieber Lord, sagte er dann, gehen wir jetzt.

Ach bleiben Sie doch, Edison, seufzte Lord Ewald, der sich wider Willen ergriffen fühlte. Ich bin unnötig auf der Welt und besser ist's, ich stürze mich allein...

Vorwärts! rief Edison mit einem stolzen, selbstherrlichen Aufleuchten seines Auges.

Edison hielt das Schallrohr, das ihm diese naiven Küsse zutrug, an seine Wange.

VIII. Wartezeit

> Der andere Gedanke aber, der unausgesprochene!...
> *Pascal*

Der Pakt war geschlossen.

Edison hatte zwei schwere Pelzmäntel von ihren Haken heruntergenommen.

Der Weg ist kalt, sagte er. Ziehen Sie das an!

Lord Ewald nahm den Pelz schweigend entgegen:

Darf ich fragen, sagte er dann mit einem halben Lächeln, wohin es geht?

Nun, zu Hadaly; in den Blitz hinein! das heißt in einen Regen elektrischer Funken, von drei Meter siebzig Spannweite, antwortete Edison zerstreut, indem er sich in seinen Samojedenpelz hüllte.

Auf denn! rief Lord Ewald in einem fast freudigen Tone.

Apropos, sagte Edison, Sie haben mir nicht etwa noch irgendeine letzte Mitteilung zu machen?

Keine, erwiderte der junge Lord. Es drängt mich, daß ich es nur gestehe, mit jenem hübschen Geschöpf ein wenig zu plaudern, dessen Wesenlosigkeit etwas Sympathisches hat. Und was die kleinen unwichtigen Bedenken betrifft, die mir durch den Kopf schießen, so wird wohl später immer noch Zeit sein ...

Bei diesen letzten Worten fuhr Edison unwillig auf, und zog seinen Arm aus dem schweren Pelzärmel wieder zurück: Wie! rief er. Vergessen Sie, mein lieber Lord, daß ich Elektrizität heiße, und daß Ihr Gedanke es ist, gegen den ich kämpfe? Sie müssen, bitte, sofort sprechen. Wenn Sie mir diese unwichtigen Bedenken nicht sogleich zur Kenntnis geben, so weiß ich nicht, gegen welchen Feind ich zu Felde ziehe. Es ist an und für sich keine kleine Sache, Auge in Auge gegen ein Ideal, wie das Ihre, zu ringen. Wahrhaftig, ich sage Ihnen, Jakob selber würde zaudern und sich die Sache zweimal überlegen. Sehen Sie den *Arzt* in mir, der sich vorgenommen hat, Ihre Schwermut zu heilen und sprechen Sie ohne Rückhalt.

O! diese Bedenken beziehen sich nur mehr auf ein Nichts! sagte der junge Mann.

Zum Teufel! rief Edison aus. Nur ein Nichts! Was nennen Sie ein Nichts? – Ja woran hängen alle Ideale, wenn nicht an einem Nichts! – Wenn die Nase der Cleopatra um ein Nichts kürzer gewesen wäre, sagte ein Franzose, so würde unsere ganze Welt ein anderes Aussehen haben. Ein Nichts, sagen Sie! – Aber was bewegt nicht auch heute noch die wichtigsten Dinge auf dieser Erdkugel? Vorgestern ging ein Königreich um einen Fächerschlag verloren; gestern ein Kaisertum um einen unerwiderten Gruß. Gestatten Sie, daß ich diese Nichtigkeiten ihrem wahren Werte nach einschätze. Das Nichts! aber ist es nicht so nützlich, dieses Nichts, daß Gott selbst die Welt aus ihm schuf? Ohne das Nichts, hat Er ausdrücklich erklärt, wäre es ihm fast unmöglich gewesen, die Welt hervorzubringen; sind wir doch nichts als ein fortgesetztes »Nicht mehr sein«.

Das Nichts ist die negative Materie, das sine qua non Ihres und meines Hierseins heute abend. Und gerade in unserem Falle muß ich es ganz besonders beachten. Nennen Sie also diese »Nichtigkeiten«, die Ihnen keine Ruhe lassen! erst dann wollen wir ans Werk gehen. Alle Wetter! fügte er hinzu, es ist höchste Zeit. Wir haben nur dreieinhalb knappe Stunden vor uns; dann wird Miß Alicia erschienen sein.

Bei diesen Worten ließ er seinen Pelz neben den Lehnstuhl niedergleiten, setzte sich und lehnte sich ruhig an eine alte Volta-Batterie. Die Beine übereinandergeschlagen, sah er dem jungen Mann erwartungsvoll in die Augen.

Dieser tat wie Edison, und versetzte dann:

Ich möchte wissen, warum Sie mich so eindringlich nach der Intellektualität unseres weiblichen »Mediums« befragten?

Weil ich Ihre eigene Auffassung in solchen Dingen kennenlernen mußte, erwiderte Edison.

Bedenken Sie, daß die Schwierigkeit nicht in der physischen Reproduktion liegt, sondern daß, wenn es sich darum handelt, Hadaly mit der paradoxen Schönheit Ihres Idols zu umgeben, die Kunst darin besteht, daß meine Androide Ihnen nicht nur keine Enttäuschung bereitet wie ihr Modell, sondern in Ihren Augen des herrlichen Leibes völlig würdig sei, in den sie verkörpert werden soll. Sonst hätte die Transformierung ja keinen Sinn.

Wie aber wollen Sie Alicia dazu bewegen, daß sie zu diesem Experiment ihre Einwilligung gibt?

Ich hoffe es heute nacht, während des Abendessens, in wenigen Augenblicken zu erreichen. Ich könnte mich ja zu diesem Zwecke der Suggestion bedienen. Es wird jedoch gar nicht nötig sein. Die Überredung allein wird genügen. Es werden dann etwa ein Dutzend Sitzungen folgen, während welcher sie durch eine große Tonfigur in die Irre geführt werden soll. Sie wird Hadaly gar nicht sehen – und ohne Kenntnis unseres Unternehmens bleiben.

Da nun Hadaly, um eine menschliche Gestalt anzunehmen, aus der fast übernatürlichen Atmosphäre ausscheidet, in welcher die Fiktion ihres Seins sich verwirklicht, so ist es unerläßlich, nicht wahr, daß diese Art Walküre der Wissenschaft, um unter uns zu verweilen, auch die Moden, Gewohnheiten, das Aussehen und die Kleidung heutiger Frauen sich aneignet.

Darum wird während jener Sitzungen die ganze Toilette von Alicia durch Schneiderinnen, Modistinnen, Korsetten-, Handschuh- und Schuhwarenmagazine aufs genaueste doppelt hergestellt, und, ohne es zu merken, wird sie auf diese Weise ihre ganze Ausstattung an Hadaly abgetreten haben, sobald diese gänzlich verkörpert sein wird. Sind einmal sämtliche Maße zu einer vollständigen Toilette genommen, so können Sie tausend weitere anfertigen lassen, ohne daß eine Anprobe nötig ist. Die Androide wird natürlich dieselben Parfüms benutzen, da ihre Emanation genau dieselbe ist.

Und wie wird sie reisen? fragte Lord Ewald.

Wie jede andere, sagte Edison. Es gibt viel auffälligere Reisende. Miß Hadaly wird auf ihre Reise vorbereitet sein, und sich tadellos benehmen. Ein wenig schweigsam und schläfrig vielleicht, nur selten, und dann nur zu Ihnen sprechend: sofern sie aber neben Ihnen sitzt, ist es ganz unnötig, daß sie auch nur den Schleier herabzieht; sei es bei Tag oder bei Nacht. Übrigens reisen Sie ja vermutlich allein, lieber Lord? nun, was für eine Schwierigkeit könnte es da geben? Sie wird allen prüfenden Blicken standhalten.

Könnte es sich nicht durch irgendeinen Zufall ganz natürlich fügen, daß sie von jemand anderem angesprochen würde?

In diesem Falle brauchten Sie nur zu erwähnen, daß diese Dame fremd sei und die Sprache des Landes nicht verstünde. – Für Seefahrten jedoch hat Hadaly, wenn ich so sagen darf, eine treffliche Beschaffenheit, insofern sie den Hinfälligkeiten nicht unterworfen ist, welche an vielen normalen Menschen an Bord eines Schiffes in kläglicher, oft sogar lächerlicher Weise zutage treten. – Um durch ihre vollkommene Ruhe die mangelhafte Verfassung ihrer Reisegefährten nicht zu beschämen, vollzieht Hadaly ihre Seereisen wie eine Tote.

Was! in einem Sarge? fragte Lord Ewald überrascht.

Edison nickte.

Aber vermutlich doch nicht in ein Leichentuch gehüllt?

O, diese lebende Statue, welche kein Wickelband je kannte, bedarf auch des Leichentuches nicht. – Aber die Androide besitzt unter anderen Schätzen einen schweren, mit schwarzem Atlas ausgeschlagenen Sarg aus Ebenholz. Das Innere dieses symbolischen Schreins wird genau nach der Form, welche anzunehmen ihr beschieden ist, modelliert sein. Es ist das ihre Mitgift. Die nach außen zu öffnenden Türen werden durch einen kleinen goldenen Schlüssel in Form eines Sternes aufgesperrt, und das Schloß wird sich unterhalb des Kopfkissens der Schlafenden befinden.

Hadaly weiß sich ohne fremde Hilfe, ob nackt oder bekleidet, in diesen Sarg zu betten, sich darin auszustrecken, und sich die im Inneren seitlich befestigten Batistbänder überzustreifen, so daß der Stoff ihre Schultern nicht einmal berührt. Das Gesicht hält sie verschleiert; den Kopf auf ein Kissen zurückgelehnt, und die Stirne durch ein Band festgehalten. Wäre nicht ihr sanfter, stets gleichmäßiger Atem, man könnte sie für die eben verschiedene Miß Alicia Clary halten.

Die äußeren Seiten der Türen tragen ein silbernes Schild, in dem der Name Hadaly, der »das Ideal« bedeutet, in geheimnisvollen Buchstaben eingraviert ist und darüber Ihr Wappen, das Sie als den Eigentümer bezeichnet.

Der schöne Sarg soll in eine Kampfer-Kiste gestellt werden, die ganz mit Watte ausgepolstert ist und deren viereckige Form zu keinerlei Verdacht Anlaß gibt. Dies Behältnis, das Ihren Traum umschließen soll, wird in drei Wochen hergestellt sein.

Übrigens wird ja ein Wort von Ihnen bei Ihrer Rückkehr genügen, damit der Zolldirektor Ihr geheimnisvolles Gepäckstück unrevidiert befördern läßt.

Wenn Miß Clary Ihr Abschiedswort empfangen wird, werden Sie in Ihrem Schloß Athelwold sein, und dort Ihren... himmlischen Schatten erwecken.

In meinem Schloß?... Ach ja, richtig, dort; es mag sein! – sprach Lord Ewald leise, wie zu sich, von einer schweren Melancholie überkommen.

Erst dort, in diesem nebeligen Land, umgeben von Nadelwäldern, einsamen Seen und weiten Felspartien, werden Sie, in aller Sicherheit, Hadaly aus ihrer Gefangenschaft befreien können. Ihr Schloß enthält wohl irgendwelche weiten Prunkgemächer aus der Zeit der Königin Elisabeth.

Ja, erwiderte Lord Ewald mit einem bitteren Lächeln, und ich selbst verwandte einmal viel Mühe darauf, sie möglichst kostbar auszustatten. Der alte Salon ist ganz im Stile jener Zeit gehalten. Das große gemalte Fenster, von altem Goldbrokat überhangen, geht auf einen Balkon, dessen eisernes Gitter zur Zeit Richard III. geschmiedet wurde. Moosüberwachsene Stufen führen davon in den alten Park hinab – dessen Alleen sich im Dickicht eines Eichenwaldes verlieren.

Ich hatte diesen prachtvollen Wohnsitz meiner Braut zugedacht, falls es mir vergönnt gewesen wäre, der auserwählten Gefährtin meines Lebens zu begegnen.

Lord Ewald fühlte sich von tiefster Niedergeschlagenheit erfaßt.

Nun, in Gottes Namen! fuhr er fort, so will ich denn das Unmögliche wagen. Ja, ich will dieses illusorische Wesen, diese galvanisierte Hoffnung nach Athelwold bringen! Und da ich die andere, – den anderen Schatten nicht länger begehren, noch lieben, noch besitzen will, so wünsche ich, daß diese leere Außenhülle zum düster beschaulichen Abgrund werde, dessen schwindelnden Tiefen sich meine letzten Träume zuwenden mögen. –

Ja! jenes Schloß wird der geeignetste Rahmen der Androide sein; ich bin davon überzeugt, sagte Edison ernst. – Sie sehen: Obwohl ich meiner Natur nach nicht zu den Träumern gehöre, so vermag ich mich doch der übrigens nur verehrungswürdigen Kühnheit Ihrer eigenen Phantasie anzupassen. – Dort nun wird Hadaly wie eine geheimnisvolle Somnambule die Ufer der Seen oder nie begangene Heiden durchstreifen. In dieser verlassenen Burg, wo Ihre alten Diener, Ihre Bücher, Ihre Jagden und Ihre Musikinstrumente sie erwarten, werden Dinge und Menschen sich bald an den neuen Ankömmling gewöhnen.

Denn Ehrfurcht und Schweigen werden sie mit einer eigenen Aureole umgeben; – stünde doch Ihre Dienerschaft unter dem Verbot, sie jemals anzusprechen; und (falls eine Erklärung nötig wäre) ließe sich ja sagen, die Dame hätte in einer großen Gefahr, in welcher Sie ihr Retter waren, das Gelübde getan, mit keinem anderen Menschen mehr zu reden, als mit Ihnen.

Dort wird der Gesang der von Ihnen so geliebten Stimme von der Orgel, oder wenn Sie es vorziehen, von einem mächtigen Steinway begleitet, durch die majestätische Herbstnacht inmitten der klagenden Winde erschallen. Ihre Töne werden den Reiz sommerlicher Dämmerstunden vertiefen – und bei Tagesanbruch mit dem Sang der Vögel herrlich sich vereinen. Wer sie in den Falten ihrer langen Gewänder, im Sonnenlichte auf dem Rasen des Parkes oder in der hellen Mondnacht einsam wandeln sieht, der wird eine schauervolle Zaubergestalt zu sehen vermeinen, von deren Geheimnis Sie allein Kenntnis haben sollen. Vielleicht komme ich einmal, Sie in dieser halben Einsamkeit zu besuchen, in der Sie beständig zwei Gefahren trotzen: Gott und dem Wahnsinn.

Kein anderer Gast als Sie soll bei mir vorgelassen werden, erwiderte Lord Ewald. – Aber da nunmehr die *vorläufige* Möglichkeit des Unternehmens besprochen ist, lassen Sie uns prüfen, ob auch das Wunder selbst möglich ist, und welcher nicht auszudenkenden Mittel Sie sich bedienen wollen, um es zu erwirken.

Wie Sie wollen, sagte Edison. Ich darf Ihnen jedoch nicht verhehlen, daß Sie deshalb nicht ergründen werden, wie das Phantom zum Phantom geworden ist; so wenig, als das in Alicia Clary verborgene Skelett Ihnen erklären könnte, wie ein Mechanismus durch die Vereinigung mit der Schönheit ihres Fleisches sich so idealisieren konnte, daß jene Linien, welche Ihre Liebe hervorriefen, entstanden sind.

IX. Zweideutige Scherze

> Rate, oder du bist des Todes.
> *Die Sphinx*

Jede Fackel bedarf eines Dochtes, fuhr Edison fort, und so primitiv diese Beleuchtungsart an und für sich auch sein mag, hat es nicht etwas Wunderbares, das Fackellicht sich entfachen zu sehen? und wer im voraus, beim Anblick dieses Beleuchtungskörpers an der Möglichkeit des Lichtes zweifeln und deshalb gar nicht erst versuchen möchte, es hervorzubringen, wäre der wert, daß es ihm schiene?

Nein, nicht wahr?

So handelt es sich denn hier nur um Hadalys *menschliche Maschine*, wie die Ärzte sagen. Wären Sie schon mit dem Reize der *zutage getretenen* Androide – wie mit dem ihres Originales – bekannt, so würde keine Analyse derselben Sie hindern, diesem Reize zu verfallen, – so wenig als z. B. der Anblick der Muskelfigur Ihrer schönen Lebenden, wenn sie sich Ihnen dann wieder so zeigte, *wie sie wirklich ist*, Ihrer Liebe ein Ende bereiten könnte.

Denn der elektrische Mechanismus Hadalys ist so wenig sie selbst, als der Knochenbau an Ihrer Freundin ihre Person ist; kurz, es ist doch nicht dieser oder jener Nerv oder Knochen, den wir in einer Frau lieben, meine ich – sondern es ist das von ihrem organischen Fluidum durchdrungene Ganze ihrer Person, womit sie diese ganze Zusammensetzung von Mineralien und Pflanzenstoffen, die sich in ihrem Körper vermischen, vor unseren Augen verklärt. Diese verklärende Einheit, mit einem Wort, ist das allein Geheimnisvolle. Vergessen wir also nicht, mein lieber Lord, daß wir nun von Lebensfunktionen sprechen werden, die an und für sich ebenso kläglich sind wie die unseren, und nur durch ihre *Neuheit* überraschen können.

Gut, sagte Lord Ewald mit einem ernsten Lächeln. So will ich denn beginnen. Also zunächst: warum der Panzer?

Warum? sagte Edison; aber dies gab ich Ihnen doch schon zu verstehen; es ist der plastische Apparat, der die ganze, von dem einheitlichen elektrischen Fluidum durchdrungene (und durchdringende) Inkarnation Ihrer idealen Freundin überzieht. Er birgt, innerlich eingefügt, den inneren Organismus, der jeder Frau eigen ist.

Wir werden ihn dann gleich an Hadaly selber studieren; und sie wird es gewiß sehr unterhaltend finden und sich freuen, die Geheimnisse ihrer luminösen Wesenheit zu enthüllen.

Spricht die Androide immer mit der Stimme, die ich vernommen habe? fragte Lord Ewald.

Wie können Sie eine solche Frage stellen, mein lieber Lord? erwiderte Edison. Nein, tausendmal nein! – War denn Alicias Stimme früher immer dieselbe? – Die Stimme, die Sie vernahmen, ist Hadalys Kinderstimme, rein geistig, somnambulenähnlich, noch nicht feminin. Wie alles andere, so wird die Androide auch die Stimme Alicia Clarys haben. Der Gesang und auch die Sprache der Androide werden auf immerdar jene sein, die Ihre schöne Freundin unbewußt, und ohne sie zu sehen, ihr mitteilen wird; Tonfall, Klang und Akzente werden bis in ihre millionsten Schwingungen den Platten der zwei goldenen Phonographen übertragen sein, die, wunderbar von mir vervollkommnet, – den Stimmklang mit geradezu ... *geistiger* Genauigkeit reproduzieren – und Hadalys Lungenflügel sind. Diese werden durch den Funken in Bewegung gesetzt, wie der *Lebens*funke die unseren bewegt.

Gerade in den unerhörten Gesängen, den höchst merkwürdigen Szenen, den ungekannten Worten, die von der lebenden Virtuosin erst gesprochen, dann klischiert, und plötzlich *ernsthaft* von dem Androiden-Phantom wieder vorgebracht werden, – gerade hierin, ich darf es Ihnen nicht verhehlen, liegt das Wunder, und die dunkle Gefahr, von der ich Ihnen sprach, und vor der ich Sie warnen muß.

Lord Ewald erbebte innerlich, als er diese Worte vernahm. An eine solche Erklärung der *Stimme*, der jungfräulichen Stimme des schönen Phantoms hatte er nicht gedacht.

Er hatte gezweifelt! Die Einfachheit der Erklärung hatte etwas Erschreckendes, und sein Lächeln erstarb. Zum erstenmal dämmerte in ihm die Ahnung von einer allerdings noch recht entfernten, aber doch einer *Möglichkeit* des in Aussicht gestellten Wunders.

Um so mehr wollte er jetzt ergründen, bis wie weit der merkwürdige Erfinder sich behaupten würde.

Zwei *goldene* Phonographen, sagten Sie? Die müssen ja schöner sein als lebendige Lungen. Sie haben das Gold vorgezogen?

Sogar ungeläutertes Gold! lachte Edison.

Warum? fragte Lord Ewald.

Weil es von einer mehr klangreichen und femininen Resonanz ist, zarter und feiner und, sofern es auf eine bestimmte Weise geläutert wird, ist Gold das einzige Metall, das nicht oxidiert. Um eine Frau herzustellen, war ich genötigt, zu den seltensten und kostbarsten Substanzen zu greifen, was dem schönen Geschlecht ja nur zur Ehre gereicht – fügte Edison galant hinzu. – Zu den Gelenken jedoch mußte ich mich des Eisens bedienen.

Ah! sagte Lord Ewald verträumt. Eisen zu den Gelenken?

Gewiß! fuhr Edison fort. Gehört das Eisen nicht zu den Bestandteilen unseres Blutes, unseres Körpers? – Wird es uns nicht so und so oft von den Ärzten verschrieben? Ich durfte also des Eisens nicht entraten; Hadaly wäre sonst nicht ganz ... menschlich geworden.

Aber warum gerade zu den Gelenken?

Die Gelenke bestehen aus dem was fügt, und sich ineinander fügt; was nun in den Gliedern Hadalys diese Funktion vertritt, ist die durch Elektrizität beschleunigte magnetische Kraft, und da der Magnet die stärkste Anziehungskraft auf das Eisen – vor allen anderen Metallen – ausübt, mußte ich mich des Stahls und Eisens bei den Gelenken bedienen.

In der Tat? bemerkte Lord Ewald sehr ruhig, aber Eisen oxidiert! Ihre Gelenke werden also rosten?

So? – Glauben Sie das? sagte Edison. – Sehen Sie diese schwere Rosenölflasche auf jenem Ständer? sie ist mit Schmirgel verschlossen, und wird sich als der erwünschte Gelenkschleim erweisen.

Rosenöl? warf Lord Ewald ein.

Ja, es ist das einzige, das in dieser Zubereitung sich nicht verflüchtigt, versetzte Edison. Und dann gehören ja Wohlgerüche zu den Dingen, welche die Frauen mit Vorliebe gebrauchen. Jeden Monat werden Sie Hadaly einen kleinen Löffel voll zwischen die Lippen gießen, während sie schläft (wie man Kranken eingibt). Sie sehen, es könnte gar nicht menschlicher zugehen. – Der Duft wird den ganzen magneto-metallischen Organismus Hadalys durchströmen; und diese Flasche genügt auf ein Jahrhundert und mehr; ich glaube also nicht, mein lieber Lord, daß wir den Vorrat zu erneuern brauchen, schloß Edison. Es lag etwas wie ein finsterer Leichtsinn in dem Scherz.

Sie sagen, daß sie atmet?

Immer! und genau wie wir, sagte Edison, doch ohne des Sauerstoffs zu bedürfen! Wir anderen sind ja Dampfmaschinen ähnlich, und »verbrennen« gewissermaßen. Hadaly aber atmet durch das pneumatische und gleichmäßige Auf- und Niederwogen ihres Busens, – wie ein ideales Wesen, dem nie etwas fehlen würde. Indem die Luft durch ihre Lippen und Nasenflügel zieht, wird sie von dem Ambra und Rosendufte des orientalischen Äthers durchströmt, den die Elektrizität zu ihrem Körper erwärmt.–

Die natürlichste Haltung der zukünftigen Alicia, – ich spreche von der wahren, nicht von der lebenden – wird eine sitzende, angelehnte, oder eine liegende sein.

So wird sie unbeweglich sich verhalten, kein anderes Lebenszeichen gebend, als den ihres Atems.

Um sie zu ihrer rätselhaften Existenz zurückzurufen, wird es genügen, daß Sie ihre Hand ergreifen und das Fluidum eines ihrer Ringe in Bewegung setzen.

Eines ihrer Ringe? fragte Lord Ewald.

Ja, den des Zeigefingers, sagte Edison; dort steckt ihr Ehering.

Er deutete auf den Ebenholztisch. Wissen Sie, warum diese merkwürdige Hand Ihren Druck vorhin erwiderte?

Nein! wahrlich nicht! rief Lord Ewald.

Weil Sie an ihrem Ringe drückten, sagte Edison, vielleicht haben Sie bemerkt, daß Hadaly an allen Fingern Ringe trägt; die verschiedenen Steine derselben sind alle *impressionsfähig*. Außerhalb der langen ekstatischen Zwiegespräche, die Sie mit ihr führen werden – und so lange diese währen, brauchen Sie sich nicht im geringsten um die Android zu kümmern, da sie den ganzen Stundenplan – der sozusagen ihre Persönlichkeit ausmacht – in sich verzeichnet trägt, – stehen auch Momente des Schweigens bevor, in welchen Sie sich an sie wenden werden, nicht um eine erhabene Liebesszene mit ihr zu feiern, sondern einfach um diese oder jene Frage an sie zu richten. Nun, auf Ihr Geheiß hin wird sie sich sanft erheben, wenn Sie ihre rechte Hand ergreifen und leicht ihren Amethystring streifen, indem Sie zu ihr sagen: »Komm Hadaly!« Aber der Druck auf den Ring muß leicht und natürlich geschehen, – wie Sie bei einem Händedruck etwas von Ihrer Seele in die Hand Ihrer Geliebten legen. Doch ist dieses Motiv nur notwendig im Interesse der Illusion!

Hadaly wird allein gerade vor sich hingehen, falls Sie den Rubinring, den sie am Mittelfinger trägt, berühren, oder, Ihren Arm nehmend und leicht darauf gestützt, wird sie ganz Ihren Bewegungen sich anpassen, nicht nur wie eine Frau, sondern genau wie Alicia Clary. Die Konzession, die Sie ihren Ringen, ihrer *menschlichen Maschine* gegenüber zu machen haben, darf Sie nicht verdrießen. Bedenken Sie, wie viel demütigender die Bitten sind, zu welchen die Liebhaber sich oft verstehen, um eine karge Liebesgunst zu erlangen!

Zu welchen Heucheleien selbst Don Juan sich nicht herabläßt, um eine spröde Schöne zu einem Schein von Willigkeit zu bewegen... Da haben Sie die Ringe der Lebendigen! –

Wenn Sie den Türkisring fassen, so wird sie sich setzen. Außerdem trägt sie ein Kollier, von dem jede einzelne Perle ihre Bedeutung hat. Hadaly wird Ihnen ein sehr ausführliches Manuskript – ein in Wahrheit einziges Dokument – überreichen, worin alle Einzelheiten ihres Charakters verzeichnet sind. Mit einiger Übung (ja, eine Frau, nicht wahr, will immer gekannt sein!) wird Ihnen alles ganz *natürlich* scheinen.

Edison brachte dies alles mit größter Ernsthaftigkeit vor, und ohne eine Miene zu verziehen.

Was ihre Ernährung betrifft, sagte er jetzt...

Was? unterbrach ihn Lord Ewald, und starrte ihn an.

Es überrascht Sie? versetzte Edison. Wollen Sie etwa dieses reizende Geschöpf vor Erschöpfung dahinsterben sehen?

Was verstehen Sie unter ihrer Ernährung, mein lieber Zauberer? sagte Lord Ewald. Dies übersteigt denn doch alle bisher dagewesenen Phantasien.

Hier ist die Nahrung, erwiderte Edison, welche Hadaly ein oder zweimal die Woche zu sich nimmt. Dieser alte Schrein enthält gewisse Pastillen, die das seltsame Wesen sich sehr wohl selbst zu assimilieren weiß! Es genügt, wenn Sie sie in ihrem Bereich auf einer Konsole bereit halten, und auf sie hindeuten, indem Sie eine bestimmte Perle ihres Kolliers mit dem Finger streifen. –

Was die irdischen Dinge betrifft, ist sie wie ein Kind, und kennt sie nicht. Müssen doch auch wir sie lernen! Sie scheint sich ihrer kaum zu erinnern, während wir sie manchmal nur vergessen.

Sie trinkt aus einem kleinen Jaspisbecher, der für sie gemacht ist, und sie trinkt genau auf dieselbe Weise wie ihr Vorbild. Dieser Becher wird mit kohlensaurem, filtriertem, das heißt sehr reinem Wasser gefüllt, und mit einigen Salzen vermischt, die in dem Manuskripte verzeichnet stehen. Was die Pastillen anbetrifft, so sind es Zinkpastillen, chromsaure Salztabletten und manchesmal Bleihyperoxid-Tabletten. Wir nehmen heutzutage eine Menge chemischer Präparate zu uns. Sie tut nichts anderes, und wie Sie sehen, ist sie äußerst mäßig, und nimmt nur, was sie braucht. Glücklich, wer ihre Enthaltsamkeit sich zum Vorbild nähme! – Sind aber ihre Pastillen, im Moment, wo sie ihrer bedarf, nicht zur Hand, so wird sie ohnmächtig, – oder besser gesagt, sie stirbt.

Sie stirbt? ... murmelte lächelnd Lord Ewald.

Ja; um ihrem Auserwählten das Vergnügen zu bereiten, sie zum Leben wiederzuerwecken.

Welch zarte Aufmerksamkeit! scherzte der junge Mann.

Wenn sie unbeweglich und mit geschlossenen Augen zurückgesunken ist, genügen einige Tabletten oder Pastillen und ein wenig sehr klares Wasser, um sie wieder zu beleben. Da sie aber nicht die Kraft besäße, selbst danach zu greifen, muß der Turmalin an ihrem Mittelfinger mit dem elektrischen Strom einer faradischen Säule in Kontakt gebracht werden. Dies genügt. Ihr erstes Verlangen, beim Wiederöffnen ihrer Augen, wird nach frischem Wasser sein. – Doch darf, des metallischen Geruches halber, den das Wasser in ihrem Inneren annehmen würde, nicht vergessen werden, dem ersten Schluck aus dem Becher jene Reagenzien beizumischen, deren genaue Angabe Sie in dem Manuskript finden werden. Die Wirkung ist augenblicklich. –

Sie bringen sodann den Draht-Induktor an den schwarzen Diamant ihres kleinen Fingers (dieser Stein nämlich fungiert als Wärmeleiter und vermag ein Platinstäbchen innerhalb einer Sekunde glühend heiß zu machen), dann lassen Sie den während der Leitungsübertragung kurz darübergehaltenen Stein auf Ihre eigene

Säule zurückfallen. Unterlassen Sie dabei nicht, sich des Katalysators zu bedienen.

Daß selbst auf gewöhnliche Weise gehärtetes Glas, ohne zu springen, die Temperatur geschmolzenen Bleis aushält, ist Ihnen bekannt. Das meine widerstünde selbst heißem Platin, auch wenn es halb so dick wäre wie die Kristall-Kanüle, die im Inneren zwischen den Lungen der Androide angebracht ist. Die Wärmmenge nun, die in diesen Kristall mit Hilfe des Diamants geleitet wird, ist derart groß, daß sie die Temperatur um vierhundert Grad ansteigen läßt. Dies genügt, um das sterilisierte Wasser sehr rasch zu verdunsten. Andernteils wirken die vorhin erwähnten, dem Wasser beizumischenden Reagenzien auf die Metallatome, die die Flüssigkeit färben, und lösen und verwandeln sie innerhalb einiger Sekunden in eine Art sehr weißen, fast unsichtbaren Staubes. Gleich darauf enthauchen den halbgeöffneten Lippen der schönen Hadaly leichte, helle, von diesem Staube untermischte Rauchwolken, die keinen anderen Duft an sich haben, als den des siedenden, durch die bewußte Rosenessenz ziemlich parfürmierten Dampfes. In sechs Sekunden ist der innere Kristall wieder hell und ungetrübt. Hadaly nimmt dann einen großen Becher voll klaren Wassers sowie die erwähnten Pastillen zu sich, – und zeigt sich so belebt, wie Sie oder ich, bereit, allen ihren Ringen und Perlen zu folgen, – wie wir unseren Neigungen.

Wie sagten Sie? fragte Lord Ewald. Sie bläst Rauchwolken zwischen den Lippen aus?

Wie wir es ja auch ständig tun, – erwiderte Edison, indem er auf die brennenden Zigarren deutete, die beide Männer hielten. – Nur behält sie kein Atom des Metallstaubes, noch des Rauches in ihrem Mund zurück. Das Fluidum verzehrt und verflüchtigt alles im Nu. – Übrigens hat sie auch ihre Honka, falls Sie rechtfertigen wollen ...

Ich bemerkte einen Dolch an ihrer Seite!

Das ist eine gar gefährliche Waffe! und ein jeder Stoß erwiese sich als tödlich. Hadaly trägt ihn zum Schutz, falls, während einer Abwesenheit ihres Gebieters, ein anderer ihren scheinbaren Schlaf zu mißbrauchen trachtet. Sie verzeiht nicht die geringste Beleidigung, und nur ihren Auserwählten erkennt sie.

Und dennoch sieht sie nicht?

Wer weiß? meinte Edison. Sehen wir selber denn so gut? ... Jedenfalls errät sie, oder zeigt, daß sie errät. – Aber Hadaly ist ein etwas düsteres Kind, wie gesagt, die, selbst den Tode nicht scheuend, leicht imstande ist, ihn zu geben.

So könnte der Nächstbeste ihr den Dolch nicht entreißen? Edison lachte: Ich wette, daß nicht nur alle Riesen des Erdballs, sondern die ganze Fauna der Lüfte, der Erde und des Meeres es nicht vermöchten.

Wieso? fragte Lord Ewald.

Weil sich im Griff dieser Waffe nach Belieben eine übermächtige und furchtbare Gewalt konzentrieren läßt. Ein unscheinbarer Opal am kleinen Finger der linken Hand bildet den leitenden Faktor, und bringt, wenn reguliert, die Schneide mit einem ungeheuer starken Strom in Verbindung. Es handelt sich um einen regelrechten Blitz, so daß der Unbesonnene, der Bonvivant, der dieser schlafenden Schönen einen Kuß rauben möchte – mit geschwärztem Gesicht und zerschmetterten Gliedern, von einem lautlosen Blitzschlag getroffen, zu Hadalys Füßen stürzen würde, bevor er den Saum ihres Kleides berührt hätte. Sie werden eine treue Geliebte an ihr haben.

Ach freilich! murmelte Lord Ewald gelassen, der Kuß dieses galanten Eindringlings würde ja den Bannkreis stören.

Hier ist der Stab, dessen Kontakt den Strom des Opals neutralisiert und den Dolch harmlos zu Boden fallen läßt. Er ist aus gehärtetem Glas, hart wie Metall, – ich glaube, das seit Nero verlorengegangene Rezept wiederentdeckt zu haben.

Und eine lange glänzende Gerte fassend, die in seinem nächsten Bereich lag, schlug er damit heftig auf den Ebenholztisch. Der gläserne Riemen gab einen lauten Klang, schien sich zu biegen, brach jedoch nicht.

Es entstand ein kurzes Schweigen.

Badet sie denn? fragte dann Lord Ewald wie zum Spaß.

Aber jeden Tag, *natürlich*, antwortete Edison, von der Frage scheinbar überrascht.

Wirklich? sagte der Engländer, wie macht sie denn das?

Sie wissen, daß alle Farbphotographien, wenigstens auf ein paar Stunden, in einem präparierten Wasser liegen müssen, damit sich ihre Schärfe erhöht. Hier nun ist die farbphotographische Wirkung, von der ich Ihnen sprach, unauslöschlich. Denn die Oberhaut, die von einer flüssigen Mineralsäure vollkommen durchtränkt ist, wurde einem Fluor-Verfahren unterzogen, wodurch sie eine absolute und unzerstörbare Glättung erhielt. – Eine kleine rosa Marmorperle des dreifachen Kolliers, links an der Brust, führt ein inneres Dazwischentreten des Glases herbei, dessen hermetischer Verschluß das Wasser des Bades von dem Organismus der Najade abhält. Sie werden in dem Manuskript die Namen der Essenzen verzeichnet finden, deren diese halb Lebendige sich zu ihren Bädern bedient. Ich werde auf der Bewegungswalze die prachtvolle Geste Alicias klischieren, von der Sie mir sprachen; wie sie nämlich nach dem Bade ihr Haar zurückschlägt. Hadaly wird sie ... textuell, mit gewohnter, wunderbarer Genauigkeit reproduzieren.

Die Bewegungswalze? fragte Lord Ewald.

Ach! darüber ... wollen wir dort unten reden, sagte Edison lächelnd. Man muß es vor Augen haben, um es zu erklären. – Sie sehen aber, daß Hadaly vor allem eine souveräne Maschine ist, fast ein Geschöpf, – eine blendende Kopie. Die Mängel, die ich ihr aus Höflichkeit für die Menschheit beließ, bestehen nur darin, daß mehrere Arten von Frauen in ihr enthalten sind, wie in jeder lebenden Frau. Sie ist auch reich besaitet, wie alles, was mit Träumen zusammenhängt. Aber die vorwiegende Note Hadalys, wenn ich so sagen darf, ist die der Vollkommenheit. Die anderen sind gekünstelt – denn sie ist eine wundervolle Schauspielerin, von einem viel sichereren, homogeneren und weit stärkeren Talente als Miß Alicia Clary.

Dabei hat sie doch kein wirkliches Sein, bemerkte Lord Ewald trübe.

Was ist das Sein? Die größten Geister haben sich von jeher diese Frage gestellt. Hegel behauptete, daß der Unterschied zwischen der absoluten Idee des Seins und dem Nichts nur eine mutmaßliche sei; Hadaly allein wird die Frage *ohne Wesenheit* klar darzulegen wissen; so viel verspreche ich Ihnen.

Durch Worte?

Ja! Durch Worte.

Da sie jedoch keine Seele hat, wird sie denn mit Bewußtsein sprechen.

Entschuldigen Sie, sagte Edison, indem er Lord Ewald erstaunten Blickes ansah; aber riefen Sie nicht vorhin aus: »Wer entrisse mir diese Seele diesem Körper?« Sie riefen selbst das Phantom herbei, das mit Ihrer jungen Freundin identisch ist, ohne jenes Bewußtsein in sich zu tragen, das Ihnen zur Pein gereicht. Hadaly ist Ihrem Rufe gefolgt! Das ist alles.

Lord Ewald war ernst und nachdenklich geworden.

X. COSI FAN TUTTE

> Eine Frau trennt ihre Achtung nicht von ihrem Geschmacke.
> *La Bruyère*

Und halten Sie es denn für einen so großen Verlust, begann Edison wieder, daß Hadaly ein Bewußtsein, wie das ihres Originales, nicht in sich trägt? Ist es nicht vielmehr ein Vorteil? In Ihren Augen jedenfalls, da gerade das »Bewußtsein« Miß Clarys Ihnen der Flecken, die heillose überflüssige Zugabe ihres herrlichen Körpers dünkte? – Und dann ... das Bewußtsein, die »Bewußtheit« einer Frau! – einer *Mondänen*, will ich sagen! ... Für die Unterscheidungsgabe einer solchen Frau sind ihre jeweiligen Neigungen bestimmend, und ihr »Urteil« richtet sich nach dem, der ihr sympathisch ist. – Eine Frau kann sich zehnmal verheiraten und jedesmal vollkommen ehrlich dabei sein, obwohl sie zehnmal zu einer anderen wurde. – Ihr Bewußtsein, sagten Sie? ... Aber diese göttliche Gabe des Bewußtseins äußert sich doch vor allem durch die Fähigkeit, intellektuelle Freundschaften zu haben. Jeder Jüngling, der in der antiken Zeit der ersten Republiken sich nicht eines Freundes rühmen konnte, der wie ein zweites Ich zu ihm hielt, ward für ehrlos gehalten. Die Geschichte weiß uns viele Beispiele unverbrüchlicher Freundschaft zu nennen: Damon und Pythias, Orestes und Pylades, Achilles und Patroklus usw. Nennen Sie mir zwei befreundete Frauen in der ganzen Geschichte! Unmöglich! – Und warum? Weil die Frau ihre eigene »Unbewußtheit« in der einer anderen Frau zu deutlich durchschaut, um ihr völlig zu trauen. – Um sich für immer von der Wahrheit dieser Behauptung zu überzeugen, genügt es, den Blick einer solchen Mondänen zu beobachten, während sie im Umdrehen das Kleid der anderen mustert, die an ihr vorüberging. – Ihr Gefühlsleben ist bis auf den innersten Kern, und bis in ihre besten Triebfedern von einer rettungslosen Eitelkeit überboten oder verdorben; und geliebt zu werden, gilt ihr (trotz all ihrer Beteuerungen) nur als das sekundäre. *Vorgezogen* zu werden, ist es, was sie erwünscht. Hier ist das ganze Rätsel dieser Sphinx. Hier liegt der Grund, warum unsere schönen Damen den, der in sie verliebt ist, fast immer ein wenig verachten, weil er dadurch außerstande gerät, sie mit anderen zu vergleichen. – Im Grund ist die heutige Liebe, sofern sie nicht nur (wie die heutige Physiologie es behauptet) eine einfache Frage der Anziehung ist, vom wissenschaftlichen

Standpunkt aus gesehen, eine Frage des Gleichgewichtes zwischen Magnet und Elektrizität. So ist denn daher das Bewußtsein, ohne diesem Vorgang durchaus fremd zu sein, wohl nur an einem der beiden Pole unentbehrlich; ein Axiom, das durch tausend Beispiele, vor allem durch die Suggestion, täglich bestätigt wird. Sie haben hier die Wahl. – Doch genug! unterbrach sich Edison lachend. Denn was ich hier sage, scheint für viele Lebende doch zu impertinent. Wir sind zum Glück unter uns.

So sehr ich auch durch eine Frau zu leiden habe, murmelte Lord Ewald, so finde ich doch, daß Sie die Frau zu streng beurteilen.

XI. Ritterliche Äusserungen

> Consolatrix afflictorum.
> *Christliche Litanei*

Edison blickte auf.

Ich muß doch bitten, mein lieber Lord, sagte er.

Bedenken Sie, daß ich mich hier auf den Standpunkt nicht der Liebe, sondern der Verliebten gestellt habe! Wenn wir die Frage auf ein anderes Gebiet verlegen, und die Sphäre der rein sinnlichen Liebe verlassen, o! dann werde ich mich ganz anders ausdrücken. Wenn wir unter den Frauen unserer führenden Rasse die einzigen, die hier in Betracht kommen (denn wir können nicht ernstlich die Weiber der Kaffern, Rothäute, Polynesier usw. im Auge haben, d.h. zu unseren Frauen machen), wenn wir, sage ich, von jenen Frauen unserer Rasse reden, die nichts mehr vom Lasttier und von der Sklavin an sich haben, sondern jene höher entwickelten treuen und aufopfernden Frauen sind, deren Stellung, deren Würde längst besiegelt und anerkannt ist, – wie würde ich mir da selbst, in Wahrheit, seltsam scheinen, spräche ich nicht voll Verehrung von jenen, deren Schoß mehr als bloß Hüften ist, ja sich zerreißt, damit es unsereinem ermöglicht werde, zu denken! – Wie ließe sich vergessen, daß auf diesem kleinen, erkalteten, uferlos in das unendliche Weltall geworfenen Gestirn so viele gütige Lebensgefährtinnen atmen, Auserwählte einer höheren Liebeswelt! Ganz abgesehen von den Tausenden von Jungfrauen, die lächelnd inmitten der Flammen und der Folterqualen einer höheren Überzeugung sich opferten, einer Überzeugung, die vermöge eines erhabenen Triebes ihre Instinkte zur Seele verklärte, abgesehen auch von all den geheimnisvollen Heldinnen, unter welchen sogar vaterländische Befreierinnen sich erhoben – sowie von jenen, die nach einer verlorenen Schlacht als gekettete Sklavinnen fortgeschleppt, sterbend und verblutend ihren Gatten in einem letzten Kuß beteuerten, daß der Dolchstoß nicht schmerzhaft sei, – ja selbst von jener Schar intelligenter Frauen, die ungekannte Demütigungen ertragen, den Leidenden, Kranken, Armen und Verlassenen sich widmen, und keinen anderen Lohn dafür ernten, als das etwas spöttische Lächeln derer, die nicht fähig sind, sie nachzuahmen, – von ihnen allen abgesehen, gibt es, und wird es jederzeit Frauen geben, die sich doch immer von reichlich höheren Trieben als dem des Vergnügens leiten lassen. Diese Frauen, nicht wahr, gehören weder in dies Laboratorium, noch kann hier von ihnen die Rede sein. Wenn wir aber diese edlen, den *wahren* Regionen der Liebe entsproßten Blumen der Menschheit ausnehmen, so läßt sich meine These schrankenlos aufrechthalten (für die nämlich, die käuflich sind oder sich gewinnen lassen), so daß wir die Diskussion mit einem Wort Hegels schließen dürften: »Ob wir etwas einmal sagen oder unausgesetzt wiederholen, kommt auf dasselbe heraus.«

XII. Auszug ins Gelobte Land: Scheideweg

> Agressi sunt Mare Tenebrarum quid in eo esset exploraturi.
> *Der Nubier Ptolomäus Hephästion*

Lord Ewald war bei diesen letzten Worten aufgestanden; er hüllte sich in den weiten Pelz, nahm seinen Hut, knöpfte seine Handschuhe zu, befestigte sein Lorgnon, und ruhig seine Zigarre ansteckend, sagte er:

Sie wissen auf alles eine Antwort zu geben, mein lieber Edison, so lassen Sie uns denn gehen, wann es Ihnen beliebt.

Dann auf der Stelle! erwiderte Edison, indem auch er jetzt aufstand und dem Beispiel Lord Ewalds folgte, denn eine halbe Stunde haben wir jetzt schon verloren. Der New Yorker Zug nach Menlo-Park wird in hundertsechsundfünfzig Minuten abgehen, – und er bracht kaum eindreiviertel Stunden, um uns das Objekt unseres Unternehmens herzubringen.

Der Saal, den Hadaly bewohnt, liegt aber unter der Erde, und in ziemlicher Entfernung. Sie können sich denken, daß ich dies Ideal nicht im Bereiche aller Welt lassen konnte. – Trotz der langen Nächte und Jahre anstrengender Mühe, die mich die Androide neben meinen anderen Arbeiten kostete, ist sie mein Geheimnis geblieben.

Unter dem Boden dieses Hauses habe ich einige hundert Fuß tief zwei große Gewölbe entdeckt, eine antike Grabstätte früherer Volksstämme, die vor vielen Jahrhunderten diese Gegend bewohnten. – In den Vereinigten Staaten, besonders in New Jersey, sind diese Tunnel nichts Seltenes. Ich habe die Erdmauern in dem Hauptgewölbe mit einer starken Schicht von Basalt überziehen lassen, den ich aus den Vulkanen der Anden bezog. Die Mumien und verstaubten Gebeine relegierte ich pietätvoll in das Nebengewölbe, und die Öffnung zu diesem Raume ließ ich dann – wahrscheinlich für immer – vermauern.

Der erste Saal aber ist das Gemach Hadalys und ihrer Vögel (denn einer letzten abergläubischen Regung folgend, wollte ich nicht, daß diese Geistestochter ganz allein sei). Es ist so ziemlich ein Feenland; alles vollzieht sich hier durch Elektrizität, und man befindet sich, wie gesagt, wie im Reiche des Blitzes, überall umringt von Strömungen, die alle durch meine mächtigen Generatoren hingeleitet sind. Ja, hier verweilt unsere schweigsame Hadaly. Sie, eine andere Person, und ich, wir allein kennen den geheimnisvollen Weg, der zu ihr führt. – Obwohl er stets, wie Sie sehen werden, einige Hindernisse dem entgegensetzen kann, der ihn je zu begehen wagt, so sollte es mich wundern, wenn uns heute ein Mißgeschick träfe. Gegen die Erkältung, die wir uns auf unserem langen unterirdischen Weg zuziehen könnten, schützen uns unsere Pelzröcke. Übrigens werden wir pfeilschnell vorwärts kommen.

Eine sehr phantastisches Abenteuer! – sagte lächelnd Lord Ewald.

Mein lieber Lord, schloß Edison, indem er den jungen Mann ansah, ich sehe, daß Sie schon etwas von Ihrem Humor zurückerlangt haben. Ein gutes Zeichen!

Sie standen beide unbeweglich, die Zigarre zwischen den Zähnen, ihre langen Pelzüberhänge vornüber gekreuzt. Nun schlugen sie die großen Kapuzen über ihre Hüte.

Edison ging voran. So schritten beide jener dunklen Stelle des Laboratoriums, der nun wieder verschlossenen und undurchdringlichen Mauer zu, aus welcher Hadaly hervorgetreten war.

Wenn ich der Einsamkeit bedarf, gestand Edison, begebe ich mich zu dieser Zauberin, die meine Sorgen einlullt! – Besonders, wenn der Dämon einer neuen Entdeckung mir im Nacken sitzt, gehe ich zu ihr, um nur von ihr vernommen zu werden, während ich leise mit mir selbst spreche. Dann steige ich wieder zur Erde hinauf, und das Problem ist gelöst. Sie ist für mich eine Art Egeria.

Indem er scherzend diese letzten Worte sprach, hatte er das kleine Rad eines Apparates gedreht, ein Funke stob, und magisch öffneten sich die Seiten der Mauer.

Hinab! rief Edison, denn um zu dem Ideal zu gelangen, muß, scheint es, erst das Land der Maulwürfe durchzogen werden!

Und mit einer Geste auf den Vorhang deutend, murmelte er mit einer leichten und ernsten Verneigung: Nach Ihnen, mein lieber Lord!

DRITTES BUCH
Das unterirdische Paradies

I. Facilis descensus averni

> Mephistopheles: Versinke denn! Ich könnt' auch sagen:
> steige! s'ist einerlei.
>
> *Goethe: Faust II. Teil*

Beide schritten über die leuchtende Schwelle.

Halten Sie sich an diesem Geländer fest, sagte Edison, indem er auf eine metallene Schnur zeigte, die Lord Ewald ergriff.

Edison zog nun heftig an dem Griff einer gewundenen Eisenraupe, die unter den Falten der Seide steckte.

Langsam senkte sich die weiße Marmorplatte unter ihren Füßen; sie glitt hinab, ein längliches Viereck, von vier Eisenaufzügen gehalten; dies also war der künstliche Grabstein, der Hadaly in die Höhe gezogen hatte.

Edison und Lord Ewald fuhren dahin; die lichte Öffnung über ihren Häuptern wurde schmäler. Es war in der Tat eine tiefe Aushöhlung.

Eine seltsame Art, das Ideal zu suchen! dachte Lord Ewald, der sich stehend neben seinem schweigsamen Gefährten hielt. Der Sockel fuhr fort, sich tiefer in die Erde zu senken. Bald befanden sie sich beide in der schwärzesten Dunkelheit, von dichten feuchten Dünsten umgeben, inmitten erdiger Auswitterungen, die ihnen den Atem beklemmten.

Der schwebende Marmor hielt noch immer nicht an. Das Licht oberhalb war nur mehr ein Stern. Sie mußten schon ziemlich weit von dieser letzten Leuchte irdischen Daseins entfernt sein.

Der Stern erlosch: Lord Ewald fühlte, daß er in einen Abgrund versank. Dennoch brach er das Schweigen nicht, das, neben ihm, Edison bewahrte.

Ihre Fahrt hatte sich nun so beschleunigt, daß der Boden, der sie stützte, die Finsternis mit einem gleichmäßigen Getöse durchsauste, und ihren Füßen sich zu entziehen schien.

Lord Ewald horchte plötzlich auf; er glaubte eine melodische Stimme zu vernehmen, in die Gelächter und andere Stimmen sich mischten...

Langsam verzögerte sich die Schnelligkeit, dann erfolgte ein leichter Stoß...

Geräuschlos, als hätte es ein Sesam öffne dich aus geheimnisvollen Angeln gehoben, erschloß sich jetzt vor den zwei Reisenden ein leuchtendes Tor. Ein Duft von Rosen und Ambra umwehte sie.

Der junge Mann befand sich vor einem weiten Gewölbe, jenen ähnlich, die Kalifen unter den Palästen Bagdads ausschmückten.

Treten Sie ein, mein lieber Lord, Sie sind hier schon vorgestellt, sagte Edison, und schleunig heftete er die Ringe des Aufzugs an zwei schwere Eisenhaken, die seitwärts im Felsen eingehauen waren.

II. Zauberstücke

> Die Luft ist so linde, daß sie am Sterben hindert.
> *Gustave Flaubert, Salammbo*

Lord Ewald schritt über die Pelzmatten, die den Boden bedeckten, und betrachtete diesen fremden Ort. Ein helles blaues Licht durchflutete die ungeheure Halle. Riesige Säulen stützten, in weiten Zwischenräumen, den Vorbau des Palastdomes und bildeten zwei Galerien, die rechts und links vom Eingang bis zum Halbkreis des Saales sich hinzogen. Er war im verjüngt assyrischen Geschmack dekoriert; die Draperien, ganz von großen Garben und Silberwindungen durchwirkt, hoben sich von dem bläulichen Grunde ab. In der Mitte des Gewölbes leuchtete wie ein Gestirn eine hohe goldene Säulenlampe, deren elektrische Strahlen in einer blauen Kugel gleichsam umwölkt waren. Und die hohle, pechschwarze, außerordentlich hohe Wölbung überhing mit der dichten Schwere einer Gruft den Schein dieses Fixsterns: es war das Abbild des Himmels, wie er, schwarz und schwer, jenseits des ganzen Planetensystems erscheint.

Der Halbkreis, der den Hintergrund des Saales bildete, und dem Eingang gegenüberlag, war mit prunkvollen Beeten ausgefüllt, die ihm den Anblick eines Gartens verliehen; hier wiegten sich, wie von imaginären Lüften gefächelt, Tausende von Lianen und Rosen des Orients, exotische Blumen, deren Zweige mit duftendem Tau besprengt waren und leuchtende Staubfäden, in flüssige Stoffe getauchte Blätter trugen. Der Glanz dieses Farbenniagara blendete das Auge. Ein Schwarm von Vögeln aus Florida und den südlichen Gegenden der Vereinigten Staaten durchschillerte diese ganze künstliche Flora, deren farbiger Kreisbogen an dieser Stelle des Saales von Prismen und Funken umflutet war, die scheinbar von halber Höhe der Mauer in die Becken einer Alabasterfontäne herniedersprühten; sie bildete den Mittelpunkt dieses Blumengartens, und ein Springbrunnen ergoß sich hier in schlanken, schneeigen Strahlen.

Vom Eingang aus bis zu der Stelle, an der von beiden Seiten die Blumenabhänge sich hinzogen, waren die Basaltverschläge der Mauern (vom Umkreis des Gewölbes bis zu den Pelzteppichen herab) mit dickem, von feinen goldenen Zeichnungen durchwirktem, spanischem Leder ausgeschlagen.

Hadaly stand, immer noch tief verschleiert, bei einer Säule, an ein modernes, von brennenden Kerzen beleuchtetes Klavier gelehnt.

Sie hieß Lord Ewald mit einer reizenden Geste voll jugendlicher Anmut willkommen.

Auf ihrer Schulter balancierte ein unvergleichlich schön imitierter Paradiesvogel seinen Busch aus Edelsteinen und schien sich mit der Stimme eines jungen Pagen in einer unbekannten Sprache mit Hadaly zu unterhalten.

Ein langer Tisch aus hartem Porphyr stützte die große goldene Lampe und spiegelte ihre Strahlen; an einem der Tischenden war ein seidenes Kissen befestigt, das Gegenstück zu jenem anderen Kissen, auf dem oben der Frauenarm ruhte. Eine Tasche mit Instrumenten aus Kristall glänzte, offen ausgebreitet, auf einem dicht danebenliegenden elfenbeinernen Tablett.

In einem entfernten Winkel des Saales loderte eine von Silberspiegeln reflektierte, künstliche Flammenglut und erwärmte den herrlichen Saal.

An Möbeln war nur ein Diwan aus schwarzem Atlas zu sehen, ein Gueridon zwischen zwei Sesseln, – ein großer, mit weißer Seide überspannter Ebenholzrahmen, und darüber eine goldene Rose, die an der Wand in selber Höhe wie die Lampe hing.

III. Vogelgesang

> Weder der Vögel Morgengesang, noch die Nacht und ihr feierlicher Vogel...
>
> *Milton: Das verlorene Paradies*

Auf dem abschüssigen Plateau des Blumengartens hielten sich Vögel, die das Leben so sehr äfften, daß sich die einen den fiktiven Schnabel am Gefieder wetzten, die anderen das Gezwitscher durch menschliches Lachen ersetzten.

Lord Ewald war kaum einige Schritte vorgetreten, als alle Vögel ihre Köpfe nach ihm drehten, ihn erst stumm ansahen, dann aber unisono in ein Gelächter ausbrachen, in dem alle Tonarten, männliche wie weibliche, sich vereinten, so daß er einen Augenblick lang vor einer Versammlung von Menschen zu stehen glaubte.

Vor dem unvermuteten Empfang hielt der junge Mann inne und betrachtete dies Schauspiel.

Das muß eine Brut von Dämonen sein, die der Zauberer von einem Edison in diese Vögel da bannte! dachte er, indem er die Lacher fixierte.

Edison, der in der Finsternis des Durchgangs zurückgeblieben war, war wahrscheinlich noch mit dem Verankern seines phantastischen Lifts beschäftigt.

Mylord! rief er, ich vergaß! – Man wird Sie mit einem Ständchen begrüßen. Hätte ich vorher gewußt, was uns beiden heute abend bevorstand, so würde ich Ihnen dies lächerliche Konzert erspart und den Strom unterbrochen haben, der dieses Geflügel belebt. Hadalys Vögel sind geflügelte Kondensatoren. Ich glaube, durch menschliche Reden und Gelächter den altmodischen und sinnlosen Gesang des normalen Vogels ersetzen zu müssen. Es schien mir mit dem Geist des Fortschrittes mehr im Einklang. Die wirklichen Vögel sprechen so mangelhaft nach, was wir ihnen vorsagen! Ich fand es unterhaltender, durch den Phonographen gewisse bewundernde oder neugierige Phrasen zufälliger Besucher aufzufangen, und sie dann mit Hilfe der Elektrizität in diese Vögel überzuleiten, eine Erfindung, von der man *dort oben* noch nichts weiß. – Übrigens wird sie Hadaly gleich zum Schweigen bringen. Achten Sie nicht darauf, während ich den Aufzug verankere. Denn er würde uns gar übel mitspielen, nicht wahr, wenn er ohne uns zu der ziemlich entfernten Oberfläche der Erde hinaufstiege!

Lord Ewald betrachtete die Androide.

Unter ihrem ruhigen Atem hob und senkte sich ihr bleich schimmernder Busen. Das Klavier präludierte plötzlich in reichen Harmonien, die Tasten schienen von unsichtbaren Fingern in Bewegung gesetzt. Und in dieser Begleitung ertönte jetzt der süße Gesang der Androide unter ihrem Schleier hervor, mit einem Stimmfall, der etwas übernatürlich Feminines hatte:

Heil, du wagemutger Mann!
Hoffnung klagt an meiner Schwelle;
Amor flucht mir in dem Himmel:

Flieh mich! Geh! Und schließ die Augen!
Denn ich bin weniger als eine tote Blume.

Dies unerwartete Lied versetzte Lord Ewald in ein Staunen, das an Entsetzen grenzte.

Und nun spielte sich über den Blumenabhängen ein wahrer Sabbat ab, eine Szene von grauenhafter Absurdität, die zugleich einen infernalischen Charakter hatte.

Abscheuliche Stimmen wie von zufälligen Besuchern kreischten aus den Kehlen der Vögel, Ausrufe der Bewunderung, alberne oder banale Fragen, lärmende Beifallsbezeugungen, sogar ein Geräusch von nachgeworfenen Taschentüchern und Geldbörsen. Auf einen Wink Hadalys verstummte die Parodie im Nu.

Lord Ewald blickte wieder schweigend auf die Androide.

Plötzlich erklang in der Dunkelheit die süße Stimme einer Nachtigall. Alle Vögel verstummten wie die Vögel des Waldes, wenn der Fürst der Sommernächte sich vernehmen läßt. Welch ein Zauberspiel war dies? Sang denn der sinnverwirrte Vogel unter der Erde? Nahm er Hadalys schwarzen Schleier für die Nacht und das Licht der Lampe für den Mond?

Die entzückende, perlende Melodie endete in einem reizenden Läufer melancholischer Noten. Diese von der Natur gebildete Stimme, die an die Wälder, den Himmel, die weiten Ebenen gemahnte, schien gar seltsam an diesem Ort.

IV. Gott

> Gott ist der Ort der Geister, wie der Raum der Ort der Körper ist.
>
> *Malebranche*

Lord Ewald horchte.

Eine schöne Stimme, nicht wahr, Mylord? sagte Hadaly.

Ja, erwiderte Lord Ewald, indem er in das schwarze, dicht verschleierte Angesicht der Androide starrte. Es ist das Werk Gottes.

So bewundern Sie es denn; aber forschen Sie nicht, wie es hervorgebracht wurde.

Und warum nicht, fragte lächelnd Lord Ewald. Wo wäre die Gefahr, wenn ich es dennoch täte?

Gott würde sich dem Gesange wieder entziehen! sagte Hadaly leise und ruhig.

Edison trat ein.

Ziehen wir unsere Pelzmäntel aus, schlug er vor, die Temperatur hier ist außerordentlich mild und angenehm! – Es ist ja das verlorene.... oder wiedergefundene Paradies.

Die beiden Reisenden entledigten sich ihrer schweren Bärenpelze.

Aber mir scheint, bemerkte Edison (mit der Miene eines Bartholo, der sein Mündel im Gespräch mit Almaviva antrifft), Sie haben bereits vertrauliche Reden gewechselt? – O, lassen Sie sich nicht stören! Nur zu! Nur zu!

Was für ein seltsamer Gedanke, mein lieber Edison, eine wirkliche Nachtigall zu einer Androide zu gesellen!

Die Nachtigall? – lachte Edison, Ha ha! Ja sehen Sie, ich bin eben ein großer Naturfreund – und der Sang dieses Vogels machte mir viel Freude. Als er vor zwei Monaten starb, war ich ganz untröstlich, ich versichere Sie...

Was? rief Lord Ewald, diese singende Nachtigall ist seit zwei Monaten tot?

Ja, erwiderte Edison, und ich registrierte ihr letztes Lied. Der Phonograph, der es hier wiedergibt, ist allerdings fünfundzwanzig Meilen von uns entfernt in einem Zimmer meines Hauses in New York am Broadway aufgestellt. Ich habe ein Telephon daran angebracht, das mit meinem Laboratorium in Verbindung steht. Eine Verzweigung desselben reicht bis zu diesem Gewölbe herab, – bis zu diesen Girlanden – und mündet in dieser Blume hier.

Sie ist es, die singt! Rühren Sie sie nur an. Durch ihren Stengel, der aus dem Blasrohr eines gehärteten Glases besteht, ist sie isoliert. Der Kelch, in dem Sie etwas funkeln sehen, bildet selbst den Kondensator; eine künstliche Orchidee, die ziemlich täuschend nachgemacht... und strahlender ist, als alle, die in dem leuchtenden Morgennebel der Hochplateaus von Brasilien und Peru ihre Wohlgerüche ausströmen.

Und Edison beugte sich über eine blaßrote Kamelie, um an ihrem Kelch seine Zigarre anzuzünden.

Wie! diese Nachtigall, deren Seele ich hier vernehme, wäre wirklich tot? murmelte Lord Ewald.

Tot! sagen Sie? – Nicht ganz... da ich diese Seele klischierte, sagte Edison. Durch die Elektrizität rufe ich sie auf: das nenne ich mir wahrhaften Spiritismus treiben; wie? – Und da sich das Fluidum hier nur mehr als Wärmestoff äußert, so können Sie Ihre Zigarre an dem harmlosen Funken dieser selben duftenden Blume anzünden, in der, als melodische Leuchte, die Seele dieses Vogels singt. Sie können Ihre Zigarre an der Seele dieses Vogels anzünden.

Und Edison entfernte sich, um an verschiedenen kristallenen Knöpfen zu drücken, die bei der Tür in einem kleinen Rahmen angebracht waren.

Lord Ewald blieb zurück. Die Erklärung betrübte und verwirrte ihn, und wie von einer inneren Kälte benommen, zog sich sein Herz zusammen.

Plötzlich fühlte er eine Hand, die sich auf seine legte. Er wandte sich um: es war Hadaly.

Nun? sagte sie leise mit einer so tieftraurigen Stimme, daß er erbebte, was sagte ich Ihnen!... Gott *hat sich dem Gesang entzogen.*

V. Elektrizität

> Hail, holy light! Heaven daughter! first born!
> *Milton: Das verlorene Paradies*

Miß Hadaly, sagte Edison und verneigte sich, wir sind einfache Erdenpilger, – und die Reise hat uns erschöpft.

Hadaly trat zu Lord Ewald hin.

Mylord, sagte sie, wollen Sie Ale oder Sherry?

Lord Ewald zögerte einen Augenblick:

Sherry, wenn ich bitten darf.

Die Androide nahm ein Tablett von einer Etagere. Neben einer versiegelten Weinflasche und einer Schachtel schwerer, duftender Zigarren glänzten hier drei bemalte venezianische Gläser von opalartigem Schimmer.

Die Flasche hochhaltend, goß sie den schweren spanischen Wein in die Gläser, faßte zwei von ihnen mit ihren leuchtenden Händen und bot sie den beiden Männern dar.

Dann kehrte sie zurück und mit einer reizenden Gebärde sich abwendend, füllte sie das dritte Glas; an eine der Säulen des Gewölbes gelehnt, hob sie den Arm hoch über ihr verschleiertes Haupt, und sagte mit ihrem melancholischen Stimmfall:

Auf ihre Liebschaften, Mylord.

Es war Lord Ewald unmöglich, diese Worte übel aufzunehmen, so zart und maßvoll, ja über alle Konvenienz erhaben war der Ton, in dem dieser Toast inmitten der Stille gebracht wurde. Stumm vor Bewunderung blickte Lord Ewald auf Hadaly. Mit einer graziösen Bewegung warf sie jetzt den Inhalt ihres Weinglases der Astrallampe zu. Der Jerez-des-Chevaliers fiel in funkelnden Tropfen, wie ein goldener Tau, auf die gelben Löwenfelle, die überall den Boden bedeckten.

So trinke ich, sprach Hadaly, und ihre Stimme klang munterer, im Geiste, durch das *Licht*.

Aber so sagen Sie mir doch, mein lieber Zauberer, flüsterte Lord Ewald, wie es möglich ist, daß Miß Hadaly *auf das, was ich ihr sage,* antworten kann? Es scheint mir doch ganz unmöglich, daß irgend jemand meine Fragen vorherwissen konnte, und noch dazu so genau, daß er die Antworten im voraus auf die bewußten Goldblätter gravierte. Selbst den »positivsten« Menschen (wie jene Dame, von der wir heute sprachen, sagen würde) muß ein solches Phänomen verblüffen.

Edison betrachtete erst den jungen Engländer eine Weile, dann sagte er:

Gestatten Sie, daß ich noch, vorläufig wenigstens, Hadalys Geheimnis bewahre.

Lord Ewald verneigte sich leicht. Wie einer, der von Wundern umgeben, sich über nichts mehr wundern will, trank er das Glas Sherry, stellte es leer auf die Etagere und warf seine Zigarre weg. Dann nahm er eine neue aus der Schachtel von Hadalys Tablett, steckte sie, Edisons Beispiel folgend, ruhig an einer leuchtenden Blume an, setzte sich auf einen der Elfenbeinschemel und wartete, daß ihm – sei es von Edison, sei es von Hadaly – eine Erklärung zuteil würde.

Aber diese war zu ihrem Klavier zurückgekehrt und hatte sich dort aufgestützt.

Sehen Sie diesen Schwan? nahm Edison wieder das Wort, in ihm steckt die Stimme der Alboni. In einem Konzert in Europa habe ich ohne Wissen der Sängerin das Gebet der Norma: »Casta diva« phonographiert, als die große Künstlerin es vortrug. – Ach! hätte ich doch zur Zeit der Malibran gelebt!

Diese scheinbaren Vögel mit dem bebenden Klang ihrer Stimmen sind alle wie Genfer Uhren aufgezogen. Der Strom, der durch alle diese Blumen und Zweige läuft, setzt sie in Bewegung.

So klein ihr Umfang ist, bergen sie doch einen gewaltigen Klangreichtum, besonders wenn er durch mein Mikrophon verstärkt wird. Dieser Paradiesvogel hier könnte Ihnen mit derselben Intelligenz, wie die aller Sänger, deren Stimmen in ihm enthalten sind, eine Aufführung des Faust von Berlioz (Orchester, Chöre, Quartette, Soli, Bis, Beifallsbezeugungen, Hervorrufe und Bemerkungen der Zuhörer) ganz allein getreulich wiedergeben. Die Verstärkung des Tons erfolgte, wie gesagt, mittels Mikrophon; und falls Sie, auf Reisen, in Ihrem Hotelzimmer den Vogel auf einen Tisch stellten und das mikrophonische Schallrohr ans Ohr hielten, könnten Sie sich, ohne Ihre Nachbarn aus dem Schlafe zu wecken, das ganze Opus zu Gehör bringen. Ein ungeheures Tongeräusch, so groß wie in einem Opernhaus, würde für Sie allein aus diesem kleinen rosa Schnabel erschallen, – denn wahrlich: das menschliche Gehör ist ebenso illusorisch wie alles andere.

Dieser Kolibri hier könnte Ihnen von A bis Z ohne Souffleur den ganzen Hamlet vortragen, mit den Betonungen unserer besten heutigen Schauspieler.

Diese Vögel, in deren Kehle ich nur der Stimme der Nachtigall Rechnung trug (denn ihr Gesang ist der einzige, den ich in der Natur anerkenne), diese Vögel sind die Musikanten und Schauspieler, mit welchen ich Hadaly umgab. – Sie verstehen – so ganz allein wie sie ist, nicht wahr, und mehrere hundert Fuß unter der Erde, mußte ich ihr doch einige Zerstreuung bieten? Was sagen Sie zu meinem Vogelbauer?

Sie haben eine Art des Positivismus, der alle Märchen von Tausendundeinernacht zuschanden machen könnte! rief Lord Ewald.

Aber was ist auch die Elektrizität für eine Scheherezade! entgegnete Edison. – Die *Elektrizität*, Mylord! Die elegante Welt weiß nichts von den leisen und doch so mächtigen Schritten, die sie jeden Tag zurücklegt. Bedenken Sie doch! Bald wird es dank ihr keine Autokraten, keine Kanonen, kein Dynamit und keine Armeen mehr geben.

Das ist doch wohl nur ein Traum! murmelte Lord Ewald.

Mylord, es gibt keine Träume mehr! gab Edison leise zur Antwort. Einen Augenblick stand er in seine Gedanken vertieft. – Und jetzt, – sagte er dann, wollen wir, da es Ihr Wunsch ist, den Organismus der neuen elektromenschlichen Kreatur, dieser *Eva der Zukunft,* untersuchen. Mit Hilfe der heute schon sehr verbreiteten Generation, die sich von der Natur entfernt, scheint sie mir berufen, die geheimsten Wünsche unserer Gattung innerhalb eines Jahrhunderts zu erfüllen – wenigstens bei den führenden Rassen.

Lassen wir daher alle Fragen, die sich zur unseren fremd verhalten, fürs erste außer acht. Denn mit den Abschweifungen sollte es nicht anders sein als mit den Reifen, die von Kindern aufs Geratewohl in die Weite ausgeworfen werden, infolge einer rückwärtigen, dem geschleuderten Gegenstand naturgemäßen Rotation aber stets wieder in die Hände dieser Kinder zurückgelangen.

Vor allen Dingen muß ich noch eine letzte Frage an Sie stellen, Edison! sagte Lord Ewald, denn sie scheint mir augenblicklich wichtiger, als selbst die Untersuchung, die Sie mir in Aussicht stellen.

Was? – Selbst hier? Selbst vor dem besprochenen Experiment? meinte Edison erstaunt.

Ja.

Nun, welche Frage? die Zeit drängt; wir haben Eile. –

Lord Ewald sah dem Meister plötzlich fest ins Auge.

Was mir noch rätselhafter scheint, als dies Unikum eines Geschöpfes, *das ist der Grund, der Sie bewog, es hervorzubringen.* Vor allem anderen möchte ich daher wissen, wie Sie auf diesen unerhörten Gedanken gekommen sind.

Auf diese so unverblümten Worte erwiderte Edison nach einem langen Schweigen:

Ah! Mylord! *Mein* Geheimnis also ist es, das Sie mir da abverlangen?

Ich verriet Ihnen doch das meine auf Ihre bloße Aufforderung hin, gab ihm Lord Ewald zur Antwort.

Nun! rief Edison, es sei! Und es ist ja nur logisch! Die äußere Hadaly ist nur das Ergebnis der geistigen Hadaly, mit der sich meine Gedanken zuerst trugen. Da Sie nun über die Erwägungen, aus denen sie entstand, einen Überblick gewonnen haben, werden Sie Hadaly leicht begreifen, wenn wir sie jetzt in ihren Tiefen erforschen. – Liebe Miß, setzte er hinzu, sich plötzlich der Androide zuwendend, haben Sie die Güte, mich mit Lord Ewald einige Zeit allein zu lassen. Was ich ihm jetzt zu sagen habe, ist nichts für die Ohren eines jungen Mädchens.

Hadaly zog sich ohne zu antworten zurück, und ging langsam dem äußersten Ende des Gewölbes zu. Mit ihren hoch aufgerichteten, bleichen Fingern hielt sie den Paradiesvogel.

Nehmen Sie auf diesem Kissen Platz, mein lieber Lord, sagte jetzt Edison, meine Geschichte wird ungefähr zwanzig Minuten dauern, aber ich glaube, daß sie in der Tat *interessant* ist.

Der junge Mann setzte sich und stützte seine Arme auf den Porphyrtisch.
So hören Sie denn, warum ich Hadaly schuf! fuhr Edison fort.

VIERTES BUCH
Das Geheimnis

I. Miss Evelyn Habal

> Hat dich der Teufel beim Schopf, so bete! Sonst packt er dir auch deinen Kopf.
>
> *Sprichwort*

Einen Augenblick sammelte er sich:

Ich hatte einst in Louisiana, sagte er dann, einen Freund, Herrn Edward Anderson, – einen sehr verständigen, sympathischen und herzensguten jungen Mann, den ich von Kindheit auf kannte. Innerhalb von sechs Jahren war es ihm gelungen, sich von der Armut auf würdige Weise zu befreien. Ich war Zeuge bei seinem fröhlichen Hochzeitsfest; er führte eine Frau heim, die er seit langem liebte.

Zwei Jahre vergingen. Sein Geschäft blühte auf. In der Handelswelt galt er als einer der fähigsten Köpfe und als ein Arbeitsmensch. Er hatte sich zudem auch als Erfinder bewährt. Sein Handelszweig war die Wolle, und er entdeckte ein Mittel, die Leinwand auf eine Weise zuzubereiten, die eine Reinersparnis von sechzehneinhalb Prozent ermöglichte. So wurde er ein reicher Mann. Eine sichere Stellung, zwei Kinder, eine vortreffliche, wackere und glückliche Gefährtin mußten für meinen Freund das Glück bedeuten, nicht wahr? Eines Abends nun, in New York, nach Schluß einer Sitzung, in der unter Hurrarufen das Ende des berühmten Sezessionskrieges verkündet wurde, schlugen die beiden Tischnachbarn meines Freundes vor, die Feier im Theater zu beschließen.

Anderson nun, der ein Mustergatte und außerdem gewohnt war, schon sehr früh an seine Arbeit zu gehen, hielt sich abends nur ungern und selten außer Haus auf. Am Morgen dieses Tages aber hatte sich ein geringfügiger ehelicher Zwist, eine höchst unnötige Diskussion, zwischen ihm und Mrs. Anderson entsponnen. Diese nämlich hatte ihm gegenüber den Wunsch ausgesprochen, er möge diesem Meeting fernbleiben, ohne doch ihren Wunsch motivieren zu können; der sehr beschäftigte Anderson hatte aber, um seinen »Charakter« zu behaupten, der Aufforderung Folge geleistet. – Wenn jedoch eine liebende Frau ohne *bestimmten Grund* uns bittet, eine Sache aufzugeben, so sage ich, daß ein ganzer Mann einer solchen Bitte Rechnung tragen wird.

Man gab den Faust von Gounod. – Von der grellen Beleuchtung geblendet, von der Musik etwas erregt, gab Anderson sich jenem

Wohlbehagen, jener unbewußten Betäubung hin, die derartige Abende mit sich bringen.

Durch Worte, die in der Nebenloge fielen, wurde er auf eine sehr hübsche goldhaarige Elevin des Ballettchores aufmerksam. Er richtete einen Augenblick das Lorgnon auf sie und lauschte dann wieder dem Stück. Während des Zwischenaktes gelang es ihm nicht, sich der Gesellschaft seiner Freunde zu entziehen. Der Sherry, den er trank, stieg ihm zu Kopf; er merkte es kaum, daß sie ihn hinter die Bühne zogen. – Er kannte das Leben hinter den Kulissen noch nicht. Für ihn war es neu und überraschend.

Sie trafen da Miß Evelyn, die hübsche Rothaarige. Die Herren hielten sie an und scherzten mit ihr. Anderson sah indes zerstreut umher, ohne der Tänzerin die geringste Aufmerksamkeit zu schenken. Seine Freunde, die länger verheiratet waren als er, und der Mode gemäß ihre Geliebte hatten, kamen jetzt ganz natürlich auf den Gedanken, ein Souper zu veranstalten und es wurde über Austern und eine gewisse Champagnermarke verhandelt.

Diesmal lehnte Anderson die Einladung ab, und aller Zureden ungeachtet wollte er sich verabschieden – als ihm der kleine Morgenzwist wieder einfiel, und ihn in seiner momentan sehr überreizten Phantasie noch größer und wichtiger erschien.

Mrs. Anderson würde aber jetzt vermutlich eingeschlafen sein?

Es war vielleicht besser, erst später nach Hause zu gehen? und schließlich ... um was handelte es sich denn? – es galt ein oder zwei Stunden totzuschlagen! – Und was die galante Gesellschaft der Miß Evelyn betraf, so war das die Sache seiner Freunde. Er wußte gar nicht, warum diese Person ihm physisch recht mißfiel.

Der unerwartete Anlaß des Nationalfestes mochte außerdem für die kleine Inkonsequenz seines Verhaltens genügenden Vorwand bieten usw.

Dennoch zögerte er einen Augenblick; dann bestimmte ihn die sehr zurückhaltende Miene Miß Evelyns. Er gesellte sich also ohne weiteres zu seinen Freunden, und man ging zu Tische.

Miß Evelyn aber hatte das wenig mitteilsame Wesen Andersons sehr wohl beobachtet und mit versteckter Geschicklichkeit verlegte sie sich jetzt darauf, ihn zu umgarnen. Ihre sittsame Haltung lieh ihr dabei einen so merkwürdigen Reiz, daß mein Freund Edward beim sechsten Champagnerglas flüchtig – o ganz flüchtig – an die Möglichkeit einer Liebelei mit ihr dachte.

Und zwar einzig (so versicherte er mir später) des Zwanges halber, den er sich bei diesem sinnlichen Spiele antun mußte, – um trotz seiner Abneigung für den Typus der Miß Evelyn einen möglichen Reiz in dem Gedanken finden zu können, sie gerade *wegen* dieser Abneigung zu besitzen. Mein Freund Edward war jedoch ein ehrenhafter Mann, zudem betete er seine reizende Frau an; er verscheuchte also den Gedanken, den er sicher nur der erhitzten Champagnerstimmung dieses Abends verdankte.

Allein der Gedanke kehrte wieder; die Versuchung, durch den Ort und die Stunde erhöht, trat näher und verlockend an ihn heran.

Er wollte gehen; aber schon war seine Leidenschaft durch den nutzlosen inneren Kampf entfacht. Sie brannte ihn fast wie eine Wunde. – Es fiel ein Scherz über die Strenge seiner Sitten; nun blieb er vollends.

Er war ein Neuling in derartigen Gelagen, und ziemlich spät erst merkte er, daß von seinen beiden Freunden der eine unter dem Tische lag (wahrscheinlich dünkte ihm der Teppich bequemer als das Bett seines ferngelegenen Zimmers) und der andere plötzlich sehr fahl wurde, wie Miß Evelyn ihm später lachend erzählte, und ohne ein Wort der Entschuldigung das Lokal verließ.

Als der Neger erschien, um den Wagen Andersons zu melden, lud sich Miß Evelyn mit sanfter Miene ein und wünschte, was ziemlich berechtigt schien, nach Hause zurückgebracht zu werden.

Wer kein ausgemachter Lümmel ist, mag es unter Umständen recht grausam finden, – einem hübschen Mädchen brutal zu begegnen, besonders wenn er soeben zwei Stunden hindurch mit ihr geschäkert hat und sie die Rolle der Bescheidenen und Sittsamen gut zu Ende spielte.

Übrigens war es ja ohne weiteren Belang; er würde sie an ihr Haustor bringen, und damit Schluß.

So gingen denn beide zusammen fort.

Die kalte Nachtluft, die Stille in den Straßen verschlimmerte Andersons etwas unklaren Zustand bis zu Unbehagen und Schläfrigkeit, so daß er sich mit einem Male – träumte er? – vor einer heißen Tasse Tee befand, die ihm Miß Evelyn Habal bei sich zu Hause im rosa Atlaspeignoir vor einem guten Feuer und in einem duftenden und durchwärmten Gemach mit ihren weißen Händen darbot.

Wie war es gekommen? Kaum hatte Anderson seine Fassung wiedererlangt, als er ohne weiteres nach seinem Hute griff. Miß Evelyn aber erklärte jetzt, sie hätte ihn für kränker gehalten, als er in Wirklichkeit sei, und infolgedessen seinen Wagen wieder fortgeschickt.

Er würde einen anderen finden, meinte er.

Als Miß Evelyn dies hörte, senkte sie ihr hübsches, blasses Antlitz, und zwei heimliche Tränen schimmerten in ihren Augen.

Anderson fühlte sich wider Willen geschmeichelt, und wollte die Plötzlichkeit seines Aufbruchs mit einigen »vernünftigen Worten« mildern.

Er hielt es für ritterlicher.

Schließlich hatte sich ja Miß Evelyn seiner angenommen.

Der Zeiger rückte vorwärts; er nahm eine Banknote und legte sie zum Abschied auf den Teetisch. Mit einer wenig ostentativen, eher zerstreuten Geste nahm sie das Papier und warf es achselzuckend und lächelnd ins Feuer.

Diese Taktik verwirrte den guten Anderson. Er wußte nicht mehr recht, mit wem er es zu tun hatte. Der Gedanken, kein »Gentleman« gewesen zu sein, beschämte ihn. Er glaubte allen Ernstes, seine liebenswürdige Wirtin beleidigt zu haben. Entnehmen Sie daraus, in welch seltsam verwirrtem Zustande er sich befand. Unschlüssig, mit einem dumpfen Gefühle im Kopfe, stand er vor ihr.

Hier nun geschah es, daß die noch schmollende Evelyn ihm plötzlich das tolle Kompliment machte, den Schlüssel ihres Zimmers, mit dem sie zuvor rasch ihre Türe versperrte, zum Fenster hinaus zu werfen.

Diesmal aber erwachte der Biedermann in Anderson, und er geriet in Zorn.

Allein ein Schluchzen, das sie in ihrem spitzenbesetzten Kissen erstickte, besänftigte seine gerechte Entrüstung.

Was tun? Sollte er die Türe sprengen?

Nein, es wäre lächerlich. Übrigens konnte jeder Lärm um die Stunde nur von Übel sein. War es nicht am Ende besser, gute Miene zum »bösen« Spiel zu machen?

Schon hatten sich ganz abnorme und gänzlich ungewohnte Gedanken seiner bemächtigt.

Bedeutete dies Abenteuer, wenn man es recht überlegte, nicht eine recht problematische Untreue? Erstens hatte man ihm den Rückzug abgeschnitten. Und dann: wer würde es erfahren? Es waren keinerlei Konsequenzen zu befürchten. Die Sache war so viel Aufhebens gar nicht wert – ein Diamant, und sie würde vergessen sein.

Die Wichtigkeit der vorhergehenden Sitzung würde morgen bei seiner Heimkehr für manches herhalten müssen, – den Fall angenommen, daß ... Ach, gewiß! zu einer kleinen offiziösen und verzeihlichen Lüge würde er sich Mrs. Anderson gegenüber wohl entschließen müssen! – Dies war ihm unleugbar peinlich ... aber ... ach, morgen würde ihm schon etwas einfallen. Für heute war es zu spät. – So viel wußte er jedoch und nahm sich fest vor: keine andere Morgenröte würde ihn je wieder in diesem Zimmer überraschen, usw. usw.

Während er also seinen eigenen Gedanken nachhing, kam Miß Evelyn, auf den Fußspitzen gehend, wieder auf ihn zu; mit einer reizenden Gebärde schlang sie die Arme um seinen Hals und blieb so, sich an ihm haltend, die Lippen fast an den seinen, die Augenlider halb geschlossen.

Nun! es stand eben geschrieben.

Hoffen wir, nicht wahr, daß Anderson als feuriger und galanter Ritter die glücklichen Stunden sich zunutze zu machen wußte, die ihm das Schicksal mit so sanfter Gewalt aufgezwungen hatte.

Moral: Ein Ehrenmann ohne Scharfsinn ist nur ein trauriger Gatte.

Noch ein Glas Sherry, Miß Hadaly, wenn ich bitten darf?

II. Ernste Seiten flüchtiger Liebschaften

> Bei dem Worte »Geld« hatte sie einen Blick wie das Aufleuchten eines Kanonenschusses.
> H. de Balzac: *La cousine Bette*

Lord Ewald stimmte dem Erzähler zu. – Er war sehr aufmerksam geworden.

Fahren Sie fort! sagte er.

Meine Meinung über derlei Launen und Schwächen ist folgende, antwortete Edison, während Hadaly schweigend näher trat, den beiden Männern von dem spanischen Wein einschenkte, und sich dann wieder entfernte. – Ich bin überzeugt, daß nur sehr selten zum mindesten eines jener flüchtigen Abenteuer, welchen man nur etliche Stunden, ein paar Gewissensbisse und 100 Dollar zu opfern vermeint, ohne eine dauernde und unheilvolle Wirkung für den ganzen Rest unseres Lebens vorübergeht. Und Anderson war gleich das erstemal auf dasjenige gefallen, das sich als verhängnisvoll erweist, obwohl es das nächstbeste und nichtssagendste schien.

Anderson konnte nichts verbergen. Sein Blick, seine Stirn, seine ganze Haltung verriet ihn.

Mrs. Anderson hatte mutig und nach echter Frauenweise die ganze Nacht auf ihn gewartet, und als er des Morgens das Speisezimmer betrat, blickte sie ihn einfach an. Aber dieser eine Blick genügte ihrem weiblichen Instinkt. Ihr Herz zog sich zusammen. Die Begegnung war traurig und kalt.

Nachdem sie die Diener hinausgeschickt hatte, fragte sie ihn, wie es ihm seit gestern ergangen sei. Anderson erwiderte mit einem unsicheren Lächeln, er hätte sich gegen Schluß des Banketts nicht wohl befunden, so daß er bei einem Freunde, bei dem das Fest weitergefeiert wurde, den Rest der Nacht zubringen mußte. Mrs. Anderson, bleich wie Marmor, erwiderte darauf: – »Lieber Freund, ich brauche deiner Untreue keine größere Beachtung zu schenken, als der Gegenstand derselben es verdient; aber laß diese erste Lüge auch die letzte sein. Du bist, wie ich hoffe, besser als deine Handlung. Und dein Gesicht in diesem Augenblick beweist es mir. Deinen Kindern geht es gut. Sie schlafen nebenan. Wenn ich dich jetzt anhörte, würde ich die schuldige Achtung nicht vor dir bewahren können – und meine einzige Bitte ist, daß du mich nicht noch einmal zwingst, dir zu verzeihen.«

Mit diesen Worten erhob sich Mrs. Anderson, weil ihre Stimme zu ersticken drohte, und schloß sich in ihrem Zimmer ein.

Die Würde und der Scharfsinn in diesem berechtigten Vorwurf verwundeten die Eigenliebe meines Freundes in so furchtbarer Weise, daß die Gefühle wahrhafter Liebe, die er seiner Frau entgegenbrachte, nicht unbeeinträchtigt blieben. – Sein Heim erschien ihm von dem Tage an nicht mehr dasselbe. Nach einer frostigen und gezwungenen Versöhnungsszene, die sich einige Tage darauf zutrug, fühlte er, daß er in Mrs. Anderson nur mehr die »Mutter seiner Kinder« erblickte. – Da sich gerade niemand anders fand, nahm er seine Besuche bei Miß Evelyn wieder auf. – Bald wurde ihm das eheliche Dach, allein dadurch, daß er sich schuldig fühlte, erst langweilig, – dann unerträglich, – endlich ein Greuel. Es ist der normale Verlauf. Nach drei Jahren war durch eine Reihe unglücklicher Spekulationen zuerst Andersons eigenes Vermögen, dann das der ihm Nächststehenden, dann das der Klienten, die ihm ihre

Habe anvertraut hatten, kompromittiert, und plötzlich sah er sich hart vor einem betrügerischen Bankrott.

Miß Evelyn Habal verließ ihn da. Ist es nicht undenkbar?

Ich frage mich noch, warum? Sie hatte ihm bis zu diesem Tage so viele Beweise wirklicher Liebe gegeben!

Anderson hatte sich verändert. Weder physisch noch moralisch war er mehr der Mann von ehedem. Sein erster Fehltritt wurde bestimmend. Selbst sein Mut verflüchtigte sich mit seinem Golde im Laufe dieser Liaison. Seine Verlassenheit drückte ihn gänzlich nieder. Sie schien ihm ungerecht, besonders in der finanziellen Krise, die er zu überstehen hatte. Eine Art falscher Scham hinderte ihn, sich meiner alten Freundschaft anzuvertrauen, die ihm in der furchtbaren Bedrängnis, in die er geraten war, sicher einen Rückhalt geboten hätte. Als er sich so gesunken, zerrüttet, gealtert, verachtet und allein sah, schien der Unglückliche, der einer furchtbaren nervösen Erregbarkeit verfallen war, plötzlich zum Bewußtsein seiner selbst zu erwachen, – und in einem verzweifelten Wutanfall machte er seinem Leben ein Ende.

Nun lassen Sie mich noch einmal darauf zurückkommen, mein lieber Lord, daß Anderson, bevor er auf das zersetzende Prinzip seines Lebens stieß, eine ebenso gerade wie ausgeglichene Natur, – der Besten einer war. Ich konstatiere hier, ich urteile nicht. Ich erinnere mich, daß einer seiner Kollegen ihn mit vieler Ironie wegen seines Lebenswandels tadelte, ihn unbegreiflich fand, mit dem Finger auf ihn wies, und im stillen desgleichen tat. Genug hierüber. Was uns widerfährt, haben wir uns gewissermaßen zugezogen; das ist alles.

In Amerika und Europa weist die Statistik eine aufsteigende Norm von vielen Tausenden eben solcher oder ähnlicher Fälle auf, die sich jährlich zutragen, das heißt, daß in allen Städten Beispiele sich häufen von jungen, intelligenten und tüchtigen Leuten oder reichen Müßiggängern oder vortrefflichen Familienvätern, die durch einen ähnlichen Fehltritt, der öffentlichen Achtung zum Hohn, dasselbe Ende nehmen. Denn jene erste Schwäche wird für sie wie ein Opiat, das sie ihrer Willensfreiheit beraubt.

Familie, Frau und Kinder, Pflicht, Würde, Ehre, das Vaterland und Gott, dies alles hilft ihnen nichts mehr. – Denn jene seltsame seelische Erkrankung hat auch die Wirkung, daß diese Worte in solchen Gemütern den Sinn verlieren; das Leben wird für diese moralischen Deserteure zu einem Krampf. Und dabei spreche ich hier nur von der Norm derer, die zugrunde gehen, und die eben erwähnten Zahlen gelten hier, wohlbemerkt, nur für die Selbstmörder, die Ermordeten oder Hingerichteten.

Die anderen überfüllen die Zuchthäuser oder die Gefängnisse; es ist der Ausschuß. Die Norm, von der wir hier sprechen und die sich auf ungefähr zweiundfünfzig- bis dreiundfünfzigtausend innerhalb der letzten Jahre bezifferte, ist so sehr im Steigen begriffen, daß sich für die kommenden Jahre eine doppelte Zahl erwarten läßt, – je mehr kleine Theater sich in den kleinen Städten erheben, ... um das »künstlerische Niveau« der Masse zu fördern.

Das Ergebnis der choreographischen Neigung meines Freundes Anderson ging mir jedoch so nahe; – es machte auf mich einen so starken Eindruck, – daß es mich unwiderstehlich trieb, die Natur der Verführungskünste, welche dies Herz, diese Sinne und dies Gewissen so verblenden, und einem solchen Ende zuführen konnten, genau zu analysieren.

Da ich die Tänzerin meines Freundes Edward nie mit eigenen Augen gesehen hatte, so wollte ich im voraus meine Schlüsse über ihre *körperliche Beschaffenheit* ziehen – und zwar einfach auf das von ihr vollzogene Zerstörungswerk, also auf ein Rechenexempel hin, das sich nur aus Wahrscheinlichkeiten, oder wenn Sie wollen, »Ahnungen« zusammensetzte. Natürlich waren hier Aberrationen, wie, glaube ich, die Astronomen sagen, naheliegend. Allein es reizte mich zu sehen, ob ich richtig raten würde, indem ich von einer halben Gewißheit ausging. Kurz, ich hatte mir das Problem gestellt, – aus einem ähnlichen Motive, wie jenes, das Leverrier bewog, vom Gebrauch des Teleskops abzusehen, weil die auf die Minute genaue Berechnung vom Erscheinen des Neptun, sowie der bestimmte Ätherstand, den notwendig ein Gestirn einnimmt, viel zu verläßigere Anhaltspunkte boten, als alle Teleskope der Welt.

Miß Evelyn stellte für mich das X einer sehr einfachen Gleichung dar, da mir ja zwei Maße derselben – nämlich: Anderson und dessen Tod – schon bekannt waren.

Einige seiner Freunde aus der Gesellschaft hatten mir (auf ihre Ehre!) versichert, jenes Geschöpf sei in der Tat das hübscheste, temperamentvollste und begehrenswerteste Wesen der Welt. Leider fand ich sie in keiner Weise berechtigt (sehen Sie, so bin ich nun einmal!), um – selbst in fraglichster Form – die Behauptung dessen aufzustellen, was Sie mir da so hoch und teuer versicherten. Ich meinerseits hatte wohl wahrgenommen, welcher Art die Verwüstungen waren, die mein Freund durch jenes Mädchen erfuhr, und darum mißtraute ich den allzu runden Augen jener Enthusiasten. Ich ließ dabei nicht außer acht, was für ein Mensch Anderson vor seinem Ruin gewesen war, und rief mir die seltsamen Eindrücke zurück, die ich von seinem Geständnis empfangen hatte und da bedurfte es denn nicht viel dialektischer Analyse, um zwischen der geschilderten Miß Evelyn und der, *welche sie in Wirklichkeit sein mußte,* einen so merkwürdigen Unterschied zu vermuten, daß mir die ganze Schar ihrer Verehrer und Schilderer wie eine traurige Kollektion alberner Hysteriker erschien. Und zwar aus folgenden Gründen:

Ich konnte nicht vergessen, daß Anderson selbst diese Frau anfänglich nichtssagend gefunden, und nur die überhitzte Stimmung des Festes ihn veranlaßt hatte, seine erste instinktive Abneigung für sie zu überwinden; – die vorgeblichen Reize, nämlich die Grazie, der unleugbare und unwiderstehliche Zauber dieser »Koryphäe«, den ihr diese Herren unisono zuerkannten, konnten nur echt relative, dem Geschmacke jener Herren entsprechende sein, und *mußten,* sage ich, allein deshalb mir sehr problematisch scheinen. Denn wenn es auch auf dem Gebiet der Sinnlichkeit kein absolutes Kriterium des Geschmackes noch der Nuancen gibt, so konnte ich logischerweise doch nur traurige Schlüsse aus der *Wirklichkeit* jener Reize ziehen, da sie fähig waren, *auf der Stelle* den verderbten und mehr als niedrigen Sinnen dieser kaltherzigen und lustigen Lebemänner zu entsprechen; somit war das Patent, das sie ihr auf den ersten Blick und so bereitwillig ausstellten, für mich nur der Beweis ihrer schmählichen inneren Verwandtschaft mit der sowohl geistig wie physisch sehr perversen Banalität Miß Evelyn Habals. Zudem schien mir auch die Altersfrage, der Anderson stets ausgewichen war, von Interesse, und auf Erkundigungen hin erfuhr ich, daß das verliebte Kind ihre vierunddreißig Lenze hinter sich hatte. Und was die Schönheit betraf, deren sie sich rühmen durfte – sofern von Ästhetik in derartigen Liebschaften die Rede sein kann, – welche Art von Schönheit durfte ich hier annehmen, wenn ich der furchtbaren Erniedrigungen gedachte, die ihr andauernder Besitz über eine Natur wie die Andersons gebracht hatte?

III. Der Schatten des Upa-Baumes

> An ihren Früchten sollt ihr sie erkennen.
> *Evangelium*

Beleuchten wir vor allen Dingen, sagte ich mir, das Innere dieser Leidenschaft, indem wir einfach das sonnenklare Prinzip von der Anziehung der Gegensätze auf sie anwenden, und es ist zehn gegen eins zu wetten, daß wir richtig raten werden.

Da der Geschmack und die Sinne meines Freundes, wie ich sowohl aus seiner Physiognomie, als aus tausend anderen, wohl erwogenen Anzeichen entnehmen mußte, höchst einfache, primitive und natürliche waren, so konnte meiner Ansicht nach sozusagen nur eine *Verhexung in ihre Gegensätze* stattgefunden haben, um sie also zu zersetzen und zu sterilisieren. Eine so bestimmte Wesensbeschaffenheit wie die seine konnte nur durch das Nichts in diesem Grade ausgetilgt worden sein. Nur die *Leere* konnte diese *Art* von Schwindel erzeugt haben.

So willkürlich daher meine Folgerung auch erscheinen mag, so *mußte* ich, allen Lobpreisungen zum Trotz, diese Miß Evelyn einfach für eine Person halten, vor deren Anblick jene selben Bewunderer, die ihr jetzt einen so abgeschmackten Weihrauch streuten, einfach mit einem Hohngelächter oder entsetzt geflohen wären, hätte ihr Blick die Fähigkeit gehabt, sie auch nur ein einziges Mal scharf ins Auge zu fassen.

Es konnte nicht anders sein, als daß alle unter dem Banne einer ganz einfachen, wenn auch außerordentlich weitgehenden Illusion standen, und daß mit einem Worte die Reize dieser merkwürdigen Person zu ihrer tatsächlichsten Armseligkeit größten Teils hinzugedichtet waren. Somit handelte es sich hier einfach um ein bezauberndes Kunststück, das jene tatsächliche *Reizlosigkeit* verbergen, und auf den ersten oberflächlichen Blick betören sollte. Die beharrliche Illusion Andersons hingegen war nicht nur nichts Außergewöhnliches, sondern unausbleiblich.

Diese Art von weiblichen Wesen – ich meine damit jene, die nur für gerade und ehrenhafte Männer erniedrigend und verhängnisvoll werden – verstehen es in der Tat, instinktiv einem *solchen* Liebhaber die Entdeckung ihrer Mängel ganz allmählich zu gestatten (denn die zufällig des Weges Daherkommenden haben ja nicht einmal die Zeit, die Schwere wie die Zahl dieser Mängel einzuschätzen). Sie gewöhnen sein Auge durch unmerkliche Abstufungen der Beleuchtungseffekte an ein süßliches Licht, das sowohl die moralische wie die physische Retina verdirbt. Sie haben die heimliche Eigentümlichkeit, eine jede ihrer Häßlichkeiten so taktvoll zu behaupten, daß zuletzt Vorzüge daraus werden. Und so wissen sie unversehens ihre Wirklichkeit, die oft abstoßend ist, dem ersten Eindruck, der oft reizend ist, zu unterschieben. Es kommt dann die Gewohnheit mit all ihren Schleiern; sie wirft ihre Nebel aus, die Illusion verstärkt sich – und der Bannkreis wird unentrinnbar.

Aus dem Verführungswerk auf einen sehr feinen Verstand, einen außerordentlich gewandten Geist der Verführerin zu schließen, wäre eine ebenso große Illusion wie die andere.

Diese Art von Wesen wissen, können und verstehen nur das. Allem anderen bleiben sie fremd, – es interessiert sie nicht. Das Ganze ist pure, ausschließliche Animalität.

Nehmen wir die Biene, den Biber, die Ameise, sie bringen wunderbare Dinge zustande, aber sie tun und taten nie etwas anderes. Das Tier legt größte Genauigkeit an den Tag und gehorcht dabei nur seinem Triebe. Nicht eine Zelle mehr ließe sich geometrisch in einem Bienenkorb einführen, als darin vorhanden sind, und die Form dieses Korbes ist genauso hergestellt, daß er in einem möglichst kleinen Raume die möglichst große Zahl von Zellen umfaßt usw. Das Tier irrt nicht, noch tastet es unsicher umher! Der Mensch im Gegenteil – und darin beruht sein Adel, seine Auserwähltheit, – ist dem Fortschritt und dem Irrtum unterworfen. Er interessiert sich für alles, und weiß sich selbst dabei aus dem Auge zu verlieren. Er zielt höher, er weiß, daß er allein auf dieser Welt nicht vollendet ist. Er gleicht einem Gotte, der seine Gottheit vergessen hat. Er folgt einer natürlichen – und erhabenen – Regung, indem er sich fragt, wo er denn sei? woher er stammte? Und zweifelnd scheint er sich eines vor Urzeiten geschehenen Falles entsinnen zu wollen. So fühlt ein wahrer Mensch. Jene menschlichen Wesen aber, die noch starke Anteilhaber der instinktiven Lebensformen sind, erweisen sich zumeist auf einem Gebiete unfehlbar, bleiben aber auch gänzlich darauf beschränkt.

Derart sind jene »Frauen«, jene gewissen modernen Stymphaliden, für welche der Mann, der sie liebt, nichts anderes ist, als eine Beute. Indem sie ihn auf jede Weise zu knechten suchen, folgen sie blindlings einem dunklen Racheinstinkte ihrer bösartigen Natur.

Diese Wesen, welche die Männer zu Falle bringen, ihre schlechten

Begierden erregen, sie in lasterhafte Genüsse einweihen, können unbemerkt den Armen zufälliger Liebhaber entgleiten, ja sogar nur eine freundliche Erinnerung in ihm zurücklassen: *furchtbar sind sie nur dem, der bei ihnen verweilt und sich an sie ketten läßt,* so daß er der niedrigen Begierde verfällt, ihrer Umarmung zu bedürfen.

Wehe dem, der sich daran gewöhnt und seine Gewissensbisse von diesen Schmeichlerinnen betäuben läßt. Ihre Schlechtigkeit weiß sich der verfänglichsten und paradoxesten, der unintellektuellsten Verführungsmittel zu bedienen, um allmählich den wunden Punkt eines bisher reinen und ehrlichen Herzens durch ihren verwünschten Zauber zu vergiften.

Gewiß schlummern virtualiter in jedem Manne all die niedrigen Begierden, die im Blut und in der Sinnlichkeit keimen! Gewiß bargen sie sich auch im Herzen meines Freundes Anderson, da er ihnen verfiel, und weder entschuldige, noch richte ich ihn. Aber vor allem gilt mir als im höchsten Maße strafbar das verruchte Wesen, dessen Aufgabe es war, die Hydra in jenem Herzen auszubrüten. Nein, sie war für ihn nicht die arglose Eva, die von der Liebe, einer verhängnisvollen Liebe zwar, aber dennoch von der Liebe zu jener Sünde verleitet wurde, die, wie sie vermeinte, ihren Gefährten bis zur Gottheit erheben sollte! ... Es war vielmehr die bewußte Verführerin, die sozusagen wider Willen, ihrem angeborenen Triebe folgend, – die Umkehr zu den tiefsten Regionen des Instinktes und die endgültige seelische Umnachtung desjenigen wünschte, den sie nur verführen wollte, um eines Tages mit eitel befriedigter Miene seine sittliche Entartung, sein Unglück und seinen Tod zu schauen. Ja, derart sind solche Frauen! Ein Spielzeug für den Vorübergehenden, aber furchtbar allein für jene Männer. Denn sind sie einmal geblendet, erniedrigt, und von der langsamen Hysterie einer solchen »Leichtsinnigen« betört, so wird diese ihre dunkle Aufgabe zu Ende führen – kann sie doch nicht umhin, ihre Natur in eben dieser Aufgabe zu betätigen, – und unabwendbar von Stunde zu Stunde die Sinnverwirrung ihres Liebhabers zu vermehren, und ihn der geistigen Trägheit und dem schmählichen Verfall oder dem stumpfsinnigen Selbstmord eines Anderson zuzutreiben.

Solchen Frauen allein ist der Plan ihres Vorhabens seinem ganzen Umfang nach kund. Erst bieten sie, wie einen harmlosen Apfel, den Schein einer neuen Lust, – die dennoch schon verbrecherisch ist, – und die der Mann mit einem unsicheren, verwirrten Lächeln und einem im voraus schlechten Gewissen annimmt. Wie aber könnte er, auf einen so geringfügigen Anlaß hin, vor jenen vogelfreien aber verderblichen Freundinnen kehrt machen? ob zwar eine jede von ihnen diejenige ist, *die unter allen gemieden werden sollte.* Ihr Drängen aber, ihre Beteuerungen, so geschickt und subtil vorgebracht, daß sich das Berufsmäßige ganz verborgen hält, zwingen ihn *fast*, ach, ich sage *fast!* – alles liegt in diesem Wort!..., sich zu ihnen an jenen Tisch zu setzen, an dem auch sie durch ihre Verderbtheit sobald *gezwungen* sein werden, jenem Manne nur Gifte zu reichen. Und ist es geschehen und das Werk begonnen, so wird die Krankheit ihren Lauf nehmen. Ein Gott allein, und nur ein Wunder kann ihn retten.

Als Ergebnis unserer Analyse stellen wir folgenden drakonischen Satz auf:

Jene neutralen Frauen, deren sämtliche »Gedanken« an ihrem Gürtel ansetzen und enden, – und deren Trachten deshalb dahin geht, an das Lösen dieses Gürtels, der so verlockend doch niemals etwas anderes als schnöde oder berechnete Motive umspannt, *alle* Gedanken des Mannes zu fesseln, – jene Frauen, sage ich, *sind in Wahrheit* dem Tiergeschlecht nähergerückt als dem unseren. Somit hätte denn der wahre und wirkliche Mensch, der so zu heißen wert ist, absolutes Strafrecht über diese Gattung weiblicher Wesen, und dies mit derselben Befugnis, wie es ihm dem Tierreich gegenüber zusteht.

Wenn daher eine solche Frau mit Hilfe gewisser betrügerischer Mittel die momentane Schwäche mißbrauchte, die auch den Stärksten befallen kann, und einen jungen, schönen, mutigen und pflichttreuen Mann, der sein eigenes Vermögen erwarb, von hoher Gesinnung und bis daher vorwurfsfreier Lebensführung sich erwies, wenn sie einen solchen Mann zu Falle brachte und ihn dann zugrunde richtete, ja, so behaupte ich, daß ihr das *Recht* verwehrt sein sollte, ihren Mißbrauch so weit zu treiben, daß sie diesen Mann – sei es nun bewußt oder unbewußt – dahin bringt, wo die Teufelshexe, von der ich sprach, meinen Freund hinbrachte.

Da es aber in der Natur dieser ebenso nichtssagenden wie unheilvollen Wesen liegt, einen solchen Mißbrauch treiben zu *müssen,* denn sie können ja, wie gesagt, nichts anderes sein, als entwürdigend und verderblich, so behaupte ich, daß auch diesem Manne das natürliche und freie Recht über sie zusteht – sofern er das seltene Glück haben sollte, beizeiten die Schlinge wahrzunehmen, in die er geraten ist. – Und ich behaupte, daß er auf die heimlichste und sicherste Weise den Tod über sie verhängen darf – und zwar ohne weiteren Prozeß oder Skrupel; läßt man sich doch auch nicht mit einem Vampir oder einer Viper in Unterhandlungen ein. Nehmen wir noch einmal die Tatsachen in ihrer Reihenfolge durch, es ist wichtig. Wegen einer Sinnesverwirrung, infolge der momentanen Überreizung eines Gelages, das vielleicht das einzige im Leben jenes Mannes war, darf diese Schlange sofort der Beute sich versichern, die noch ungeweckte Sinnlichkeit in ihr entflammen, eine ganze Kette wohl vorbereiteter Zufälle schmieden, auf ihr Opfer lauern, es einkreisen, darauf losstürzen, es belügen und betören, – innerlich zugleich an jener sich rächend, die keusch, ohne Fehl und Tadel in Ängsten ihres Gatten harrt – darf diese Schlange, sage ich, in einer einzigen Nacht mit einem Tropfen ihres feurigen Giftes das physische und moralische Leben dieses Mannes untergraben.

Würde sie tags darauf von einem Richter zur Rede gestellt, so wäre ihre unverfrorene Antwort: »daß es dem Manne ja frei stünde, nicht mehr zu ihr zu kommen...« ... nachdem sie ganz gut weiß (ja es ist das einzige, wovon die Schreckliche Kenntnis hat!), daß dieser Mann, *gerade er unter allen anderen,* sie schon nicht mehr ganz abzuschütteln vermag, ohne einen Aufwand von Energie, dessen Stärke er gar nicht ahnt. – Und jeder weitere immer wieder von ihr herbeigeführte Fall wird jene Energie immer unwahrscheinlicher machen. Der Richter wüßte in der Tat nichts darauf zu erwidern noch festzusetzen. Diese Frau aber, ihr abscheuliches Werk vollendend, hätte das Recht, den Verblendeten unrettbar dem Abgrund zuzutreiben?

Wieviel Tausende von Frauen wurden um geringerer Vergehen willen hingerichtet? – Da aber der Mann solidarisch zum Manne hält und mein Freund nicht zum Strafrichter jener »unwiderstehlichen« Giftmischerin wurde, so mußte ich wissen, was mir zu tun oblag.

Sogenannte moderne, das heißt von einem höchst skeptischen Egoismus behaftete Geister würden hier ausrufen:

»Was fällt Ihnen ein? Sind derlei moralisierende Anwandlungen nicht zum mindesten veraltet? Schließlich sind diese Frauen schön, sie sind hübsch, sie bedienen sich offenkundig jenes Mittels sich zu bereichern, was heute die Hauptsache im Leben ist, um so mehr, als unsere sozialen Verhältnisse ihnen nicht viel andere Mittel zur Verfügung stellen. – Und dann, warum nicht? In dem Wahlspruch:

Töte mich oder ich töte dich, beruht schließlich aller Kampf in unseren Tagen! Jeder sehe sich vor! Ihr Freund war im Grunde nur ein Tor, und noch dazu unleugbar von einer schmählichen Raserei, Schwäche und Sinnlichkeit, dabei wahrscheinlich ein recht langweiliger ›Beschützer‹ noch dazu. Requiescat!« –

Gut. Ich brauche nicht zu sagen, daß derlei Erwägungen, die immer nur plausibel erscheinen, weil sie der wahren Sachlage nicht entsprechen, in meinen Augen nicht nur ebenso belanglos zur Erörterung unserer Frage bleiben, wie etwa jene: »Regnet es?« ... oder: »Wieviel Uhr ist es?« sondern auch bei diesen Schönrednern eine ähnliche Sinnesverwirrung, wie die Andersons, verraten.

Diese Frauen sind schön! ... höhnen sie.

Unsinn! Die Schönheit ist Sache der Kunst und des menschlichen Herzens! Die wirklich Schönen unter unseren heutigen galanten Frauen erzielen nie und haben *mit Männern wie die, von welchen ich hier spreche,* nie derartige Resultate erzielt und brauchen, um zu verführen, zu solchen Mitteln nicht zu greifen. Sie würden ihnen nur zur Unzier gereichen. Sie brauchen sich nicht so viele Mühe zu geben, und sie sind ungleich weniger gefährlich; denn ihre Lüge ist nie eine totale! Die meisten sind sogar von einer gewissen Einfalt und höherer, ja selbst aufopfernder Regungen fähig. Diejenigen aber, die imstande sind, einen Mann wie Anderson in dem Grade zu erniedrigen und zugrunde zu richten, die können, im *annehmbaren* Sinn des Wortes, nicht *schön* sein.

Wenn sich manche unter ihnen befinden mögen, die auf den ersten Blick schön erscheinen, so behaupte ich, daß ihre Züge oder ihr Körper unfehlbar irgendwelche abstoßende, scheußliche Einzelheiten aufweisen *müssen,* die im Widerspruch zum übrigen stehen und ihr wahres Wesen verraten. Das Leben und die Ausschweifungen verstärken gar bald diese Deformitäten – und hier muß es gesagt sein: *die Art von Leidenschaft, die hier entzündet wird,* ist, wenn sie so düstere Folgen nach sich zieht, keineswegs durch die illusorische Schönheit jener Frauen hervorgebracht, und nicht ihr danken sie die verderbliche Macht, die sie über ihren Liebhaber gewinnen, sondern allein jenen bestimmten, *abstoßenden* Zügen, die ihr bißchen konventionelle Schönheit verunzieren, sie aber gerade jenem Liebhaber *erträglich* machen. Der Vorübergehende mag an diesen Frauen dies bißchen Schönheit flüchtig begehren; aber ihr Liebhaber? – *Niemals!*

»Diese Frauen sind hübsch!« verkünden unsere Denker wieder.

Wenn wir dies auch, dem ganz relativen Sinne des Wortes nach, zugeben, so verschweigt und ignoriert man dabei, *um welchen Preis* sie diese Hübschheit aufrecht halten, sobald sie drei Schritte von der ersten Jugend sich entfernt haben. Und ich behaupte, daß der Preis hier manchmal das meiste bestreiten muß. Denn das *Hübsche* an ihrer Person wird gar bald etwas meist nur Künstliches, und bei Gelegenheit *sehr Künstliches*. Gewiß! es ist nicht leicht, dies auf den ersten Blick zu erkennen, allein *es ist so*.

Gleichviel! rufen da unsere Philosophen, wenn nur das Ganze einen gefälligen Eindruck macht. Sind sie denn etwas anderes für uns, als ein hübscher, flüchtiger Zeitvertreib? Wenn nur der Reiz ihrer Person durch jene künstlichen Zutaten erhöht wird, die Art, wie sie uns das pikante Gesicht zubereiten, kann uns recht gleichgültig sein.

Ich werde Ihnen aber gleich beweisen können, daß es doch nicht so gleichgültig ist, wie diese gedankenlosen Herren meinen. – Und sehen wir dann jenen zweifelhaften (so *hübschen!*) Jugendlichen ins Auge, so gewahren wir in ihrer Pupille das obszöne Aufleuchten eines Katzenblickes und diese Entdeckung wird auf der Stelle den Reiz vernichten, den der rote Schein einer künstlichen Jugend ihnen *leihen* mochte.

Halten wir zu ihnen, ob des Frevels uns entschuldigend, eines jener ganz einfachen jungen Mädchen, deren Wangen rosenrot erglühen bei dem ersten weihevollen Wort, das sie über ihre junge Liebe vernehmen, so werden wir unschwer finden, daß das Wort »hübsch« in Wahrheit doch zu schmeichelhaft ist, um das banale Ganze, das aus Puder, Schminke, diesem oder jenem falschen Zahn, oder Farbstoff, oder rotem, braunem oder blondem Zopfe besteht, – und dies falsche Lächeln, diesen falschen Blick und diese falsche Liebe zu bezeichnen.

Es ist demnach nicht richtig, solche Frauen als schön oder häßlich oder hübsch oder jung, blond, alt, brünett, schlank oder stark zu bezeichnen, denn, selbst den Fall gesetzt, daß man es wüßte und feststellen könnte, bevor irgendeine schnelle Modifikation ihre Körperlichkeit in einem neuen Lichte zeigte – so liegt das *Geheimnis ihres verderblichen Reizes nicht hier,* ganz im Gegenteil!

Es liegt in der Tat etwas für die Vernunft Verwirrendes in dem Grundsatze, der deutlich aus jenen weiblichen Hexen hervorgeht, die mit dem Manne Schritt zu halten sich vermessen: *ihr unheilvoller und zerstörender Einfluß nämlich, den sie auf ihr Opfer aus-*

üben, entspricht genau der Summe künstlicher Zutaten, durch welche der geringe natürliche Reiz, den sie etwa besitzen, geltend gemacht, gewissermaßen sogar verdrängt wird. Mit einem Wort: *obwohl* sie schön, hübsch oder häßlich usw. sind, werden sie *ihren Liebhaber* (den, der ihnen verfallen ist) reizen und verblenden und durchaus nicht wegen jener *persönlichen Beschaffenheiten.* – Dies ist der einzige Grundsatz, den ich bestimmt aufstellen wollte, denn er ist der einzig wichtige.

Ich gelte hienieden für ziemlich erfinderisch; aber wahrlich, und ich kann es Ihnen jetzt schon gestehen, meine, durch die Feindseligkeit, die ich für Miß Evelyn Habal empfand, sehr voreingenommene Phantasie hätte mir niemals, nein niemals! vorspiegeln können, bis zu welchem ungeheuerlichen, ja unbegreiflichen Grade jener Grundsatz seine Bestätigung finden würde ... und es wird uns dann gleich greifbar und hörbar veranschaulicht werden.

Bevor wir nun zur Demonstration schreiten, möchte ich noch einen Vergleich anführen.

Alle Lebewesen haben ein Analogon unter den niederen Daseinsformen der Natur. Dieses Analogon, das gewissermaßen ein Spiegel ihres Wesens ist, erläutert sie in den Augen des Metaphysikers. Um es zu erkennen, bedarf es nur einer Beobachtung der Wirkung, welche diese Wesen durch ihre Gegenwart hervorbringen. Nun also! Das Analogon dieser traurigen Circen ist in der Pflanzenwelt (denn in die Tierwelt gehören sie ja selbst trotz ihrer menschlichen Form, und wir müssen daher abwärts schauen, um es zu finden) der Upabaum, dessen Milliarden vergifteter Blätter sie ähnlich sind.

Er scheint in der Sonne wie vergoldet. Sein Schatten aber, wie Sie wissen, verwirrt die Sinne zu fieberhaften Halluzinationen, die bei längerem Verweilen töten.

Die Schönheit des Baumes muß daher eine *usurpierte, hinzugefügte* sein.

In der Tat; säubern Sie den Baum von seinen Millionen verpesteter aber glänzender Raupen, und er ist nichts anderes mehr, als ein toter Stamm mit schmutzig rosa Blättern, denen die Sonne keinen einzigen Reflex abgewinnt. Selbst seine tödliche Wirkung verschwindet, sofern er einem anderen Boden eingepflanzt wird, der seinem schädlichen Einfluß nicht günstig ist, und binnen kurzem dorrt er dann, von den Menschen unbeachtet, dahin.

Denn er bedarf der Raupen. Er eignet sie sich an. Beide ziehen einander an, der unheilvollen Wirkung halber, die sie nur zusammen ausüben können. Derart ist der Upa- oder Raupenbaum. Und gewisse Leidenschaften sind wie unter seinem Schatten erzeugt.

Entraupt man nun ihrer ebenso verhängnisvollen wie künstlichen Reize die Mehrzahl jener Frauen, deren Schatten tödlich ist, so bleibt..., was vom Upabaume nach einem ähnlichen Verfahren bleibt.

Denken Sie sich an Stelle der Sonne die Phantasie der Betrachter: gerade weil die Illusion sich hier einige Gewalt antun muß, ist die Wirkung nur um so fesselnder! – Betrachtet man aber kalten Auges, *was diese Illusion hervorbringt,* so wird sie einem unbezwinglichen Abscheu weichen, der sich von keinem Anreiz mehr bannen ließe.

Miß Evelyn Habal war somit der Gegenstand eines merkwürdigen Experimentes für mich geworden. Ich beschloß, sie aufzusuchen, nicht um meine Theorie bestätigt zu sehen, denn dies ist sie ja schon seit ewigen Zeiten, sondern weil es mich interessierte, diese Bestätigung so vollkommen und so glänzend vorzufinden, als ich es voraussetzen mußte.

Miß Evelyn Habal! – dachte ich, was mag *das* wohl sein!...
Ich verfolgte ihre Spuren.

Das reizende Kind weilte in Philadelphia, wo der Ruin und der Tod Andersons ihr eine ungeheure Reklame verschafft hatten. Man riß sich um sie. Nach dieser Stadt begab ich mich nun und machte ein paar Stunden darauf ihre Bekanntschaft. Sie war recht krank... ein Leiden zehrte an ihr, ein physisches natürlich, so daß sie nur kurze Zeit ihren lieben Edward überlebte.

Ja, es sind schon einige Jahre her, daß der Tod sie uns dahinraffte.

Dennoch fand ich Zeit, vor ihrem Ableben meine Ahnungen und Theorien an ihr zu prüfen. Übrigens ist ja ihr Tod ohne Belang und ich werde sie Ihnen sofort zitieren, genau als lebte sie noch.

Die verführerische Ballerina soll Ihnen sogleich einen Solotanz aufführen und ein Lied singen, das sie mit ihrem Tambourin und ihren Kastagnetten selbst begleiten wird.

Bei diesen letzten Worten war Edison aufgestanden, um an einer Schnur zu ziehen, die längs der Wand von der Decke herabfiel.

IV. Totentanz

»Und es ist ein gar harter Beruf, eine schöne Frau zu sein!«
Baudelaire

Dem leuchtenden Kreis der Astrallampe gegenüber hing ein langer Streifen gummierten Stoffes, der mit einer Menge durchsichtiger, gefärbter Glassplitter besät war, zwischen zwei Stahlstangen seitlich ausgespannt. Dieser Streifen, an einem seiner Enden wie von einem Uhrwerk gezogen, begann sehr rasch zwischen der Linse und der Glocke eines mächtigen Reflektors herabzugleiten, der plötzlich – auf die gegenüber in dem Ebenholzrahmen ausgespannte und von der goldenen Rose überragte weiße Seide – die lebensgroße Gestalt einer sehr hübschen und ziemlich jungen rothaarigen Frau projizierte.

Das wundervolle farbphotographische Bild tanzte im Paillettenkostüm einen mexikanischen Volkstanz. Die Bewegungen waren durch die kinematographische Aufnahme, die ja Bewegungen lebender Wesen zehn Minuten lang auf mikroskopische Gläser fixieren kann, um sie wiederum mittels einer mächtigen Linse zu reflektieren, vollkommen naturgetreu und lebensvoll wiedergegeben.

Edison berührte eine Stelle am Schnitzwerk des schwarzen Rahmens und schlug einen Funken aus dem Kelch der goldenen Rose.

Mit einem Male erklang eine flache und wie gesteifte, eine dumme und harte Stimme; die Tänzerin sang das »alza« und »olé« ihres Fandango. Mit ihrem Ellbogen schug sie das Tambourin, und die Kastagnetten begannen zu klirren.

Die Gesten, die Blicke, die Bewegung der Lippen, der Augenlider, der Hüften, die Absicht des Lächelns, alles war reproduziert.

Lord Ewald betrachtete das hingezauberte Bild in stummer Verwunderung.

Nicht wahr, mein lieber Lord, das war doch ein entzückendes Kind! sagte Edison. Ja, wer weiß? die Leidenschaft meines Freundes Anderson ist vielleicht doch nicht so unbegreiflich! – Was für Hüften! Welch schönes rotes Haar! gebranntes Gold! Und die warme Blässe des Teints! Und diese seltsamen länglichen Augen! Diese kleinen Rosenfinger, die so strahlen, als hätte der Morgen sie mit Tau benetzt! Und die zarten Adern, die unter der Aufregung des Tanzes durchschimmern? Dieser jugendliche Reiz ihres Armes und ihres Nackens! Dies Lächeln, das den feuchten Glanz ihrer Perlenzähne umspielt! Und dieser rote Mund! Diese feinen goldenen, und so kühn geschweiften Augenbrauen! Diese feinen Nasenflügel, die wie die Flügel eines Schmetterlinges bebten! Diese straffe und volle Büste unter dem schmiegsamen Atlas! Diese leichten Beine von so klassischen Formen! Diese kleinen, so geistreich geschweiften Füße! – Ach! – schloß Edison mit einem tiefen Seufzer, wie schön ist doch die Natur! Ist das nicht ein Königsschätzchen, wie die Dichter sagen!

Edison starrte sie wie verliebt an.

Ja, gewiß! sagte Lord Ewald; und halten Sie nur die Natur zum besten, wenn Sie wollen; ich gebe ja zu, daß dies hübsche Fräulein besser tanzen als singen kann, allein sie ist so bezaubernd, daß, falls dem Herzen Ihres Freundes sinnliche Freuden genügten, dies Mädchen ihn wohl reizen konnte.

So? erwiderte Edison in einem seltsamen Tone, indem er Lord Ewald ansah.

Er ging auf die Wand zu, zog wieder an der Schnur, und der Stoffstreifen mit den eingesetzten Glassplittern glitt jetzt hinter den Reflektor. Das lebende Bild verschwand. Ein zweiter irisierter Stoffstreifen, der unter dem ersten ausgespannt hing, schoß blitzschnell an der Lampe vorbei, und der Reflektor entwarf nun in dem Rahmen das Bild eines blutlosen unschönen weiblichen Wesens mit hohlen Wangen, schlechten Zähnen, fast ohne Lippen, nahezu kahlköpfig, mit glanzlosen verzwickten Augen und schlaffen Lidern; runzelig, mager und verdrossen. Und die angeheiterte Stimme sang ein obszönes Couplet, und das alles tanzte wie zuvor, schwang dasselbe Tambourin und dieselben Kastagnetten.

Nun – und jetzt? meinte lächelnd Edison.

Was soll diese Hexe? fragte Lord Ewald.

Es ist dieselbe! versetzte Edison ruhig; nur ist es die echte! Es ist die, welche unter dem Schein des anderen sich verbarg. Ich sehe, daß Sie noch keine rechte Ahnung haben, mein lieber Lord, von den Fortschritten der modernen Kosmetik.

Edison fiel nun wieder in seinen enthusiastischen Ton zurück.

Ecce puella! rief er aus. Hier steht die strahlende Evelyn Habal befreit, entraupt von ihren Reizen. Ist es nicht – um vor Liebe zu vergehen! Ach! Povera innamorata! – Wie entzückend sie doch ist! Welch ein Traum! Was für tiefe edle Leidenschaften muß sie nicht entflammen! Nicht wahr, sie ist herrlich, die Natur? Werden wir je mit so etwas wetteifern können? Ich gebe es auf! – Nun? was sagen

Sie dazu? . . . Nur mit Hilfe der andauernden Suggestion habe ich es erreicht, daß sie mir diese Aufnahme gewährte. – Welcher Jammer! Glauben Sie nicht, daß Anderson, wenn er sie so zum erstenmal gesehen hätte, heute noch bei Frau und Kindern säße, was ja gewiß nicht schade wäre? – Was doch die Kleidung ausmacht! Die Frauen haben doch wahrhaftig Feenfinger! Und ist einmal ein erster Eindruck erzielt, so ist die Illusion so zäh, ich versichere Ihnen, daß sie sich selbst an den abscheulichsten Mängeln weidet! – ja, sich mit den Krallen einer wahnwitzigen Chimäre selbst an die Häßlichkeit klammert, und wäre sie die abstoßendste von allen.

Einer »feinen Fliege« gelingt es, wie gesagt, ihre Mängel zu behaupten, ja, sich eine Zierde daraus zu schaffen, die den Unerfahrenen verlocken und unmerklich verwirren muß. Es handelt sich dann nur mehr um eine Wortfrage; die Magerkeit wird Schlankheit, die Häßlichkeit Pikanterie, die Unsauberkeit Négligé, die Verschlagenheit Feinheit usw., usw. Und ganz leise und allmählich gerät man oft dahin, – wo der Liebhaber dieses Kindes hingeriet: zu Verderbnis und Tod. Lesen Sie die Tausende von Zeitungen, die täglich derartige Fälle verzeichnen, und Sie werden sehen, daß ich die Ziffer nicht übertrieb, sondern vielmehr unterschätzte.

Sie sind ganz sicher, mein lieber Edison, daß diese beiden Visionen nur ein und dieselbe Frau darstellen? murmelte Lord Ewald betreten.

Bei dieser Frage sah sich Edison den jungen Mann von neuem an; diesmal aber mit einem Ausdruck ernster Melancholie. Ach! rief er, Ihnen ist das Ideal wahrlich tief ins Herz eingegraben. Nun, wenn dem so ist, so werde ich Sie wohl überzeugen müssen, denn Sie zwingen mich dazu! Hier, Mylord, seien Sie selbst Zeuge, um welchen Preis der arme Edward Anderson Würde, Leben, Leib und Ehre verlor.

Unter dem glänzenden Bilde, das noch immer den furchtbaren Tanz reproduzierte, zog er eine Schublade aus der Wand hervor.

Hier, sagte er dann, sind die Hüllen jener Zauberin, das Arsenal jener Armida! – Wollen Sie die Güte haben, uns zu leuchten, Miß Hadaly?

Die Androide erhob sich, griff nach einer Fackel, die einen starken Duft ausströmte, und entfachte sie am Kelche einer Blume; dann nahm sie Lord Ewald bei der Hand, und zog ihn sanft zu Edison hin.

Wenn Sie die Reize der Miß Evelyn Habal beim ersten Anblick so natürlich fanden, so glaube ich, daß Sie nun von diesem Eindruck zurückkommen werden; denn sie war der Urtyp, das Musterstück, und Preis-Exemplar einer unschönen Person, und, gottlob, die wenigsten Frauen ihres Schlages reichen an sie heran!

Aber sehen Sie doch selbst.

Hadaly hob bei diesen Worten die Fackel hoch über ihr verschleiertes Haupt, und verhielt sich unbeweglich neben dem düstern Schrein, wie eine Statue vor einem Grabmal.

V. Ausgrabung

> Lugete, o Veneres Cupidinesque!
> *Catull*

Hier! näselte Edison mit der Stimme eines Gerichtsvollziehers: sehen Sie den Gürtel der Venus, den Schleier der Grazien, die Pfeile Amors.

Hier haben wir fürs erste das feurige Haar der Herodias; flüssiges Sternengold, Sonnenstrahlen auf herbstlichem Laube, von rosigem Scheine überflutetes Moos – eine Erinnerung an Eva, die Blonde, die ewig junge, strahlende Ahnfrau! Ach! greifen Sie nach jenen Strahlen! Welche Wonne! Nicht wahr?

Und er schüttelte ein paar abscheuliche, falsche und entfärbte Haarzöpfe in die Luft, die von grauen Fäden durchzogen, von der Schere versengt, einen ganzen Regenbogen verschiedener, vom scharfen Wasser vergilbter und verdorbener Haarsträhne aufwiesen.

Hier ist der Lilienteint, die Rosen jungfräulichen Errötens, der Reiz der bebenden, feuchten, liebeatmenden, wonnevollen Lippen!

Und auf der Leiste der Mauer reihte Edison entkorkte Büchsen auf, die mit roter Kosmetik, dicker Büchsenschminke angefüllt waren, von allen Farben und halb vermodert; Schachteln mit Schönheitspflästerchen usw.

Hier ist die ruhige Pracht der Augen, der Bogen der reingeschwungenen Brauen, die tiefen bläulichen Schatten, die von der Leidenschaft und von durchwachten Liebesnächten kommen, die zarte Röte der Nasenflügel, die so schnell und freudig erbeben, wenn der Schritt des jungen Geliebten sich nähert! Und er zeigte verbogene, am Licht geschwärzte Haarnadeln, blaue Stifte, Karminpinsel, Wischer, chinesische Stäbchen, Smyrnabüchsen usw.

Hier haben wir die kleinen blendenden Zähne. Ach, wer möchte nicht einen ersten Kuß von diesen zauberhaften Lippen rauben, die lächelnd diese frischen kindlichen Zähne verbirgt! Und er ließ ein anziehendes Gebiß, wie es in den Schaukästen der Zahnärzte zu sehen ist, rasselnd zum Vorschein kommen.

Hier ist der Schmelz, der samtweiche Schimmer des Halses, der jugendliche Reiz der Schultern und Arme, der Alabasterglanz dieses schwellenden Busens!

Und er zeigte, eines nach dem andern, all die tristen Instrumente eines Emaillierapparates.

Hier sind die strahlenden Brüste der Nereide, vom salzigen Meerwasser umspült! Heil den göttlichen Konturen Anadyomenes, die uns inmitten der lichten, überschäumenden Wellen erstrahlten! Und er schüttelte graue Wollappen, rußig, gewölbt und ranzigen Duftes.

Hier sind die Hüften der Nymphe, der taumelnden Bacchantin, der modernen Schönheit, die vollendeter ist, als die Statuen Athens – und so begeistert zu tanzen weiß!

Und er schwang »Formen«, Tournuren aus Drahtgeflechten, verbogene Fischbeine, orthopädische Korsettstangen, die Reste verschiedener komplizierter Mieder, die mit ihren Schnüren und Knöpfen wie zerrissene Mandolinen aussahen, deren abgerissene Saiten lächerlich zusammenklirrten.

Hier sind die zarten, berückenden, edelgeformten Beine der Ballerina!

Und er schwenkte zwei schwere und vermoderte ehemals rosenfarbene, geschickt ausgestopfte Trikots.

Hier sind die glattpolierten Nägel der Füße und Hände, der Glanz der kleinen Fingerspitzen. O Orient! Von ihm kommt uns auch dieses Licht!

Und er zeigte das Innere einer festen Schachtel aus Rosenholz mit ihren abgenützten Bürsten, an welchen noch verschiedene Nagelabfälle hingen.

Hier ist der Schwung des Ganges, der Bug, die Schlankheit des weiblichen Fußes, an dem nichts von niederer, schlechter Rasse spricht. Und er schlug die Hacken zweier Fersen zusammen, hoch wie die Pfropfen von Bordeauxflaschen, – Sohlen, die geradeaus liefen, aber mittels Tucheinlagen Schweifungen simulierten, und auch über die Größe der höchst gemeinen Extremitäten zu täuschen versuchten.

Hier ist die »*Appretur*« des naiven, zärtlichen, neckischen, himmlischen oder melancholischen Lächelns, die jenes Angesicht mit so verführerischen, so »unwiderstehlichen« Mienen beseelte. Und er zeigte ein Vergrößerungs-Taschenglas, in dem die Tänzerin die »Werte« ihrer Physiognomie bis in jede Falte hinein studieren konnte.

Hier ist der frische Duft der Jugend und des Lebens, das Aroma dieser lebendigen Blume!

Und er stellte behutsam neben die Schminktöpfe und Stifte, Phiolen mit starken, in den Apotheken mühsam hergestellten Essenzen, die bedauerliche natürliche Ausdünstungen bekämpfen sollten.

Und hier aus derselben Apotheke Fläschchen eines weniger frivolen Inhalts. Ihr Geruch, ihre jodähnliche Farbe, ihre verwischten Aufschriften lassen uns vermuten, was für Sträußchen Vergißmeinnicht das arme Kind ihren Freunden anbieten konnte.

Da sind auch noch allerlei Ingredienzien und mindestens bizarr geformte Gegenstände, deren wahrscheinlichen Gebrauch zu erklären wir aus Rücksicht für unsere liebe Hadaly unterlassen wollen, nicht wahr? Sie zeigen, daß dieses naive Geschöpf etwas versiert war in der Kunst, unschuldige Ekstasen zu verschaffen.

Und zum Schluß, fügte Edison hinzu, sind hier noch verschiedene Kräuterreste, deren Wirkung allgemein bekannt ist. Sie bestätigen uns, daß Miß Evelyn Habal in ihrer Bescheidenheit sich nicht für die Freude des Familienlebens geschaffen fühlte.

Edison war am Ende seiner Liste angelangt, und warf nun kunterbunt alles, was er hervorgeholt hatte, in die Schublade zurück; dann ließ er den Deckel wie einen Grabstein zufallen, und schob ihn wieder in die Mauer hinein.

Ich denke, mein lieber Lord, daß Sie jetzt zur Genüge erbaut sein dürften, schloß er. Ich glaube nicht, ich will nicht glauben, daß es unter den geschminktesten und bleichsten unserer galanten Schönen je eine... mehr hergerichtete... gab, als Miß Evelyn; aber was ich schwöre und bezeuge ist, daß alle über kurz oder lang, mit Hilfe einiger Exzesse, mehr oder minder zu ihrem Schlage gehören werden.

Und er lief an ein Becken, wusch und trocknete dann seine Hände.

Lord Ewald schwieg nachdenklich, von tiefem Staunen und einem maßlosen Ekel erfüllt.

Er betrachtete Hadaly, die schweigend ihre Fackel in der Kiste eines künstlichen Orangenbaumes erstickte. Edison ging wieder auf ihn zu.

Ich begreife allenfalls noch, daß man vor einer Leiche oder einem Grab in die Knie sinkt, sagte er; aber vor diesem Schubfach und solchen Reliquien... da hält es schwer, – nicht wahr? – Aber sind es denn nicht ihre wirklichen Überreste?

Er zog noch einmal an der Schnur der chromophotographischen Zyklen; das Bild verschwand, der Sang verstummte; die Trauerrede war vorüber.

Wir sind weit von Daphnis und Chloë, sagte Edison. Und wie um seine Rede zu beschließen, setzte er noch hinzu:

War es der Mühe wert, ehrlos zu werden, die Seinen ins Unglück zu stürzen, alle Hoffnung eines besseren Daseins fahren zu lassen und Hals über Kopf einen, wer weiß wie verzweifelten Selbstmord zu begehen! Und wofür?

... Für den Inhalt dieser Schublade!

Ach! Was sind doch die *positiven* Leute für Dichter, wenn auch sie sich darauf verlegen, auf Wolken zu reiten, und denken müssen, daß die jährliche Norm der zweiundfünfzig- bis dreiundfünfzigtausend Fälle (die viel weniger ungeheuerlich, gewiß, aber doch genau besehen im großen und ganzen diesem Fall hier ähnlich sind) in Amerika und Europa im Zunehmen begriffen ist, und daß die meisten Opfer (der jedenfalls moralischen Häßlichkeit unserer »unwiderstehlichen« Henkerinnen) vernünftige und nüchterne, äußerst praktisch veranlagte Leute sind und jener Schwärmer spotten, die aus den Tiefen ihrer freiwilligen Einsamkeit ihnen fest ins Auge blicken.

VI. Honi soit qui mal y pense!

> Und mit feindseligen Blicken werden die beiden Geschlechter
> – getrennt voneinander – sterben.
> *Alfred de Vigny*

Nachdem ich also, fuhr Edison fort, die Beweise gesammelt hatte, daß mein unglücklicher Freund nur eine traurige Chimäre umfangen hielt, und daß unter dieser unbeschreiblichen Zurüstung der ungefüge Gegenstand seiner Leidenschaft ebenso unecht sein mußte, als dessen Liebe, so daß er eigentlich wie etwas Erkünsteltes, das nur scheinbar lebt, erscheinen muß, so habe ich mir folgendes gedacht:

Da in Europa wie in Amerika jährlich so und so viel Tausende von vernünftigen Männern treue, bewundernswerte Frauen verlassen und in Tausenden von Fällen, die mit dem eben Besprochenen identisch sind, vom Absurden sich zugrunde richten lassen, so dachte ich, daß ...

O! unterbrach ihn Lord Ewald, sagen Sie, daß Ihr Freund auf die unerhörteste Ausnahme der Welt geriet, und daß seine traurige Leidenschaft, nur insofern sie rein pathologisch war und ärztliche Pflege verdiente, begreiflich und verzeihlich erscheinen kann. Viele jener verhängisvollen Frauen sind aber in der Tat so verführerisch, daß es recht paradox wäre, aus dieser ganzen Geschichte allgemeine Schlüsse zu ziehen.

Das habe ich vorausgeschickt, erwiderte Edison. Sie vergessen jedoch, daß Sie selbst bei dem ersten Auftreten Evelyn Habals den Eindruck einer wirklich hübschen Frau gewannen; und ohne mich länger mit dem Toilettenlaboratorium unserer eleganten Schönen zu befassen (sagt doch schon ein Sprichwort, daß weder der Gatte noch der Liebhaber es je betreten sollte), behaupte ich folgendes: die moralische Häßlichkeit jener Frauen, die solches Unheil anstiften, muß das oft weniger Abstoßende ihrer physischen Beschaffenheit weit überbieten. Da sie nicht einmal der Anhänglichkeit fähig sind, die doch einfache Tiere besitzen, und auch keinen Mut haben, außer wo es gilt, zu vernichten und zu zerstören, so will ich die traurige Leidenschaft, die sie einflößen, und die von manchem Liebe genannt wird, lieber nicht näher bezeichnen. Und das Übel besteht zum Teil darin, daß man aus Schicklichkeitsgründen dieses Wort statt des richtigen setzt. –

Um aber auf meinen Gedanken zurückzukommen: Wenn, dachte ich, das mit dem menschlichen Wesen assimilierte und vermischte Künstliche solche Katastrophen veranlassen kann, und also in dem oder jenem Grade jede Frau, die sie herbeiführt, mehr oder minder gewissermaßen eine Androide ist, – warum dann, Chimäre hin, Chimäre her, nicht lieber die Androide selbst?

Da es in derartigen Leidenschaften unmöglich ist, vom Gebiet der Illusion abzukommen, und da *all* diese Frauen teil an dem Künstlichen haben, da mit einem Worte die Frau selbst es ist, die uns das

Beispiel gibt, sie durch das Künstliche zu ersetzen, so ersparen wir ihr, wenn möglich, diese Arbeit! Solchen Frauen ist es ja erwünscht, daß unsere Lippen im Kontakt mit den ihren sich färben, und daß unsere Augen in bittern Tränen überfließen, wenn wir durch die Laune oder den Tod eines solchen Wesens um diesen oder jenen Schminktopf uns gebracht sehen! Setzen wir die eine Lüge an Stelle der anderen! Für sie wie für uns würde es bequemer sein. Kurz, wenn sich die Formel zur Herstellung eines elektromenschlichen Wesens finden ließe, die eine heilsame Täuschung auf einen Sterblichen hervorbringen könnte, so trachten wir doch der Wissenschaft eine »Gleichung« der Liebe abzuringen, eine Addition zur menschlichen Natur, welche die erwähnten, bisher unvermeidbaren Greuel von nun an ausschlösse.

Wäre die Formel einmal gefunden und der Welt übergeben, so könnte ich vielleicht innerhalb einiger Jahre Tausende und Tausende von Existenzen retten.

Und niemand wird mir dabei schamlose Motive zumuten können, da die Eigenart der Androide gerade darin besteht, daß sie innerhalb einiger Stunden selbst in dem leidenschaftlichen Liebhaber die erniedrigenden und schmählichen Triebe ertötet, einzig dadurch, daß sie ihn mit einer ungeahnten Feierlichkeit umweht, deren Unwiderstehlichkeit keiner sich vorstellen kann, der sie nicht erlebt hat.

So machte ich mich denn an die Arbeit; ich erkämpfte mir Schritt für Schritt das Problem! Endlich entdeckte ich mit Hilfe einer Art Somnambulen namens Sowana die erträumte Formel, und plötzlich ließ ich, aus dem Schatten, Hadaly entstehen.

VII. BLENDWERK

> Die rationelle Philosophie übersieht die Möglichkeiten und spricht: »Es läßt sich das Licht nicht zerlegen.« Die experimentale Philosophie vernimmt dieses Wort und schweigt Jahrhunderte hindurch; plötzlich zeigt sie dann auf das Prisma und sagt: »Das Licht läßt sich zerlegen.«
>
> *Diderot*

Seitdem sie aufrecht in diesen verborgenen Höhlen weilt, harrte ich des Mannes, dessen Sinn fest genug, und der zugleich verzweifelt genug war, um das Experiment zum erstenmal zu wagen; Sie sind es, dem ich die Ermöglichung meines Werkes danke, und Sie sind gekommen, – Sie, der vielleicht die schönste der Frauen die Ihrige nennen konnten und doch bis zum Tode ihrer überdrüssig wurden.

Mit diesen Worten schloß Edison seinen phantastischen Bericht und, sich zu Lord Ewald wendend, deutete er auf die stumme Androide, die beide Hände vor ihr verschleiertes Antlitz hielt, als suchte sie es noch mehr zu verhüllen.

Und nun, sagte Edison, wollen Sie immer noch wissen, *wie* das Phänomen dieser zukünftigen Vision sich erfüllen kann? Glauben Sie immer noch, daß Ihre freiwillige Illusion der Erklärung wirklich standhalten wird?

Ja, sagte Lord Ewald nach einem kurzen Schweigen.

Sie scheint zu leiden! – fügte er, auf Hadaly blickend, hinzu, als triebe ihn ernste Neugier, mit dem metaphysischen, und doch von der »Wirklichkeit« umhüllten Zauberspiel, das er betrachtete, sich näher einzulassen.

Nein! sagte Edison, die Haltung, die sie jetzt angenommen hat, gleicht der eines Kindes kurz vor seiner Geburt; sie verhüllt ihr Angesicht vor dem Leben.

Es entstand ein Schweigen.

Kommen Sie, Hadaly! rief er plötzlich.

Die Androide schritt in ihren schwarzen Schleiern auf den Porphyrtisch zu.

Der junge Mann blickte auf Edison; dieser stand schon über die glänzenden Instrumente gebeugt, und wählte unter den großen kristallenen Skalpellen.

Vor dem Tische angelangt, wandte sich Hadaly mit einer graziösen Gebärde um, kreuzte die Hände hinter ihrem Kopf und sagte:

Mylord, üben Sie Nachsicht an meiner armseligen Unwirklichkeit, und bevor Sie sie verschmähen, gedenken Sie der menschlichen Gefährtin, durch welche Sie gezwungen, wenn es sein muß, selbst durch einen Schatten die Liebe wieder zu erkaufen.

Zugleich schien der belebte Panzer Hadalys wie von einem blitzartigen Streifen durchzuckt; Edison faßte ihn mittels eines Drahtes, den er aus zwei Glaszangen hervorzog und nahm ihn fort.

Es war, als sei nun die Seele dieser menschlichen Form fortgetragen.

Der Tisch kippte um: die Androide lehnte jetzt daran, und ihr Haupt ruhte auf dem Kissen.

Edison beugte sich, löste zwei Stahlschnallen, die hier an der

Diele angebracht waren, schlang sie um Hadalys Füße und schob dann den Tisch in seine senkrechte Lage zurück. Hadaly ruhte jetzt darauf wie eine Leiche auf der Bahre der Anatomie.

Erinnern Sie sich des Bildes von André Versale, sagte lächelnd Edison, obwohl wir allein sind, verwirklichen wir jetzt eine Idee.

Er berührte einen Ring an Hadalys Finger: Der weibliche Panzer erschloß sich langsam.

Lord Ewald zuckte zusammen und wurde sehr bleich.

Bis jetzt hatten ihn wider Willen Zweifel angewandelt. Trotz der bestimmten Versicherungen Edisons war es ihm nicht möglich gewesen, anzunehmen, daß dieses Wesen, das ihm so gänzlich den Eindruck einer Lebenden machte, nur eine durch Geduld, Genie und Wissenschaft erzielte Fiktion sei.

Und er stand vor einem Wunderwerk, dessen offenbare Möglichkeiten alle Phantasie weit übertrafen, ihn blendeten und zugleich ihm den Beweis lieferten, wie weit derjenige zu gehen vermag, der es wagt zu *wollen*.

FÜNFTES BUCH
Hadaly

I. Erstes Erscheinen der Maschine in der Menschheit

> Solus cum sola, in loco remoto, non cogitabuntur orare Pater Noster.
>
> *Tertullian*

Edison löste den schwarzen Schleier vom Gürtel.

Die Androide, erklärte er ruhig, besteht aus vier Teilen:

1. dem inneren Lebenssystem; es umfaßt das Gleichgewicht, den Gang, die Stimme, die Geste, die Sinne, die zukünftigen Verschiedenheiten des Gesichtsausdruckes, den Regulator der inneren Regungen, oder besser gesagt, »die Seele«;

2. dem plastischen Vermittlungsfaktor: dem metallenen, von der Haut isolierten, panzerartigen und biegsamen Gehäuse nämlich, in welches das innere System eingefügt ist;

3. der Inkarnation (oder besser gesagt, dem scheinbaren Fleisch), die, über jenes Gehäuse gezogen, vom belebenden Fluidum durchdrungen und selbst wieder belebend, alle Linien und Züge der Körper-Kopie umfaßt und die eigentümliche und persönliche Ausströmung, die Ausbildung des Knochenbaues, das Geäder, die Muskulatur, die Sexualität, kurz, die ganze Physis des Orginals aufweist;

4. der Haut, die den Teint, die Porösität, die Hautlinien bis in die kleinsten unsichtbaren Fältchen umfaßt, sowie das Lächeln, die genaue Bewegung der Lippen, das Haar, das System des Auges, mit der Individualität des Blickes, der Zähne und Nägel.

Edison hatte dies alles mit der monotonen Stimme vorgetragen, mit der eine geometrische These aufgestellt wird, deren quod erat demonstrandum in dem Exposé selbst eigentlich schon enthalten ist. Lord Ewald fühlte aus dieser Stimme heraus, daß alle »Postulate«, welche diese Reihe von ungeheuerlichen Behauptungen in seinem Geiste hervorriefen, nicht nur eine Widerlegung finden würden, sondern sie schon gefunden hatten, und der Beweis bald geführt werden würde.

Und darum fühlte schon der junge Mann, den Edisons unheimliche Sicherheit mächtig ergriff, wie bei diesen unerhörten Worten der kalte Hauch der Wissenschaft sein Herz erstarren machte. Dennoch ließ er sich nicht aus seiner Ruhe reißen, und unterbrach den Redner mit keinem Wort.

Edisons Stimme aber wurde jetzt eigentümlich ernst und melancholisch.

Mylord, sagte er, hier wenigstens habe ich Ihnen keine Überraschungen zu bereiten. Wozu auch? Die Wirklichkeit, wie Sie gleich sehen werden, ist erstaunlich und geheimnisvoll genug, um rätselhafter Zutaten entraten zu können – Sie werden Zeuge der Kindheit eines idealen Wesens sein, da Sie die Erklärung des inneren Organismus Hadalys vernehmen sollen. Welche Julia ertrüge eine derartige Erläuterung, ohne daß Romeo darob in Ohnmacht fiele?

Denn wahrlich! könnte man retrospektiv die »positiven« Anfänge der Geliebten schauen, und *die Form, die sie hatte, als sie zum ersten Male sich bewegte,* so würde vermutlich die Leidenschaft der meisten Liebhaber von einem Gefühl des Schauerlichen überwältigt werden, in welchem das Absurde und das Undenkbare einander überböten.

Die Androide jedoch erweckt selbst in ihren Anfängen nichts von dem gräßlichen Eindruck, den der Anblick des Processus vitalis unseres Organismus hervorruft. In ihr ist alles reich, dunkel und neu. Sehen Sie selbst.

Und er zeigte mit dem Skalpier auf den Zentralapparat, der von der Wirbelsäule der Androide ausging.

Hier konzentriert sich das Leben des Menschen, fuhr er fort. Es ist die Stelle des Wirbelknochens, von dem aus die Ausarbeitung des Rückenmarks sich vollzieht. – Ein Nadelstich genügt hier, wie Sie wissen, um uns auf der Stelle zu töten. Denn hier mündet auch unser Nervensystem, von dem unsere Atmung abhängt; trifft ihn der Stich, so ersticken wir. Sie sehen, daß ich mir die Natur zum Beispiel nahm. Diese beiden Induktoren, die an dieser Stelle isoliert sind, hängen mit der Atmung der goldenen Lungenflügel meiner Androide zusammen.

Aber lassen Sie uns ihren Organismus erst von der Vogelperspektive aus betrachten, die Einzelheiten werde ich Ihnen dann später erklären.

Infolge des geheimnisvollen Betriebes innerhalb dieser metallenen Scheiben wird Wärmekraft und Bewegung im Körper Hadalys durch das Gewinde dieser glänzenden Drähte verteilt, die das genaue Abbild unserer Nerven und Adern sind. Und vermittels der eingeschobenen kleinen Scheiben gehärteten Glases wird durch einen sehr einfachen Vorgang, dessen Prinzip ich Ihnen dann näher erklären will, zwischen dem Zentrum und den verschiedenen Netzen dieser Drähte die Bewegung in einem einzelnen Gliede, oder in der ganzen Person der Androide, hervorgebracht oder eingestellt. Hier ist ein außerordentlich starker elektromagnetischer Motor auf diese Verhältnisse und bis zu dieser Leichtigkeit reduziert worden, und hier münden denn auch alle anderen Induktoren.

Dieser Funke, den uns Prometheus vermachte, und den sie hier gebannt und jenem Zauberstabe entlanglaufen sehen, erzeugt die Atmung, indem er den Magnet beeinflußt, der vertikal zwischen den Brüsten liegt, und diese Nickelscheide hier anzieht; Sie sehen das Stahlschwämmchen, das daran hängt, – und das jeden Augenblick infolge der regelmäßigen Zwischenkunft des Isolators wieder zurückfällt. Ich habe auch der tiefen Seufzer gedacht, die der Kummer dem Herzen entreißt, und sie sind der sanften, schweigsamen Hadaly nicht fremd geblieben. Alle Schauspielerinnen werden Ihnen ja bezeugen, daß die Nachahmung dieser melancholischen Seufzer sehr leicht ist.

Hier nun, an beiden Seiten der Brust, sind die zwei Goldphonographen, die Hadalys Lungenflügel bilden. Sie lassen einander die metallenen Blätter ihrer harmonischen, fast könnte man sagen himmlischen Gespräche zugleiten, etwa wie die Druckerpressen die Probeabzüge aufeinander schichten. Eine einzige Tonrolle solcher Worte kann sieben Stunden lang laufen. Diese Worte aber sind den größten Dichtern, den subtilsten Metaphysikern und tiefsten Romanschriftstellern dieses Jahrhunderts entnommen; ich habe mich an die größten Geister gewandt, und mittels Unsummen mir Eigentumsrecht auf diese Wunderdinge – die niemals gedruckt sein werden – erworben.

Darum sagte ich, daß Hadaly nicht Geist habe, sondern *den* Geist.

Sehen Sie in diesen Auskehlungen die zwei kaum bemerkbaren Stahlstifte beben? Auch sie werden durch den unaufhörlichen, subtilen Lauf des geheimnisvollen Funkens in Bewegung versetzt und drehen sich um ihre eigene Achse. Nun harren sie nur der Stimme Miß Alicia Clarys, deren sie sich, von weitem, und ohne daß sie es weiß, bemächtigen werden, während Hadaly die Szenen der herrlichen Rollen vorträgt, die sie selbst nicht erfaßt, aber auf immer verkörpern soll.

Unter den Lungen ist hier die Walze angebracht, welche die Gesten, die Haltung, den Gang, die Mienen Ihrer Geliebten verzeichnen wird. Sie ist genau nach den Walzen sehr vervollkommneter

Drehorgeln hergestellt, auf welchen, genau wie hier, Tausende von kleinen metallenen Härten in Relief inkrustiert sind. Wie dort eine jede – in Vierteln oder Achteln, die Pausen mit einbegriffen – alle Noten einer bestimmten Zahl von Arien oder Tänzen genau abspielt, je nachdem sie eine nach der anderen unter die tönenden Verzahnungen des Harmoniums geraten, – gerade so spielt hier die Walze dieses Harmoniums, in dem alle Nerven-Induktoren der Androide zusammenlaufen, die Gesten, die Haltung, den Gang und die Mienen derjenigen ab, die in der Androide inkarniert wird. Der Induktor dieser Walze ist gewissermaßen der große sympathetische Nerv des wunderbaren Scheinwesens.

Auf diese Walze sind beiläufig siebzig allgemeine Gesten eingetragen. Mehr stehen einer Dame wohl nicht zu. Unsere Bewegungen, wenn wir von den konvulsiven oder sehr nervösen Leuten absehen, sind fast immer dieselben. Zwar mögen sie, je nach der Situation, sehr verschiedenartig erscheinen. Ich habe jedoch ausgerechnet, daß siebenundzwanzig oder achtundzwanzig hauptsächliche Gesten – die von ihnen abgeleiteten zähle ich nicht mit – schon eine starke Persönlichkeit markieren. Übrigens ist ja eine Frau, die zu viele Gesten macht, ein unerträgliches Wesen, und man darf hier nur die harmonischen Bewegungen im Auge haben; die anderen sind störend und überflüssig.

Die Lungen und der große sympathetische Nerv Hadalys sind durch die eine und selbe Bewegung vereint, deren Impuls durch das Fluidum gegeben ist. Zwanzig fesselnde Stunden interessanter Gespräche sind auf diesen Blättern, und zwar, dank der Galvanoplastik, unauslöschlich auf den mittels des Mikrometers inkrustierten Härten dieser Walze eingetragen. Muß nicht in der Tat die Bewegung der beiden Phonographen, im Verein mit der Bewegung der Walze, die Homogenität der Geste, des Wortes und die Motion der Lippen erzeugen? sowie des Blickes und der mannigfachen Schattierungen des Ausdrucks?

Natürlich ist das Ganze in jeder Szene auf das genaueste reguliert. Und dies war freilich schwieriger, als eine Melodie und ihre Begleitung in den kompliziertesten Akkorden dieser oder jener Orgelwalze einzutragen, doch sind, wie ich Ihnen schon sagte, und Sie mir glauben dürfen, unsere Instrumente, besonders mittels unserer vervollkommneten Objektive, so fein und sicher geworden, daß etwas Geduld und sorgfältige Ausrechnung das Werk ohne allzu große Mühe zustande bringen.

Ich *lese* jetzt die Gesten von der Walze ebenso schnell, wie ein Buchdruckerlehrling eine Seite, umgekehrt, aus dem Guß abliest (reine Gewohnheitssache). Für die Korrekturen dieser Blätter also werde ich mich nach den Mobilitäten Miß Alicia Clarys richten müssen, es wird nicht allzu schwer sein, da wir ja die fortlaufende Momentphotographie haben, von deren Verwendung Sie soeben eine Probe erhielten.

Ja, unterbrach jetzt Lord Ewald, aber eine »Szene«, wie Sie es nennen, setzt doch einen Partner voraus?

Nun ja, versetzte Edison, werden Sie denn nicht selbst dieser Partner sein?

Aber wie wollen Sie im voraus wissen, was ich die Androide fragen, und was für Antworten ich ihr geben werde?

O, sagte Edison, ich glaube, daß Sie sich dies Problem nicht ganz richtig stellen, – und durch eine einzige Beweisführung werde ich Sie von der Einfachheit derselben überzeugen.

Einen Augenblick! rief Lord Ewald; welcher Art sie auch sein mag, ich werde mich in meinen Gedanken, in meiner Liebe selbst der Freiheit beraubt fühlen, wenn ich mich von dieser Beweisführung überzeugen lasse.

Gleichviel, wenn die Verwirklichung Ihres Traumes dadurch erzielt wird, sagte Edison. Und wer ist denn frei? – Die Engel im alten Testament vielleicht? Sie allein dürften in der Tat den Titel der »Freien« beanspruchen, denn sie sind endlich von der Versuchung befreit, ... da sie den Abgrund sahen, dem jene verfielen, die zu denken sich vermaßen.

Wenn ich Sie recht verstehe, sagte Lord Ewald, aufs tiefste betroffen, ... so müßte ich ja *selbst* meine eigenen Fragen und Antworten auswendig lernen!

Sie können Sie ja so viel Sie wollen modifizieren, sofern nur die Antwort sich darauf beziehen ließe ... Und ich versichere Ihnen – *alles kann sich auf alles beziehen;* darin besteht das große Kaleidoskop des menschlichen Wortschatzes. Wenn nur der Charakter und der Ton eines Gespräches gewahrt bleiben, so läßt sich ihnen in dem ewigen *Ungefähr* der menschlichen Reden fast jedes Wort anpassen. – Gibt es doch eine Menge vager, unbestimmter Worte, die von einer so seltsamen geistigen Vieldeutigkeit sind und ihren Reiz und ihre Tiefe meist nur der *Frage verdanken, auf die sie Antwort geben.* Zum Beispiel: Nehmen wir an, daß ein einzelnes Wort, das Wort: »schon« (ich greife es statt irgendeiner Phrase heraus), dasjenige sei, was die Androide zu einem gegebenen Zeitpunkte vorbringen muß. Sie nun erwarten dies Wort, das Sie in der sanften, ernsten Stimme Miß Alicia Clarys, während einer ihrer schönsten Blicke in die Ihren sich versenkt, vernehmen werden.

Ach! bedenken Sie doch, wie vielen Fragen und Gedanken dies einzige Wort herrlich entsprechen kann. An Ihnen wird es liegen, die Tiefe und Schönheit dieser Antwort durch Ihre eigene Frage hervorzurufen.

Nichts anderes tun Sie ja mit Ihrer Lebenden! Nur daß hier das Wort, das Sie erwarten, und das so edel mit Ihrem Gedanken harmonieren würde, daß Sie es am liebsten dieser Frau *zuflüstern* möchten, niemals von ihr gesprochen wird. Sondern immer werden Sie nur eine Dissonanz, *ein anderes Wort* vernehmen, das ihr Naturell ihr eingeben wird, um Sie bitter zu enttäuschen.

Mit der zukünftigen Alicia nun, der wahren, der Alicia Ihrer Seele, werden Ihnen diese öden Erfahrungen erspart bleiben, ... und das Wort, das Sie *erwarten,* werden Sie auch vernehmen. Ihr »Bewußtsein« wird dann nicht länger die Verneinung Ihres eigenen sein, sondern den Schein derjenigen Seele tragen, die Ihrer Stimmung gerade am besten entspricht. Ihre eigene Liebe werden Sie in ihr widerspiegeln können, ohne diesmal eine Enttäuschung zu erleben! Nie werden Ihre Worte mit Ihrer Hoffnung in Widerspruch stehen, sondern stets mit Ihrer eigenen Begeisterung im Einklang sein. Hier werden Sie wenigstens nie, wie mit der Lebenden, Mißverständnissen begegnen, und einzig nur auf die Länge der Pausen zu achten haben, die zwischen den Worten eingeschaltet sind. Ja, es wird gar nicht nötig sein, daß Sie reden. Denn ihre Worte werden stets die Antwort auf Ihre Gedanken wie auf Ihr Schweigen sein.

O! wenn Sie mir zumuten, fortwährend eine *solche* Komödie zu spielen, erwiderte Lord Ewald, so erkläre ich Ihnen hiermit, daß ich Ihren Vorschlag nicht annehmen kann.

II. Nichts Neues unter der Sonne

> Und selbst dies erkannte ich als Eitelkeit.
> *Salomo*

Bei diesen Worten legte Edison das blitzende Instrument nieder, das ihm zur Sektion seines Geschöpfes genügte und sich wieder aufrichtend, sagte er:

Eine Komödie! mein lieber Lord? und spielen Sie die nicht immerwährend mit dem Original, da Sie selbst gestanden haben, daß Sie ihr aus Höflichkeit Ihre Gedanken stets verbergen oder verschweigen müssen?

O! wo ist der, welcher es wagen dürfte zu glauben, daß er nicht bis ans Ende seiner Tage Komödie spielt? Nur wer seine Rolle nicht durchführen kann, wird das Gegenteil behaupten. Wir spielen alle – notgedrungen – Komödie. Und jeder vor sich selbst. Aufrichtig sein? – Dies ist der einzige Traum, der sich ganz und gar nicht verwirklichen läßt. Aufrichtig! Wie wäre dies möglich, da man ja nichts weiß, da man sich selber nicht kennt? – Man möchte seinen Nächsten überzeugen, daß man selbst von einer Sache überzeugt ist, während man in seinem schlecht unterdrückten Gewissen von der Zweifelhaftigkeit dieser selben Sache durchdrungen ist! Und warum? Um sich mit einer übrigens ganz ephemeren Meinung zu brüsten, an die niemand glaubt und die der andere nur zu glauben vorgibt, ... damit ihm dann gleich dasselbe widerfährt. Komödie, sagte ich. Aber wenn wir aufrichtig sein könnten, vermöchte ja keine Gesellschaft auch nur einen Augenblick zu bestehen, – müßten wir doch die meiste Zeit damit verbringen, uns selbst zu widerlegen, nicht wahr? Ich behaupte, daß es auch dem offensten Menschen unmöglich wäre, seine Aufrichtigkeit eine Minute lang aufrecht zu halten, ohne sich Insulten zuzuziehen oder sich gezwungen zu sehen, andere zu insultieren. Und noch einmal: was wissen wir, daß wir es wagen dürften, über irgend etwas eine Meinung zu äußern, die nicht tausendfach eine auf Zeit, Ort, Auffassung usw. *relative* ist. – Und in der Liebe? Ach! wenn zwei Liebende sich jemals sehen könnten, wie sie *wirklich sind*, und wissen könnten, wie sie denken, und wie der eine vom anderen aufgefaßt wird, ihre Leidenschaft hielte keinen Augenblick stand. Glücklicherweise sind sie jener unumstößlichen Gesetze nicht eingedenk, »daß zwei Atome einander nicht durchdringen können«. Und so durchdringen sie einander nur vermöge jener fortgesetzten Illusion ihres Traumes, die im Kinde ihre Verkörperung findet, das unser Geschlecht immerwährend fortbestehen läßt. Ohne Illusion schwände alles dahin. Ihr entrinnt keiner. Ist doch die Illusion das Licht selbst! Betrachten Sie den Himmel, der nur vier oder fünf Meilen hoch über den Luftschichten der Erde liegt. Sie sehen einen pechschwarzen Abgrund, nur von roten, glanzlosen Feuerkörpern erfüllt. Die Wolken sind es daher, diese Symbole der Illusion, die uns das Licht vermitteln! Ohne sie wäre die Finsternis. Unser Himmel selbst spielt uns somit die Komödie des Lichts und wir müssen seinem Beispiel folgen.

Und was die Liebenden betrifft, sobald sie nur *glauben,* daß sie einander kennen, ist es mit ihrer Liebe aus. Wohl hängen sie dann noch an jener »Summe« ihres Wesens, von der ihre Phantasie erfüllt war; an dem Bilde nämlich, das sich der eine dereinst vom anderen machte! Aber sie lieben sich nicht mehr als die, *als welche sie sich erkannt haben!* – Unvermeidliche Komödie! sage ich Ihnen. Und da Ihre Geliebte nur eine Komödiantin ist, und Ihnen nur dann der Bewunderung wert erscheint, wenn sie »Komödie spielt« und nur in diesen Momenten einen wirklichen Reiz auf Sie ausübt, – was können Sie da Besseres wünschen, als Ihre Androide, die ja nichts anderes sein wird, als eben jene selben, durch einen mächtigen Zauber gebannten Momente?

Das ist alles recht schön, bemerkte der junge Mann in traurigem Tone. Aber . . . immer dieselben Worte vernehmen zu müssen! die immer von demselben Ausdruck, und wäre er noch so wundervoll, begleitet sind! Ich glaube, daß ich diese Komödie sehr bald . . . monoton finden werde!

Ich aber behaupte, erwiderte Edison, daß zwischen zwei Wesen, die sich lieben, jede neue Seite, die einer an dem anderen wahrnimmt, ihre Leidenschaft nur beeinträchtigen, ihren Traum nur verscheuchen kann. Daher werden die Liebenden einander so bald überdrüssig, wenn sie endlich ihre Naturen – ohne die künstlichen Schleier, mit denen sie sich schmückten, um einander zu gefallen – gegenseitig erkennen oder zu erkennen glauben. Nur etwas, das von ihrem Traume *verschieden* ist, bemerken sie fürs erste. Allein es genügt, um sie des öfteren dem Überdrusse und dem Hasse zuzuführen. Warum?

Deshalb, weil in einer ganz bestimmten Auffassung, die wir voneinander haben, unsere ganze Freude beruhen kann, und diese dann genau so wie sie ist, ohne Schatten, ohne Zutat, und ohne Beeinträchtigung verbleiben will; denn das Bessere ist dem Guten Feind – *und nur das Neue ist es, das hier enttäuscht.*

Sehr wahr! murmelte Lord Ewald nachdenklich und lächelnd.

Nun also! Die Androide aber ist, wie gesagt, nichts anderes als die im Bann gehaltenen ersten Stunden der Liebe, – die auf ewig aufgehaltene Stunde des Ideals, und Sie beschweren sich, daß die

Flüchtige ihre Schwingen nicht ausspannt, um wieder zu enteilen? O menschliche Natur!

Bedenken Sie doch auch, erwiderte Lord Ewald lächelnd, daß dieses Aggregat von Wunderdingen, das auf diesem Marmor ausgestreckt liegt, nur ein nichtig toter Haufen von Substanzen ist, welchem jedes Bewußtsein fehlt; sie wissen von ihrer eigenen Zusammenstellung so wenig, als von dem Wunder, das sich daraus entfalten soll. Und wenn Sie auch meine Augen, meine Sinne und meinen Geist durch diese magische Vision zu blenden vermöchten, so werde ich doch nie vergessen können, daß sie wesenlos ist! Wie könnte ich das Nichts lieben? ruft meine Vernunft mir zu.

Edison blickte dem Engländer ins Auge.

Ich habe Ihnen bewiesen, sagte er, daß in der Liebes-Leidenschaft alles nur auf Trug und Eitelkeit, Illusion und Verblendung, falschen Vorstellungen und Krankheit beruht. Das Nichts lieben, sagten Sie? Aber ich frage noch einmal: was liegt daran, wenn nur Sie jener Null gegenüber (wenn Sie es ja schon allen Nullen des Lebens gegenüber tun) als Einheit sich verhalten, – und wenn hier die einzige Null ist, die Sie weder enttäuschen noch verraten wird? Ist denn noch nicht in Ihnen jedes Verlangen, die Geliebte zu besitzen, erloschen? Ich biete Ihnen, wie ich es Ihnen ausdrücklich auseinandersetzte, nur eine Verklärung Ihrer schönen Lebenden, – das heißt die Erfüllung Ihres Wunsches, den Sie durch jenen Ausruf: »Wer entrisse nur diese Seele diesem Körper!« geäußert haben. Und nun bangt Ihnen schon im voraus vor der Monotonie der Gewährung Ihres eigenen Verlangens. Jetzt wollen Sie, daß der Schatten ebenso wandelbar sei, wie die Wirklichkeit! Ich aber werde Ihnen alsbald beweisen, daß Sie selbst es sind, *der diesmal sich zu betrügen sucht,* denn Sie wissen sehr wohl, daß die Wirklichkeit nicht so reich ist an Wandlungen, Variationen und Neuheiten, als Sie jetzt zu glauben bestrebt sind. Ich werde Ihnen zeigen, daß die Sprache des Liebesglücks sowie ihre Reflexe auf den Zügen der Sterblichen nicht so mannigfaltig sind, als Sie *infolge eines heimlichen Wunsches, trotz allem Ihre nachdenkliche Untröstlichkeit zu bewahren,* annehmen möchten!

Edison sammelte sich einen Augenblick, dann fuhr er fort: Eine einzige Liebesstunde – die schönste, diejenige, z.B., in der ein gegenseitiges Geständnis in der Wonne eines ersten Kusses verhallte, diese Stunde in ihrem Fluge aufhalten, sie bannen, sich darin auslösen, sie verewigen zu können, – sie mit unserem Geiste, unserer letzten Sehnsucht zu erfüllen! Wäre das nicht der Traum aller menschlichen Wesen? Es ist ja nur um dieser Stunde willen, um sie zurückzurufen, daß man trotz der Veränderungen und Verminderungen des Gefühles, die spätere Zeiten mit sich bringen, dennoch zu lieben fortfährt. – O! diese eine einzige Stunde wieder zu erleben! – Liegt doch die Wonne all der anderen nur darin, daß sie zu jener Stunde sich gesellen und daran erinnern. Wie könnten wir jemals müde werden, die Wonne jener einen großen monotonen Stunde wieder zu durchkosten! Das geliebte Wesen stellt uns nichts anderes mehr dar, als eben diese eine goldene Stunde, die wir immer wieder erreichen möchten und die uns dennoch nie mehr schlägt. Die anderen vermünzen sie ja nur. Könnte man sie noch mit den schönsten Momenten bereichern, die spätere Nächte mit sich brachten, so würde sie, dies ließe sich wohl als Grundsatz aufstellen, als das Ideal menschlicher Glückseligkeit erscheinen.

Und nun sagen Sie mir: wenn Ihre Geliebte Ihnen anböte, sich in der Stunde, die Ihnen die schönste dünkte – in der ein Gott ihr Worte eingab, die sie nicht begriff, – sich auf immer zu verkörpern, unter der Bedingung, daß auch Sie einzig nur diejenigen Worte wiederholen würden, die Eins waren mit dem Werte jener Stunde – glauben Sie, daß es eine Komödie wäre, wenn Sie diesen heiligen Bund mit ihr schlössen? Würden Sie nicht vielmehr alle anderen Worte verschmähen? und fänden Sie diese Frau monoton? Wäre es Ihnen da leid um all jene anderen Stunden, in denen die Geliebte sich Ihnen so anders zeigte, daß Sie dem Tode sich vermählen wollten?

Ihre Worte, ihr Blick, die Schönheit ihres Lächelns, ihre Person selbst, wie sie in jener Stunde sich darstellte, würden sie Ihnen nicht genügen?

Käme Ihnen auch nur der Gedanke, vom Schicksal die Zurückerstattung all der anderen zufälligen, fast immer nichtssagenden oder ominösen Worte zu verlangen, die Sie in den verräterischen Augenblicken der Ernüchterung vernahmen? Nein. – Wiederholt der Liebende denn nicht fortwährend die zwei süßen und geheiligten Worte, die er schon tausendmal sagte? Und was verlangt er dafür anderes, als nur das Echo dieser zwei Worte, oder ein freudvoll ernstes Verstummen?

Und in der Tat, nichts hören wir so gerne, als die Wiederholung der einzigen Worte, die uns entzücken können, eben weil sie uns einmal schon entzückten. Es ist hier einfach wie mit einem schönen Bilde, einer schönen Statue, an der wir täglich neue Schönheiten entdecken; wie mit einer schönen Musik, die man lieber hört, als eine neue; oder wie mit einem schönen Buch, dessen man nie müde wird, während man tausend andere nicht einmal ansehen mag.

Denn in der Schönheit des einen ist die Seele aller anderen enthalten. So ersetzt eine einzige Frau dem Liebenden alle anderen Frauen der Welt. Und wir sind so geartet, daß wenn uns eine jener »absoluten« Stunden zuteil geworden ist, wir keine anderen mehr wollen, sondern unser Leben lang jene eine verlorene Stunde zurückrufen, als ließe sich der Vergangenheit ihre Beute wieder entreißen.

Ja, gewiß! sagte Lord Ewald bitter. Und dennoch, mein Herr Zauberer, niemals ein einfaches, natürliches Wort *improvisieren* zu können! ... Wie bald müßte da selbst der resoluteste gute Wille erstarren!

Improvisieren! ... rief Edison, ja glauben Sie denn, daß man irgend etwas improvisiert, daß man nicht immer etwas *rezitiert*? – Sind nicht selbst Ihre Gebete von Kindheit an für jeden Tag nach jenen Andachtsbüchern bestimmt, die Sie als Kind schon auswendig lernten? Wurden sie nicht *ein für alle Male* von Berufenen verfaßt? – Und hat uns nicht Gott selbst die Formel gelehrt, indem er sagte: »Wenn ihr betet, so sei es also!« usw.? Sind nicht, seit bald zweitausend Jahren, alle anderen Gebete nur ein matter Abklatsch derjenigen, die er uns vermachte?

Gleichen nicht auch im Leben alle Salongespräche konventionellen Briefschlüssen?

Jedes Wort ist und kann in Wahrheit nur eine Wiederholung sein, – und es bedarf keiner Hadaly, um sich stets im Zwiegespräch mit einem Schatten zu befinden.

Jeder menschliche Beruf hat einen bestimmten Phrasenkomplex, – und ein jeder führt damit bis an sein Ende Haus, und sein Wortschatz, der ihm so reich dünkt, beschränkt sich auf ein Dutzend Hauptphrasen, deren er sich immer wieder bedient.

Es ist Ihnen gewiß nie eingefallen, zum Vergnügen auszurechnen, wieviel Zeit ein sechzigjähriger Coiffeur, der sein Handwerk seit seinem achtzehnten Jahre betreibt, damit zubrachte, jedem Kunden gegenüber, dessen Kinn er rasierte, zu äußern: »Schönes Wetter heute« oder umgekehrt, und damit eine Konversation einzuleiten, die, falls der andere darauf eingeht, fünf Minuten lang sich um dasselbe Thema dreht, und mechanisch beim nächsten Kinn wieder aufgenommen wird, Tag für Tag. – Es macht etwas über vierzehn Jahre seines Lebens aus, das heißt, ungefähr den vierten Teil seiner ganzen Existenz. Das andere fällt dem Geborenwerden, Greinen, Wachen, Trinken, Essen, Schlafen und einsichtsvollen Wählen zu.

Was wollen Sie, daß man doch improvisiert, mein Gott! Ist denn nicht alles schon tausendmal gesagt worden? Man kürzt, alteriert, banalisiert und verballhornt, das ist alles. Und verdient es zurückbehalten, gesagt, vernommen zu werden? Wird der Tod nicht morgen all dies abgedroschene nichtssagende Gerede, das wir für Improvisationen hielten, mit einer Schaufel voll Erde ersticken?

Und wie könnten Sie zögern, wäre es nur der Zeitersparnis halber, jene von Meistern des Wortes und des Gedankens ersonnene, wundervoll kondensierte Sprache vorzuziehen, die es vermag, für sich allein den Gefühlen der ganzen Menschheit Ausdruck zu verleihen! Diese Übermenschen haben die Leidenschaften bis in ihre feinsten Abschattierungen analysiert. Sie haben die Essenz dieser Leidenschaften destilliert und den Gehalt von Tausenden von Bänden anderer in einer einzigen Seite verdichtet. Sie sind wir *selbst,* wer immer wir auch seien. Sie sind Inkarnationen des Proteus, der in unseren Herzen waltet. Alle unsere Gedanken, Worte und Gefühle, selbst die, welche wir ncht zu ergründen wagen, werden bis in ihre fernsten Verzweigungen von ihnen verzeichnet und eingeschätzt. Sie wissen im voraus und besser als wir, zu welch großen, feurigen und wunderbaren Taten unsere Leidenschaften uns begeistern können. Wir können sie nicht übertreffen, glauben Sie mir, und ich sehe nicht ein, warum wir uns bemühen sollten, schlechter zu reden, indem wir uns auf unsere eigene Unzulänglichkeit verlassen wollen, unter dem Vorwand, daß sie wenigstens *persönlich* sei; da ja auch dies, wie wir sahen, nur eine Illusion ist.

So fahren wir denn in der Anatomie Ihrer schönen Leiche fort! antwortete Lord Ewald nach einem nachdenklichen Schweigen; ich nehme Ihre Gründe an.

III. Der Gang

> Incessu patuit dea.
> *Virgil*

Der Aufforderung seines Freundes folgend, griff Edison wieder nach der großen gläsernen Zange:

In der Tat, sagt er, wir müssen uns beeilen. Kaum bleibt mir Zeit genug, um Ihnen eine allgemeine Übersicht der Fähigkeiten Hadalys zu geben. Aber diese Übersicht genügt; das übrige ist Sache der Mechanik. Das Bemerkenswerte ist die wirklich fabelhafte Einfachheit, die ich mir bei meinem Werke zum Gesetz machte. Mit einem Worte: ich habe meinen Stolz darein gesetzt, meine Unwissenheit den Koryphäen unserer Gelehrtenwelt zu *beweisen*.

So hat, wie Sie sehen, das Götzenbild silberne Füße wie eine schöne Nacht. Der »Manierismus« jener anderen aber würde die schneeige Haut, die naturgetreuen Knöchel, die rosigen Nägel und die Adern Ihrer schönen Freundin erwartet haben, nicht wahr? Nur sind diese Füße durchaus nicht so leicht als ihr Gang sie erscheinen läßt. Ihre innere Fülle ist ganz durch die schwere Fluidität des Quecksilbers erzielt. Das luftdichte Silbertrikot, das hier ausläuft, ist mit demselben flüssigen Metall angefüllt und verengt sich den Waden zu, so daß die ganze Schwerkraft im Fuß selbst konzentriert bleibt. Kurz, es sind zwei Stiefelchen, die etwas kindisch neckisches haben, und dabei fünfzig Pfund schwer sind. Sie scheinen vogelleicht, so triumphierend waltet hier der Elektromagnet, der sie beflügelt und auch die Bewegung der Hüften bestimmt.

Die Rüstung ist an der Taille durch diese biegsame Linie unterbrochen, die aus einer Menge sehr kurzer und sehr feiner Stahlschienen besteht; sie verbinden das Hüftensystem mit der Taille und umspannen den Unterleib. Dieser Gürtel, wie Sie sehen, ist nicht kreisförmig, sondern hat eine ovale, nach abwärts gerichtete Form, wie die Linie einer unteren Korsettspitze.

Dadurch wird der Androidentaille (unter dem zugleich festen und biegsamen Fleisch) die biegsame Grazie, die wellenlinienartige Bestimmtheit, der zarte Schwung ihres Ganges verliehen, Dinge, die an den Frauen so verführerisch sind. An den Seiten rund, biegen sich diese Linien nach vorn aus, und durch die Spannung der Messingschienen rings um die Hüften ist die Androide nicht nur imstande, sich gerade wie eine Pappel zu halten, sondern es stehen ihr auch alle Bewegungen zu Gebote, die ihrem Vorbild eigen sind. Alle Ungleichheiten dieser kostbaren Schienen sind sorgfältig ausgemessen; eine jede unterliegt dem leitenden Strome, der ihr die genauen individuellen Biegungen des lebenden Torso nach den Inkrustierungen der Bewegungswalze mitteilt.

Sie werden von der *Identität* des Reizes, den ihre Haltung entfalten wird, überrascht sein. Wenn Sie zweifeln, daß die »Grazie« einer Frau von so wenig abhängt, so prüfen Sie einmal das Korsett von Miß Alicia, und dann beobachten Sie den Unterschied in ihrem Gange und der *Linie* ihres Körpers, wenn dieser künstliche Führer wegfällt! – Sie sehen, an allen Gelenken sind solche Schienen angebracht, besonders an jenen der Arme, die sich weit den Umarmungen öffnen sollen, und mir viel mühevolle Arbeit gekostet haben. Sehen Sie die Schienen am Halse: sie stehen durch die imprägnierten Stahlfäden mit dem Bewegungsstrom in Verbindung, und sind von einer unvergleichlichen Zartheit und Biegsamkeit. Es ist der weibliche Schwan; die Nuance der Geziertheit ist auf das Genaueste bestimmt.

Und ist dieses ganze elfenbeinerne Knochengerüst nicht von entzückender Vollendung? Dies anmutige Skelett ist mit den Kristallringen, die Sie hier sehen, an der Rüstung befestigt, und jedes Gelenk hat innerhalb seines Ringes die nötige Bewegungsfreiheit.

Um Ihnen zu zeigen, wie die Androide sich bewegt, wollen wir voraussetzen daß sie unbeweglich dasteht. Sie wünschen, daß sie gehend eine bestimmte Distanz zurücklegt, deren Dauer nach der Länge ihrer Schritte in ihr ausgemessen ist. Ich sagte Ihnen schon, daß Sie nur den Amethystring zu streifen brauchen, und alsbald wird sich der geheime Funke in Schritten auslösen.

Ich will Ihnen nun in großen Zügen und ohne Kommentar das physische Theorem entwerfen, das sich in folgenden Chiffren darstellt: es sind die *Mittel* ihres Ganges, dessen tatsächliche Ermöglichung aus der Demonstration, die ich hinzufügen werde, *nachträglich* sich ergeben wird.

Sie sehen unterhalb jedes Schenkels aus der Umkranzung des Beines die leicht ausgewölbten Goldrondellen, die von der Dimension eines starken Dollars und Uhrkapseln ziemlich ähnlich sind?

Sie sind beide unmerklich einander zugekehrt, und von zwei langen beweglichen Schienen gehalten, die vom Schenkelknochen ausgehen. Im unbewegten Zustand werden die Unterschenkel nur ungefähr zwei Millimeter von den Schienenenden überragt, wodurch die *Nicht-Adhärenz zwischen dem Schenkelbein und der kleinen Goldscheibe entsteht.*

Die B's ihres Durchmessers – die sich als A der inneren Hüfte der Androide verhalten – sind durch diese sehr hohle, aus Stahlblättchen hergestellte Schiene gehalten, die sich durch ihre Biegsamkeit dem Gange anpaßt und in deren Mitte Sie jetzt diese kristallene Afterkugel frei liegen sehen. Diese Kugel wiegt zirka acht Pfund, weil ihr Inneres mit Quecksilber angefüllt ist. Bei der geringsten Bewegung der Andoride gleitet sie in dieser Rinne unaufhörlich von der einen Goldscheibe zur anderen.

Betrachten Sie nun an beiden Unterschenkeln diese kleine stählerne Triebstange. Sie zerfällt in zwei Teile, die freien Spielraum innerhalb ihres Zentrums oder ihrer stählernen Nabe haben und nach unten gespalten sind. An einem Ende ist diese Stange fest an den inneren Rückeneinschnitt der Rüstung – das heißt, *oberhalb* des biegsamen Schienengürtels, – mit dem anderen Ende nach vorn an die Innenwände der Beine gefügt.

Da die Androide jetzt in liegender Stellung ausgestreckt ist, so kommen die beiden Triebstangen in ihrem Zentrum spitzwinkelig zusammengefaltet zu liegen, und zwar in jenem Teil ihres Körpers, der in der Venus Kallipygos idealisiert wurde. Beachten Sie auch, daß die Stahlnabe, die den äußersten Winkel bildet, tiefer als die beiden Enden der Triebstange steht.

Hier bilden die Messingdrähte eine Windung und diese gleitet als beweglicher Knoten nach dem Vorderende der Treibstange.

Ist die Rüstung geschlossen, so werden durch diese rund ausgehöhlten Brustschienen, die im inneren Teile der Rüstung das Rippensystem vertreten, die Kreuzung dieser zwei Stahlriemen ausgespannt und zurückgehalten, indem sie nämlich durch jene Brustschienen von allen anderen, unterhalb der Phonographen befindlichen, und von diesen selben Riemen durchzogenen Apparaten isoliert werden.

Es ist im Grunde ungefähr der physiologische Prozeß des menschlichen Ganges und von unserem nur durch seine *Sichtbarkeit* verschieden. *Aber gleichviel! Wenn nur die Androide geht!*

Dies Drahtgewinde verlegt das Schwergewicht des Torsos beim Anbeginn des Gehens etwas nach vorn.

Oberhalb der Treibstangen-Enden sehen Sie die Magneten, jeden mit einem Drahte verbunden, und hier nun ist der große Generator, der die Bewegung erzeugt, er steht in direkter Verbindung mit dem elektrodynamischen Apparat, von dem er nur drei Zentimeter entfernt ist, ein Zwischenraum, der genau vom Isolator angefüllt wird, wenn dieser sich zwischen den Strom und den Draht einschiebt.

Diese Induktor zieht sich bis zur Höhe des Thorax hinauf. Dort harren die beiden an den Magneten hängenden Drähte, daß ihnen der dynamische Strom zugeleitet werde; dies erfolgt nur nacheinander, denn während der Strom den einen der beiden Drähte durchfließt, wird stets im anderen der Stromkreis durch den Schalter unterbrochen.

Ausgenommen, wenn die Androide ausgestreckt liegt oder der Schalter sich zwischen den großen Generator und den Magneten schiebt, läuft die Kristall-Afterkugel beständig von einer Goldscheibe zur anderen, innerhalb ihrer hohlen Schiene, die sich je nach den Bewegungen der Beine streckt oder biegt. Das Bein, auf dessen Scheibe die Kugel fällt, streckt sich infolgedessen zuerst.

Zur Erläuterung des Vorhergehenden ist noch einiges hinzuzufügen.

Nehmen wir also an, daß die Kristallkugel durch den leichten inneren Anstoß, den sie auf ein zufälliges und unberechenbares Geheiß hin durch den Amethystring erhält, zuerst der Scheibe des rechten Beines zurollt, so wird diese der Inkarnation, wie Sie ja wissen, nicht anhaftende Scheibe unter dem Gewichte der Kugel ein klein wenig nachgeben, ihr langer Stiel zieht sich in den Schenkelknochen zurück, hierdurch einen Kontakt zwischen der Scheibe und dem Unterschied herbeiführend. Das untere Ende des Stieles hebt im Nachgeben die Isolierung des Induktors in diesem Beine auf. Der Strom wird also eingeschaltet.

Das Fluidum stößt auf den Magneten des oberen Hüftgelenkes und vervielfacht augenblicklich seine Kraft; der Magnet zieht also heftig jene in der Mitte gespaltene Stahlnabe der Treibstange an, die sich infolgedessen streckt, wodurch die Spannung des Beines, an das sie geschmiedet ist, herbeigeführt wird. Dieses streckt sich nun auch, bliebe aber in der Luft hängen, wenn das Schwergewicht des Körpers durch den beweglichen Knoten des Messingdrahtgewindes nicht nach vorne auf das in Bewegung gesetzte Bein fiele; so aber, durch die Schwerkraft des Stiefels und des Fußes, sowie den Druck des Torsos, stellt sich der Fuß naturgemäß auf die Erde, einen Schritt von ungefähr vierzig Zentimeter umschreibend. Ich werde Ihnen dann gleich erklären, warum die Androide nicht auf der einen oder der anderen Seite zu Boden fällt.

Im selben Moment, da der Fuß den Boden berührt, erfolgt eine dynamische Ausströmung nach den Magneten des stählernen Kniegelenkes, was ein Dehnen der Kniescheiben nach sich zieht.

Diese verschiedenen Spannungen vollziehen sich in ihrer *Gesamtwirkung* ohne jede Plötzlichkeit und ganz gelinde, *weil sie aufeinander folgen*. Ist nämlich das Bein von der Inkarnation, *welche die Elastizität des Fleisches hat, überzogen, so ist die menschliche Bewegung selber erzielt*. Auch in unserer Schenkelbewegung ist Plötzlichkeit; durch das Nachgeben des Knies wird sie jedoch gemildert und auch hier erfolgt die Spannung erst nachträglich, wie bei der Androide. Setzen Sie die Gelenke eines Skelettes in Bewegung, so werden sie ihnen *automatisch* und heftig erscheinen. Denn es ist das Fleisch, wie gesagt, und auch die Kleidung, die hier alles mildern.

Der am Boden *aufgesetzte* Fuß der Androide verbliebe nun aber auch in dieser Haltung unbeweglich, wenn durch die Ausspannung des Knies der Stiel der Goldscheibe, auf der die Kristallkugel zurückblieb, nicht um drei Zentimeter oberhalb des Schenkelknochens hinaufgeschoben würde. Die also erhöhte Scheibe, die nicht mehr durch das Schenkelbein in ihrem vorigen Gleichgewicht gehalten wird, gerät nun in eine leichte, der linken Scheibe zuneigende Schwankung. Die Kugel gleitet also in ihrer Stahlrinne dieser Scheibe zu, und ihr durch das unmerkliche aber rasche Abwärtsrollen erhöhtes Gewicht fällt nun auf die Goldscheibe des linken Schenkelknochens.

Kaum hat nun auch diese unter der Last der Kugel nachgegeben, so schiebt der rechts funktionierende Isolator sich dazwischen, und seine Magnete, die nicht mehr vom Strome beeinflußt sind, lassen die an der rechten Treibstange befindliche Nabe, *die schwerer ist, als die beiden gespaltenen Teile,* nachgeben und von selbst im spitzen Winkel in ihr silbernes Gehäuse zurückfallen, während nunmehr die *linke* Treibstange sich bewegt und sachte das Schwergewicht des Torsos auf ihr Bein ziehend, *das Phänomen des Androidenganges hervorbringt* und zwar ad infinitum, bis die Zahl der eingetragenen Schritte zurückgelegt ist oder der Ring ihnen Einhalt gebietet. Die Abschaltung des *einen* Knies erfolgt jedoch erst, nachdem das andere eine Spannung erfuhr, weil sonst das isolierte Bein *zu schnell* nachgeben würde. Anders verhält es sich, wenn die Androide niederkniet, wie in einer mystischen Ekstase verloren, wie eine Somnambule, die von ihren Magnetiseuren in Katalepsie versetzt wird, oder wie von einem jener Traumzustände befallen, die an Hysterikern wahrgenommen werden, wenn man ihnen ein hermetisch verschlossenes Fläschchen Kirschwasser hinhält.

Es ist das Nacheinander der Biegungen und Spannungen, das dem Gang der Androide diese menschliche Einfachheit verleiht.

Was das leise Klirren beim Fallen der Kristallkugel in der Rinne und auf die Scheiben betrifft, so wird es durch die Inkarnation völlig erstickt. Selbst unterhalb der Rüstung wäre es nur mittels des Mikrophones vernehmbar.

IV. Das ewig Weibliche

Kain: Seid Ihr glücklich?
Satan: Wir sind mächtig.
Lord Byron: Kain

An den Schläfen Lord Ewalds perlten Schweißtropfen wie Tränen; er betrachtete Edisons eisigen Ausdruck und fühlte aus diesem schneidenden und harten Wortgeplänkel, daß hinter dem einen und unbegrenzten Hintergedanken, der seiner Darlegung zugrunde lag, zwei andere Motive sich noch verborgen hielten.

Das eine war die Liebe zur Menschheit.

Das andere ein tiefer, heftiger Aufschrei von Hoffnungslosigkeit, der kälteste und zugleich hitzigste, den je ein Lebendiger ausstieß, ein Schrei, der vielleicht, wer weiß, bis zum Himmel empordrang.

In der Tat, was diese beiden Männer in Wirklichkeit sagten, der eine mit seinen zu Ziffern verklärten Berechnungen, der andere mit seiner stillschweigenden Einwilligung, war nichts anderes, als folgende – unbewußt an das große X des Urprinzipes – gerichteten Worte:

»Die junge Freundin, die du mir dereinst in den ersten Nächten des Erdendaseins zugesellst, scheint mir das Trugbild nur der Schwester, die du mir versprachest, und dein Gepräge ist mir in ihrer seelenlosen Hülle nicht mehr hinreichend erkennbar, als daß ich meine Gefährtin in ihr sehen könnte – ach! schwerer noch drückt dieses Erdenleben, wenn ich als eine Täuschung meiner irdischen Sinne diejenige ansehen müßte, die mit tröstendem, heiligem Zauber in meinem, vom Anblick des leeren Himmels so entmutigten Blicke die Erinnerung an das verlorene Paradies wieder aufrufen sollte. Jahrhunderte der Enttäuschung und des Leids haben meinen Lebensmut getrübt. Ich will nicht länger dem Instinkte unterworfen sein, der mich lockt und blendet, jenes Trugbild immer vergeblich für meine Liebe zu halten.

Und darum stehe ich flüchtiger Erdenpilger, der seines Weges nicht kundig ist, heute nacht in dieser Gruft und suche, mit einem Lachen, in dem alle Schwermut der Welt enthalten ist, mit Hilfe der alten verbotenen Wissenschaft wenigstens den Schein, ach! nur den Schein derjenigen festzubannen, die deine geheimnisvolle gütige Fürsorge mich stets erhoffen ließ.

Ja, dies waren ungefähr die Gedanken, die hinter der Analyse des düsteren Meisterwerkes sich verbargen. Inzwischen hatte Edison einen Punkt der kleinen, geschlossenen, mit sehr klarem Wasser gefüllten Urne berührt, die sich auf der Höhe des Brustbeinknochens der Androide befand. Dadurch tauchte ein starkes Täfelchen Kohle, das darin enthalten und bis dahin durch eine unsichtbare Schraube fast gänzlich über der Flüssigkeit gehalten worden war, wieder in dieselbe unter. Dadurch wurde der elektrische Strom von neuem eingeschaltet.

Das Innere der Figur glich plötzlich einem menschlichen Organismus, von Dünsten und Funken sprühend, durchzuckt von Blitzen und goldenen Streiflichtern.

Edison fuhr fort:

Dieser duftende, perlgraue Rauch, der sich wie gesponnene Watte unter dem schwarzen Schleier Hadalys dahinzieht, ist nichts als Wasserdampf, durch die Induktionsspule assimiliert, und durch die Hitze der elektrischen Entladung verdunstet. Diese elektrischen Ströme, die Sie in unserer neuen Freundin blitzartig aufleuchten sehen, sind hier gebannt und ungefährlich. Sehen Sie doch!

Und Edison ergriff lächelnd die Hand der Androide während der stärksten Entladung des blitzenden Funkens, der ihr Inneres in tausend Drähten durchzog.

Sie ist ein Engel, fügte er im ernsten Tone hinzu, sofern, wie die Theologie uns lehrt, die Engel nur Licht und Feuer sind! – Wagte nicht Swedenborg sie steril und Hermaphroditen zu nennen?

Und nach einem kurzen Schweigen: Befassen wir uns jetzt, sagte er, mit der Frage des Gleichgewichtes, dem der Seiten und dem des Rumpfes. Sie kennen aus der Physik, nicht wahr, die drei Arten des Gleichgewichtes: das stabile, labile und das indifferente; alle drei vereint liegen den Bewegungen der Androide zugrunde. Sie werden sehen, daß eine größere Kraft dazu gehören würde, Hadaly umzustoßen, als einer von uns aufzubieten vermöchte, es sei denn, Sie *wollten,* daß sie umfiele.

V. Das Gleichgewicht

> Halte dich gerade, meine Tochter.
> *Ratschläge einer Mutter*

Das Gleichgewicht wird also folgendermaßen hergestellt, fuhr der deus ex machina fort. – Befassen wir uns zuerst mit dem Gleichgewicht der Seiten; das andere, das im Inneren des Gehäuses selbst eingeschlossen ist, erzielt sich auf dieselbe Weise.

Dem elektrischen Strom und dem Magneten haben wir es zu danken, daß das Gleichgewicht überhaupt erreicht werden konnte. Also:

In jeder Stellung der Androide führt die Lotrechte vom Schlüsselbein, die am siebenten Halswinkel anfängt, hinab bis zu den inneren Knöcheln, wie bei uns.

Welcher Art auch die Bewegung dieser beiden »anbetungswürdigen« Füßchen sein mag, so bilden sie stets die äußersten Punkte einer horizontalen Geraden, durch deren Mitte sich immer eine senkrechte Linie zieht, die den *wirklichen* Schwerpunkt der Androide in jeder ihrer Stellungen bedingt.

Die beiden Hüften Hadalys sind nämlich wie die der Göttin Diana. Aber ihre Vertiefungen enthalten diese zwei geschweiften Behälter aus Platin, deren Zweck ich Ihnen gleich erklären werde. Trotz ihrer geschweiften Wände fügen sie sich, ihrer gewundenen Form halber, fast den Windungen der Beckenknochen an. Die unteren Teile dieser Behälter – deren obere Schweifung eben die Form der Beckenknochen bildet – laufen pyramidenförmig aus, nach unten neigen sie einander zu und bilden einen Winkel von 45 Grad im Verhältnis zu ihrem Höhenmaß, so daß, wenn man sie sich in der Verlängerung vorstellte, sie genau in der Höhe der Knie zwischen den Beinen zusammenträfen.

Hier also ist die Spitze eines gedachten Dreiecks, dessen Hypotenuse eine Gerade wäre, die den Körper halbieren würde.

Die Linie des Erdäquators existiert ja auch nicht, aber sie *besteht* imaginär, so daß wir ebenso mit ihr rechnen müssen, als wenn sie etwas Greifbares wäre, nicht wahr? Solcher Art sind die Linien, von denen ich jetzt sprechen werde, und die ja auch für unser eigenes Gleichgewicht fortwährend in Betracht kommen. Da ich also das verschiedene Gewicht der Apparate, die sich über dieser gedachten Linie befinden, genau berechnete und sie in die richtige Lage gebracht habe, behaupte ich, daß der *Sinn* dieser verschiedenen Schwerkräfte gleichfalls durch ein zweites rechtwinkeliges Dreieck formuliert werden könnte, dessen ebenfalls abwärts gerichtete Spitze die Hypotenuse des ersten von mir beschriebenen halbieren würde; die Basis des oberen Dreiecks würde also von einer zweiten Geraden, die beide Schultern verbände, gebildet werden. Die Spitzen kämen somit senkrecht übereinander zu stehen. Demnach würde die ganze Schwere des aufrecht in unbeweglicher Stellung befindlichen Körpers in einer gedachten Linie konzentriert sein, die man sich von der Mitte der Stirn bis nach unten zwischen den Füßen der Androide gezogen vorstellen muß.

Aber da jede Veränderung der Lage einen Fall nach der einen oder anderen Seite mit sich brächte, sind die beiden weiten und tiefen Platinbehälter *genau* bis zur Hälfte mit der zugleich schweren und beweglichen Masse des Quecksilbers ausgefüllt. Und genau in der halben Höhe dieses Metalls sind sie miteinander durch die sich kreuzenden beweglichen Stahlröhren, die Sie unterhalb der Bewegungswalze sehen, horizontal verbunden.

Im Mittelpunkt der oberen Scheibe, die jeden dieser beiden Behälter hermetisch verschließt, ist das Ende einer bogenförmigen, sehr feinen, sehr empfindlichen und sehr harten Stahlschiene angebracht. Das andere Ende derselben ist an den oberen, silbernen Teil der Hüftenhöhlung fest angelötet, welche, wie gesagt, das *fast adhärierende* Gehäuse dieser beiden Apparate bildet. Jene bogenförmige Schiene nun spannt sich nicht nur durch spezifische, fünfundzwanzig Pfund schwere Gewicht des Quecksilbers, sondern sie wird schon durch das Gewicht eines *einzigen Zentimeters* Quecksilber, der das innere Niveau eines der beiden gefüllten Behälter übersteigt, in ihrer Spannung gesteigert. Der Bogen wäre nun stets bestrebt, dies Mehr von einem Zentimeter Quecksilber nach dem oberen Teil des Beckenknochens zu verlegen, wenn er nicht in der Höhe des Quecksilberniveaus festgehalten würde. *Und zwar geschieht es durch diese kleine Stahlschnur, die den Behälter in der Höhe seiner nach abwärts führenden Schweifung durchschneidet.*

Dadurch erhält sich die leichte Spannung des Bogens konstant. Die seitliche Adhäsion der oberen Scheibe eines jeden dieser beiden, vom Stahldraht umspannten Behälters ist also vollkommen, wenn das Niveau des Quecksilbers, das sie enthalten, in beiden gleich ist.

Bei jeder Bewegung der Androide wechselt und schwankt nun aber dies bewegliche Niveau, denn das eigentümliche Metall oszilliert fortwährend durch die Verbindungsröhren der beiden Behälter und zwar so, daß bei der geringsten Neigung von einer Seite zur anderen das Mehr des Quecksilbers in denjenigen Behälter rinnt, dessen Gleichgewicht sich eben verschoben hat. Der geschweifte Platinbehälter, der durch diesen Überschuß hin und her gleitet, spannt den Bogen immer straffer.

Nun würde dies Überfließen des Quecksilbers in die sich neigende Seite des Androide einen noch schnelleren Sturz herbeiführen, wenn nicht das konisch zulaufende Ende des Metallbehälters, von dem Augenblick an, wo das Quecksilber nur um *zwei* Zentimeter gestiegen ist, infolge dieses Übergewichtes zurückgeschoben würde, und so an den dynamischen Strom geriete. Dieser, der die Spannung des ganzen Systems von Magneten, das sich zu beiden Seiten der Behälter befindet, erhöht, verursacht das Zurückfließen *von genausoviel Quecksilber* in den entgegengesetzten Behälter, *als zur Herstellung des Gleichgewichtes erforderlich ist.* Diese fortwährend Gegenbewegung *paralysiert das – außer in der Ruhe – grundsätzliche Schwanken des Körpers.* Infolge der Winkelstellung der beiden konischen Behälter ist der Schwerpunkt der Androide nur ein scheinbarer, ein labiler, vom Niveau des Quecksilbers abhängiger, sonst würde die Androide, trotz des heftigen Zurückfallens des Metalles, stürzen. Der *wirkliche* Schwerpunkt aber, der durch die Lage der Metallkegel entsteht, – ein ganz einfaches trigonometrisches Problem – befindet sich *außerhalb* der Androide in einer vertikalen Geraden, die von der Spitze der Kegel, von dem Punkte an, sage ich, der am weitesten vom sichtbaren Schein-Mittelpunkt der Androide entfernt ist, ausgeht und ihr unbewegtes Bein entlang bis zur Erde sich fortsetzt, was nun wieder das bewegte Bein im Gleichgewicht erhält. Diese

Schwankung, dies Zurückhalten des Metalles, diese Verlegung des Schwerpunktes sind beständige Bewegungen, wie der Strom, der sie belebt und das ganze Phänomen bestimmt. Die Spannungen des Bogens treten bei der geringsten Bewegung der Androide fortgesetzt in Kraft und das bewegliche Niveau des Quecksilbers verändert sich unablässig. Daher sind für sie die beiden Stahlröhren, *was der Balancierstock für den Akrobaten* ist. Äußerlich aber wird der Kampf, aus dem dies Gleichgewicht hervorgeht, durch keinerlei Schwankungen verraten, nicht anders als bei uns.

Was das totale Gleichgewicht betrifft, so sehen Sie vom Schlüsselbein bis zum äußersten Ende der Lendenwirbel diese große Anzahl komplizierter Windungen, in welchen das Quecksilber sich unaufhörlich bewegt und den Gewichten nach sehr fein kombinierten, dynamisch magnetischen Systemen durch momentane Verschiebungen entgegenwirkt. Diese Windungen sind es, die der Androide gestatten, aufzustehen, sich zu strecken, zu bücken und unsere Haltung wie unseren Gang anzunehmen. Ihrem wohl erwogenen widerstreitendem Spiel verdanken wir es, Hadaly Blumen pflücken zu sehen, ohne daß sie zu Boden fällt.

VI. Bestürzung

> Der Weise lacht nicht ohne zu zittern.
> *Sprichwort*

Ich habe Ihnen nun in großen Zügen die Möglichkeit des Phänomens auseinandergesetzt. Die wenigen Minuten, die uns bleiben, erlauben mir nur noch, die Einzelheiten flüchtig zu erwähnen.

Nur die erste Androide war schwierig herzustellen. Jetzt, da die allgemeinen Gesetze für dieselbe festgestellt sind, handelt es sich nur noch um die Frage der Ausführung. Daß sie nach Dutzenden fabriziert und der erste beste Industrielle eine Manufaktur von Idealen eröffnen wird, ist gewiß nur mehr eine Zeitfrage.

Über diesen Scherz fing Lord Ewald, dessen Nerven ohnehin sehr überreizt waren, leise zu lachen an, und als er nun auch Edison mitlachen sah, bemächtigte sich seiner eine höchst groteske Heiterkeit. Der Ort, die Stunde, das Experiment, ja die Idee selbst, um die es sich handelte, erschien ihm einen Augenblick ebenso schrecklich wie absurd, so daß er, vielleicht zum erstenmal in seinem Leben, von einem wahren Lachkrampf befallen wurde, dessen Echo in diesem unterirdischen Paradies von allen Seiten widerhallte.

Sie sind ein furchtbarer Spötter! sagte er.

Wir müssen uns jetzt beeilen, erwiderte Edison. Ich will Ihnen noch schnell erklären, wie ich verfahren muß, um auf diese wandelnde Maschine die ganze äußere Erscheinung Ihrer Geliebten zu übertragen.

Ein Druck bewirkte, daß die Rüstung sich langsam verschloß. Der porphyrene Tisch senkte sich, und Hadaly stand aufrecht zwischen ihren beiden Schöpfern.

Unbeweglich, verschleiert, stumm schien sie unter den dunklen Schleiern, die ihr Gesicht verhüllten, die beiden Männer zu betrachten.

Edison berührte nun einen der Ringe an Hadalys silbernem Handschuh.

Die Androide erbebte von Kopf bis zu Fuß, sie wurde wirklicher, das Phantom belebte sich aufs neue.

Die Enttäuschung, die Lord Ewald bei der soeben stattgefundenen Demonstration empfunden hatte, schwand bei ihrem Anblick.

Allen Vernunftgründen zum Trotz betrachtete er sie wieder mit demselben unerklärlichen Gefühl, das ihn anfänglich erfaßt hatte. Und wieder umfing ihn der Traum, ganz wie vor einer Stunde.

Bist du wieder auferstanden? fragte Edison die Androide. Vielleicht! klang unter den Trauerschleiern die herrliche Traumstimme Hadalys.

Was für ein Wort! rief der junge Lord mit leiser Stimme aus.

Schon hob und senkte sich ihr Busen in regelmäßigen Atemzügen.

Plötzlich kreuzte sie die Hände, verneigte sich vor Lord Ewald und sagte im scherzenden Tone:

Und wollen Sie meine Mühe mit einer Gunst belohnen?

Mit Freuden, Miß Hadaly! erwiderte er.

Und während Edison seine Skalpelle in Ordnung brachte, ging sie auf die Blumenbeete zu, nahm einen großen schwarzen Seidenbeutel, der an einem Strauche hing, und kehrte zu dem erstaunten jungen Mann zurück.

Mylord, sagte sie, die schönen Feste der Reichen schaffen sich ihre Berechtigung in einem wohltätigen Zweck, der unter dem Vergnügen sich verbirgt. Gestatten Sie daher, daß ich Sie für eine junge, sehr liebenswürdige Frau – eine Witwe und ihre beiden Kinder – um eine Gabe anflehe.

Was soll das heißen? fragte Lord Ewald.

Das möchte ich auch wissen, erwiderte Edison. Hören wir, was sie sagt, oft überrascht sie mich selbst.

Ja, fuhr die Androide fort, ich bitte Sie innig, diese arme Frau unterstützen zu wollen; – nur durch die Not ihrer Kinder fühlt sie sich noch an dies Leben gebunden – und wäre nicht die Pflicht, ihnen Brot zu verschaffen, so hätte sie sich längst den Tod gegeben. Denn unverschuldetes Elend hat den Willen zu leben in ihr abgetötet. Eine Art fortwährender Ekstase enthebt sie dieser Welt und macht sie ebenso ungeeignet zum Erwerb als unempfindlich für die größten Entbehrungen, – es sei denn, daß es sich um ihre Kinder handelt. Sie lebt in einer gesteigerten Gemütsverfassung, die sie nur die ewigen Dinge unterscheiden läßt, so daß sie sogar ihren irdischen Namen vergaß, um eines anderen nur sich zu entsinnen, den ihr geheimnisvolle Stimmen im Traume zuriefen. – Wollen Sie, der Sie aus dem Reiche der Lebendigen kommen, meine Bitte nicht verschmähen und Ihr Almosen *dem meinen* hinzufügen?

Zugleich nahm sie von der Etagere einige Goldstücke und ließ sie in den Beutel gleiten, den sie ihm geöffnet hinhielt.

Wen meinen Sie, Miß Hadaly? fragte Lord Ewald, indem er auf sie zuging.

Ich meine Mrs. Anderson natürlich! – die Frau jenes Unglücklichen, der aus Leidenschaft für ... all die traurigen Dinge, die Sie vorhin sahen, zugrund ging.

Und mit dem Finger deutete sie auf den Wandschrank, aus dem Edison all die grausigen Überreste Miß Evelyns hervorgeholt hatte.

In leichter vorgeneigter Haltung, den Beutel in ihren Händen, stand Hadaly vor Lord Ewald. Er aber, so gut er sich sonst zu beherrschen wußte, fuhr zurück.

Dieser Einfall schien ihm geisterhafter als alles andere, und es lag etwas in dieser Almosenspende, das ihn im Innersten seines Wesens erbeben ließ. Ohne zu antworten, warf er einige Banknoten in den schwarzen Beutel.

Dank im Namen der zwei Waisen, Mylord, sagte Hadaly und zog sich hinter die Säulen zurück.

VII. NIGRA SUM, SED FORMOSA

> Es gibt Geheimnisse, die sich nicht erraten lassen *wollen*.
> Edgar Allan Poe

Lord Ewald blickte ihr nach.

Was mich nach wie vor, mein lieber Edison, aufs höchste überrascht, ist, daß die Androide mich ansprechen, beim Namen nennen, mir antworten und sich hier wie oben, aller Hindernisse ungeachtet, mit solcher Sicherheit bewegen kann. Dies alles ist vollkommen rätselhaft, da es ein selbständiges Unterscheidungsvermögen in ihr voraussetzt. Sie werden mir nicht erklären, wie Phonographen sprechen können, bevor eine menschliche Stimme auch nur Zeit hatte, ihnen so bestimmte Antworten einzuzeichnen, – noch wie es möglich ist, daß eine Bewegungswalze einem metallnen Phantom beliebige Gesten und Schritte vorschreibt; denn ein solches Kalkül, so kompliziert und lang durchdacht es auch wäre, setzt doch die denkbar größte Genauigkeit voraus.

Nun, ich versichere Ihnen, erwiderte Edison, daß diese Dinge *leichter als alle anderen herzustellen waren*. Und daß ich es Ihnen beweisen werde, das verspreche ich Ihnen. Sie würden von der Einfachheit der Erklärung, wenn ich sie Ihnen sofort gäbe, noch überraschter sein, als Sie von der scheinbaren Rätselhaftigkeit des Phänomens sind. – Aber wie gesagt: im Interesse der Illusion scheint es mir geboten, Ihnen die Enthüllung dieses Geheimnisses noch länger vorzuenthalten. Und sehen Sie, was mir noch viel merkwürdiger dünken will, mein lieber Lord, ist, daß Sie mich noch nie nach den gegenwärtigen Gesichtszügen der Androide befragten.

Lord Ewald zuckte leicht zusammen.

Da sie verschleiert sind, sagte er, dachte ich, daß es diskreter wäre, mich nicht danach zu erkundigen.

Edison betrachtete Lord Ewald mit einem ernsten Lächeln.

Ich dachte, erwiderte er, daß Sie sich die Vision, die Sie erwarten, nicht durch eine andere Erinnerung trüben wollten: das Antlitz, das Sie jetzt erblicken würden, bliebe in Ihrem Gedächtnis unauslöschlich haften; und dies würde Ihre Illusion beeinträchtigen! Selbst wenn dieser Schleier das Antlitz einer idealen Beatrice verhüllte, würden Sie es nicht sehen wollen – und Sie haben recht. Aus einem ähnlichen Motiv aber ist es mir nicht möglich, Ihnen heute das Geheimnis, nach dem Sie forschen, zu enthüllen.

Nach Belieben, gab Lord Ewald zur Antwort.

Dann, als wollte er den Gedanken, den Edison aufgerufen hatte, verscheuchen, setzte er hinzu:

Sie werden also Hadaly mit einer Inkarnation ausstatten, die identisch ist mit der meiner Geliebten?

Ja, erwiderte Edison, aber wohlgemerkt handelt es sich hier noch nicht um die Haut, die ja die Hauptsache ist, sondern nur um das Fleisch allein.

VIII. Die Inkarnation

> Chair de la femme, argile idéale omerveille!
> *Victor Hugo*

Sie erinnern sich des Armes und der Hand, deren Druck Sie oben, in meinem Laboratorium, überraschte? – Dieser selben Substanz werde ich mich bedienen.

Wie sich aus der Analyse unserer Bindegewebe ergibt, besteht das Fleisch Miß Alicia Clarys aus gewissen Bleierzen, Wasser, Salpetersäure und verschiedenen anderen chemischen Substanzen. Dies alles sagt Ihnen nicht, warum Sie Alicia lieben. Ebensowenig würde Ihnen hier eine Auseinandersetzung der Elemente des Androidenfleisches bedeuten, da sie durch die hydraulische Presse vermengt wurden (das Leben verfährt ja nicht anders mit den Substanzen unseres Fleisches) und buchstäblich zu einer Synthese sich individualisierten, die sich nicht lange analysieren läßt, sondern die eben zutage tritt.

Sie können sich nicht vorstellen, wie sehr das in dieser Inkarnation zerstampfte, magnetisierte und bis zur Ungreifbarkeit zerstäubte Eisenpulver den Einflüssen der Elektrizität unterworfen ist. Die haardünnen Enden der Induktoren, welche die unmerklich kleinen Spalten der Rüstung durchdringen, sind mit den feinsten Fasern dieses Fleisches vermischt, dem sich das darüber gezogene durchsichtige Gewebe der Oberhaut wundervoll anschmiegt. Auf die erwähnten Eisenteilchen wirken die sehr verschärften, abgestuften Stromschwankungen. Das Fleisch äußert sie notwendig durch ein unmerkliches Zurückziehen, das sich genau nach den winzigen Kerben der Walze vollzieht. Sogar mehrfachen Retraktilitäten ist hier Rechnung getragen; daß sie so glatt aufeinander folgen, rührt von den Isolatoren selbst her, die hier Momentverzögerungen genannt werden könnten. Die ruhige Beharrlichkeit des Stromes neutralisiert jede Plötzlichkeit und ermöglicht, daß die Androide über nuanciertes Lächeln, dem Grübchenlachen der Gioconda, und über fast wahrhaft erschreckende Identitäten gebietet.

Dies Fleisch, das sich von der Wärme, die *meine* Elemente erzeugen, durchdringen läßt, greift sich so elastisch und lebendig an, daß wir das unbeschreibliche Etwas *menschlicher Affinität* zu spüren glauben.

Da das Fleisch durch die Oberhaut durchschimmern muß, ist es von einer schneeigen Nuance, die ein Hauch von Ambra und blassen Rosen überzieht. Sein matter Glanz wird durch eine schwache Dosis pulverisierten Diamantes erzielt. Durch chromophotographische Einwirkung erhält es sodann die endgültige Farbe. Daher die Illusion.

Deshalb bürge ich dafür, daß Miß Alicia Clary sich heute abend mit der größten Bereitwilligkeit zu dem Experiment, auch ohne es zu kennen, überreden lassen würde. Sie sollen sehen, wie leicht es mir gelingen wird; ich verlasse mich auf die weibliche Eitelkeit.

Mein erster Mitarbeiter wird natürlich auch eine Frau sein, eine hochbegabte, unbekannte Bildhauerin, die morgen schon in meinem Laboratorium Hand ans Werk legen soll. Ihre Geliebte wird in ihrer, zu dem Zwecke unentbehrlichen Nacktheit, von niemand anders »transponiert« werden, als von dieser großen Künstlerin. Sie idealisiert nicht, sie kalkuliert, und um sich der mathematischen Form der Lebenden zu versichern, wird sie zuvor, unter meinen wachsamen und eisigen Blicken, die Maße der Taille, Höhe und Breite, die der Hände und Füße auf das Genaueste nehmen, eine Arbeit, die höchstens eine halbe Stunde Zeit erfordert. Hadaly harrt indes unsichtbar, hinter den vier großen Objektivgläsern verborgen, ihrer Inkarnation.

Und nun wird mit der denkbar größten Vorsicht die strahlende menschliche Fleischsubstanz nach den genauen Maßen Ihrer schönen Freundin auf das Gerüst der Androide übertragen. – Da diese Substanz mit Hilfe sehr feiner Werkzeuge zu größter Feinheit sich ziselieren läßt, so verliert sich die Unfertigkeit des ersten Entwurfs sehr bald, die Züge treten in klarer Zeichnung hervor, doch ohne Farbe und Schattierungen; es ist die Statue, die des erweckenden

Pygmalions harrt. Der Kopf allein erfordert ebenso viel Mühe und geduldige Aufmerksamkeit als der ganze übrige Körper, wegen des Aufschlages der Lider, des zarten Bebens der Nasenflügel während des Atmens, den Ohrläppchen, den Adern an den Schläfen, den Linien des Mundes, deren Substanz durch die Hydraulik besonders stark bearbeitet ist. Bedenken Sie, auf wie unendlich reduzierte Magneten (Sie können die Spuren an den tausend leuchtenden Stellen erkennen, die auf den großen photographischen Aufnahmen des Lächelns zu sehen sind) ein ganzer Leitungsapparat unsichtbarer, voneinander isolierter Induktoren mikrometrisch zurückgeführt werden muß. Ich bin allerdings im Besitz des ganzen Materials und der allgemeinen Formeln, – allein die *unentbehrliche* Vollkommenheit in der Ähnlichkeit verlangt die beharrlichste und gewissenhafteste Mühe, sieben Tage zum mindesten, wie zur Erschaffung einer Welt. Bedenken Sie, daß selbst die allmächtige Natur sechzehn Jahre und neun Monate braucht, um eine hübsche Frau fertig zu stellen; und um welchen Preis! Tausende von Tag zu Tag abgeänderte Skizzen! und wie lange dauert diese Herrlichkeit? eine Krankheit kann ihre Spur im Nu verwehen! –

Un nun bleibt uns noch die *absolute* Ähnlichkeit des Körpers und der Gesichtszüge zu erörtern.

Sie kennen die Resultate, die durch die Skulpturphotographie erzielt wurden. Man kann da wirklich von einer Transponierung des Aussehens sprechen. Ich habe neue, wunderbar vervollkommnete Instrumente, die seit vielen Jahren nach meinen Angaben hergestellt wurden, und mit deren Hilfe wir Reliefe und getriebene Metalle mit haarscharfer Genauigkeit reproduzieren können! Miß Alicia Clary wird somit direkt auf Hadaly photographiert werden, das heißt auf die dem Strom unterworfene Skizze, in der Hadaly bereits angefangen haben wird, sich zu inkarnieren.

Jede Ungenauigkeit tritt dann hervor; – jedes Zuviel springt dann in die Augen! Übrigens muß hier das Mikroskop herhalten. Denn die Übertragung *muß* ja getreu sein, wie ein Spiegelbild. – Ein großer Künstler, der sich für meine besondere Art, Revision über meine Schatten zu halten, begeistert, wird dann noch die letzte Hand anlegen.

Die Abtönung der Farben vervollkommnet sich; denn die Epidermis, die nun kommt, hat den untrüglichen Hautschimmer und ist von ebenso durchsichtiger als seidenweicher Oberfläche; für gewisse Abstufungen der Töne müssen wir im voraus Sorge tragen, ganz abgesehen von den Hilfsmitteln, die uns die Sonnenstrahlen zu Gebote stellen, und deren wir uns dann gleich bedienen werden.

Alicia Clary stünde nun vor uns, wie etwa ein nebeliger Londoner Abend sie uns zeigen würde.

Und hier, das heißt, bevor wir uns mit der Epidermis und allem auf sie bezüglichen befassen, ist der Augenblick gekommen, die heimliche, unbestimmte und persönliche Emanation zu besprechen, die sich mit den von Miß Alicia gebrauchten Essenzen vermischt und ihre, Ihnen einst so teure Person umweht. Es ist sozusagen, die entzückende Atmosphäre ihrer Gegenwart, der Odor di Femina der italienischen Dichtkunst. Denn jede Frauenblume hat den ihr eigentümlichen und charakteristischen Duft.

Sie erwähnten einen starken Wohlgeruch, dessen Reiz Sie früher fesselte und Ihr Herz verwirrte. – Im Grunde ist es nur der Reiz dieser schönen Frau selbst, der jene Emanation zu einem so idealen Duft für Sie erhöhte; denn er wäre einem anderen, der sie nicht geliebt hätte, höchst gleichgültig geblieben. Wir müssen daher solche Emanationen ihrer rein *chemischen Realität* nach untersuchen; das andere ist Sache Ihres persönlichen Gefühls, und wir werden dabei ganz einfach wie die Parfümeure vorzugehen haben, die den Blumen und Früchten ihre eigentümlichen Aromen entziehen. So erlangt man die Identität. Die Art und Weise, sie zu gewinnen, werde ich Ihnen kundtun.

IX. Rosenlippen und Perlenzähne

> Die schöne Frau von X, die eine lange Zeit hindurch einen so verheerenden Einfluß auf unsere junge Männerwelt ausübte, verdankte den unwiderstehlichen Reiz ihres Mundes großenteils dem täglichen Gebrauch des Bototwassers.
> *Alter Reklamezettel*

Gestatten Sie eine Frage, mein lieber Lord, sind alle Zähne Miß Alicias echt?

Lord Ewald nickte.

Das ist ja sehr lobenswert, fuhr Edison fort, obwohl es ganz wider die amerikanische Sitte geht. Hier lassen sich unsere schönen, eleganten Fräulein – und trügen sie alle Perlen des Stillen Ozeans im Munde – mit wenig Ausnahmen, ihre Zähne ausreißen und durch

Gebisse ersetzen, die tausendmal vollkommener, leichter und gleichmäßiger sind, als ihre eigenen Gebisse.

Aber wie immer sich dies mit Miß Alicia verhalten mag – nun, ein Unglück ist ja so schnell geschehen! ... ihre Zähne sollen mit einer blendenden Genauigkeit kopiert werden. Unser vortrefflicher Dr. Samuelson wird sich in Begleitung des Zahnarzt W ... Pejor am Tage der sechsten Sitzung in meinem Laboratorium einfinden.

Durch ein sehr harmloses, von mir selbst erfundenes Betäubungsmittel wird Miß Alicia Clary in vollkommene Bewußtlosigkeit fallen. Diese Zeit benutzen wir, um einen genauen Abdruck ihrer strahlenden Zahnreihen sowie ihrer Zunge zu nehmen, die wir in Hadalys Mund übertragen wollen.

Sie sprachen von gewissen schimmernden Reflexen ihrer Zähne, wenn sie lächelte. Sie werden die Zähne Alicias von den Zähnen Hadalys nicht unterscheiden können.

X. NATÜRLICHE AUSSTRÖMUNGEN

> ... Es gleiten die Rosen, alle die Rosen von Wellen getragen ...
> Spürst du den Duft, der an mir zurückblieb?
> *Mme Desbordes Valmore*

Beim Erwachen Ihrer schönen Freundin sagen wir ihr einfach, daß sie das Bewußtsein verlor, und um einen neuen Schwächeanfall zu verhüten, verschreibt ihr Samuelson zu sofortigem Gebrauch gewisse Dampfbäder, die sie in einer von ihm gegründeten Anstalt zu nehmen habe. Während ihrer Transpiration wird er mit sehr feinen Apparaten – etwa wie man Säuren aus den Blättern der Sonnenblume gewinnt – die Dämpfe und physischen Ausströmungen dieser jungen Frau von Kopf bis zu Fuß auffangen, indem er den transpirierenden Teil stets isoliert hält.

Zu Hause wird er dann die Analyse dieser Ausströmungen vornehmen, und hat er deren chemische Äquivalente erhoben, so wird er die Emanationen Ihrer liebenswürdigen Freundin einfach auf ihre Formeln zurückführen, und sie dann ohne Zweifel in der nötigen Dosis und naturgetreu wieder herstellen. Man präpariert sie dann zu einer Flüssigkeit, und teilt sie mittels eines Verflüchtigungsverfahrens, in allen Abstufungen genau an die Natur sich haltend, Glied für Glied der Inkarnation mit; wie etwa ein geschickter Parfümeur vorgeht, der einen künstlichen Duft mit dem entsprechenden natürlichen imprägniert. So ist der Oberarm von dem lauen und persönlichen Duft des Originales umweht.

Und ist dann die Inkarnation, bevor sie noch mit der Epidermis überzogen wurde, von diesen Düften durchdrungen, so verflüchtigen sie sich weniger als in einem dicht verschlossenen Sack. Und ich versichere Ihnen, dieser Teufelskerl von einem Samuelson hat mit seinen täuschenden Resultaten vor meinen Augen den Spürsinn eines Tieres geprellt. Ich sah ihn einen Dachshund auf ein künstliches Stück Fleisch hetzen, dem er mittels einfacher chemischer Äquivalente einen Fuchsgeruch beigebracht hatte.

Ein neuer Lachkrampf Lord Ewalds war die Antwort.

Achten Sie nicht darauf, mein lieber Edison, rief er; nur weiter! Es ist ja wundervoll. Ich träume ja! Ich kann nicht umhin – obschon ich gar keine Lust dazu fühle – zu lachen!

O ich verstehe vollkommen! erwiderte Edison melancholisch, aber bedenken Sie, aus welchen Nichtigkeiten sich manchmal ein unwiderstehliches Ganzes summiert! Bedenken Sie, an was für Nichtigkeiten die Liebe selber hängt!

Die Natur ist in steter Wandlung begriffen; die Androide jedoch nicht. Wir anderen leben, wir sterben, – die Androide kennt weder Leben, noch Krankheit, noch Tod. Sie ist über alle Unvollkommenheiten, alle Hinfälligkeiten erhaben; die Schönheit des Traumes behält sie bei. Sie ist begeisternd. Sie spricht und singt wie ein Genius und ihr Herz ist keinen Wandlungen unterworfen, denn sie hat keins. Es wird daher Ihre Pflicht sein, sie zu vernichten, bevor Sie sterben. Eine Dosis Nitro-Glycerin wird genügen, um sie in Staub zu verwandeln und ihre Elemente in alle Winde zu verstreuen.

XI. URANIA

> Dieser Stern, der wie eine Träne strahlt.
> *George Sand*

Hadaly trat jetzt aus dem Dunkel hervor; sie ging zwischen den blühenden Gesträuchen, für die es keinen Winter gab, von weiten schwarzen Atlasgewändern umhüllt, und den Paradiesvogel auf der Schulter, näherte sie sich wieder den beiden Männern.

Auf das Seitentischchen zugehend, füllte sie von neuem die beiden Sherrygläser und wollte sie schweigend darbieten.

Als ihre Gäste mit einer Geste des Dankes die Erfrischung ablehnten, stellte sie die Gläser auf das goldene Plateau zurück.

Schon fünfunddreißig Minuten über Mitternacht! murmelte Edison. Befassen wir uns noch schnell mit den Augen! – Es handelt sich um Ihre künftigen Augen, Miß Hadaly... sagen Sie... können Sie von hier aus *mit den Ihren* Miß Alicia Clary sehen?

Hadaly schien sich einen Augenblick zu besinnen.

Ja, sagte sie dann.

Nun, so beschreiben Sie uns ihre Kleidung, was sie tut, wo sie ist?

Sie ist allein in einem Eisenbahncoupé, hält Ihre Telegramme und will sie wieder durchlesen; jetzt steht sie auf und nähert sich der Lampe, aber der Zug fährt so schnell... sie fällt zurück und kann sich nicht aufrecht halten!

Und Hadaly lachte leicht auf. Alsbald fing auch der Paradiesvogel mit einer starken Tenorstimme zu lachen an. Sie will mir zeigen, daß sie auch über die Lebenden zu lachen weiß, dachte Lord Ewald.

Da Sie eine Hellseherin sind, sagte er, wollen Sie nicht die Güte haben, mir auch ihre Kleidung zu beschreiben?

Ihr Kleid ist von einem so hellen Blau, daß es beim Schein der Lampe grün erscheint, erwiderte Hadaly; sie fächelt sich jetzt mit einem Ebenholzfächer, in dessen Stäbe schwarze Blumen geschnitzt sind. Auf dem Stoff ist eine Statue abgebildet...

Unerhört! murmelte Lord Ewald; es stimmt bis ins kleinste! Ihre Telegramme gehen aber schnell, Edison.

Mylord, erwiderte er, Sie werden selbst Miß Alicia Clary fragen, ob sich das, was Hadaly uns schildert, nicht drei Minuten nach ihrer Abfahrt genauso zugetragen hat. – Aber wollen Sie sich einen Augenblick mit ihr unterhalten, während ich einige prachtvolle Augenmuster aussuche?

Und Edison entfernte sich und ging auf die entlegenste Säule des Gewölbes zu.

Dort setzte er einen Stein in Bewegung, und schien sich dann in die Betrachtung verschiedener Gegenstände zu vertiefen, die hier verborgen lagen.

Können Sie mir sagen, Miß Hadaly, sagte Lord Ewald, wozu das seltsame Instrument dient, das ich dort drüben auf der Etagère sehe?

Ja, Mylord, erwiderte Hadaly, nachdem sie sich umgedreht hatte, wie um unter ihrem Schleier nach dem Ort zu sehen, den ihr Lord Ewald zeigte. Es gehört auch zu den Erfindungen Ihres Freundes. Es läßt sich der Wärmegrad eines Sternenstrahles damit bemessen.

Sie wissen es? nahm Hadaly das Wort. Lange bevor die Erde noch ein Nebelstern war, glänzten schon Gestirne seit Ewigkeit, aber ach! so fern, so fern, daß ihr Strahl, trotzdem er hunderttausend Meilen die Sekunde zurücklegte, erst kürzlich die Stelle erreichte, die unsere Erde im Weltall einnimmt. Und mehrere von jenen erloschenen Gestirnen erkalteten lange, bevor dort ein lebendes Auge diese Erde hätte erblicken können. Allein von dem Strahle, der von ihnen ausging, sollten diese erkalteten Gestirne überdauert werden; unwiderruflich vollendete er seinen Gang. Und so kam es, daß heute der Strahl solcher erloschenen Feuerherde bis zu uns gelangte, so daß die Menschen, wenn sie zum Himmel aufblicken, gar oft Sterne bewundern, die nicht existieren, und die dennoch, dank jenen Sternenphantomen, gesehen werden.

Dieser Apparat nun ist so fein, daß er die fast imaginäre Wärme eines solchen Sternenstrahles zu messen vermag. Ja, es gibt unter diesen so entlegene, daß sie diese Erde nie erreichen können, denn sie selbst wird dann erloschen und vergangen sein und von jenem verwaisten Strahl nie getroffen werden.

In schönen Nächten, wenn der Park ganz einsam liegt, begebe ich mich oft mit diesem wundervollen Instrument zur Bank in der Eichenallee – und dort unterhalte ich mich, indem ich erloschene Sternenstrahlen messe.

Hadaly verstummte.

Lord Ewald wurde wie von einem Schwindel erfaßt; er fing an, sich mit dem Gedanken vertraut zu machen, daß alles, was er sah, vor lauter Unmöglichkeit schier natürlich war...

Hier habe ich die Augen! rief Edison, und kehrte mit einer Kassette in der Hand zu Lord Ewald zurück.

Als die Androide diese Worte vernahm, ging sie auf das schwarze Ruhebett zu, wie um dem Gespräche sich zu entziehen.

XII. Die Augen des Geistes

> Mein Kind hat tiefe, dunkle und großen Augen
> Wie du o Nacht! und strahlend wie die deinen!
> *Charles Baudelaire*

Festen Blickes sah Lord Ewald Edison an:

Sie sagten: die Schwierigkeiten bei der Erschaffung eines elektromagnetischen Wesens seien leicht zu überwinden, und *nur das Resultat sei das Geheimnisvolle*. Sie haben wahrhaftig Wort gehalten; dies Resultat scheint mir jetzt schon außer jedem Verhältnis zu den Mitteln, die es erzielen.

Beachten Sie wohl, Mylord, gab Edison zur Antwort, daß ich Ihnen nur betreffs einiger *physisch* rätselhafter Eigenschaften Aufklärung erstatte. Ich habe Ihnen dabei nicht vorenthalten, daß sich in Hadaly plötzlich Phänomene höherer Art äußern könnten, und daß sie *dann* aus sich selbst zu etwas *Außerordentlichem* wird! – Unter diesen Phänomenen nun ist eines, dessen höchst merkwürdiges Vorhandensein ich nur konstatieren kann, ohne mir zu vergegenwärtigen, wodurch es entsteht.

Was Sie hier im Sinne haben, kann nicht das elektrische Fluidum sein?

Nein, die Wirkung eines anderen Fluidums ist es, dem die Androide in diesem Augenblicke unterworfen ist. Dies Fluidum empfindet man, ohne es analysieren zu können.

Daß Hadaly vorhin Alicias Kleidung so genau beschrieb, geschah also nicht infolge eines geschickten Depeschenspieles?

Wäre dem so gewesen, mein lieber Lord, so hätte ich es Ihnen sofort erklärt. Ich behalte mir nur die Aufrechterhaltung solcher Illusionen vor, die unbedingt notwendig sind, um Ihrem Traum die *Möglichkeit* zu bewahren.

Ich kann aber doch nicht glauben, daß unsichtbare Geister sich dazu hergeben, Aufklärungen über etwaige Reisende zu vermitteln!

Ich auch nicht! erwiderte Edison. Ein gewisser William Crookes – der einen vierten Zustand der Materie, nämlich den *strahlenden* entdeckte, nachdem bis dahin nur der feste, flüssige und gashaltige bekannt war – erzählt uns jedoch, was für Dinge er in seinen spiritistischen Sitzungen zu sehen, zu hören und zu greifen erhielt; und seine Berichte, die von den größten Gelehrten Englands, Amerikas und Deutschlands bestätigt worden sind, geben, finde ich, zu denken.

Sie können aber doch nicht behaupten, daß Alicia von jener seltsamen, unbewußten Kreatur wirklich gesehen wurde. Dennoch stimmten alle Einzelheiten ihrer Kleidung. So wunderbar die Augen, welche Sie in dieser Kassette tragen, auch sein mögen, eine solche Kraft traue ich ihnen doch nicht zu.

Was hier tatsächlich unter dem Schleier Hadalys auf solche Entfernung und durch alle Hindernisse hindurch sieht, das sieht ohne Hilfe der Elektrizität. Dies ist alles, was ich Ihnen, vorläufig wenigstens, über diesen Punkt sagen kann.

Werden Sie mir später nähere Aufklärung erteilen?

Ich verspreche es Ihnen, Hadaly selbst wird Ihnen ihr Geheimnis in einer stillen, schönen Sternennacht verraten.

Gut; allein was sie sagt, gleicht jenen Gedankenschatten, die unser Geist im Traum vernimmt, die aber beim Erwachen sich verflüchtigen, sagte Lord Ewald. Als sie zum Beispiel vorhin von Gestirnen sprach, drückte sie sich, wenn auch nicht *durchwegs* ungenau, so doch in einer Weise aus, als zöge sie Vernunftschlüsse, die von *unserer* Logik sehr abweichen. Werde ich sie verstehen?

Besser als ich selbst! sagte Edison. Seien Sie davon überzeugt, mein lieber Lord. Und was ihre astronomischen Ansichten betrifft, du lieber Gott ... ihre Logik ist so viel wert als eine andere. Fragen Sie einmal einen gelehrten Kosmographen, ob er Ihnen den Grund der verschiedenen Neigungsachsen eines und desselben Sonnensystems angeben kann – oder was eigentlich die Ringe des Saturn sind? – und Sie werden sehen, wie wenig er Ihnen darüber zu sagen weiß.

Wenn man Sie reden hört, mein lieber Edison, so möchte man glauben, daß diese Androide einen Begriff vom Universum hat.

Sie hat kaum einen anderen Begriff als diesen, erwiderte Edison ernst. Um sich dessen zu versichern, braucht man nur Fragen an sie zu stellen, die ihrer seltsamen Natur entsprechen; das heißt, ohne Feierlichkeit, eher in scherzhaftem Tone. Ihre Worte nehmen dann ein sehr hohes Gepräge an, dessen intellektuelle Wirkung viel stärker ist, als die unserer konventionell gründlichen, ja selbst erhabenen Gedanken.

Nennen Sie mir solche Fragen, sagte Lord Ewald. Beweisen Sie mir, daß sie wirklich, auf irgendeine *Art,* einen solchen Begriff in sich bergen kann.

Sehr gerne, sagte Edison, und zur Schlafenden hintretend: Hadaly, sprach er sie an, gesetzt, es erstünde ein ungeheurer, unsichtbarer Gott und schleuderte plötzlich Blitze auf uns zu, deren Kraft das Gesetz der Anziehung aufzuheben und unser ganzes Sonnensystem, als wäre es nur ein Sack voll Nüsse, zu zertrümmern imstande wäre. –

Nun? sagte Hadaly.

Nun, was dächten Sie von einem solchen Phänomen, falls Sie es mit Ihren eigenen Augen wahrnehmen dürften?

O! erwiderte die Androide mit ihrer ernsten Stimme, indem sie den Paradiesvogel auf ihre silbernen Finger klettern ließ, – ich glaube, daß in der Unendlichkeit der Welten ein solches Ereignis keine viel größere Wichtigkeit behielte, als Sie den Millionen Funken zuerkennen, die am Herde einer Bauernhütte sprühen und zerstieben.

Lord Ewald sah die Androide an, ohne ein Wort zu entgegnen.

Sie sehen, bemerkte Edison, Hadaly scheint gewisser Vorstellungen ebensowohl fähig, wie Sie und ich; sie äußern sich jedoch nur durch den ganz eigentümlichen Eindruck sozusagen, den wir von ihrer bilderreichen Ausdrucksweise empfangen.

Es entstand eine Pause.

Ich gebe auf, das Rätsel, das mich hier umgibt, zu lösen, mein lieber Zauberer, sagte dann Lord Ewald, und verlasse mich ganz auf Sie.

Hier also wären die Augen! erwiderte jener, indem er die Kassette schloß

XIII. Die physischen Augen

> Saphiraugen von mandelförmigem Schnitt.
> *Die Dichter*

Aus dem Inneren dieses geheimnisvollen Etuis schienen tausend Blicke sich auf den jungen Engländer zu richten.

Edison fuhr fort:

Die Gazellen des Nourmajdtales dürften auf diese Augen eifersüchtig sein; ihre Hornhaut ist so rein, ihre Pupille so verschwommen, daß es fast beängstigend ist, nicht wahr? Die Natur wird heutzutage von der Kunst unserer großen Optiker übertroffen.

Die Feierlichkeit dieser Augen hat wirklich etwas Seelenvolles. Mittels der kolorierten Photographie wird ihnen die persönliche Nuance beigebracht, die Individualität des Blickes jedoch muß in die Iris selbst verlegt werden. – Eine Frage, Lord Ewald, – haben Sie schon viele schöne Augen gesehen?

Ja, besonders in Abessinien.

Und unterscheiden Sie den Glanz der Augen von dem des Blickes?

Gewiß! sagte Lord Ewald. Die Augen derjenigen, die Sie heute abend sehen werden, sind von strahlender Schönheit, wenn sie gedankenlos ins Weite schauen; – richtet sich aber ihr Blick auf etwas, das sie bemerken, dann ach! möchte man über den Blick die Augen vergessen!

Vortrefflich! rief Edison aus. Der Ausdruck der meisten menschlichen Augen setzt sich nämlich aus tausend kleinen Äußerlichkeiten zusammen; – dem Aufschlag der Lider, der Zeichnung der Brauen, der Länge der Wimpern, – den Umständen, in welchen man sich befindet, den Dingen, die man gerade sagt, der Umgebung selbst, die sich widerspiegelt. – Dies alles verstärkt den *natürlichen* Ausdruck des Auges. – So haben sich die Damen unserer Gesellschaft heutzutage einen konventionell liebenswürdigen Blick angeeignet, dem sie einen ganz beliebigen Ausdruck verleihen, und der ihnen gestattet, eine verbindliche, aufmerksame Miene zu zeigen, während sie im stillen gänzlich mit ihren eigenen Angelegenheiten beschäftigt sind.

Dieser Blick läßt sich um so leichter klischieren, als er selbst nur Klischee ist, nicht wahr?

Allerdings, sagte lächelnd Lord Ewald.

Bei unserem Experiment handelt es sich aber nicht sowohl um den aufmerksamen, als um den *verschleierten* Ausdruck des Blickes; er ist es, den wir treffen müssen. Sagten Sie nicht, daß Miß Alicia Clary gewöhnlich durch ihre Wimpern sehe?

Allerdings, erwiderte Lord Ewald lächelnd.

So hören Sie denn, wie ich hier verfahren werde, fuhr Edison fort. Ich erwähnte vorhin das neu entdeckte Phänomen eines strahlenden Zustandes der Materie. Da sich eine vollkommene, fast absolute *Leere* herstellen läßt (eine Leere, die dadurch erzielt wird, daß die innere Luft einer Kugel auf die höchste Temperatur gebracht wird), so hat sich erwiesen, daß in diesem leeren Raum dennoch Indizien einer unfaßlichen Materie zum Vorschein kamen; mittels Induktionsapparaten, die an den Außenseiten der Kugel angelötet wurden, ergab es sich nun, daß der Funke innerhalb dieser Leere vibrierte! – *Hier* dürfte wohl der *Anfang* der physischen Bewegung zu suchen sein.

Unter diesen eiförmigen künstlichen Augen nun, die von reinster Durchsichtigkeit sind, wie Quellwasser, werden sich gewiß die Ihrer Freundin entsprechenden finden lassen. Ist dann in diesen Pupillen, in deren Inneren durch die erforderliche Überhitzung der Temperatur jene oben erwähnte Leere hervorgebracht wurde, der sogenannte Gesichtswinkel erhoben, so wird im Mittelpunkt dieser Pupille mit Hilfe einer haardünnen Induktionsspitze ein schwacher, fast unsichtbarer elektrischer Funke entzündet. Durch diesen »Belebungsstich« erhält nun die täuschend schön gearbeitete Iris gänzlich den Anschein eines sehenden, individuellen Auges. – Was die Mobilität des Auges selbst betrifft, so geht sie aus unsichtbaren, fast »nervös« zu nennenden Stahlfedern hervor, auf welchen es sich beweglich oder unbeweglich verhält, wie der Zentralapparat der Androide es gerade will; denn in ihm sind Blick und Spiel der Augenlider, wie Worte und Gesten alle in ihrer *Gesamtheit* eingetragen. Von außen wird dies ebensowenig wahrgenommen, als die wahren Motive so mancher sentimentaler Frauenblicke in ihrem Ausdruck sich erraten lassen. Sind dann noch mittels des Mikroskopes alle Rektifikationen genau noch einmal vorgenommen worden, so wette ich, mein lieber Lord, daß die *belebte Leere des Blickes Ihrer Freundin die Leere im Auge des Phantoms nicht überbieten wird!* Und die strahlende Schönheit ihrer Augen wird dabei identisch sein.

XIV. Das Haar

> Vita coercebat positos sine lege capillos.
> *Ovida*

Bei den Haaren brauchen wir uns nicht lange aufzuhalten, fuhr Edison fort. Hier ist eine täuschende Nachahmung wirklich allzu leicht.

Das Duplikat dieser Haare wird dann noch mit Miß Clarys Essenzen eingerieben und ein wenig mit ihrem persönlichen Duft besprengt, so daß es unmöglich sein wird, das künstliche von ihrem eigenen zu unterscheiden.

Dennoch empfehle ich Ihnen hier das künstliche ohne jeden Vorbehalt. Zur Herstellung der Augenbrauen und Wimpern wäre es gut, wenn Miß Alicia Clary uns eine der dunkelsten Locken ihres eigenen Haares gewährte. Die Natur hat ihre Rechte und Sie sehen, daß ich sie manchmal anzuerkennen weiß.

So wird denn alles auf das Genaueste kopiert, die Wimpern gezählt und des Blickes wegen sogar mit dem Vergrößerungsglas in ihrer Länge gemessen. – Der zarte Flaum ihres Haaransatzes, die beweglichen Schatten auf dem schneeigen Halse, die leichten, vom Spiel des Windes bewegten Löckchen, die Schattierungen und Reflexe, dies alles wird von einer entzückenden Natürlichkeit sein. – Weiter:

Ihre Fingernägel wie ihre Fußnägel, auf mein Wort, sollen von keiner anderen Tochter Evas übertroffen werden! Ganz denen Ihrer Freundin ähnlich, werden sie zugleich von einem rosigen, *lebendigen* Glanze und wie die ihren zugeschnitten sein! Auch hier ist die Schwierigkeit nicht so groß, daß es einer besonderen Aufklärung meines Verfahrens bedürfte.

Gehen wir schnell noch zur Epidermis über. Es bleiben uns kaum zwanzig Minuten.

Wissen Sie, Edison, bemerkte Lord Ewald nach einem tiefen Schweigen, daß es wirklich etwas Teuflisches an sich hat, Dinge des Liebeslebens in einem solchen Licht zu betrachten.

Nich die Dinge des Liebes*lebens,* Mylord, erwiderte Edison ernst, sondern der Liebes*leute.* Ich sagte es Ihnen schon. Und da *wir es hier mit solchen und keinen anderen Dingen zu tun haben,* warum zögern wir davor? Verliert ein Arzt die Fassung vor einem Sektionstisch während eines anatomischen Vortrags?

Lord Ewald schwieg.

XV. Epidermis

> Aus deiner hohlen Hand will ich trinken,
> Wenn ihr Schnee im Wasser nicht zerrinnt.
> *Tristan l'Hermite*

Edison deutete auf eine lange Kampferschachtel, die auf der Wandleiste über dem Kamin aufgestellt war.

Dort ist sie! sagte er. Die Illusion der Menschenhaut, wie sie leibt und lebt, halte ich dort verschlossen! Sie selbst erfuhren es, als Sie jene abgetrennte Hand auf meinem Tische drückten. Von den erstaunlichen photochemischen Aufnahmen der letzten Zeit habe ich Ihnen schon erzählt. Fühlt sich diese Haut mit erschreckender Lebendigkeit an, so ist die milchweiße Mattheit ihres unsichtbaren Gewebes für die Einwirkung der Sonnenstrahlen außerordentlich empfindlich; unter dem Einfluß des Lichtes kann sie strahlen wie ein blendend jungfräulicher Teint.

Übrigens sind hier die Schwierigkeiten heliochromischer Kolorierung viel geringer als für Landschaften. In unserer Rasse besteht der Teint eigentlich nur aus zwei bestimmten Nuancen, deren wir mit Hilfe der Sonnenstrahlen so ziemlich habhaft wurden: nämlich mattweiß und blaßrot. Durch farbiges Glas wird also dieser der Inkarnation adhärierenden künstlichen Haut die genaue Nuance des nackten Hautoriginales verliehen: Der Schmelz dieser weichen, so elastischen und zarten Substanz ist es nun gerade, der einen so durchaus lebendigen Anschein erhält, daß der Eindruck ein sinnverwirrender ist. Es wird geradezu unmöglich sein, die Kopie vom Original zu unterscheiden. Das Resultat ist die Natur selbst; *sie, und nichts anderes,* nicht besser und nicht schlechter, sondern *identisch*. Nur ist das Phantom keinen Veränderungen unterworfen. Denn Glied für Glied, Zug für Zug ist es ja der genaue Abguß der Lebenden; und so behält es diese Form, den Fall einer gewaltsamen Zerstörung ausgenommen, lange genug bei, um alle, die es schauten, zu überleben.

Und nun, mein lieber Lord, schloß Edison, indem er ihn ansah, wollen Sie jenes schleierdünne Hautgewebe noch in Augenschein nehmen? und soll ich Ihnen seine Bestandteile verraten?

XVI. Die Stunde schlägt

> *Mephistopheles:* Die Uhr steht still
> *Chor:* Steht still! Sie schweigt wie Mitternacht.
> Der Zeiger fällt.
> *Mephistopheles:* Er fällt; es ist vollbracht

Wozu? sagte Lord Ewald, indem er sich erhob. Nein, ich will diesen Schimmer der versprochenen Vision ohne die Vision selbst nicht sehen; ein solches Werk darf uns nicht in seinen einzelnen Teilen vor Augen treten, – und ich will mich nicht länger versucht fühlen, über ein Unternehmen zu lächeln, dessen Gesamtbild und Endergebnis mir noch verhüllt sind.

Dies alles ist zu außergewöhnlich und zugleich zu einfach, als daß ich mich dem unbekannten Abenteuer entziehen dürfte, das Sie mir in Aussicht stellen. Da Sie sich Ihrer zukünftigen Androide so sicher zeigten, daß Sie selbst dem Lachen trotzen konnten ... zu dem Ihre ausführlichen, der Illusion so feindlichen Erklärungen mich notwendig reizen mußten, so ziemt es sich auch, daß ich mich zufrieden gebe und nicht über die Tat urteile, bevor sie nicht fertig vor mir steht. Dennoch muß ich Ihnen heute schon gestehen, daß mir das Wagnis nicht mehr in dem Maße absurd erscheint, wie im ersten Augenblick. Dies ist alles, was ich Ihnen vorläufig sagen kann und muß.

Edison erwiderte im ruhigen Tone:

Nach all den Proben, die Sie mir im Laufe des Abends von Ihren geistigen Fähigkeiten gaben, durfte ich nicht weniger erwarten. – Gewiß, ich könnte jenen unserer modernen Geister, die in ihrer Oberflächlichkeit mein Werk im voraus leugnen und mich selbst des Zynismus zeihen würden, folgende kleine Ansprache halten, die nicht eben leicht zu widerlegen wäre.

»Sie halten es nicht für möglich, einer Lebenden die Androide vorzuziehen? noch daß man einem unbelebten Ding zu Liebe etwas von seinem eigenen Wesen, seinen eigenen Überzeugungen und Liebesempfindungen opfere, weil in diesem bißchen künstlich erzeugten Rauch nichts Seelisches zu finden sei?

Aber solche Worte stehen Ihnen nicht mehr zu. Denn um ein bißchen Rauch aus einem Dampfkessel haben Sie alle Traditionen, die über sechstausend Jahre zurückführen, und das Vermächtnis zahlloser Helden, Denker und Märtyrer verleugnet, Sie, die immerwährend die Welt von einem ewigen ›Morgen‹ datieren, dessen Sonne sich vielleicht nie entfachen wird.

Und wem opferten Sie denn in jüngster Zeit all die ›ewigen Grundsätze‹ Ihrer Vorfahren, der Könige, Götter, Familien und Völker, die vor Ihnen auf diesem Planeten lebten? – gerade jenem bißchen Rauch, der all die langgewohnten Prinzipien über Land und Meer davonträgt und den Winden preisgibt. Es genügten die Rauchsäulen von 500000 Lokomotiven, um innerhalb fünfundzwanzig Jahren die tiefsten Zweifel an den bisherigen Überzeugungen in Ihren ›fortgeschrittenen Geistern‹ aufzurufen.

Gestatten Sie daher, daß ich dem plötzlichen und vorgeblichen

Scharfsinn einer Allgemeinheit, deren Irrtum so lange währte, etwas skeptisch gegenüberstehe. Wenn jetzt schon jenes bißchen Rauch genügte, um in Ihrem Bewußtsein die Liebe, den Begriff eines Gottes zu verwirren, und so viele ewige, erhabene und instinktive Hoffnungen zu vernichten, die so tief, so begründet und so antik sind, wie sollte ich da Ihre inkonsequenten Widerrufe, Ihr selbstbewußtes Renegatenlächeln oder gar Ihre moralischen Einwände ernst nehmen, die mit Ihrem Lebenswandel täglich im Widerspruch stehen?

Und so sage ich denn: da unsere Götter und unsere Hoffnungen nur mehr *wissenschaftliche* geworden sind, warum sollten unsere Liebschaften es nicht ebenso werden? – An Stelle der Eva, einer vergessenen, von der Wissenschaft verworfenen Legende, biete ich Ihnen eine wissenschaftliche Eva, die einzige, dünkt mir, die jenes müden Eingeweides wert ist, das Sie aus einem Rest von Sentimentalität heraus, über den zu lachen Sie der erste sind, immer noch Ihr Herz nennen. Weit entfernt, die eheliche Liebe abzuschaffen, die wenigstens fürs erste noch, zur Fortpflanzung unseres Geschlechtes unentbehrlich ist, schlage ich im Gegenteil vor, diese Liebe mit Hilfe solch herrlicher, aber künstlich hergestellter und harmloser Geliebten zu festigen und sowohl die Dauer als die durch eheliche Untreue bisher so geschädigten Interessen der Ehe zu sichern. Mit einem Worte: ich, der Zauberer von Menlo Park, wie ich genannt werde, stelle meinen Mitlebenden in diesen neuen und so veränderten Zeiten das Angebot, ob sie nicht einer mittelmäßigen und stets wandelbaren und trügerischen Wirklichkeit eine positive, zauberhafte und stets unveränderliche Illusion vorziehen wollen. Chimäre gegen Chimäre, Sünde gegen Sünde, Rauch gegen Rauch, – *warum denn nicht?*... Ich schwöre Ihnen, daß in einundzwanzig Tagen Hadaly die ganze Menschheit zur Beantwortung dieser Frage auffordern wird, und zwar vergeblich. Denn da wir, wie gesagt, unsere früheren Ideale, Glaube, Liebe und die Hoffnung auf ein besseres Jenseits, um ein immer noch zu erreichendes Wohlleben, eine noch unerreichte künftige Gerechtigkeit, hingegeben haben, in einem Hochmut, der allerdings stets als derselbe kleinliche beharrte, so sehe ich wirklich nicht, was für andere triftige oder auch nur annehmbare Einwände der moderne Mensch vorzubringen vermöchte.«

Lord Ewald betrachtete schweigend und nachdenklich den seltsamen Mann, dessen bald strahlend, bald düster scheinender Genius unter so vielen undurchdringlichen Schleiern *das wahre Motiv, das ihn beseelte,* zu verbergen wußte.

Plötzlich klingelte es im Innern einer Säule. Es war ein Ruf von oben.

Hadaly erhob sich langsam und gleichsam ein wenig schläfrig.

Die schöne Freundin ist hier, Mylord Celian! sagte sie. Sie zieht in Menlo Park ein.

Edison beobachtete Lord Ewald mit einem starren, forschenden Blick.

Auf Wiedersehen, Hadaly! sagte der junge Mann nach einer kurzen Pause.

Edison aber drückte Hadalys Hand.

Morgen sollst du leben! sagte er.

Bei diesem Wort war es, als ob alle phantastischen Vögel der unterirdischen Haine und Blumenbeete, die Kolibris, westindischen Raben, Turteltauben, blauen Wiedehopfe aus dem Hudson, die europäischen Nachtigallen, die Paradiesvögel, selbst der einsame Schwan des Bassins, in dem das schneeige Wasser immerfort plätscherte – ihrer bis dahin schweigsamen Aufmerksamkeit plötzlich entrissen würden.

Auf Wiedersehen, Wanderer! Auf Wiedersehen! riefen wie Menschen die weiblichen und männlichen Stimmen, wirr durcheinander klingend.

Hinauf zur Erde! gebot Edison, indem er seinen Pelz umwarf.

Lord Ewald folgte seinem Beispiel.

Ich habe Order hinterlassen, unseren Besuch sofort in das Laboratorium einzuführen. Gehen wir.

Als sie den Lift bestiegen hatten, machte Edison die schweren Eisenklammern los; das Tor des magischen Grabgewölbes fiel zu.

Lord Ewald fühlte, daß er mit seinem genialen Gefährten wieder hinauf zu den Lebenden zog.

SECHSTES BUCH
Und der Schatten ward

I. Man speist beim Zauberer zu Nacht

> Nunc est bibendum, nunc, pede libero, Pulsanda tellus!
> *Horaz*

Einige Augenblicke später standen Edison und Lord Ewald im Lampenschein des Laboratoriums und warfen ihre Pelzröcke auf einen Stuhl.

Hier ist Miß Alicia Clary! sagte Edison, indem er nach dem dunklen Ende des Saales zur Tapetenwand am Fenster hinblickte.

Wo denn? fragte Lord Ewald.

Hier im Spiegel! sagte Edison leise, und wies auf eine spiegelglatte Fläche, die wie ein stilles Wasser unter einem Mondstrahl zu beben schien.

Ich sehe nichts.

Es ist eben ein ganz eigenartiger Spiegel. Übrigens ist es ja nur in der Ordnung, daß mir diese schöne Frau in ihrem Reflex erscheint, da ich ihn ihr doch zu nehmen gedenke! – Halt! setzte er hinzu, indem er den Lift verankerte, Miß Alicia sucht nach dem Schlosse, sie hält jetzt den Kristalltürgriff – da ist sie!

Zugleich ging die Tür des Laboratoriums auf und an ihrer Schwelle zeigte sich eine herrliche junge Frau.

Miß Alicia Clary trug ein blauschimmerndes Gewand, das im Licht eine meergrüne Farbe annahm; in ihren schwarzen Haaren prangte eine rote Rose und Diamanten funkelten an ihren Ohren und an dem Ausschnitt ihres Kleides. Ein lichter Pelz hing um ihre Schultern, und ihr kostbarer Spitzenschleier stand ihr zum Entzücken.

Diese Frau war in der Tat das lebende Abbild der Venus victrix. – Die Ähnlichkeit fiel sofort ins Auge und war so unleugbar, daß man in stummer Überraschung und wie geblendet vor ihr stand. Es war das lebende Original der Photographie, deren Projektion vor vier Stunden auf der weißen Seite des Reflektierrahmens erstrahlt hatte.

Alicia hielt sich unbeweglich, wie von Staunen ergriffen beim Anblick dieses seltsamen Ortes.

O treten Sie ein, Miß Alicia! ich bitte Sie! Mein Freund, Lord Ewald, erwartet Sie mit der leidenschaftlichsten Ungeduld, und – gestatten Sie, daß ich es ausspreche, einer Ungeduld, die mir nur zu begreiflich erscheinen muß, wenn ich Sie ansehe!

Mein Herr, erwiderte die junge Frau im Tone einer Ladenvorsteherin, aber zugleich mit einem so ideal-schönen Organ, als tönten Goldwellen gegen eine Kristallscheibe, – mein Herr, ich bin, wie Sie sehen, ganz als Künstlerin hierher gekommen. Und was Ihre Depesche betrifft, mein lieber Lord, so hat sie mich aufs tiefste erschreckt. Ich dachte... ich weiß wirklich selbst nicht!...
Und sie trat ein.
Mit wem habe ich die Ehre? sagte sie mit einem Lächeln, dessen Absicht nicht eben verbindlich war, das aber dennoch wie Sternenlicht über einer eisigen Steppe erstrahlte.
Bei mir! rief Edison lebhaft: ich bin Meister Thomas!
Das Lächeln Alicia Clarys wurde kälter.
Ja, fuhr Edison in einem unterwürfigen Tone fort, Meister Thomas! Sie haben doch sicher von ihm gehört? Thomas! Der Generalagent der größten Theater Englands und Amerikas.
Alicias strahlendes Lächeln belebte sich jetzt.
Sehr erfreut, mein Herr!... Dann zu Lord Ewald sich wendend, flüsterte sie ihm zu: Warum sagten Sie mir das nicht vorher? Ich danke Ihnen vielmals, denn berühmt will ich endlich doch werden, da es jetzt Mode zu sein scheint. Aber diese Art, mich vorzustellen, ist doch weder vernünftig, noch korrekt. Ich darf nicht in so kleinbürgerlicher Weise bei solchen Leuten eingeführt werden. Werden Sie denn immer im Blauen sein, mein Lieber?
Ach, leider ja! sagte Lord Ewald, indem er sich verneigte.
Alicia zog indes die Nadel aus ihrem Hute und warf ihren Umhang ab.
Edison aber hatte heftig an einem Stahlgriff gezogen; ein schwerer und prachtvoll gedeckter Tisch mit brennenden Kandelabern stieg aus der Tiefe empor. Er war mit den ausgewähltesten Speisen besetzt.
Man hätte sich in einem Feenschlosse glauben können. Es glänzten drei Gedecke auf diesem Tisch und kostbares Porzellan, mit Wildbret und seltenen Früchten gefüllt; neben dem Platz des Hausherrn war ein Eiskübel mit verstaubten alten Weinflaschen und Likörflacons aufgestellt.
Lieber Herr Thomas, sagte Lord Ewald, hiermit stelle ich Ihnen Miß Alicia Clary vor, von deren außerordentlichen schauspielerischen und gesanglichen Fähigkeiten ich Ihnen so viel erzählte.
Edison verneigte sich und sagte dann in degagiertem Tone: Ihr glorreiches Auftreten auf unseren ersten Bühnen soll, wie ich hoffe,

beschleunigt werden, Miß Clary, – aber lassen Sie uns bei Tische davon reden, nicht wahr, denn die Fahrt reizt den Appetit, und die Luft in Menlo Park ist scharf.

Ja, ich bin wirklich hungrig, äußerte die junge Frau so einfach, daß Edison, von ihrem entzückenden Lächeln betört, Lord Ewald verwundert ansah. So reizend, jugendlich und natürlich hatte sie es gesagt! Was sollte das heißen? Wenn diese wundervolle Schönheit in *solcher Weise* sagen konnte, daß sie hungrig sei, so mußte Lord Ewald sich getäuscht haben, denn durch den einfachen und lebhaften Ton dieser Worte allein bewies sie, daß sie ein Herz und eine Seele hatte.

Lord Ewald aber sah, ohne eine Miene zu verziehen, vor sich hin, wie einer, der nur allzu wohl orientiert ist und sich nicht mehr beirren läßt. In der Tat schien Alicia ihre Worte schon zu bereuen.

Es ist nicht sehr poetisch, meine Herren, sagte sie, aber manchmal muß man wohl der Erde angehören.

Bei diesen albernen Worten, mit welchen das herrliche Geschöpf, ohne es zu wissen, so endgültig sich verriet, und die sich wie ein Grabstein über sie zu senken schienen, heiterte Edison sich wieder auf; Lord Ewald hatte richtig gesehen.

Reizend! Vortrefflich! rief er voll Herzlichkeit und mit einer freundlich einladenden Geste trat er an den Tisch.

Alicias lichtblaues Kleid streifte die Säulen und entlockte ihnen Funken, die sich in dem hellbeleuchteten Saale verloren.

Man setzte sich. Den Platz der jungen Frau bezeichneten blasse, wie von Elfen ausgewählte Rosenknospen.

Wie glücklich würde ich mich schätzen, sagte sie jetzt, indem sie ihre Handschuhe abstreifte, wenn ich durch Ihre Vermittlung ein wirkliches Auftreten vielleicht in London . . .

O! unterbrach sie Edison . . . wer priese sich nicht glücklich, einen Stern lancieren zu dürfen?

Mein Herr, versetzte Alicia, Sie müssen wissen, daß ich bereits vor gekrönten Häuptern gesungen habe . . .

Eine Diva also! . . . fiel ihr Edison enthusiastisch ins Wort, und schenkte seinen Gästen ein.

Mein Herr! wand Alicia Clary alsbald mit strahlender und zugleich zimperlicher Miene ein, es ist bekannt, daß »Diven« oft mehr als leichtsinnige Sitten an den Tag legen; in dieser Hinsicht unterscheide ich mich von ihnen. Ich hätte eigentlich lieber einen ehrenhafteren Beruf erwählt, und füge mich nur . . . weil ich einsehe, daß man nicht gegen den Strom schwimmen kann. – Und Talente, gleichviel ob sie sonderbar sind oder nicht, muß man heutzutage in der Welt verwerten; ich finde, daß jede Zunft sich heute geltend machen kann.

Der Champagner funkelte jetzt in den kristallenen Schalen.

Ja, das Leben will es so! sagte Edison. Ich selbst spürte auch nur wenig Neigung, mich zum Experten lyrischer Talente aufzuwerfen. Aber energische Naturen wissen sich in alles zu schicken und alles zu erreichen. So mögen Sie sich denn darein fügen, berühmt zu werden, wie so viele andere, Miß Clary, die unerwartet zum Ruhm gelangten. – Auf Ihre Triumphe!

Und er hob sein Glas.

Das wahre Gesicht Edisons schien sich jetzt für Lord Ewalds Blick hinter einer schwarzsamtnen Karnevalsmaske zu verbergen. Alicia aber, von Edisons selbstbewußter Suada sehr eingenommen, stieß mit ihm an, und zwar mit einer so würdevollen und zurückhaltenden Geste, daß in ihren Wunderhänden die kristalle Schale plötzlich zur Tasse umgewandelt schien. Die Gäste tranken von dem perlenden Wein; das Eis schien nunmehr gebrochen.

Und ringsumher, auf den Walzen, den Henkeln der Reflektoren, und den großen gläsernen Scheiben strahlte das Lampenlicht. Eine seltsam feierliche, fast geisterhafte Stimmung hatte sich der Tafelnden bemächtigt; alle waren sie erbleicht und die weiten Fittiche des Schweigens lagen einen Augenblick über ihnen ausgebreitet.

II. Suggestion

> Zwischen dem Experimentator und seinem Medium sind Frage und Antwort nur ganz belanglose Hüllen, hinter welchen der starke und angestrengte Wille des suggerierten Gedankens mit sich birgt; und dieser muß wie ein gezückter Dolch im Auge des Suggerierenden verharren.
>
> *Moderne Physiologie*

Alicia indessen lächelte, und die Diamanten an ihren Fingern blitzten, so oft sie ihre goldene Gabel zum Munde führte. Edison betrachtete diese Frau mit dem scharfen Auge des Entomologen, der an einem hellen Sommerabend endlich den lange gesuchten Falter entdeckt, den er mit einer silbernen Nadel durchstechen und morgen schon seinem Museum einverleiben wird.

Und was sagen Sie zu unserer hiesigen Oper, Miß Clary, begann er; wie finden Sie unsere Dekoration und unsere Sängerinnen? Sind Sie zufrieden?

Die eine oder die andere war ja passabel, aber ... so schlecht hergerichtet!

Man will es heute nicht anders! lachte Edison. Und die ehemaligen Kostüme waren doch gar zu albern! – Und wie gefiel Ihnen der Freischütz?

Der Tenor? fragte die junge Frau – die Stimme ist etwas tonlos, distinguiert, aber kalt.

Man hüte sich vor den Männern, die von den Frauen kalt befunden werden, raunte Edison Lord Ewald zu.

Wie sagten Sie? fragte Alicia.

Ich sagte: distinguiert zu sein, ist doch die Hauptsache im Leben!

O ja! distinguiert, wiederholte die junge Frau und blickte zu den Balken des Laboratoriums empor; ich könnte nie jemanden lieben, der nicht distinguiert wäre. Und ihre Augen strahlten dabei wie eine orientalische Nacht.

Alle großen Männer: Attila, Karl der Große, Napoleon, Dante, Moses, Homer, Mahomet, Cromwell usw. waren, wie die Geschichte lehrt, stets distinguierte Leute von tadellosen Manieren ... von einer rücksichtsvollen Zartheit, die sie manchmal fast zu weit trieben. Daher denn auch ihr Erfolg. – Aber ich meinte die Oper selbst. Wie gefiel Ihnen die?

Ach die Oper meinten Sie! und Alicia verzog den Mund und sah verächtlich aber zugleich so entzückend drein wie die Venus, als sie auf Juno und Diana herabblickte; – unter uns, ich fand sie ein wenig ...

Ja, nicht wahr? unterbrach Edison achselzuckend und mit einem ausdruckslosen Blick, sie ist ein wenig ...

Ja freilich! versetzte Alicia, indem sie mit beiden Händen nach ihren Rosen griff und ihren Duft einatmete.

Sie ist ganz einfach veraltet! schloß Edison, kurz und bestimmt.

Erstens kann ich es schon nicht leiden, meinte Alicia jetzt, wenn auf der Bühne geschossen wird. Es geht mir auf die Nerven. Und die Oper hebt gleich mit drei Schüssen an. Lärm machen ist doch nicht künstlerisch.

Und ein Unglück ist so schnell geschehen, stimmte Edison zu; es wäre viel besser, man ließe die Schüsse weg.

Und überhaupt, meinte Alicia, ist diese Oper zu phantastisch.

Zudem das Phantastische gar nicht mehr modern ist; Sie haben ganz recht. Wir leben in einer Zeit, in der nur das *Positive* sich behaupten kann. Das Phantastische existiert nicht, entschied Edison.

— Und wie gefiel Ihnen die Musik? finden Sie sie nicht auch ein wenig... Wie?...

Und er sah Alicia mit fragender Miene an.

Ich bin ja schon vor dem Walzer fortgegangen, sagte sie einfach, wie um hiermit jede Möglichkeit eines Urteils von sich abzulenken. Und sie sprach diese Worte mit einer so reinen, so herrlichen, ja himmlischen Altstimme, daß ein Fremder und der Sprache dieser Menschen Unkundiger Alicia für das Phantom einer griechischen Hypathia gehalten hätte, die, nächtlich das heilige Land durchziehend, im Sternenlicht auf den Ruinen Sions einen verschollenen Vers des hohen Liedes entzifferte. Lord Ewald starrte indes auf den perlenden Schaum in seiner Kristallschale, und schien des Gespräches nicht länger zu achten.

Das ist freilich etwas anderes, erwiderte Edison ruhig. Aus so dürftigen Proben, wie der Szene in der Wolfsschlucht zum Beispiel, oder der Arie der Agathe, läßt sich nicht viel schließen.

Die gehört in mein Repertoire, seufzte Miß Alicia; aber die Sängerin in New York plagte sich umsonst. Ich könnte die Arie ohne eine Spur von Müdigkeit zehnmal besser geben wie ich Ihnen eines Abends die »Casta Diva« vorsang, setzte sie, zu Lord Ewald gewandt, hinzu. Ich begreife nicht, daß man Sängerinnen erträgt, die so »ins Zeug geraten«, wie man es nennt. Es ist doch der reine Wahnsinn, so etwas zu applaudieren!

O wie gut ich Sie verstehe, Miß Alicia Clary! rief Edison. Aber plötzlich hielt er inne.

Er hatte den düster zerstreuten Blick wahrgenommen, mit dem Lord Ewald die Ringe seiner Freundin musterte. Sicher dachte er an Hadaly.

Nun müssen wir aber noch die Hauptsache erörtern, fuhr Edison wieder fort.

Und die wäre? fragte Alicia, und wandte sich lächelnd dem jungen Engländer zu, ein wenig erstaunt, ihn so schweigsam zu sehen.

Nun, die Honorarfrage; die Bedingungen, die Sie zu stellen haben.

O! erwiderte sie, und kehrte sich rasch von Lord Ewald ab, ich bin nicht interessiert.

Dazu sind Sie viel zu hochgesinnt! gab Edison galant zur Antwort.

Freilich darf man das Geld nicht ganz außer acht lassen! modulierte sie mit dem Seufzer einer Desdemona.

Wie schade! sagte Edison. Nun ja, nicht ganz! Viel Wert wird aber eine Künstlerin wie Sie gewiß nicht darauf legen.

Aber diesmal schien Miß Alicia das Kompliment zu überhören.

Eine große Künstlerin wird nach dem Geld, das sie verdient, taxiert! Ich mache mir selbst nicht so viel daraus; aber ich möchte mein Vermögen doch auch meinem Beruf verdanken – meiner Kunst wollte ich sagen.

Eine solche Gesinnung kann Ihnen nur zur Ehre gereichen! erwiderte Edison.

Ja, fuhr sie fort, und wenn ich zum Beispiel . . . (sie sah Edison an und zögerte) zwölftausend . . .

Edison runzelte die Stirne.

Oder sechstausend?

Edisons Züge heiterten sich etwas auf.

Nun – ich meinte . . . etwa zwanzig- oder fünfundzwanzigtausend Dollar jährlich, erkühnte sich Alicia, ich wäre, offen gesagt, sehr zufrieden damit . . . des Ruhmes halber, Sie verstehen . . . fügte sie mit einem Lächeln hinzu, strahlend und herrlich, wie das der schaumgeborenen, ewigen Anadyomene.

Edisons Gesicht strahlte.

Wie bescheiden! rief er aus; ich dachte, Sie würden Guineen sagen.

Der Schatten eines Ärgers zog über Alicias erhabene Stirne.

Ich meinte für den Anfang! . . . sagte sie. Später vielleicht . . .

Edisons Züge verfinsterten sich wieder.

Übrigens ist ja mein Grundsatz: die Kunst über alles! beeilte sich Alicia hinzuzufügen.

Edison streckte ihr die Hand entgegen.

Ich erkenne hier so recht die Uneigennützigkeit einer edlen Seele! – Doch genug! Keine voreiligen Komplimente. Was gibt es ärgeres, als ein ungeschickt geschwenktes Rauchfaß? – Also Geduld! – Noch einen Tropfen kanarischen Weines? fügte er hinzu.

Allein die junge Frau schien jetzt plötzlich wie aus einem Traume aufzufahren.

Wo bin ich denn eigentlich? murmelte sie.

Bei dem originellsten und größten Bildhauer der Vereinigten Staaten! erwiderte Edison ernsthaft. Wenn ich hinzufüge, daß es eine Frau ist, so habe ich ihren illustren Namen schon verraten, nicht wahr? Any Sowana, der ich diesen Teil des Schlosses vermietete.

Wie merkwürdig! Ich besuchte in Rom die Ateliers mehrerer Bildhauer. Sie sahen aber ganz anders aus, als dieses.

Je nun! meinte Edison: es ist die neue Methode! Heutzutage vereinfacht man sie immer mehr... Den Namen Any Sowana aber, denn kennen Sie doch gewiß!

Ja, mir scheint, sagte Alicia unsicher.

Ich wußte es doch! rief Edison, denn ihr Ruf ist längst nach Europa gedrungen. Diese geniale Frau, die den Marmor und den Alabaster so meisterhaft ziseliert, arbeitet dabei mit unglaublicher Schnelligkeit. Ihr Verfahren ist vollkommen neu. Innerhalb drei Wochen stellt sie in prachtvoller Weise genaueste Abbildungen von Menschen und Tieren her. Und es dürfte Ihnen sicherlich bekannt sein, Miß Alicia Clary, daß die eleganten Damen sich heute nicht mehr porträtieren, sondern ihre Statuen verfertigen lassen. Das Moderne ist jetzt der Marmor. Die ersten Damen der Gesellschaft, oder die distinguiertesten unter unseren größten Künstlerinnen haben mit echt weiblichem Takt eingesehen, daß die Würde und Schönheit der Linien ihres Körpers niemals anstößig sein könnte. So ist denn Frau Any Sowana heute nur deshalb von hier abwesend, weil sie die lebensgroße Statue der reizenden Königin von O-Taïti – sie weilt gegenwärtig auf der Durchreise in New York – auszuführen hat.

Wirklich! sagte Alicia sehr erstaunt, ist das jetzt Mode? Findet man das in der Gesellschaft wirklich passend?

Sowohl im High Life wie in der Kunstwelt! versicherte Edison. Haben Sie denn die Statuen der Rachel, Jenny Lind und die der Lola Montez nie gesehen?

Miß Alicia Clary schien sich besinnen zu wollen.

Ja, mir scheint, sagte sie.

Und die der Prinzessin Borghese?

O ja, an die erinnere ich mich; es war in Spanien, glaube ich, oder in Florenz.

Da eine Prinzessin das Beispiel gegeben hatte, sagte Edison nachlässig, so können Sie sich denken, daß es bald zum guten Ton gehörte! Sogar die Königinnen lassen sich jetzt skulptieren. Wenn heutzutage eine Künstlerin berühmt wird, so ist sie sich ihre Statue schuldig... bevor sie ihr noch errichtet wird! Die Ihrige war vermutlich längst im Salon ausgestellt? – Wie kommt es nur, daß ich Ihre Statue, die mich doch vor allen anderen hätte frappieren müssen, nicht im Gedächtnis behielt. Ich schäme mich, es einzugestehen, aber ich kann mich Ihrer Statue nicht entsinnen.

Miß Clary senkte den Blick.

Nein, sagte sie, ich habe erst meine Büste aus weißem Marmor, und meine Photographien. Ich wußte nicht, daß ...

Aber das ist ja unerhört, das ist ein Verbrechen! rief Edison, – und vom Standpunkte der für wahre Künstler stets so unentbehrlichen Reklame auch sehr bedauerlich! Jetzt wundert es mich nicht mehr, daß Sie nicht längst zu denen gehören, deren Name allein den Theatern ein Vermögen bedeutet, und deren Talent unerschwinglich ist.

Indem er diese blödsinnigen Worte aussprach, entfachte Edison mit seinem klaren, mächtigen Blick einen Funken im Auge seiner Zuhörerin.

Warum haben Sie mir das alles nie gesagt? wandte sich Alicia zu Lord Ewald.

Habe ich Sie nicht in den Louvre geführt? erwiderte er.

Ach ja, um mir jene Statue zu zeigen, die mir ähnlich sieht, und keine Arme hat. Aber was habe ich davon, wenn niemand weiß, daß sie mich vorstellen soll?

Darf ich Ihnen einen Rat geben? Benutzen Sie diese Gelegenheit! rief Edison, sein vibrierendes Auge unablässig auf die Pupillen der Alicias gerichtet.

Wenn es in der Mode ist, so sage ich nicht nein, gestand Alicia.

Abgemacht! Und da Zeit Geld ist, so könnte Frau Sowana gleich unter meiner Aufsicht ans Werk gehen, währenddessen wir zusammen einige Szenen gewisser neuer dramatischer Werke durchgehen und uns mit deren Grundzügen vertraut machen. Und in drei Wochen, denken Sie, wäre die Statue schon in Ihrem Besitz. Darf ich Ihnen von diesem Salmi anbieten?

Ich könnte ihr gleich morgen stehen, wenn es sein muß, unterbrach Alicia. – Und welche Pose raten Sie mir? setzte sie hinzu, und tauchte ihre wundervollen Rosenlippen in ihr Glas.

Sie sind eine geistreiche Frau, o – ich sage es nur wie ich's denke! So wagen Sie es denn, Ihre künftigen Rivalinnen im vornherein zu vernichten! Hier wäre ein Gewaltstreich angezeigt, der in beiden Erdteilen einen Widerhall fände.

Ich habe nichts dagegen, gab Alicia zur Antwort, ich muß ja alles tun, um vorwärts zu kommen.

Der Reklame halber muß Ihre Marmorstatue im Foyer des Convent Garden oder Drury Lane stehen. Es ist unbedingt notwendig! Denn sehen Sie, die glänzend ausgeführte Statue einer Sängerin würde die Dilettanten im vornherein bezaubern, die Menge verblüffen und die Direktoren überrumpeln. Lassen Sie sich doch als Eva abbilden: es wäre die distinguierteste Pose. Ich wette, nach Ihnen, der *modernen Eva,* wird keine Künstlerin mehr wagen dürfen, singend oder spielend aufzutreten.

Als Eva sagten Sie? bei Meister Thomas? ist denn das eine neue Rolle in meinem Repertoire?

Versteht sich? – Sie ist ja etwas summarisch, meinte Edison lächelnd, aber prachtvoll. Und das ist die Hauptsache. Für eine so hervorragende Schönheit, wie die Ihre, wäre diese Pose zudem die einzig geziemende.

Ja, ich bin sehr schön, es ist nicht zu leugnen! murmelte Alicia mit seltsam melancholischer Stimme.

Und was sagen *Sie* zu dem Plan? wandte sie sich an Lord Ewald.

Der Rat meines Freundes ist vortrefflich, erwiderte er mit unbekümmert nachlässiger Miene.

Ist er auch! nahm Edison wieder das Wort: außerdem rechtfertigt die große Kunst derartige Statuen, und die Schönheit entwaffnet ja die Strengsten: Sind die drei Grazien nicht im Vatikan? und behauptete Phryne nicht den Sieg im Areopag? Wo daher Ihre Erfolge am Spiele stehen, wäre Lord Ewald sicher nicht so grausam, Ihnen irgendwelche Schwierigkeiten zu bereiten.

Gut, sagte Alicia, so wären wir denn einig.

Und gleich morgen machen wir den Anfang, nicht wahr? Ich werde unsere geniale Sowana bei ihrer Rückkehr alsbald verständigen. Um wieviel Uhr darf sie Ihrem Besuch entgegensehen, Miß Alicia?

Vielleicht um zwei Uhr, wenn sie ...

Zwei Uhr; ganz recht, fiel ihr Edison ins Wort. Und den Finger auf die Lippen setzend, fügte er hinzu: Die Sache bleibt unser strengstes Geheimnis, nicht wahr? Wenn man erführe, wie stark ich mich für Ihre künstlerische Laufbahn interessiere, so erginge es mir bald wie Orpheus unter den Bacchantinnen.

O, seien Sie unbesorgt! rief Alicia, dann zu Lord Ewald sich wendend:

Es ist ihm wirklich ernst, sagte sie leise.

Natürlich; deshalb telegraphierte ich auch so dringend, erwiderte er.

Man war jetzt bei den Früchten angelangt.

Edison warf einige Ziffern auf das Tischtuch.

Sie schreiben? fragte lächelnd Lord Ewald.

O, nichts: eine Entdeckung, die ich mir schnell notiere, um sie nicht zu vergessen.

In diesem Augenblick fiel Alicias Blick auf die strahlende Blume Hadalys, die Lord Ewald, aus Zerstreutheit vielleicht, noch an seinem Knopfloch trug.

Was ist denn das? fragte sie, indem sie die Hand ausstreckte.

Bei dieser Frage erhob sich Edison und ging das große Fenster zu öffnen, das nach dem Parke sah. Ein herrlicher Mondschein flutete herein. Lord Ewald aber zuckte bei den Worten und der Geste Alicias zusammen; unwillkürlich machte er eine Bewegung, wie um die seltsame Blume zu schützen, indes Edison, seinen Gästen zugekehrt, rauchend am offenen Fenster lehnte.

Ist denn diese schöne künstliche Blume nicht für mich? murmelte Alicia lächelnd.

Nein; Sie sind zu echt für sie, gab ihr Lord Ewald zur Antwort.

Plötzlich und wider Willen schloß er die Augen.

Dort drüben, auf den Stufen ihres zauberhaften Sockels, war Hadaly erschienen; mit ihrem leuchtenden Arm hob sie die rotsamtene Draperie.

Sie stand unbeweglich unter ihrem schwarzen Schleier, gleich einer Vision.

Miß Alicia kehrte ihr den Rücken; sie konnte die Androide nicht sehen.

Hadaly war offenbar Zeuge der Worte gewesen, die zuletzt zwischen Alicia und Lord Ewald fielen, als sie diesem jetzt mit der Hand einen Kuß zuwarf, fuhr er von seinem Stuhle auf.

Was ist denn? was haben Sie? sagte die junge Frau. Sie erschrekken mich!

Er antwortete nicht.

Sie wandte sich um: – aber die Draperie war zurückgefallen und die Vision entschwunden.

Edison aber benutzte schnell Alicias momentane Zerstreutheit, um die Hand nach ihrer Stirne auszustrecken.

Langsam und allmählich fielen ihre träumerischen Lider zu; ihre marmorschönen Arme hingen unbeweglich, der eine auf dem Tische, der andere, mit den blassen Rosen noch in der Hand, auf ein Hängekissen herab.

So stand sie wie versteinert: auf ihrem Antlitz lag jetzt ein Schein übermenschlicher Schönheit und sie schien die Statue einer, nach modernem Geschmack gekleideten Göttin des Olymps.

Lord Ewald hatte Edisons Geste, und den magnetischen Schlaf, den sie bewirkte, wohl beobachtet.

Oft schon, sagte er, und faßte Alicias nunmehr erkaltete Hand, habe ich ähnlichen Experimenten beigwohnt: dieses aber scheint mir doch von einer sehr ungewöhnlichen Energie des magnetischen Fluidums zu zeugen; einer Willenskraft, die ...

O! Unterbrach ihn Edison, wir haben alle von Natur aus derartige mehr oder minder stark vibrirende Kräfte: nur habe ich die meinen ständig zu entwickeln getrachtet. So kann ich Ihnen versichern, daß morgen, im Augenblick, wo ich denken werde, daß es zwei Uhr sei, kein Mensch – ohne sie in Lebensgefahr zu bringen – diese Frau abhalten könnte, daß sie sich hierher auf diese Estrade verfügt – um sich dem geplanten Unternehmen in allem zu unterziehen. – Aber Sie brauchen nur ein Wort zu sagen – es ist noch Zeit – und unser schönes Projekt soll auf immer der Vergessenheit verfallen. Reden Sie ohne Scheu, als wären wir allein: denn sie hört uns nicht mehr.

Während des kurzen Schweigens, das auf diese letzte und endgültige Aufforderung hin entstand, erschien von neuem die Androide; von neuem hob sie die leuchtend roten und die schwarzen Draperien. Dann kreuzte sie ihre schimmernden Arme und verhielt sich unbeweglich, wie lauschend unter ihrem Trauerschleier.

Da wies Lord Ewald auf die göttliche, vom Schlafe gefesselte Bourgeoise und sagte:

Mein lieber Edison, ich gab Ihnen mein Wort und ich pflege in solchen Dingen nicht zu scherzen.

Wir wissen beide ja nur zu gut, daß in unserer Gattung auserwählte Wesen zu den Seltenheiten zählen, und daß Alicia, wenn wir von ihrer herrlichen Erscheinung absehen, Millionen von anderen durchaus ähnlich ist. Wir wissen, daß in unzähligen Fällen zwischen solchen Frauen und ihren Liebhabern das Intellektuelle, aus mehreren Gründen und beiderseits, keine Rolle spielt.

Auch mache ich so geringe intellektuelle Ansprüche an eine Frau, daß, wenn diese hier auch nur der elementarsten Zärtlichkeit fähig wäre (für wen immer es sei, und wäre es ein Kind), ich das von Ihnen geplante Werk als eine Freveltat empfinden müßte.

Allein Sie konnten soeben selbst die unheilbare trostlose Herzenskälte, sowie den leeren Dünkel bemessen, der diese wundervollen Formen belebt, und für uns ist es erwiesen, daß dieses trauriges Ich nichts zu lieben vermag, da es ja in seiner unlenkbaren und dumpfen Wesenheit keinen Raum hat für das einzige Gefühl, das uns erst zu wahren Menschen macht.

Von der traurigen Öde ihrer »Gedanken«, die alles, was in ihren Bereich fällt, – ja, in meinen Augen Alicias Schönheit sogar mit ihrem tödlichen Scheine behaften – verdorrt ihr Herz nach und nach. Selbst wenn ihr das Leben entrissen würde, ließe sich ihr nicht ihre dumpfe, hartnäckige, spitzfindige und klägliche Mediokrität entreißen. Sie ist so *beschaffen,* und ich wüßte nur einen Gott, der auf ein gläubiges Flehen hin das Innere eines Geschöpfes umzuwandeln vermöchte. Warum zog ich es vor, selbst um den Preis meines Lebens von der Liebe, die mich zu ihrem Körper faßte, mich zu befreien? – Warum kann ich mich nicht, was doch fast alle anderen an meiner Stelle tun würden, mit ihrer äußeren Schönheit zufrieden geben, und über ihre Seelenlosigkeit mich hinwegsetzen?

Weil allen Vernunftgründen zum Trotz, eine – von meinem Bewußtsein unzertrennliche – heimliche Überzeugung in mir beharrt, und mein ganzes Wesen mit unerträglichen Gewissensqualen aufwühlt. Denn ich fühle mit meinem Herzen, meinem Körper und meinem Geist, daß an jedem Liebesakt *nicht nur unsere Begierden teilhaben,* und wir uns selbst herausfordern, wenn wir aus feiger Sinnlichkeit das innere Wesen jener Form, mit der wir dennoch eins zu werden bereit sind, *das allein eben die Form, für die wir entflammten, hervorbrachte,* beiseite lassen wollen: *denn man vermählt sich mit dem Ganzen.* Kein Liebender wird daher den in seinem innersten Wesen begründeten Hintergedanken zum Schweigen bringen, daß er vom Schatten jener Seele, die er, freiwillig oder nicht, eben doch mit dem Körper besitzt, durchdrungen werde, und daß er vergebens mit *Ausschluß* jenes Schattens (falls dieser störend zwischen ihn und sein Vergnügen tritt) zu lieben hofft. Und da, wie gesagt, stets die Überzeugung in mir lebt, daß mein innerstes Ich von jener dumpfen, unbegnadeten Seele durchdrungen wurde, welche die Schönheit keines einzigen Dinges gewahrt (und dabei existieren doch alle Dinge nur in unserer Vorstellung, und sind nur, was wir in ihnen sehen, d. h. was wir von uns selbst in ihnen wieder*erkennen*), so gestehe ich Ihnen ganz offen, daß ich es als eine nahezu untilgbare Herabwürdigung meiner selbst empfinde, diese Frau besessen zu haben; und da ich keinen Ausweg offen sah, so beschloß ich, die eigene Schwäche durch einen reinigenden Tod zu *sühnen*. Mit einem Wort, ich will, und ob mich die ganze Menschheit darob verspotte, *mich selbst ernst nehmen*, dem Wahlspruch meines Hauses treu: Etiam si omnes, ego non.

Und so hätte ich denn, mein lieber Zauberer, zum letzten Male sei es Ihnen gesagt, ohne den merkwürdigen phantastischen Vorschlag, den Sie mir plötzlich machten, die Stunde nicht vernommen, die uns der Frühwind jetzt von weitem zuträgt.

Nein! denn ich war dieses Lebens müde.

Jetzt, da ich das Recht habe, die ideale physische Hülle dieses Weibes als wie die Beute eines Krieges anzusehen, aus dem ich, allzu spät nur und zu Tode verwundet, als Sieger hervorging, so gestatte ich mir, über dieselbe zu verfügen und sie Ihnen anheimzustellen. Denn Ihre außerordentliche Geisteskraft setzt Sie vielleicht in den Stand, diesen bleichen Schatten in ein Scheinwesen zu verklären, das mir eine herrliche Illusion vorzaubern könnte. Und wenn Ihnen Ihr unerhörtes Werk gelänge, so will auch ich, ich schwöre es Ihnen, so schwach die Hoffnung ist, die mich beseelt – meinen Anteil jenem erlösenden Schatten schenken.

Recht so! sagte Edison nachdenklich.

Es ist beschworen, fügte mit ihrer melodischen und traurigen Stimme Hadaly hinzu.

Die Draperien senkten sich wieder – ein Funke sprühte: und der dumpfe Lärm der rasch unter die Erde versinkenden Marmordiele war in wenigen Augenblicken verhallt.

Edison streckte die Hand aus und umkreiste mit ein paar schnellen Bewegungen die Stirne der Schlafenden. Diese erwachte, und als sei nichts geschehen, ohne jedes Bewußtsein ihres magnetischen Schlafes, – nahm sie ihren angefangenen Satz an Lord Ewald wieder auf:

... Und warum antworten Sie mir denn nicht, Mylord Ewald?

Sich so albern mit seinem ganzen Titel apostrophiert zu sehen, ließ ihn dieses Mal ganz gleichgültig. –

Sein Mund verzog sich nicht einmal zu jener grämlichen Falte, die solche von gewöhnlichen Leuten mit so großer Beflissenheit angebrachten Partikeln bei wahren Edelleuten hervorrufen.

Entschuldigen Sie, ich bin etwas müde, meine liebe Alicia, erwiderte er.

Das Fenster war offen geblieben. Aber schon erbleichten die Sterne; draußen knarrte der Sand unter den Rädern eines herannahenden Wagens.

Was ist das – Sie werden schon abgeholt, wie mir scheint? rief Edison.

Es ist in der Tat sehr spät geworden, sagte Lord Ewald und zündete seine Zigarre an. Sie sind gewiß schläfrig, Alicia?

Ja, ich würde gerne ein wenig *ruhen!* ... sagte sie.

Der Wagen wird Sie sogleich nach Ihrer Wohnung bringen, sagte Edison. Ich habe sie besichtigt; für einen kurzen Aufenthalt ist sie ganz annehmbar. – Also auf Wiedersehen und gute Reise.

Einen Augenblick später trug der Wagen die beiden Liebenden nach ihrer improvisierten Behausung.

Edison stand noch ein Weilchen nachdenklich am Fenster. Dann schloß er es.

Was ist das für ein Abend gewesen! dachte er. Und dies verträumte Kind, der liebenswürdige junge Lord, der nicht merkt, ... daß die Ähnlichkeit seiner Geliebten mit der Statue des Louvre – daß diese Ähnlichkeit nur etwas *Krankhaftes* ist, das Resultat irgendeiner pathologischen *Begierde;* daß sie mit dieser Ähnlichkeit behaftet ist, wie ein anderes mit Weinflecken oder einem einfachen Mal, mit einem Wort: daß sie eine Abnormität ist wie etwa eine Riesin oder ein Zwerg. Ihre Ähnlichkeit mit der Venus victrix ist bei ihr nichts als eine Art von Elephantiasis, an der sie sterben wird. – Aber gleichviel! es ist doch seltsam, daß diese Monstrosität gerade jetzt, wo sie als vollkommene Rechtfertigung meiner Androide dient, zum Vorschein kam. Auf denn! Das Wagnis ist zu schön! Und der *Schatten* werde! – Fürs erste aber will auch ich mir einige Stunden Schlaf vergönnen, mir scheint, heute hätte ich sie mir wohl verdient. Und der Mitte des Laboratoriums zuschreitend:

Sowana! rief er leise mit einem seltsamen Tonfall. Die reine, ernste Frauenstimme, die er den Abend zuvor kurz vor der Dämmerstunde hier vernommen hatte, erscholl wieder unsichtbar, inmitten des Saales.

Hier bin ich, mein lieber Edison: nun, was sagen Sie?

Das Resultat hat mich im ersten Augenblick selbst nahezu verwirrt, Sowana! sagte Edison. Ich bin in Wahrheit in meinen Erwartungen übertroffen. Dies ist ein Wunder.

O! es ist noch gar nichts! erwiderte die Stimme: *Nach der Inkarnation* erst wird das Übernatürliche einsetzen.

Erwachen Sie und ruhen Sie nun! flüsterte Edison nach einem kurzen Schweigen.

Er drehte den Hahn eines Apparates zu: die drei strahlenden Lampen erloschen alsbald, und nur die Nachtlampe brannte noch und beleuchtete den geheimnisvollen Arm, der auf dem Kissen des Ebenholztisches ruhte. Die goldene Viper wand sich um sein Handgelenk und ihre blauen Augen schienen in der Finsternis den großen Meister anzustarren.

III. Schattenseiten der Berühmtheit

> Einen Handwerker, der nicht 25 Stunden am Tage arbeiten will, kann ich nicht brauchen.
>
> *Edison*

Während der zwei Wochen, die auf diesen Abend folgten, erfreuten sich die Provinz von New Jersey eines ununterbrochen schönen Wetters. Dennoch machte sich der Herbst immer bemerkbarer; die Blätter der großen Ahornbäume entfärbten sich von Tag zu Tag, immer trockener wirbelten sie im Morgenwind, und um das Schloß und die Gärten von Menlo Park lagerte die Dämmerung in immer bläulicherem Scheine. Die Vögel des Parkes, die ihren heimischen Bäumen noch treu blieben, stimmten schon mit geschwelltem Gefieder die ersten klagenden Töne ihres Wintergesanges an.

Während dieser schönen Herbsttage zeigten sich die Vereinigten Staaten – und insbesondere Boston, Philadelphia und New York – über Edisons Verhalten beunruhigt. Denn niemand sah ihn mehr seit dem Tage, an dem er Lord Ewalds Besuch entgegengenommen hatte.

Mit seinen Mechanikern und Arbeiten hielt er sich in seinem Laboratorium verschlossen und ging nicht mehr aus. – Die eilig ausgesandten Reporter fanden alle Gitter verschlossen; vergebens hatten sie den treuen Martin auszufragen gesucht. Mit lächelnder Verschwiegenheit hielt dieser allen Versuchungen stand. Die Blätter und Zeitschriften fingen an, sich mit Edisons Haltung zu beschäftigen. Was machte der Zauberer von Menlo Park, der

Phonographen-Papa? Und es kursierte das Gerücht, die Verwendbarkeit des Elektrizitätszählers sei jetzt endgültig erreicht.

Schon hatten schlaue Detektive benachbarte Fenster gemietet, um Zeuge des neuen Experimentes zu werden. Umsonst! Man konnte ja nichts sehen von diesen verwünschten Fenstern aus! – Die Gas-Aktiengesellschaft war tief besorgt. Sie hatte Spione ausgeschickt, die von den umliegenden Hügeln aus, mit Riesenteleskopen bewaffnet, die Gärten von Menlo Park beobachteten.

In der Gegend des Laboratoriums aber bildete das Laub der großen Allee eine schützende Wand, die den Blicken der Neugierigen wehrte. Nichts hatte man da erspähen können, als eine junge, außerordentlich schöne Dame im blauen Kleid, die ruhig Blumen vom mittleren Rasenbeet pflückte, eine Nachricht, die von der Gasgesellschaft mit Bestürzung aufgenommen wurde.

Edison suche sie in die Irre zu führen. – Natürlich! – Eine junge Dame, die Blumen pflückte? . . . Was waren das für Possen? – Und noch dazu im blauen Seidenkleid? . . . Wo blieb da noch ein Zweifel! – Edison hielt sie alle zum besten. Er würde sie noch alle ruinieren, der Satan! Zum Glück traute man ihm nicht mehr! – Ein solcher Mann war eine Geißel Gottes. – Aber es würden sich schon Mittel und Wege finden! – Er dürfte denn doch nicht glauben usw. usw.

Kurz, es entstand eine Art Panik, als man erfuhr, daß Edison in aller Eile nach dem großen Doktor Samuelson und nach W . . . Pejor, dem Zahnarzt des amerikanischen High Life, geschickt habe, der wegen seiner leichten Hand und der Sicherheit, mit der er Zähne riß und wieder ersetzte, so geschätzt war. Augenblicklich verbreitete sich das Gerücht – und der Telegraph war bis in die Nacht hinein belagert, – daß Edison von einer furchtbaren Lungenentzündung befallen – und sein Kopf durch eine akute Meningitis bis zur Unkenntlichkeit angeschwollen sei.

Man befürchte einen Gehirnschlag: der Mann war fertig. – Die Herren der Gasgesellschaft, deren Aktien soeben sehr gefallen waren, zitterten vor Freude, sie fielen einander in die Arme, weinten vor Befriedigung und gebärdeten sich wie Irrsinnige.

Nachdem sie erst für ein Jubelbankett gestimmt, und über die überströmenden Ausdrücke der dabei zu haltenden Festrede sich geeinigt hatten, verwarfen sie den Plan wieder und zerstreuten sich nach allen Seiten, um möglichst viele der gefallenen Aktien aufzukaufen.

Als aber der allverehrte Dr. Samuelson in Begleitung des vortrefflichen und berühmten W... Pejor nach New York zurückkehrte und auf seine Ehre versicherte, daß Edison sich nie wohler befunden habe, und daß sie beide nur einer jungen Dame halber berufen worden seien, um einig schmerztilgende Betäubungsmittel anzuwenden, – da fielen zugleich einige Millionen Dollar unter den Tisch, und unter den gestrigen Käufern entstand ein wahres Geheul. Sie kamen zu einer Sitzung zusammen, bei der sogar eine drastische Verwünschung Edisons beantragt, und gegen Schluß des »Vertröstungsbanketts«, das sich die ratlosen Spekulanten leisteten, gewissenhaft unisono ausgestoßen wurde. In einem Lande, in dem sich so ziemlich alles um Industrie, rastlosen Betrieb und Entdeckungen dreht, sind solche Ereignisse an der Tagesordnung. Unter den Beteiligten hatte sich indessen die Panik gelegt, und die Spione ließen in der Wachsamkeit ein wenig nach. So zwar, daß, als einen schönen Abends eine ziemlich umfangreiche Kiste von New York in Menlo Park eintraf, die von einzelnen Neugierigen bestellten Detektive überraschend mild zu Werke gingen.

Ihr Verfahren wurde dann auch nachträglich als ein viel zu naives und leicht zu überführendes gerügt.

Sie hatten sich nämlich damit begnügt, mit Knütteln über den Kondukteur und die jene Kiste eskortierenden Neger ohne weiteres herzufallen und sie halb tot zu schlagen. Im Fackelschein machten sie sich dann schnell über die Kiste her, diesmal aber mit aller Vorsicht und Schlauheit, die ihnen zu Gebote stand, – das heißt, indem sie eilig mit großen Zangen in die Kiste hineinfuhren und die Bretter sprengten.

Endlich! – So würden sie denn endlich die neuen elektrischen Apparate untersuchen können und Edisons neuem »Zähler« auf den Grund kommen! –

Der Führer der Expedition, der den Inhalt der Kiste bis ins kleinste prüfte, fand weiter nichts, als ein nagelneues blauseidenes Kleid, blauseidene Schuhe, Damenstrümpfe von größter Feinheit, eine Schachtel mit parfümierten Handschuhen; einen kostbaren geschnitzten Fächer, ein schwarzes Spitzentuch, ein federleichtes, reizendes Korsett, mit flammenroten Seidenschnüren, Batistmorgenkleider, ein Etui mit ziemlich ansehnlichen Diamantohrgehängen, Ringen und einem Armband, – Parfümflaschen, Taschentücher mit dem Monogramm H bestickt, – kurz die ganze Ausstattung einer Dame.

Die Agenten, die voll Neugier die Kiste umstanden, machten bei diesem Anblick ihre dümmsten Gesichter. Auf einen Wink des Chefs wurde jeder Gegenstand wieder an seinen Platz gelegt, und es entstand eine Pause; – unsere Agenten faßten sich am Kinn und schnitten Grimassen, denn der Spaß schien ihnen etwas bitter. Dann kreuzten sie plötzlich ihre Arme, spreizten ihre roten Finger aus, zogen ihre Augenbrauen unmäßig in die Höhe und starrten einander schweigend mißtrauisch an. – Dann, vom Rauch der Fackeln, die ihre Leute emporhielten, halb erstickt, fragten sie einander ganz leise im schönsten Detektivjargon, ob der Phonographen-Papa sie nicht zum besten hielte.

Die Unterschlagung konnte aber recht bedenkliche Folgen haben. Der Chef nahm eine Prise, schluckte mühsam den Speichel hinunter und erteilte dann mit leiser Stimme und ein paar kräftigen Flüchen, die seine Mannschaft wieder zur richtigen Besinnung brachten, den strengen Befehl, das Corpus delicti mit Windeseile an den Ort seiner Bestimmung zurückzubringen.

Die Rotte machte sich also schleunigst auf den Weg. Am Tore Edisons angelangt, trafen sie Martin und vier seiner Leute, die *mit zehnfach* geladenen Revolvern bewaffnet ihrer harrten und sie mit warmen Dankesworten für die gehabte Mühe empfingen. Dann rasch der Kiste sich bemächtigend, schlugen sie das Gitter vor der Nase dieser Wackeren zu; – zugleich traf sie von oben ein blendender Magnesiumstrahl aus dem Laboratorium Edisons, der eine Blitzaufnahme ihrer lächerlichen borstigen Schnauzen machte.

Ganz ohne Belohnung durften sie jedoch nicht ausgehen. So erging denn schon tags darauf ein ausführliches Telegramm an die Behörde mitsamt dem Kollektivbild dieser Biedermänner, denen auf den Antrag des Staatsanwaltes hin einige Monate Gefängnis zuteil wurden. Und da sie nicht schärfer vorgegangen waren, ließen sie diejenigen, die sie ausgesandt hatten, erst recht im Stich. Die Wachsamkeit der öffentlichen Neugier erlahmte indessen infolge dieses Zwischenfalles.

Und was trieb mittlerweile Edison? – was plante er nur? Wohl gab es Ungeduldige, die sein Tor zu sprengen gedachten. Aber Edison hatte Vorsorge getroffen und durch die Presse das Publikum gewarnt, daß bei Anbeginn der Dämmerung verschiedene Stellen dieses Tores unter lebensgefährlichem Strom stünden; so hütete man sich wohl, dem Geländer zu nahe zu treten, das allabendlich davor gezogen wurde, denn was konnten alle Wächter, alle Spione der Welt gegen die Elektrizität ausrichten? Wie war eine Überrumplung hier möglich? – um so mehr, als man die gefährlichen Stellen nicht einmal kannte. Das Wagnis dürfte gar teuer zu stehen kommen, es sei denn, daß sich einer als wandelnder Blitzableiter oder hermetisch verschlossene Kristallglocke verkleidete.

So vermutete und riet man aber weiter! – Was tat er? was hatte er vor? was mochte er nur im Schild führen? – Mrs. Edison befragen? – Aber das könnte einen schönen Empfang abgeben! – Und wie ließe sich das machen? – Es war außerdem nicht gesagt, daß sie etwas wußte. – Die Kinder? – die aber hatte man schon früh daran gewöhnt, die Taubstummen zu spielen, wenn man sie ausfragte. So war denn alle Mühe vergebens, und es blieb nichts anderes übrig, als zu warten.

Um diese Zeit erfuhr man plötzlich von einem blutigen Siege, den Sitting-Bull, der Häuptling der letzten Rothäute des Nordens, über amerikanische Truppen errang. In diesem Gefecht wurde bekanntlich die Elite der jungen Männer aus den Städten der nordwestlichen Union dezimiert; und das grausige Ereignis, das in der ganzen Welt Widerhall fand, brachte Edison und seine Pläne für einige Tage in Vergessenheit.

Diese Gelegenheit ließ er nicht unbenutzt, und er sandte heimlich einen seiner Mechaniker mit der Probe einer sehr langen, braunen Haarlocke zum ersten Friseur in Washington; Edisons intelligenter Bote überbrachte gleichzeitig höchst ausführliche Weisungen, betreffs der Länge und des Gewichts des Haares, das genau nach der eingehändigten Probe hergestellt werden sollte, sowie vier Photographien, die einen lebensgroßen, von einer Maske verhüllten Kopf darstellten, dessen verschiedene Haartrachten zu kopieren waren.

Da es sich um Edison handelte, brachte es der Friseur fertig, innerhalb von zwei Stunden die Haare gesichtet, gewogen und gesotten bereit zu halten. Nun händigte ihm aber der Bote ein dünnes Gewebe ein – eine Kopfhaut von so täuschendem Anschein, daß der Friseur sie nachdenklich hin und her drehte.

Aber das ist eine lebendige Kopfhaut, rief er dann aus, die frisch abgezogen und nach einem unbekannten Verfahren gegerbt wurde! Es ist unerhört! oder sollte hier eine Substanz sein die ... kurz, hiermit wäre ein ganz neues System für unsere Perückenböden geschaffen!

Diese Haut, belehrte ihn jetzt der Bote, fügt sich genau an die

Kopfform einer großen Dame, die infolge eines bösen Fiebers ihr Haar zu verlieren fürchtet, und es auf einige Zeit durch diese hier zu ersetzen wünscht. Hier sind die Essenzen und Öle, deren sie sich bedient. Es handelt sich um die Herstellung eines Meisterwerkes; der Preis spielt dabei keine Rolle. Lassen Sie doch drei oder vier Ihrer besten Leute – und wenn sie Tag und Nacht darüber bleiben müßten – an die Arbeit gehen, um auf dies Gewebe ein Haar zu konstruieren, das eine geradezu täuschende Kopie sein muß. – Aber die Natur darf ja nicht überboten werden!!! Das wäre fehlgeschossen! sondern identisch soll es sein. Weiter nichts. Kontrollieren Sie mit dem Vergrößerungsglas alle Härchen und Löckchen sowie den Flaum des Haaransatzes. Herr Edison gibt Ihnen nur drei Tage Zeit. Ich selbst werde hier so lange warten und ohne Ihre Arbeit nicht zu ihm zurückkehren. Der Friseur schwur hoch und teuer, daß er sie innerhalb eines so kurzen Termins unmöglich vollenden könnte; dessenungeachtet fand sich der Bote, mit einer Schachtel unter dem Arm, am Abend des vierten Tages in Menlo Park wieder ein.

   Nun wußten die Wohlunterrichteten in der Nachbarschaft von einem geheimnisvollen Wagen zu berichten, der jeden Morgen vor einer erst kürzlich durchbrochenen Pforte der Gartenmauer hielt. Ein junges, sehr schönes und vornehmes Fräulein, das allein und fast immer blau gekleidet diesem Wagen entstieg, verbrachte den Tag mit Edison und seinem Personal im Laboratorium, wenn sie nicht im Garten spazieren ging. Abends fuhr dasselbe Gefährte wieder vor und brachte sie nach einer luxuriösen Villa zurück, die kürzlich ein englischer Lord, jung und schön wie der Tag, für sie gemietet hatte. Was bedeutete die Geheimniskrämerei einer so geringfügigen Ursache wegen? – Warum hielt sich Edison so plötzlich vor aller Welt verborgen? ... War die Werkstätte der Wissenschaft ein Ort für romantische Erlebnisse? – Das ging doch alles nicht mit rechten Dingen zu! – Ein seltsamer Patron, dieser Edison! ... Ja! das war er, weiß Gott!

   Aller vergeblichen Nachforschungen müde, wollte man jetzt ruhig abwarten, bis Edisons »Passion« sich gelegt hatte.

IV. Nach einer Sonnenfinsternis

> An einem Herbstabend – tief und unbeweglich lag die Luft unter dem Himmel – rief die Geliebte mich zu sich. Dunstige Nebel lagerten über der Erde: das leuchtende Herbstlaub und der flammende Abendhimmel spiegelten sich in den Wassern, und es war, als sei ein schöner Regenbogen vom Firmamente niedergefallen. Dies ist der große Tag! sagte sie, als ich vor ihr stand: der schönste der Tage, um zu leben und zu sterben! Ein schöner Tag für die Erdensöhne und die Kinder des Lebens! – Ach! schöner – weit schöner noch – für die Töchter des Himmels und des Todes.
>
> *Edgar Allan Poe: Morella*

Drei Wochen später bei Anbruch des Abends stieg Lord Ewald vor Edisons Pforte vom Pferde ab, nannte seinen Namen, und drang in die Allee ein, die zum Laboratorium führte.

Zehn Minuten zuvor, während er die Zeitungen überflog, und auf Alicias Rückkehr wartete, hatte ihn folgendes Telegramm überrascht:

Menlo Park: Lord Ewald 7 – 8 – 5 Uhr 22 Minuten abends: Wollen Sie mir einige Augenblicke schenken? Hadaly.

Lord Ewald ließ alsbald sein Pony satteln.

Ein schwüler und stürmischer Nachmittag neigte seinem Ende zu. Es war als stünde die Natur selbst im Einklang mit dem erwarteten Ereignis. Edison schien seine Stunde ausgewählt zu haben.

Es war der Abend nach einer Sonnenfinsternis. Im Westen breiteten die Streifen eines Polarlichtes die Stäbe ihres geisterhaften Fächers über den ganzen Himmel aus. Das Firmament hatte ein fast theatralisches Aussehen; ein lauer, ermüdender Wind wirbelte die gefallenen Blätter auf, und die Luft war entnervend und gewitterschwer. Im Süden und Nordwesten ballten sich ungeheure violette, goldbesäumte Wolken; der ganze Himmel schien künstlich zu sein; über den Bergen im Norden zuckten lange und feine Blitze, fahle, lautlose Wetterstrahlen, die sich wie Dolche kreuzten, und immer drohender vertieften sich die Schatten. Der junge Mann warf einen Blick auf diesen Himmel, der ihm in diesem Augenblick wie vom Widerschein seiner eigenen Gedanken umflossen dünkte. Er schritt durch die Allee dem Laboratorium zu. An der Schwelle zögerte er eine Sekunde lang: als er aber durch die Glastüre Alicia gewahrte, deren letzte Sitzung heute stattfand, und die eine ihrer Rollen vor Meister Thomas aufzusagen schien, trat er ein.

Edison, in seinem Schlafrock und ein Manuskript in Händen, saß ganz gemütlich in seinem Lehnstuhle. Miß Alicia Clary aber hörte die Türe gehen, und wandte sich um.

Ah! rief sie, Lord Ewald!

Denn seit jenem denkwürdigen Abend hatte er sich nicht mehr hier gezeigt.

Als Edison den eleganten jungen Mann erblickte, dessen Kälte ihm so sympathisch war, erhob er sich und ging auf ihn zu.

Ihr Telegramm, sagte Lord Ewald, war von einer so beredten Kürze, daß ich zum erstenmal in meinem Leben meine Handschuhe erst unterwegs anzog.

Dann zu Alicia gewendet, setzte er hinzu:

Ihre Hand, liebe Freundin; unterbreche ich Sie inmitten einer Probe?

Ja, erwiderte sie; aber es scheint heute die letzte zu sein. Wir lesen noch einmal durch; das ist alles.

Edison und Lord Ewald traten abseits.

So ist denn das große Meisterwerk, das elektrische Ideal – unsere Wundertat – oder besser gesagt, die Ihre – vollbracht? fragte leise der junge Mann.

Ja, gab Edison zur Antwort; sobald Alicia fort ist, werden Sie die andere sehen. Führen Sie sie jetzt fort, mein lieber Lord; wir müssen allein sein!

Schon! murmelte Lord Ewald nachdenklich.

Ich habe Wort gehalten, weiter nichts! sagte Edison nachlässig.

Und Miß Alicia ahnt wirklich nicht das geringste?

Durch eine einfache Tonfigur ließ sie sich in die Irre führen, sagte ich es Ihnen nicht? – Hadaly hielt sich hinter der undurchdringlichen Wand meiner Objektivgläser verborgen und Frau Sowana hat sich als geniale Künstlerin bewährt.

Und Ihre Mechaniker?

Die haben in dem ganzen Experiment nichts anders als einen neuen photoskulpturalen Versuch gesehen. – Übrigens habe ich erst heute morgen bei den ersten Sonnenstrahlen die Isolation des inneren Apparates ausgehoben und den Funken der Atemführung entzündet ... vor Überraschung hat sich denn auch die Sonne verfinstert! – fügte Edison lachend hinzu.

Ich bin, offen gestanden, sehr ungeduldig, die *gewordene* Hadaly zu erblicken, sagte Lord Ewald nach einem kurzen Schweigen.

Sie sollen sie heute abend sehen! versicherte Edison. O! Sie werden sie nicht wiedererkennen! Ja, ich darf Ihnen nicht verhehlen, setzte er hinzu, daß es in Wahrheit noch erschreckender ist, als ich glaubte.

Nun, was ist denn? rief Alicia dazwischen. Was flüstern Sie zusammen?

Liebe Miß Alicia, erwiderte Edison und kam wieder auf sie zu; ich wollte Lord Ewald gegenüber meine Zufriedenheit über Ihren Fleiß, Ihr großes Talent und Ihre prachtvolle Stimme zum Ausdruck bringen; und ihm sagen, daß ich für Ihre nächste Zukunft die besten Hoffnungen hege.

Das hätten Sie aber doch auch laut sagen können, lieber Meister Thomas, rief Alicia Clary. Es hört sich ja nur gerne an. – Aber, fuhr sie mit ihrem leuchtenden Lächeln und leicht mit dem Finger drohend, fort, auch ich habe mit Lord Ewald etwas zu besprechen, – und es ist ganz gut, daß er gekommen ist. – Ja, ja, glauben Sie ja nicht, daß ich mir nicht auch meine Gedanken machte, während dieser letzten drei Wochen! – Kurz, ich habe etwas auf dem Herzen. – Sie ließen heute ein sehr erstaunliches Wort fallen, das auf ein ganz absurdes Rätsel schließen läßt ...

Und mit einer Miene, die trocken und würdig sein wollte und im Widerspruch zu ihrer Schönheit stand, fügte sie hinzu:

Ich möchte gern mit Lord Ewald einen Rundgang im Parke unternehmen; es bedarf einer Aufklärung zwischen uns ...

Lord Ewald, der mit dieser Wendung nicht eben zufrieden war, wechselte einen Blick mit Edison.

Ich stehe ganz zur Verfügung, sagte er, aber ich werde über Sie auch mit Herrn Thomas heute abend sprechen müssen, und seine Zeit ist kostbar.

O! ich werde die Ihre nicht lange in Anspruch nehmen! meinte Alicia. Kommen Sie; es ist *passender,* daß ich Ihnen meine Mitteilung allein mache.

Miß Alicia nahm den Arm ihres Liebhabers; sie traten in den Park hinaus, und einen Augenblick später gingen sie auf die düstere Allee zu.

Lord Ewald, von innerer Ungeduld erfüllt, dachte an das zauberhafte unterirdische Gewölbe, in dem er in einer Stunde mit der neuen Eva zusammentreffen würde.

Kaum aber waren die beiden jungen Leute fortgegangen, verriet die Miene Edisons tiefste Besorgnis und Konzentration. Bangte ihm vor irgendeiner törichten Indiskretion Alicias? Schnell schob er jetzt den Vorhang der Glastüre zurück und starrte durch die Scheiben. Dann eilte er auf ein Tischchen zu, griff nach einem Fernglas, einem Schallrohr und einen elektrischen Manipulator. Die Drähte dieser beiden Instrumente drangen durch die Mauer, und verloren sich unsichtbar unter den anderen Drähten, die sich über die Bäume des Parkes hin mannigfach verzweigten.

Wahrscheinlich ahnte Edison, daß jetzt eine Trennungsszene zwischen beiden sich anbahnen würde, und *dieses Gespräch wollte er belauschen,* bevor er Hadaly dem jungen Manne übergab.

Was wollten Sie mir sagen, Alicia? begann Lord Ewald.

O! Sie sollen es gleich erfahren; lassen Sie uns erst in der Allee sein! antwortete sie. Dort ist es dunkel, mein Lieber, und man wird uns nicht sehen können. Es ist mir zum erstenmal in meinem Leben ein seltsamer, ein recht besorgniserregender Gedanke gekommen, ich versichere Ihnen! gleich sollen Sie ihn vernehmen!

Wie Sie befehlen, erwiderte Lord Ewald.

Noch war der Tag nicht ganz entschwunden; rosenfarbene Wolken erbleichten am Horizont; schon leuchteten einige Sterne an den freien bläulichen Flächen des Äthers; die Blätter rauschten immer vernehmlicher im Blätterdome der Allee, und der Duft der Gräser und Blumen war feucht, stark und berückend.

Wie schön ist es heut abend! flüsterte Alicia.

Lord Ewald, der ganz erfüllt war von seinen eigenen Gedanken, hörte sie kaum.

Ja, sehr schön, sagte er gezwungen, fast spöttisch, und nicht ohne Bitterkeit. Aber, was ist es denn, Alicia, was wollten Sie mir sagen?

Warum haben Sie es denn so eilig heute, mein lieber Lord? versetzte Alicia. – Setzen wir uns auf die Moosbank dort drüben, wollen Sie nicht? Dort können wir uns besser aussprechen, und ich bin etwas müde.

Sie stützte sich auf seinen Arm.

Fehlt Ihnen etwas, Alicia? fragte er.

Sie schwieg.

Selbst Alicia schien heute nachdenklich und verträumt. Es war merkwürdig genug! Warnte sie vielleicht ein weiblicher Instinkt vor einer unbestimmten Gefahr?

Er wußte nicht, wie er die zögernde Haltung Alicias auslegen sollte. Sie hielt eine Blume zwischen den Zähnen, die sie aufs Geratewohl gepflückt hatte, aber ihre Schönheit strahlte in unbeschreiblicher Pracht. Der Saum ihres bläulichen Kleides streifte den blumigen Rasen; sie neigte ihr blendendes Haupt gegen die Schulter Lord Ewalds, und der Reiz ihrer schönen, unter dem Spitzentuch ein wenig gelockerten Haare war von einer entzückenden Melancholie.

Als sie bei der Moosbank anlangten, setzte Alicia sich zuerst; Lord Ewald, der längst an ihre albernen, stets um ihr eigenes Ich sich drehenden Reden gewöhnt war, wartete geduldig auf die neuen Proben, die sie von ihrer Sinnesart zu geben hatte.

Dennoch durchfuhr ihn ein Gedanke! Wenn dieser mächtige Zauberer von einem Edison ein Mittel entdeckt hätte, um die lichtlose Seele dieses schönen Wesens ein wenig zu erhellen? ... Denn sie schwieg heute ... War das nicht schon viel? Er setzte sich neben sie.

Lieber Freund, sagte sie plötzlich, ich finde Sie traurig seit ein paar Tagen! Darf ich gar nichts über Sie selbst erfahren? Ich bin eine bessere Freundin, als Sie glauben.

Aber Lord Ewald war im Geiste meilenweit von ihr entfernt. Seine Gedanken weilten bei den unheimlichen Blumen des Gewölbes, in dem Hadaly seiner harrte. Als er jetzt die Frage der jungen Frau vernahm, verdroß ihn der Gedanke, daß Edison vielleicht doch ein Wort zu viel an sie gerichtet hatte? Aber nein. Das war ja ausgeschlossen! – Gleich vom ersten Abend an hatte Edison sie zu gründlich durchschaut; er war ihr mit zu bitteren Sarkasmen begegnet, als daß ihm der Gedanke hätte kommen können, sich fruchtlos um ihre innere Heilung zu bemühen.

Diese sanfte Art, sich für ihn zu interessieren, diese erste altruistische Regung Alicias war dennoch recht befremdend. Sie mußte sich also doch von einem Instinkt gewarnt fühlen? ...

Aber dann geriet er auf einen vernünftigen und einfachen Gedanken, der an Stelle dieser ersten Vermutungen trat.

Der Dichter in ihm erwachte. Er erwog, daß zwei Menschen, die in der Blüte ihrer Jugend, ihrer Liebe und ihrer Schönheit standen, nicht umhin konnten, an einem solchen Abend sich ergriffen zu fühlen; daß die Geheimnisse des weiblichen Herzens tiefer sind, als alle Gedanken; daß selbst die dumpfesten Gemüter, wenn erhabene Einflüsse sich ihnen zuwenden, mit einem Male sich verklären können; daß ein Abend wie der heutige jedenfalls solche Hoffnungen wachrief; und endlich, daß seine arme Geliebte, vielleicht ohne es zu wissen, in diesem Augenblicke von idealen Regungen erfüllt war. Mußte er da nicht einen letzten verzweifelten Versuch wagen, diese bisher blinde und taube, sozusagen totgeborene Seele, die er so schmerzlich liebte, zu erlösen.

Und darum zog er jetzt Alicia sanft an sich und sagte:

Meine Teure, was ich dir jetzt mitzuteilen hätte, gehört der Freude und dem Schweigen; aber einer Freude, die tiefer, einem Schweigen, das wunderbarer ist, als das der uns umgebenden Nacht. Teuerste, ach, ich liebe dich! Du weißt es wohl! – Es heißt so viel, daß ich nur durch deine Gegenwart zu leben vermag. Um uns zusammen dieses Glückes zu erfreuen, brauchen wir ja nur das Unsterbliche um uns her zu fühlen und dieses Gefühl zu vergöttlichen. In diesem Gedanken finden alle Enttäuschungen auf immer ihr Ende! Ein einziger Augenblick einer solchen Liebe wiegt Jahrhunderte auf.

Warum, o sage mir, scheint dir diese Art zu lieben so unvernünftig und überspannt? So natürlich, ja als die einzige, dünkt sie mir, die keine Reue und keinen Vorwurf in sich birgt? Die feurigsten Ergüsse der Leidenschaft finden sich hier vervielfältigt, tausendmal verstärkt, veredelt, verklärt und berechtigt! – Warum reizt es dich, stets das Beste, das Unsterbliche in dir gering zu achten? Ach! wenn ich jetzt dein helles, so entmutigendes und doch so süßes Lachen nicht befürchten müßte, ich würde dir noch viele andere Dinge sagen, oder besser noch, verstummend, würden wir göttliche Dinge empfinden!...

Alicia Clary entgegnete nichts.

Aber ich sage dir da unverständliche Worte, nicht wahr? fuhr Lord Ewald mit einem traurigen Lächeln fort. Warum auch hast du mich befragt? Denn was habe ich dir zu sagen – und was für Worte schließlich ließen mit deinen Küssen sich vergleichen?

Es war das erstemal seit langer Zeit, daß er wieder eine so zärtliche Sprache mit ihr führte. Allein der Zauber dieser Nacht und ihre eigene Jugend mochten zum erstenmal diese junge Frau hinreißen, Lord Ewalds Umarmungen mit gleicher Innigkeit zu erwidern.

So hatte sie die sanfte und doch so glühende Sprache seiner Leidenschaft erfaßt? Eine Träne rollte plötzlich an seiner bleichen Wange herab.

Also du leidest, sagte sie leise, und ich bin daran schuld!

Diese Worte, Alicias offenbare Rührung, versetzten Lord Ewald in Staunen, in Entzücken. Ein Gefühl namenloser Freude stieg in ihm auf! Nein! der *anderen*, der Schrecklichen gedachte er da wahrlich nicht mehr: – dies einzige, aus dem Herzen dringende Wort hatte genügt, um ihn ganz zu entwaffnen, eine jubelnde Hoffnung in ihm wachzurufen.

O Geliebte! flüsterte er.

Und er drückte seine Lippen auf die ihren, die sühnenden, ihn endlich tröstenden Lippen. Seine langen traurigen Enttäuschungen waren vergessen, und seine Liebe war von neuem erwacht. Die grenzenlose Wonne reiner Freuden erfüllte sein Herz und seine Ekstase war ebenso plötzlich wie unverhofft. Jenes eine Wort hatte wie ein Windstoß seinen Groll, all seine trüben Gedanken verscheucht! Er fühlte sich zu neuem Leben erwacht, und Hadaly und ihr leerer Schein waren vergessen.

Schweigend hielten sich die beiden eine Weile umfangen. Alicias Busen hob und senkte sich, der berückende Duft ihres Atems wehte ihm entgegen, feurig schloß er sie in seine Arme.

Ein reiner Sternenhimmel schimmerte jetzt durch das finstere Laub und feierlich vertiefte sich die Nacht.

Selige Vergessenheit umfing das Herz des jungen Mannes und er fühlte, daß es von neuem der Schönheit dieser Welt entgegenschlug.

Wieder verfolgte ihn da der Gedanke an Edison, der in den tödlichen Grüften auf ihn wartete, um ihm das dunkle Wunderwerk seiner Androide zu zeigen.

Ach! flüsterte er. Wo hatte ich den Sinn? Wie konnte ich einen solchen Frevel begehen ... das Spielzeug einer absurden, leblosen Puppe erträumen! Als müßten vor dir, du einzig Herrliche, nicht alle elektrischen Tollheiten, alle Hydraulik, alle »Lebenswalzen« in Nichts versinken! Ich will mich dann gleich bei Edison bedanken, ohne sein Werk auch nur in Augenschein zu nehmen. Ach allzu schwer mußte mir der Kummer die Sinne getrübt haben, da ich mich von der schrecklichen Beredsamkeit meines lieben und genialen Freundes verleiten ließ, an eine solche Möglichkeit auch nur zu denken. – O Teure! Ich erkenne dich wieder! Du lebst! Du bist Fleisch und Blut wie ich selbst. Dein Herz fühle ich schlagen! Deine Augen sehe ich überfließen, deine Lippen beben noch von meinen Küssen! Du bist ein Weib, das durch die Liebe zu einem idealen Wesen werden kann, ideal wie deine Schönheit! – Alicia! Ich liebe dich! Ich ...

Er hielt inne. Als er seine entzückten, von seligen Tränen umschleierten Augen in die ihren versenken wollte, merkte er plötzlich, daß sie ihn erhobenen Hauptes und mit starren Blicken ansah. Der Kuß, den er ihr geben wollte, indem er ihren Atem einsog, erstarb auf seinen Lippen, denn ein leichter Duft von Amber und Rosen hatte ihm einen Schauer durch den ganzen Körper gejagt, ohne daß er noch den schrecklichen Gedanken faßte, der blitzartig sein Gehirn durchzuckte.

Miß Alicia Clary aber erhob sich jetzt – und ihr mit funkelnden Ringen geschmückten Hände auf die Schultern des jungen Mannes legend, – sagte sie mit der unvergeßlichen, übernatürlichen Stimme, die er schon einmal vernommen hatte:

Erkennst du mich nicht, mein Freund? – Ich bin Hadaly.

V. Die Androsphinx

»Wahrlich, wahrlich, ich sage es euch: wenn sie schweigen, werden die Steine anfangen zu reden.«

Neues Testament

Bei diesem Worte war es dem jungen Mann, als würde er von der Hölle selber verhöhnt; und wäre in diesem Augenblick Edison vor ihn getreten, Lord Ewald hätte ihn kalten Herzens auf der Stelle ermordet. Alles Blut wich aus seinen Adern. Er sah alle Dinge, sein eigenes vergessenes Leben wie durch einen roten Dunst. Mit entsetzten Augen starrte er die Androide an. Eine furchtbare Bitterkeit schnürte ihm das Herz zusammen und brannte ihm die Brust, wie Eisstücke brennen.

Mechanisch rückte er sein Monokel zurecht, betrachtete sie von Kopf bis zu Fuß, von links und rechts und sah ihr dann gerade ins Gesicht.

Er faßte sie bei der Hand: es war die Hand Alicias. Er atmete den Duft ihres Nackens, ihres Busens ein: es war Alicia.

Er sah ihr in die Augen ... es waren *ihre* Augen ... ihr herrlicher Blick! Die Kleidung, die Geste ... und wie sie jetzt mit dem Taschentuch zwei Tränen an ihren zarten Wangen trocknete, – wie war sie so ganz Alicia ... nur verklärt! ihrer eigenen Schönheit endlich wert geworden! in ihrer eigensten Wesenheit idealisiert. – Unfähig, seine Fassung wiederzuerlangen, schloß Lord Ewald die Augen; mit fiebernder Hand wischte er sich die kalten Schweißtropfen von den Schläfen.

Er fühlte sich plötzlich von einem jener Schwindelanfälle erfaßt, die den Bergsteiger ankommen, wenn ihm auf steiler Höhe plötzlich die Stimme des Führers zuflüstert: »Sehen Sie nicht nach links!« er aber, des Gebotes nicht achtend, nun plötzlich hart vor seinen Füßen einen jener schrecklichen, nebelumschleierten Abgründe sieht, dessen schwindelnde Tiefen seinen Blick zu erwidern und ihn zu sich hinab zu rufen scheinen. Wut und Entsetzen auf dem erbleichten Antlitz richtete sich Lord Ewald auf. Dann setzte er sich wieder, ohne ein Wort zu sagen, und keines Entschlusses mächtig; die ersten Wonnen seiner Liebe waren ihm also abgezwungen und erpreßt worden. Diesem leeren leblosen Wunderwerk dankte er sie, dessen erschreckende Ähnlichkeit ihn betört hatte.

Er fühlte sich gedemütigt, bestürzt, vernichtet. Erde und Himmel mit einem weiten Blick umfassend, stieß er ein kurzes Hohngelächter aus, das der unbekannten Größe die ihm zugefügte Schmach vergelten sollte. Und dies gab ihm die Fassung zurück. Und ein plötzlicher Gedanke tauchte jetzt in ihm auf, der noch erstaunlicher war, als das Phänomen, das ihm vor Augen stand: nämlich, daß die Frau, die jetzt von dieser geheimnisvollen Puppe simuliert wurde, ihm niemals einen Augenblick so hehrer Wonne bereiten durfte, wie er ihn vorhin durchkostet hatte. Ohne diese verblüffende Maschine wären ihm solche Freuden vielleicht niemals zuteil geworden, auch die wirkliche Schauspielerin hatte jene rührenden Worte Hadalys, doch ohne sie zu empfinden, noch zu erfassen, ausgesprochen! – sie gehörten nur zu der Rolle, die sie gerade vortrug, – und nun war die Figur dieser Rolle selbst vom Hintergrund einer unsichtbaren Bühne vorgetreten und hatte die Rolle behalten. Die künstliche Alicia schien somit *natürlicher* als die wirkliche.

Eine sanfte Stimme unterbrach ihn inmitten seiner Gedanken.
Hadaly flüsterte ihm zu:
Bist du so sicher, daß *Ich* nicht da bin?
Nein! sprach er. Wer bist du?

VI. Nächtliche Schatten

> Der Mensch ist ein gefallener Gott, der sich des Himmels erinnert.
>
> *Lamartine*

Hadaly, zu Lord Ewald hingeneigt, sagte mit der Stimme der Lebenden:

Wie oft, o Celian, nach einem Tage mühevoller Jagd, standest du in deinem alten Schloß vom Tische auf, ohne dein einsames Mahl berührt zu haben, und die Lichter fliehend, die deine schlaftrunkenen Augen kaum noch ertrugen, zogst du dich in dein Zimmer zurück, Ruhe und Dunkelheit dir ersehnend. Einen Gedanken zu Gott emporrichtend, löschtest du dort bald deine Lampe und schliefest du ein. Aber beunruhigende Bilder störten deine Seele während dieses Schlafes!

Du fuhrest plötzlich auf und starrtest erbleichend auf die Finsternis rings um dich her.

Denn Schatten und Gestalten schienen sich dir jetzt zu nähern; manchmal konntest du ein Gesicht unterscheiden, das mit feierlicher Miene dich betrachtete. Aber du wolltest deinen Augen nicht trauen und suchtest dir zu erklären, was du sahest.

Gelang es dir nicht, so befiel dich eine seltsame peinigende Unruhe, die eine Fortsetzung des unterbrochenen Traumes schien, und deinen Geist in tödliche Verwirrung stürzte.

Dann machtest du Licht und erkanntest, daß diese Gesichter und Gestalten nur ein Spiel nächtlicher Schatten waren, ein Reflex ferner Wolken auf den Wänden oder deine Gewänder, die, rasch abgeworfen, von irgendeinem Stuhle herabhingen und in der Dunkelheit ein seltsam belebtes Aussehen angenommen hatten. Angesichts des so beruhigenden Tatbestandes mußtest du dann wohl deines ersten Schreckens lächeln, und das Licht wieder verlöschend, schliefest du unbesorgt von neuem ein.

Ja, ich erinnere mich, – sagte Lord Ewald.

O! nahm Hadaly die Rede wieder auf, es war gewiß sehr vernünftig! Dennoch vergaßest du dabei, daß die sicherste aller Wirklichkeiten, – diejenige, du weißt es wohl, in der wir aufgehen, und deren unvermeidliche Substanz in uns eine rein ideale ist – ich meine das Unendliche – nicht *nur* »vernünftig« ist. Vielmehr haben wir von jener Wirklichkeit einen so schwachen Begriff, daß alle Vernunft sie nicht anders zu erfassen imstande ist, als durch eine Ahnung – ein schwindelndes Gefühl – oder eine Sehnsucht.

In solchen Augenblicken halbwachen Bewußtseins nun, wenn der Geist von dem unklaren Fluidum jenes seltenen wahrträumenden Schlummers, den ich meine, noch umfangen ist, in solchen Augenblicken irrt sich jeder Mensch, dessen zukünftiges Wesen schon hienieden Keime treibt, und der wohl fühlt, daß seine Handlungen und Gedanken an seiner künftigen Daseinsform, oder wenn du ein anderes Wort vorziehst, seiner Fortdauer wirksam sind, in solchen Augenblicken ist er sich vor allem der Wirklichkeit eines anderen, unaussprechlichen Raumes wohl bewußt, von dem dieser sichtbare Raum, der uns umschließt, *nur ein Abbild* ist.

Dieser beseelte Äther ist ein freies, unbegrenztes Reich, und der Auserwählte, der Nachdenkliche, spürt, wie schon auf sein zeitliches Ich gleichsam ein Schatten fällt, in dem er den Vorboten seines künftigen Wesens ahnt. Ein Bezug stellt sich deshalb her, zwischen ihm und dem für *ihn* noch zukünftigen Wesen jener übersinnlichen, der Welt der Sinne nahestehenden Welt! Die Brücke aber, die eine Verbindung zwischen beiden Welten ermöglicht, ist nichts anderes als eben jene rein geistige Domäne, welche die inmitten ihrer Ketten triumphierende Vernunft mit leerer Geringschätzung das Imaginäre nennt. Darum hatte der Eindruck, den dein Geist so plötzlich empfing, als er noch an der Grenze jenes seltsamen Schlafes und des Bewußtseins weilte, dich nicht getäuscht. *Denn in Wahrheit waren sie da bei dir, in deinem Zimmer, jene Unnennbaren,* – jene beunruhigenden Vorläufer, die tagsüber blitzartig nur durch eine Ahnung oder ein Symbol sich uns verkünden.

O! wenn sie dann, von der unendlichen Substanz des Imaginären begünstigt, in Nacht und Schweigen eindringen bis in unser Innerstes, vermittelnd ihren Schein auf eine Seele werfen, die der Schlaf ihrem Bereiche so nahe rückte, daß er sie fast zu ihnen hinüberzog, – dann – o wenn du wüßtest...

Und hier faßte Hadaly im Dunkeln die Hand Lord Ewalds.

Wenn du wüßtest, wie bemüht sie sind, sich vor dir zu verdeutlichen, um dich zu warnen, und deinen Glauben zu vertiefen! – wie sie alle möglichen illusorischen Gestalten annehmen, um in dein Gemüt einzudringen, und ihr Bild in dir zurückzulassen! – Sie haben keine Augen, um zu sehen?... Gleichviel! aus einem funkelnden Ringe, dem Metallgriff einer Lampe, dem Reflex in einer Spiegelfläche blicken sie dich an. – Keine Zungen haben sie, um zu sprechen?... aber sie reden zu dir im Klagen des Windes, dem Ächzen morschen Holzes, dem plötzlichen Geräusch einer zu Boden fallenden Waffe, denn eine ewig waltende Vorsehung ist hier am Werke. Keine Gestalten, keine sichtbaren Züge sind ihnen zuteil? aber sie bilden sich solche in den Falten eines Vorhangs, dem blättrigen Stiel eines Strauches, den Linien eines Gegenstandes, ja in Schatten, sage ich dir, verkörpern sie sich, in allem was dich umgibt, was nur den Eindruck verstärken kann, den sie dir zurücklassen.

Und die *erste Regung* der Seele ist, jene Vorboten *wiederzuerkennen* vermöge jenes heiligen Schreckens, der ihre Nähe kündet.

VII. Kämpfe mit dem Engel

> Der Positivismus besteht darin, die unbedingte und einzige Wahrheit: – daß die Linie, welche sich vor unseren Augen hinzieht, ohne Anfang und Ende ist – außer acht zu lassen.
> *Jemand*

Nach einem Schweigen fuhr Hadaly fort:

Plötzlich wehrt sich in dir die Natur gegen diese feindlichen Mächte, die auf dich eindringen. – Und wie man ein Kind mit einem Spielzeug zerstreut, so sucht sie mit Vernunftgründen dich zu dir selbst zurückzurufen. – Deine Angst?... sie ist ein Ausdruck der Natur, die im Bewußtsein ihrer Unzulänglichkeit angesichts jener anderen geisterhaften Welt in dir aufschreit, um ihre Rechte zu behaupten (ist doch dein Organismus ein Teil von ihr!), und damit du den wunderbaren Stimmen, die in dir laut wurden, dich entziehest. Dein »gesunder Menschenverstand?« – er ist das Netz, in dem sie dich fangen will, um deinen Flug zu hemmen und dich zuhalten, dich, ihren Gefangenen, der ihr zu entfliehen drohte! Und wenn du selbst dann über deine Ängste lächelst, so triumphiert sie, weil sie mit ihren Schlingen dem dürftigen Boden der »Wirklichkeit« dich zurückgewann.

So verscheuchtest du in der Tat, indem du wieder einschliefst, die bedeutsamen, aufgerufenen Schatten künftiger, unentrinnbarer, *wiedererkannter* Beziehungen; du verbanntest die hehr zurückstrahlenden Objektivierungen deines Ichs; das heilig Unbegrenzte in dir zogest du in Zweifel. Und was ist dein Lohn? O! daß du für den Augenblick dich wieder beruhigt fühlst!

Die Erde hat dich wieder ..., sie, die Versucherin, die stets dich enttäuschen wird, wie sie alle deine Vorfahren enttäuschte; die dich all die heilsamen Wunderbilder wieder vergessen und verachten ließ, ihr gehörst du wieder ganz. Es sind nur Träume und Halluzinationen, sagst du dir dann. Mit ein paar undeutlichen Begriffen schwächst du leichtsinnig deinen Sinn des Übernatürlichen. Und freudig atmest du am nächsten Morgen die reine Frühluft ein; durch den zweifelhaften Friedensvertrag, den du mit dir selber schlossest, beruhigt, hörst du auf den Lärm der Lebenden um dich her, die wie du erwachen, strotzend von Vernunft, ihren Geschäften nachgehen, von ihren Begierden beherrscht und ihren Vergnügungen betört.

Und dann vergissest du, welch unschätzbares Erstgeburtsrecht du dir selbst, deinem Gewissen, opferst, um des verfluchten Linsengerichtes willen, das dir mit kaltem Lächeln die stets enttäuschten Märtyrer des Wohllebens darbieten, – jene dem Himmel Abgewandten, des Glaubens Verlustigen, Deserteure ihrer Selbst, vom Begriff eines Gottes (dessen Heiligkeit ihrer lügnerischen, tödlichen Verblendung unerreichbar bleibt) geschieden.

So betrachtest nun auch du, behaglich und mit kindischer Verblendung, diesen eisigen Planeten, der den Ruhm seines uralten Strafgerichts im All dahindreht; und leer und peinlich scheint es dir, daran erinnert zu werden, daß nach einigen Umläufen dieser Erde, die sich im Bannkreis einer von Todesflecken schon behafteten Sonne vollziehen, du berufen bist, auf immer diese traurige Kugel zu verlassen und so geheimnisvoll zu verschwinden als du erschienst. Trotzdem willst du den Anfang und das Ende deiner Bestimmung erblicken! Ha, nicht ohne ein skeptisches Lächeln willst du, Eintagsfliege, in deiner »Vernunft« die absolute Herrscherin begrüßen, die über das unergründliche, ungestaltbare unentrinnbare All gebietet.

VIII. Die Vermittlerin

> Die Auferstehung ist eine ganz natürliche Idee; zweimal auf
> die Welt zu kommen ist nicht erstaunlicher als einmal.
> *Voltaire: Der Phönix*

Lord Ewald, innerlich sehr erregt, hörte der Androide geduldig zu, und begriff nicht, wie ihre Dialektik sich zur Frage verhielt, die er an sie gestellt hatte.

Sie aber, als hielte sie plötzlich einen nächtlichen Vorhang zurückgeschlagen, fuhr begeistert fort.

Und immerzu vergessend, warst du deines Ursprungs und deiner Bestimmung nicht mehr eingedenk, trotz aller Warnungen, die Tag und Nacht an dich ergingen, und zogest es vor – um des unglückseligen und so nichtigen Geschöpfes willen, dessen Züge ich annahm – dir selber zu entsagen. Dem Kinde gleich, das vor dem Ende der Schwangerschaft ans Licht drängt, beschlossest du, ohne vor der frevlerischen Tat zurückzuscheuen und den immer höheren Selektionen zum Hohne, deren uns überwundenen Qualen teilhaft machen, deiner Stunde, die noch nicht gekommen war, zuvorzueilen.

Allein, ich bin gekommen, ich! – von den zukünftigen Deinen zu dir gesandt! ... von jenen, die du oft verbanntest, und die allein im Einverständnis mit deinem Geiste stehen. – Du Lieber, du Vergeßlicher, höre doch ein wenig auf mich, bevor du den Tod erwählst.

Ich bin dir die Abgesandte jener unbegrenzten Lande, deren schattenhafte Grenzen nur in gewissen Träumen dem Menschen erscheinen.

Dort sind alle Zeiten verwischt: der Raum ist nicht mehr; die letzten Trugbilder des Instinkts entschwinden.

Du siehst: es war deine Verzweiflung, die mich bewog, in aller Eile die leuchtenden Linien deiner Geliebten anzunehmen.

Ich selbst rief mich in den Gedanken desjenigen auf, der mich hervorbrachte, so daß auch er mir unterworfen war, während er mir zu gebieten vermeinte; und indem ich so, durch seine Vermittlung, mich in die sichtbare Welt eindrängte, habe ich mich aller Dinge bemächtigt, die mir am geeignetsten schienen, dich zu bezaubern.

Lächelnd kreuzte Hadaly ihre Hände auf der Schulter des jungen Mannes, und sagte ganz leise:

Wer ich bin? – ... Eine Traumgestalt, die in deinen Gedanken dämmert, – und deren heilsamen Schatten du mit einem jener triftigen Argumente vertreiben kannst, die dir aber statt meiner nur Langeweile und peinvolle Leere lassen werden.

O! verscheuche mich nicht! Verbanne mich nicht unter dem Vorwand, den die verräterische, vernichtende Vernunft dir schon zuflüstert.

Bedenke, daß du in anderen Ländern anders dächtest, und daß es für den Menschen stets immer die eine Wahrheit gibt, die er unter allen anderen nicht minder zweifelhaften, zu glauben sich entschließt: so wähle denn diejenige, die dich zum Gotte macht. – Wer ich sei? fragtest du? Mein Sein, wenigstens für dich, hängt nur von deinem freien Willen ab. Halte mir dies Sein zugute, sage dir, daß ich bin! Bekräftige mein Wesen durch dein eigenes. Und plötzlich werde ich in dem Grade vor deinen Augen mich beleben, als deine schöpferische Willkür mich mit Leben durchdrungen haben wird. Wie eine Frau werde ich für dich nur das sein, wofür du mich hältst. – Du denkst der Lebenden? Vergleiche! Schon bietet dir diese Leidenschaft nicht einmal irdische Genüsse mehr; – ich, die nicht zu Besitzende, wie würde ich je müde werden, dich an den Himmel zu erinnern!

Hier faßte die Androide Lord Ewalds Hände, dessen Staunen, Ergriffenheit und Bewunderung sich unbeschreiblich gesteigert hatten. Ihr linder Atem, dem Blumenhauche gleich, den ein leichter Wind herübertrug, verwirrte seine Sinne. Er schwieg.

Zögerst du, mich zu unterbrechen? fuhr sie fort. Nimm dich in acht. Du vergißt, daß ich durch dich nur lebend oder leblos sein, und daß ein solches Zögern tödlich für mich werden kann. Wenn du an meinem Wesen zweifelst, bin ich verloren – und das heißt so viel, daß auch du in mir das ideale Geschöpf verlierst, das auf deinen Ruf hin dir beschieden wäre.

O! welch wunderbaren Lebens würde ich teilhaft werden, wenn du *einfach* genug sein wolltest, mir zu glauben!

So wähle denn zwischen mir und »der alten Wirklichkeit«, die täglich dich täuscht, belügt, entmutigt und verrät.

Mißfiel ich dir? Vielleicht findest du meine Worte zu ernst und meinen Sinn zu grüblerisch? Aber wie wäre es anders, da meine Augen in Wahrheit bis hin zu den Pforten des Todes drangen. Meine Denkungsart muß dir deshalb als die für mich einzig mögliche erscheinen. Aber zögest du vor, eine muntere Frau vor dir zu haben, deren Worte an das Gezwitscher der Vögel dich gemahnen?

– Nichts leichter! wenn du den Finger auf den blauen Saphir legst, der rechts an meiner Kette flammt, so werde ich in eine solche Frau mich verwandeln – du aber wirst die andere wieder zurückwünschen! In mir sind mehr Frauen, als der Harem eines Sultans fassen könnte. Wolle, und sie werden sein. Es hängt von dir ab, sie in meiner Gestalt hervorzurufen.

Doch nein! diese anderen Frauenbilder, die in mir schlummern – erwecke sie nicht! Ich verachte sie ein wenig, und du, rühre nicht an die sterbliche Frucht dieses Gartens! Von neuem würdest du staunen, und so schwach ist noch mein Sein, daß eine Verwunderung verwischend und verschleiernd auf meine Wesenheit wirkt! Denn siehe, mein Leben hängt an einem noch dünneren Faden als das eure.

Nimm mein Geheimnis so, wie es dir sich kündet. Jede Erklärung (o, sie wäre so leicht!) würde im Lichte einer Analyse, ach! nur geheimnisvoller scheinen! – Willst du, *daß ich sei?* – Dann suche nicht dir mein Wesen zu erklären, sondern gib dich seinem Reize hin.

O wüßtest du, wie hold die Nacht meiner künftigen Seele ist, und in wie vielen Träumen du meiner harrest.

Wüßtest du, welch schwindelnde Tiefen der Hoffnung und Melancholie meine Unpersönlichkeit in sich birgt. Ist mein ätherischer Leib, den ein Hauch deines Geistes beleben könnte, ist meine Stimme, die alle Harmonien in sich enthält, meine ewige Treue, ist sie denn nichts, daß du sie um den Preis eines leeren Argumentes, das dir »beweisen« soll, daß ich nicht existiere, hergeben möchtest? – Als wärest du nicht *frei* und mächtig genug, jenes leeren und tödlichen Beweises zu entraten, der selbst so unsicher ist, da niemand feststellen kann, worin der Grund und der eigentliche Begriff dieses Lebens beruht.

Ist es bedauerlich, daß ich nicht zur Rasse der Verräterinnen gehöre, die in ihren Treueschwüren im voraus der Möglichkeit ihrer Witwenschaft Rechnung tragen? Und wenn meine Liebe einer Liebe gleicht, wie sie Engel fühlen, so hat sie doch vielleicht fesselndere Reize, als die Liebe der irdischen Sinne, in der stets die antike Circe lauert!

Sie hielt inne und betrachtete Lord Ewald, der sie betroffen anstarrte.

O! was für seltsame Kleider wir tragen! sagte sie plötzlich erheitert.

Warum steckst du dies Stück Glas in dein Auge, wenn du mich ansiehst? Also auch du siehst nicht gut?

Ach... was stelle ich dir da für Fragen, richtig wie eine Frau! – und ich darf doch nicht Frau werden, es würde mich verändern.

Dann fuhr sie unvermittelt mit leiser Stimme fort:

Ach, nimm mich mit in deine Heimat, führe mich nach deiner alten Burg. Es drängt mich, in meinem schwarzen Seidensarg zu liegen und zu schlafen, während der Ozean uns zu deinem Vaterlande trägt!

Überlasse es den Lebenden, sich in ihren Worten und ihrer geistigen Enge selbstgefällig zu genügen. Was kümmert's dich? Laß sie nur glauben, daß sie »moderner« seien, als du. – Als ob lange vor der Erschaffung der Welt die Zeiten nicht ebenso modern gewesen wären, als sie es heute sind und morgen sein werden. Mache sie dir zunutze, deine hohen Mauern, die deine Vorfahren, als sie für die Gründung ihres Vaterlandes kämpften, mit ihrem Blute kitteten. Glaube mir, es wird hienieden stets Einsamkeit geben für solche, die ihrer wert sind. Diejenigen, die du verläßt, werden wir nicht einmal unseres Spottes wert erachten, obwohl wir diesen blinden, gelangweilten Toren ihre Sarkasmen reichlich zurückgeben könnten. Aber wird uns auch nur Zeit bleiben, an sie zu denken? Übrigens, woran man denkt, daran ist man auch immer beteiligt: hüten wir uns also, eine Ähnlichkeit mit ihnen zu haben, indem wir unsere Gedanken bei ihnen verweilen lassen. Komm! und wenn dann der Zauber deiner alten Bäume dich umwehen wird, dann kannst du, wenn du willst, mit einem Kusse mich erwecken, vor dem die ganze Welt erschauern soll! – Der Gedanke eines einzigen ist mehr wert, als eine Welt.

Und Hadaly drückte in der Dunkelheit einen Kuß auf Lord Ewalds Stirne.

IX. Empörung

> Auf den Rausch nur kommt es an, was kümmert uns die Flasche?
>
> *Alfred de Musset*

Lord Ewald war nicht nur ein mutiger, er war ein waghalsiger Mann, und der stolze Spruch seines Hauses: »Etiamsi omnes, ego non«, an dem seine Vorfahren seit Jahrhunderten hielten, bewährte sich auch bei ihm, dennoch erfaßte ihn jetzt ein tiefer, anhaltender Schauer; und es lag Entsetzen in seinem Blick.

Solche Wunder, murmelte er, sind wahrlich angetan, die Seele eher zu erschrecken als zu beruhigen! Wie konnte ein Mensch glauben, daß mich dieser furchtbare Automat mit Hilfe einiger, auf Metallplatten eingetragener Paradoxe zu rühren vermöchte! Seit wann sollte Gott den Maschinen gestattet haben, das Wort zu ergreifen? und von welch groteskem Hochmut durften elektrische Phantome befallen werden, daß sie Prätentionen auf eine Gemeinschaft mit uns erheben, weil sie die Form einer Frau annehmen durften? – Ha, ha! Aber ich vergesse. Ich bin ja im Theater und habe nur zu applaudieren. Eine sehr seltsame Bühne, auf mein Wort! Nun also: Bravo! Bravo Edison! – Bis! bis ... Dabei rückte Lord Ewald sein Monokel zurecht, und steckte gleichmütig seine Zigarre an.

Er hatte im Namen der Menschenwürde gesprochen, des gesunden Menschenverstandes, den ein Phänomen wie Hadaly empören mußte. Was er da sagte, war ja gewiß nicht einwandfrei, und hätte er diese herausfordernden Worte auf einer Rednertribüne zu seiner Verteidigung vorgebracht – so wäre eine schwer zu widerlegende Antwort, die ihn gar sehr in die Enge getrieben hätte, leicht zu finden gewesen. Auf die Frage zum Beispiel: »Seit wann hat Gott den Maschinen gestattet, daß sie das Wort ergreifen?« dürfte ihm einer geantwortet haben: »Seitdem er sieht, welch traurigen Gebrauch Ihr von dieser Gabe macht!« und was hätte sich darauf erwidern lassen? Auf die Phrase aber: »Ach richtig, ich bin ja im Theater!« lag die Antwort nahe. – »Schließlich ist Hadaly doch nur ein verstärktes Gegenstück zu *Ihrer* Komödiantin!«

So wahr ist es, daß selbst überlegene Naturen, wenn sie tief erschüttert sind, und, einer eitlen Regung ihres Geistes folgend, ihn zu bekunden sich scheuen, daß solche Naturen trotz ihrer vortrefflichen Gesinnung und obwohl sie dabei eine gute Sache verteidigen wollen, imstande sind, das Recht selbst in ein falsches Licht zu rükken. Übrigens sah Lord Ewald bald ein, daß sein Abenteuer viel ernsterer Natur war, als er zuerst annahm.

X. Beschwörungsformel

> Der Augen leuchtendes Paar
> Das oft ich lächelnd gekost
> ... Dem unseligen Ewigen
> Muß es lächelnd sich schließen.
> *Richard Wagner: Die Walküre*

Die Androide stand gesenkten Hauptes, ihr Gesicht mit beiden Händen verhüllend, und weinte still vor sich hin.

Dann Alicias herrliches Gesicht, verklärt und von Tränen überströmt, zu ihm emporrichtend, sagte sie:

So stoßest du mich also zurück, nachdem du mich herbeiriefst! Ein einziger Gedanke von dir konnte mich zum Leben erwecken, du aber als ein Fürst, der seine Macht nicht kennt, wagst es nicht, sie zu gebrauchen. Du ziehst mir eine »Bewußtheit« vor, die du verachtest. Vor meiner Gottheit weichst du zurück. Ein in Fesseln liegendes Ideal stört dich nur. Der gesunde Menschenverstand macht seine Recht auf dich geltend; und du als »Gattungswesen« folgst ihm, und zerstörst mich.

Der Kreatur mißtrauend, die du erschufst, willst du sie vernichten, bevor das Werk noch vollendet ist. In deinem verräterischen und zugleich berechtigtem Stolze willst du dies Phantom nur eines geringschätzigen Mitleids wert erachten.

Bedenkt man aber, welchen Gebrauch diejenige vom Leben macht, deren Züge ich trage, so fragt sich's, ob es sich denn lohne, ihretwegen mir das Leben zu verweigern? Ich wäre eine Frau gewesen, die man ohne Beschämung hätte lieben dürfen! ich hätte zu altern verstanden. Ich bin mehr als jene Sterblichen waren, bevor ein Titan für diese Undankbaren das Feuer des Himmels raubte. Ich, die jetzt verlöschen soll, kann dem Nichts nie wieder entrissen werden. Der eine, der, um mir eine Seele einzuhauchen, den Klauen des ewigen Geiers getrotzt haben würde, gehört dieser Erde nicht mehr an. O! wie hätte ich doch mit den Ozeaniden an seiner Brust mich ausgeweint! – Du aber verstößt mich! – So lebe denn wohl!

Bei diesen Worten erhob sich Hadaly, tief aufseufzend, lehnte sich gegen einen Stamm und warf einen Blick auf den mondbeschienen Park.

O Nacht! rief sie mit einem einfachen, aber um so seelenvollern Tone, ich bin die erlauchte Tochter der Lebendigen, ich bin die Blüte, die durch das Genie, die Wissenschaft und sechstausendjährige

Leiden gezeitigt wurde! Erkennet in meinen umnachteten Augen euer unempfindliches Licht, ihr Sterne, die ihr morgen erlöschen werdet; – und ihr jungfräuliche Seelen, die ihr ungeliebt dahinschwandet und mich nun umschatten möchtet, verzaget nicht! Ich bin das traurige Geschöpf, dessen Vernichtung keinen Gedanken und keine Klage verdient. Mein unglückseliger Schoß darf nicht einmal unfruchtbar genannt werden! Dem Nichts gehört der Zauber meiner stillen Küsse; dem Winde meine Worte; der Nacht und der Vernichtung werden meine Umarmungen gelten, und der Blitz allein wird es wagen, die künstliche Blume meiner sinnlosen Jungfräulichkeit zu pflücken. Wie Ismaèl sehe ich mich in die Wüste gejagt; und ich werde jenen traurigen Vogelweibchen gleichen, die melancholisch auf der nackten Erde brütend liegen, weil Kinder sie aus ihren Nestern warfen. O zaubervoller Park; ihr alten Bäume, von deren Laub meine Stirne sich jetzt umschattet fühlen darf, ihr zarten Gräser, die ihr den Morgentau empfanget, und mehr seid als ich! Ihr sprudelnden Quellen, die ihr schneeig überschäumt und klarer fließet, als meine Tränen, und du, verheißungsvolles Firmament – ach! – daß ich leben dürfte! daß ich des Lebens teilhaft wäre. Wie schön ist es, zu leben. Glück ist es, zu atmen! dich, o Licht, zu schauen! euch Lüfte, zu vernehmen! und in deine Wonnen, o Liebe, sich zu versenken! Ach! nur einmal den Duft dieser schlafenden jungen Rosen einatmen zu dürfen! das Wehen des Nachtwindes in meinen Haaren zu spüren! . . . Ach! selbst sterben zu können ist mir ja versagt! – Und Hadaly stand händeringend in der Nacht.

XI. Nächtliches Idyll

> Ors, Hora,
> De palabra
> Nace razon:
> Da luz el son
> O veu! ansa!
> Eires alma
> Soy corazon
> *Victor Hugo*

Plötzlich zu Lord Ewald sich wendend, rief sie ihm zu: So lebe denn wohl. Kehre zu den Deinen zurück und erzähle ihnen von mir als von einem »Kuriosum«, du verlierst dennoch so viel als ich verliere. Nicht ungestraft darf einer in das Auge einer Androide schauen, wie du in das meine geschaut hast.

Ich kehre in mein leuchtendes Gewölbe zurück, und scheide von ihm, der nicht mehr zu leben wagte.

Lebe wohl!

Hadaly drückte ihr Taschentuch an ihre Lippen und entfernte sich langsam. Ihre blaue, verschleierte Gestalt wurde hinter jedem Baume sichtbar, und als in einer Lichtung ein Mondstrahl auf sie fiel, wandte sie sich noch einmal um, und warf mit einer verzweifelten Gebärde dem jungen Mann mit beiden Händen einen Kuß zu.

Lord Ewald aber eilte jetzt wie außer sich der Scheidenden nach, schlang mit jugendlichem Feuer den Arm um ihren Leib und rief: Phantom! O Hadaly! die Würfel sind gefallen, und ich bekenne mich zu dir. Gering nur ist mein Verdienst, wenn ich dir den Vorzug gebe vor dem entmutigenden, nichtssagenden Geschöpf, das mir vom Schicksal zugewiesen wurde. So mögen denn Himmel und Erde es fügen, wie es ihnen beliebt. Ich will mit dir, du dunkle Göttin, die Welt der Lebenden meiden, denn ich muß einsehen, daß von euch beiden in Wahrheit die Lebende es ist, die Phantom genannt werden muß.

Hadaly schien zu erbeben, als sie diese Worte vernahm. Dann einem heftigen Impulse folgend, warf sie sich mit unendlicher Hingebung in Lord Ewalds Arme. Ein Duft von Asphodill entströmte ihrer wogenden Brust, ihr Haar löste sich und wellte an ihren Schultern herab. Endlich! flüsterte sie. O mein Geliebter!

XII. Penseroso

> So leb denn wohl bis zu dem Tage,
> Der wieder uns zusammenbringt.
> *Schubertsches Lied*

Gleich darauf kehrte Lord Ewald in das Laboratorium zurück, er hielt die wankende Hadaly umfaßt. Auf seiner Schulter ruhte schwer, bleich und halb bewußtlos ihr Kopf.

Edison stand mit gekreuzten Armen vor einem prachtvollen, langen Ebenholzsarg, der ganz offen stand. Sein Inneres war mit schwarzen Atlas ausgeschlagen, und nach den Umrissen eines weiblichen Körpers geformt.

Er sah aus wie eine moderne Nachbildung eines ägyptischen Sarges, der Mumie einer Kleopatra würdig. Rechts und links an den ausgebauchten Wänden waren galvanisierte Zinnbänder, die wie alte Grabschriften aussahen, ein Manuskript, ein Glasstäbchen und andere Dinge angebracht. Gestützt auf das funkelnde Rad einer riesigen Maschine, faßte Edison Lord Ewald, der auf ihn zukam, scharf ins Auge.

Lieber Freund, sagte dieser, während die Androide wieder zu sich kam, und regungslos dastand, Hadaly ist ein Geschenk, wie es nur ein Halbgott darbieten kann. Niemals wurde den Kalifen in Bagdad oder Cordovas Bazaren eine Sklavin wie diese gezeigt! Nie weckte noch ein Zauberer eine schönere Vision. Nie hätte Shéherazade gewagt, in Tausendundeine Nacht sie zu schildern, aus Furcht, Sultan Schachriar könnte zweifeln an ihren Erzählungen.

Kein Schatz ist reich genug, dies Meisterwerk zu kaufen. Und wenn ich es auch zuerst mit einem Zornesausbruch begrüßte, so stehe ich jetzt besiegt und voll Bewunderung.

Sie nehmen es also an? fragte Edison.

Ich wäre ein Tor in Wahrheit, wenn ich es zurückwiese!

So sind wir quitt, sagte Edison, und streckte ihm die Hände entgegen.

Essen Sie mit uns beiden nun zu Nacht, wie *damals?* fuhr er lächelnd fort: Wenn Sie wollen können wir auch unser damaliges Gespräch von neuem führen. Hadalys Antworten dürften sich dabei sehr von den Antworten ihres Originals unterscheiden.

Nein, versetzte Lord Ewald: ich möchte möglichst bald diesem erhabenen Rätsel mich anheimstellen.

So leben Sie wohl, Miß Hadaly! . . . sagte Edison. Bleiben Sie dort drüben ihres unterirdischen Gemaches eingedenk – in denen wir fort von Ihm sprachen, der Sie dereinst zu unserem Leben erwecken sollte?

O! mein lieber Edison! erwiderte die Androide, und verneigte sich vor ihm, meine Ähnlichkeit mit den Sterblichen wird nie so weit gehen, daß ich meinen Schöpfer vergessen könnte!

Ja richtig, – und wie steht es denn mit der Lebendigen? . . . fragte Edison.

Lord Ewald erschrak.

Wahrhaftig, sagte er, ich hatte sie vergessen.

Edison sah ihn an.

Sie war soeben hier, sagte er, und ihre Laune war nicht die beste. Sie hatten sich kaum nach dem Park begeben, als sie, von jeglicher Hypnose befreit, bei mir eintrat, und mich durch ihren Worteschwall ganz außerstande setzte, ein Wort von dem Gespräch zu vernehmen, das Sie im Parke zusammen führten. Und dabei hatte ich doch ganz neue Apparate aufgestellt um ... Aber ich sehe ja, unterbrach sich Edison selbst, daß sich Hadaly vom ersten Augenblicke der Hoffnungen würdig erzeigte, die künftige Zeiten in sie setzen werden. Offen gestanden, ich habe es nicht anders von ihr erwartet.

Was aber jene betrifft, die für Sie wenigstens soeben in ihr erstarb, so hat mir Miß Alicia auf das bestimmteste vorhin erklärt, daß sie »auf ihre neuen Rollen, deren unverständliche Prosa sie nicht behalten könnte, und deren Längen ihr das Gehirn verknöcherten, verzichte«. Ihr bescheidener Wunsch nach »reiflicher Überlegung« sei nunmehr, ganz einfach in der Operette aufzutreten. Die *wohl begründete* Beliebtheit dieses Faches garantiere für ihren Erfolg bei den Leuten von Geschmack: sie fügte sogar hinzu, »daß ich meine Honorare sehr hoch bei Ihnen ansetzen dürfe, denn sie wisse ja, daß man mit Künstlern nicht handeln soll«. Dann nahm sie Abschied, und bat mich noch (falls Sie mich besuchen sollten) Ihnen mitzuteilen, »daß sie drüben auf Sie warte, um das weitere mit Ihnen zu besprechen«. So können Sie also, sobald Sie in London sein werden, Miß Alicia ihrer Karriere ruhig überlassen. Ein Brief mit dem bewußten »fürstlichen« Geschenk wird ihr den Bruch verkünden, und der Fall wird erledigt sein. Was ist eine Geliebte? ein Degen und Spitzentuch, sagt Swift.

Mein Entschluß, mit ihr zu brechen, war schon gefaßt, sagte Lord Ewald.

Ihren Kopf sanft von seiner Schulter erhebend, flüsterte Hadaly mit schwacher, klarer Stimme, indem sie mit einem geheimnisvollen Lächeln auf Edison deutete: Er wird uns doch in Athelwold besuchen, nicht wahr?

Bei diesen so einfachen Worten unterdrückte Lord Ewald von neuem eine Äußerung des Staunens und der Bewunderung; und nur mit einem Nicken vermochte er Hadalys Frage zu beantworten.

Aber seltsamerweise war auch Edison bei diesen Worten zusammengezuckt, und starrte jetzt Hadaly betroffen an.

Plötzlich schlug er sich auf die Stirn, – lächelte, und schnell sich bückend, streifte er den Saum ihres Kleides zurück und drückte die Finger auf ihre blauen Stiefelchen.

Ich löse Hadalys Ketten! erwiderte Edison. Ich isoliere sie mit einem Wort, da sie von nun an Ihnen allein gehört. In Zukunft wird sie nur mehr durch ihre Ringe und ihr Kollier belebt werden.

Das Manuskript wird Ihnen hierüber die ausführlichsten und bestimmtesten Angaben erteilen. Sie werden sehr bald erkennen, welche unendliche Vielfältigkeiten, innerhalb der in ihr verzeichneten sechzig Stunden, für Sie zu ergründen bleiben: Es ist das Schachspiel; – es ist unbegrenzt, wie eine Frau.

Es sind auch die zwei anderen größten weiblichen Typen in ihr enthalten, deren Abarten sehr leicht zu erzielen sind, indem die »zwei Dualitäten vermischt werden«. Die Wirkung ist dann unwiderstehlich.

Mein lieber Edison, sagte Lord Ewald, ich bin überzeugt, daß Hadaly ein sehr wahrhaftiges Phantom ist, und ich will nach dem Geheimnis, das in ihr verborgen ist, nicht länger forschen. Ich will sogar das wenige, das Sie mir davon verrieten, zu vergessen suchen.

Hadaly drückte bei diesen Worten wie mit Zärtlichkeit die Hand des jungen Lord, und flüsterte ihm, während Edison sich noch zu ihren Füßen gebückt hielt, sehr leise und sehr eilig zu:

Sage ihm nicht, was ich dir vorhin sagte: es ist für dich allein.

Edison richtete sich auf. Er hielt zwei losgeschraubte Metallknöpfe in der Hand, an denen zwei Metalldrähte von größter Feinheit hingen, deren isolierte Ausläufer, ins Unsichtbare sich verlierend, der Androide nachgezogen waren. Diese Induktoren waren eins mit dem Boden, der Erde, den Pelzmatten geworden, die Hadaly betreten hatte. Wahrscheinlich standen sie irgendwo in der Ferne mit unbekannten Generatoren in Verbindung.

Die Androide schien nun an allen Gliedern zu beben: Edison rührte an die Schließe ihres Kolliers.

Helfen Sie mir! sagte sie.

Und eine Hand auf die Schulter Lord Ewalds stützend, ließ sie sich lächelnd, mit einer gewissen düsteren Grazie, in den schönen Sarg sinken.

Ihre langen, gewellten Haare um sich breitend, streckte sie sich langsam aus.

Dann zog sie sich das schwere Batistband über die Stirn, das ihren Kopf zurückhalten und ihr Gesicht vor jedem Kontakt mit den Wänden ihrer Lagerstätte schützen sollte, und heftete die eng gezogenen seidenen Schnüre zu, die ganz fest ihren Körper umschlossen, damit ihn kein Anstoß aus seiner Lage bringen könne.

Lieber Freund, sagte sie, und kreuzte ihre Hände, du wirst nach der Überfahrt die Schlafende erwecken: – inzwischen werden wir uns in den Gefilden des Schlafes wiedersehen. Sie schloß die Augen, wie eine Schlummernde.

Langsam und geräuschlos fielen die beiden hermetischen Sargdeckel zu. Ein silbernes Wappenschild, das am Sarge angebracht war, trug in orientalischen Lettern den Namen Hadaly.

Der Sarkophag, sagte Edison, soll dann gleich in eine große viereckige Kiste kommen, deren Deckel gewölbt, und deren Inneres mit gepreßter Watte ausgepolstert ist. Diese Vorsichtsmaßregel ist nur der Passagiere halber getroffen, damit ihnen kein Anlaß zu Bemerkungen geboten ist. Hier der Schlüssel und das unsichtbare Schloß, das er sperrt.

Und Edison wies auf einen fast unmerklichen, schwarzen Stern am Kopfende des Sarges.

So, – sagte er nun, und bot Lord Ewald einen Stuhl an, – ich darf Ihnen wohl ein Glas Xeres anbieten? Wir haben uns ja noch einiges zu sagen. – Edison drückte auf einen Kristallknopf, der die Lampen anschalte. Ihr Licht, mit dem des Wasserstoffsauerstofflichtes vereint, hatte die Wirkung sonniger Tageshelle.

Dann ließ er auch das rote Signal über dem Laboratorium leuchten, zog die Vorhänge zu, und kehrte dann zu seinem Gast zurück.

Auf einem Seitentische glänzten venezianische Gläser und eine bunte Weinkanne.

Ich trinke auf die Unmöglichkeit! sagte Edison mit einem ernsten Lächeln.

Der junge Lord stieß als Zeichen seiner Zustimmung mit Edison an.

Und dann saßen die beiden Männer einander gegenüber.

XIII. Rasche Erklärungen

»Es gibt Dinge zwischen Himmel und Erde, von denen sich Eure Schulweisheit nichts träumen läßt.«
Shakespeare: Hamlet

Eine Zeitlang hing jeder schweigend seinen Gedanken nach, dann nahm Lord Ewald das Gespräch wieder auf: »Eins möchte ich Sienoch fragen, sagte er, Sie sprachen da von einer Hilfskraft, einer Frau, einer gewissen Mrs. Any Sowana, die tatsächlich während der ersten Tage Glied für Glied unserer gelangweilten Alicia gemessen und kopiert zu haben scheint. Alicia beschrieb sie als eine sehr blasse, ziemlich schweigsame Frau in mittleren Jahren, die immer Trauerkleider trug und früher sehr schön gewesen sein muß; sie hält ihre Augen fast ganz geschlossen, so daß man nicht erkennen kann, welche Farbe sie haben; sie selbst aber sieht alles. Miß Alicia Clary äußerte noch weiter, daß sie hier auf dieser Estrade in der Zeit einer halben Stunde von dieser mysteriösen Bildhauerin in aller Stille von Kopf zu Fuß gleichsam ›geknetet wurde‹, wie von einer Masseuse in einem russischen Bad; nur auf Sekunden ihre Arbeit unterbrechend, warf sie Ziffern und Linien auf Papierbogen, die sie Ihnen dann rasch einhändigte. – Während dies vor sich ging, war ein langer »Lichtbüschel« auf die nackte Patientin gerichtet, das den eisigen Händen der Künstlerin zu folgen schien, wie wenn sie mit Lichtstrahlen gezeichnet hätte.«

Was weiter? fragte Edison.

Wenn ich zu diesen Äußerungen die zuerst vernommene, so fernklingende Stimme Hadalys nehme, so muß ich diese Mrs. Any Sowana für ein gar wunderbares Geschöpf halten.

Nun, ich sehe schon, meinte Edison, Sie haben sich in Ihrem Domizil allabendlich damit beschäftigt, dieses Problem auf eigene Faust zu ergründen. Schön, Sie haben, dessen bin ich sicher, die primären Zusammenhänge des Rätsels halbwegs erraten; allein wer ließe sich je träumen, auf welch eigenartig wunderbare Weise ich dieses Rätsels Herr wurde! – Wer sucht, findet. Wir haben hier wieder einen Beweis dafür.

Sie erinnern sich wohl noch der Geschichte, die ich Ihnen unten von einem gewissen Edward Anderson erzählt habe? Was Sie mich nun eben fragten, ist nichts anders als der *Schluß* dieser Geschichte, und Sie sollen ihn nun hören.

Edison sammelte sich einen Augenblick und fuhr dann fort:

Durch das plötzliche Hinscheiden und den Ruin ihres Gemahls sah sich Mrs. Anderson plötzlich ihres Hauses, ja ihres täglichen Brotes beraubt und mit ihren zwei Kindern von zehn und zwölf Jahren auf die problematische Barmherzigkeit eines Geschäftsfreundes angewiesen. Die erste Folge dieses Schlages war, daß sie in eine Krankheit verfiel, die sie einer völligen Untätigkeit preisgab; es war dies eine jener schweren, als unheilbar erkannten Neurosen, nämlich die der Schlafkrankheit.

Ich sagte Ihnen schon, wieviel ich von der Veranlagung dieser Frau und – Sie verstehen mich wohl – von ihrer Intelligenz hielt ... Ich durfte mich so glücklich schätzen, dieser Verlassenen zu helfen, wie Sie mir dereinst geholfen haben! – Und meiner bisherigen Freundschaft eingedenk, die durch ihr Unglück nur zunehmen konnte, brachte ich nach besten Kräften die Kinder unter und traf Maßnahmen, um ihre Mutter jeder unmittelbaren Notlage zu entheben. Es verging eine ziemlich lange Zeit. Manchmal, während meiner nur allzu seltenen Besuche bei der Kranken, hatte ich Gelegenheit, Zeuge dieser eigenartigen, fortgesetzten und heftigen Schlafanfälle zu sein, während denen sie mit mir sprach und mir antwortete, ohne die Augen zu öffnen. Es gibt heute zahlreiche, unbestreitbare Beispiele dieser Schlaflethargie, in der mehrere Personen während ganzer Quartale ohne irgendwelche Nahrung geblieben sind. Allmählich – da ich, wie ich glaube, eine starke Konzentrationsfähigkeit habe, – versuchte ich das eigenartige Übel von Mrs. Any Anderson, wenn irgend möglich, zu heilen.

Lord Ewald blickte überrascht auf, als Edison den Vornamen auf seltsame Art betonte.

Heilen? murmelte er. Doch wohl eher umwandeln?

Vielleicht! entgegnete Edison. O, ich merkte wohl gestern abend an Ihrem ruhigen Verhalten Miß Alicia Clary gegenüber, als diese in weniger als einer Stunde in eine tiefe kataleptische Hypnose versetzt werden konnte, daß Sie über die neuen Experimente unserer ersten Fachmänner auf dem laufenden sind. Es geht daraus hervor, daß sowohl dies neue als das alte Wissen vom menschlichen Magnetismus eine positive und unbestreitbare Wissenschaft ist, und daß die Realität unseres nervösen Fluidums ebenso evident ist, wie die des elektrischen. Ich weiß nicht, wie ich auf die Idee kam, aber ich griff zu der magnetischen Methode, als dem einzigen Mittel, jener Unglücklichen eine Erleichterung zu schaffen. Ich hoffte dadurch diese unüberwindliche, körperliche Schlaffheit zu überwinden. Ich erkundigte mich nach den sichersten Methoden und erprobte sie mit ziemlicher Geduld, indem ich sie einfach zwei Monate hindurch fast täglich fortsetzte. Plötzlich kamen zu den bekannten Phänomenen, die sich der Reihe nach eingestellt hatten, noch weitere hinzu, über die sich die Wissenschaft heute noch im unklaren ist, auch wenn sie es nicht mehr lange sein wird. Es waren nämlich absolut rätselhafte Krisen von Hellsehen bei den tiefsten dieser Ohnmachtsanfälle zutage getreten. Nun wurde Mrs. Anderson *mein Geheimnis.* Dank dem Zustand überreizter Mattigkeit, in dem sich die Kranke befand und dank meiner natürlichen Gabe, meinen Willen auf andere zu übertragen, entwickelte ich rasch und bis zu größter Intensität einen geistigen Einfluß, den ich heute auf gewisse Naturen nach kürzester Frist und auf die größte Entfernung auszuüben vermag.

Ich stellte also zwischen dieser seltsamen Schläferin und mir einen äußerst subtilen Strom her; nachdem ich nämlich eine Anhäufung des magnetischen Fluidums innerhalb zweier von mir selbst gegossener Eisenringe hervorbrachte (ist das nicht reine Magie?), brauchte Mrs. Anderson, das heißt Sowana, den einen der Ringe (sofern ich den anderen trage!) nur an ihren Finger zu streifen, um alsbald nicht nur vollkommen unter meinen hypnotischen Einfluß zu geraten, sondern geistig und fluidisch tatsächlich in meiner Nähe zu sein, so zwar, daß sie, – selbst wenn ihr Körper meilenweit entfernt im Schlafe liegt, – mich vernimmt und mir folgt.

Soeben nannte ich sie Sowana. Sie wissen, nicht wahr, daß die Mehrzahl unserer großen Magnetisierten zuletzt sich selbst bezeichnen und zwar in der dritten Person wie die kleinen Kinder? Sie sehen *sich* außerhalb ihres Organismus und ihrer Sinneswahrnehmung. Um sich noch tiefer loszulösen und ihr physisches – oder wenn Sie wollen, soziales – Ich noch mehr zu vergessen, haben manche die eigentümliche Gewohnheit, sich einen Traumnamen beizulegen, auf den sie, man weiß nicht wie, verfallen; sie wollen aber dann in ihren Traumzuständen mit diesem Namen genannt werden, so daß sie nur mehr auf dieses außerweltliche Pseudonym antworten.

So sagte mir Mrs. Anderson eines Tages: Mein Freund, ich weiß von einer Annie Anderson, die drüben in ihrem Haus schläft: *hier* aber erinnere ich mich eines *Ichs,* das seit langem schon – »Sowana« heißt.

Von Staunen ergriffen, schwieg Lord Ewald eine Weile.

Was für bange Worte ich heute vernehmen mußte! murmelte er dann wie zu sich selbst.

Ja, nahm Edison wieder das Wort, fast möchte man glauben, daß mit solchen Experimenten ein Gebiet betreten sei, das wirklich ans »Phantastische« grenzt! Allein jenen seltsamen Wunsch, ob er nun berechtigt oder nichtssagend war, glaubte ich erfüllen zu müssen, und in unseren weltfremden Unterredungen nannte ich Mrs. Anderson fortan nur bei dem Namen, den sie mir angegeben hatte.

Und um so lieber fügte ich mich ihrem Wunsche, als sich ihr Wesen während ihres magnetischen Schlafes vom Wesen in ihrem wachen Zustand gewaltig unterscheidet. Statt der sehr einfachen, würdigen, intelligenten Frau, als die ich sie im Leben kenne, enthüllt sich mir in ihrem Traumzustande eine ganz andere, fremde und unendlich vertiefte! und das ganze Wissen, die seltene Beredsamkeit, der starke Geistesflug der schlafenden Sowana – die körperlich eins ist mit Mrs. Anderson – gehören zu den nach logischen Gesetzen unerklärlichen Dingen. Ist diese Dualität ein verblüffendes Phänomen? Dennoch ist es, wenn auch in geringerem Grad, längst bei allen nennenswerten Medien erwiesen, und Sowana zeigt sich hier nur insofern als Ausnahme, als sie ein abnormes, vervollkommnetes Beispiel dieses physiologischen Falles darstellt. Ich muß Ihnen nun mitteilen, daß ich nach dem Tode Evelyn Habals die grotesken Reliquien dieser künstlichen Circe Sowana zeigen zu müssen glaubte und ihr zugleich meinen Plan, Hadaly ins Leben zu rufen, eröffnete. Sie können sich nicht vorstellen, mit welcher Leidenschaft, ja Rachsucht sie sich für dieses Projekt begeisterte! Sie ließ mir keine Ruhe, bis ich mich ans Werk setzte, und ich mußte mich so ausschließlich dieser Aufgabe widmen, daß meine Arbeiten über die Beleuchtungskräfte, sowie die zahllosen Lampen, die ich für die Welt fertigzustellen hatte, um zwei Jahre verzögert wurden; – was mich, nebenbei gesagt, Millionen gekostet hat. Als endlich die verschiedenen Bestandteile des Androidenorganismus vollendet waren, vereinte ich sie und zeigte Sowana die in ihrer Rüstung noch unbelebte Erscheinung.

Ihr Anblick versetzte Sowana in einen Zustand unbeschreiblicher Begeisterung, und sie beschwor mich, sie in die innersten Geheimnisse meines Werkes einzuweihen, damit sie *bei Gelegenheit,* wie sie sagte, *sich selbst in dieser Gestalt verkörpern und sie mit ihrem übernatürlichen Wesen erfüllen könne.*

Von diesem unklaren Gedanken sehr frappiert, stellte ich innerhalb kurzer Zeit, alle Erfindungsgabe aufbietend, die mir zu Gebote stand, ein recht kompliziertes System von Apparaten, von gänzlich unsichtbaren Induktoren und neuen Kondensatoren her. Ich fügte ihnen eine zweite Bewegungswalze ein, die den Bewegungen Hadalys vollkommen entsprach. Als Sowana sich ganz Herrin dieses Apparates fühlte, schickte sie mir eines Tages, ohne mich vorher zu benachrichtigen, die Androide her in mein Laboratorium, während ich gerade bei der Arbeit war. Und ich versichere Ihnen, nichts hat mich jemals so erschüttert, wie der Gesamteindruck dieser Vision. Der Meister mußte vor seinem eigenen Werke erschrecken.

Wie wäre es erst, dachte ich, wenn dies Phantom dereinst zum Doppelgänger einer Frau würde!

Von dem Tage wurden alle Maßregeln erwogen und auf das sorgfältigste getroffen, um eines Tages mich in den Stand zu setzen, zugunsten eines kühnen Herzens das nun verwirklichte Wagnis zu unternehmen.

Denn –, wohlgemerkt: *nicht alles in dieser Kreatur ist Chimäre!* Und es ist in der Tat ein unbekanntes Wesen, es ist ein Ideal, es ist Hadaly selbst, die, unter den Schleiern der Elektrizität, in dieser Silberrüstung, die einen weiblichen Menschen simuliert, Ihnen erschienen ist. Denn wenn ich Frau Anderson kenne, *so beteure ich, daß ich Sowana nicht kenne.* Unter dem schattigen Laub und den tausend leuchtenden Blumen des Gewölbes ausgestreckt, verkörpert sich Sowana mit geschlossenen Augen, und aller irdischen Schwere entzogen, als fluktuierende Vision in Hadaly. In ihren einsamen Händen, wie in den Händen einer Toten, hielt sie die metallischen Fäden der Androide; sie ging mit Hadalys Gange, und sprach in ihr mit jener seltsam fernen Stimme, die ihr in Trance eigen ist. Und es genügte, daß auch ich mit den Lippen, aber *unhörbar*, alles was Sie sagten, wiederholte, damit diese uns beiden Unbekannte durch meine Vermittlung Sie vernehmend, im Phantom Ihnen Antwort gab.

Von *woher* sprach sie? *Wo* hörte sie? *Wer* war sie geworden? Welch unleugbares Fluidum, das wie der Ring des Gyges, die Allgegenwart, Unsichtbarkeit und geistige Verwandlung verlieh, zeigte sich hier? Mit einem Worte: mit welchem Phänomen hatten wir es hier zu tun?

Fragen. –

Erinnern Sie sich, wie *natürlich* Hadaly auf das photographische Reflexbild der schönen Alicia zeigte? Und im Gewölbe unten auf das Thermometer, das die Wärme der Sternenstrahlen maß? Welche gänzlich improvisierte Erklärung sie uns da gab? Die eigentümliche Szene mit der Börse? Erinnern Sie sich auch, mit welcher Deutlichkeit Hadaly uns das Kleid Miß Alicia Clarys beschrieb, als diese, im Eisenbahnzug fahrend, ihre Depesche unter die Lampe hielt? Wissen Sie, auf welch subtile, unglaubliche Weise ein Fall so außerordentlichen Hellsehens ermöglicht wurde? – Nun also: Sie waren von dem Nervenfluidum Ihrer geliebten und zugleich gehaßten Alicia gänzlich durchdrungen! Hadaly aber nahm *Sie doch einmal bei der Hand,* um Sie der grauenvollen Schublade zuzuführen, die Evelyns grauenvolle Überreste enthielt. *Durch diesen Druck von Hadalys Hand* und infolge der geheimen Übertragung des anderen Fluidums setzte sich das Fluidum Sowanas mit dem Ihren in Verbindung. Augenblicklich sprang es auf die geheimnisvollen Fäden über, die trotz der Entfernung zwischen Ihnen und Ihrer schönen Geliebten bestanden, und mündete in deren Ausstrahlungszentrum, das heißt in Alicia selbst, die im Eisenbahnwagen nach Menlo Park dahinfuhr.

Ist es möglich! rief Lord Ewald leise aus.

Nein; aber es *ist*, erwiderte Edison. Übrigens verwirklichen sich so viele andere, scheinbar unmögliche Dinge um uns her, daß eines mehr oder weniger für mich nichts so Erstaunliches mehr hat, da ich zu denen gehöre, die nie vergessen können, daß das Universum aus dem Nichts erschaffen wurde.

Ja, die geisterhafte Träumerin, auf den Kissen ihres gläsernen, von isolierten Sockeln gestützten Lagers ausgestreckt, hielt das Induktorenwerk, dessen Tasten sie sanft elektrisierten und einen Strom zwischen ihr und der Androide unterhielten; nun muß ich hinzusetzen, daß zwischen den beiden Fluiden, denen Sowana unterworfen war, die Affinitäten außerordentlich stark sind; und wenn ich dazu noch die Atmosphäre in Betracht nehme, die uns umgab, so kann ich mich über das Phänomen abnorm gesteigerten Hellsehens, das sich ereignet hat, nicht allzu sehr verwundern.

Einen Augenblick! wandte Lord Ewald jetzt ein; gewiß ist es schon sehr wunderbar, daß vermöge der Elektrizität allein alle unsere bekannten Triebkräfte zum Beispiel auf unbestimmte Höhen und Entfernungen hin sich übertragen lassen, so zwar, daß, wenn ich den allgemeinen Berichten Glauben schenken darf, in nächster Zeit über hunderttausend Netze menschlicher Werkstätten die blinde, bis zu unseren Tagen unverwertet gebliebene, formidable Treibkraft der Katarakte, Ströme, – ja, wer weiß, vielleicht auch der Ebbe und Flut sich verbreiten wird.

Dieses Wunder aber wird allenfalls noch erklärlich sein, da wir ja die *greifbaren* Konduktoren, jene zauberhaften Vehikel vor uns haben.

Die Tatsache der *halb-substantiellen* Übertragung meines Gedankens in die Ferne aber ... wie ließe sich die ohne jegliche, und *sei es noch so dünne Iuduktoren* annehmen?

Erstens, gab ihm Edison zur Antwort, ist hier die Entfernung wirklich nur mehr eine Art von Illusion. Und dann vergessen Sie eine Reihe von Tatsachen, die seit kurzem von der Experimentalwissenschaft festgestellt wurden, nämlich, daß erwiesenermaßen nicht nur das Nervenfluidum eines Lebenden, sondern die einfache Kraft gewisser Substanzen ohne Suggestion noch Induktoren eine Fernwirkung auf den menschlichen Organismus ausüben kann.

Sind die folgenden Tatsachen von den heutigen Ärzten nicht beglaubigt? Nehmen wir eine gewisse Zahl von Kristallflaschen an, die wohl versiegelt und umwickelt je eine bestimmte Apothekerware enthalten. Ich greife auf gut Glück, ohne sie zu kennen, eine derselben heraus, und halte sie auf zehn oder zwölf Zentimeter Entfernung an den Kopf eines Hysterikers. In wenigen Minuten wird der Mensch in Zuckungen verfallen, sich übergeben, niesen, stöhnen oder einschlafen, je nach den Wirkungen, die das betreffende Medikament gewöhnlich hervorruft. Ja, sollte die Mischung eine giftige sein, so würde ihm die Nähe dieser Substanz allein Schmerzenslaute entreißen. Wo ist der Schlüssel zu derartigen Dingen?

Warum sollte ich, angesichts dieser unbestrittenen Tatsachen, welche die Experimentalwissenschaft mit gerechtem Staunen erfüllen, nicht die Möglichkeit eines neuen Fluidums annehmen – einer Synthese des Elektrischen und der Nervensubstanz –, das sowohl zu der Kraft, die z. B. jede Magnetnadel zwingt, nach dem Nordpol zu zeigen, als zu jener, die einen unter dem Flügelschlag des Sperbers sich fühlenden Vogel lähmt, in Beziehung steht.

Wenn somit in einem Zustand von hysterischer Hyperempfindlichkeit ein leitender Kontakt zwischen dem Organismus des Kranken und den vorhin erwähnten Substanzen sich herstellen kann, etwa wie der Magnet durch Glas und Stoffe hindurch die Eisenmoleküle beeinflußt, – und wenn es erwiesen ist, daß eine Art magnetischen Stromes sogar von Pflanzen und Mineralien ausgeht, und – ohne Induktoren – über Hindernisse und Entfernungen sich hinwegsetzen, ja sogar auf lebende Wesen seine ihm eigentümliche Wirkung ausüben kann, warum sollte es mich dann besonders überraschen, wenn bei drei sich stark aufeinander beziehenden Individuen, die durch elektromagnetische Einwirkung in noch innigere Beziehung zueinander gebracht wurden, die Kräfte plötzlich in eine derartige Wechselwirkung traten, daß ein Phänomen wie das besprochene entstehen konnte.

Also, vom Moment an, wo die okkulte Sensibilität Sowanas dem geheimen Einfluß des magnetischen Stromes nicht mehr widerstrebt (z. B. einem so leichten Strom, wie er der Miß Anderson gegeben wurde), da ja in ihrem Zustand kein anderer äußerer Einfluß zu ihr gelangt, und man das zweite Wesen lebendig verbrennen könnte, ohne das erste zu erwecken, so finde ich es bewiesen, daß das nervöse Fluidum sich durchaus nicht in einem Zustand totaler Indifferenz gegenüber dem elektrischen Fluidum befindet, und daß deshalb bis zu einem gewissen Grade einige Eigenschaften des nervösen Fluidums sich fusionieren können zu einer Synthese einer unbekannten Natur und Kraft. Der eine solche Substanz entdeckte und damit umzugehen wüßte, könnte Naturwunder damit schaffen, die jenen der indischen Yoghis und der ägyptischen Derwische zur Seite stünden.

Lord Ewald, der von eigentümlich träumerischen Gedanken angewandelt schien, erwiderte:

Obwohl es aus intellektuellen Gründen durchaus geboten ist, daß ich Mrs. Anderson nie sehe, so scheint mir Sowana der Freundschaft wert, und wenn sie mich in der ganzen Zauberatmosphäre, die uns hier umringt, vernehmen kann, so möge dieser Wunsch zu ihr gelangen, wo immer sie auch sei!... Aber eine letzte Frage noch: wurden die Worte, die Hadaly soeben im Parke sprach, von Miß Alicia Clary zuvor gesagt und vordeklamiert?

Gewiß, erwiderte Edison, – Sie haben die Stimme und die Bewegungen dieser Lebenden doch auch wieder erkennen müssen. Sie hat diese Worte – deren Sinn sie ja gar nicht erfaßte – nur unter der beharrlichen und mächtigen Suggestion Sowanas so herrlich vorgetragen.

Lord Ewald war über diese Antwort grenzenlos erstaunt. Dieses Mal stimmte die Erklärung entschieden nicht mehr. Daß die verschiedenen Phasen jenes Auftritts vorbereitet waren – und die Stimme allerdings bürgte dafür – blieb dennoch ganz undenkbar.

Er wollte also seinerseits erklären und beweisen, daß allen Erklärungen zum Trotz die Tatsache absolut unmöglich sei, als ihm plötzlich die seltsame Bitte einfiel, die ihm Hadaly zugeflüstert hatte, bevor sie sich in das Dunkel ihres künstlichen Sarges eingeschlossen hatte.

Er schwieg daher, und verbarg das schwindelnde Gefühl, das ihn wieder insgeheim anwandelte. Aber er warf jetzt auf diesen Sarg einen eigentümlichen Blick; deutlich ahnte er in der Androide ein Wesen aus einer anderen Welt.

Ohne dieses Blickes zu achten, fuhr Edison fort:

Der beständige vergeistigte und hellseherische Zustand Sowanas, der ihr eigentliches Leben ausmacht, verleiht ihr eine ungeheure suggestive Kraft, besonders über Wesen, die schon von mir halb hypnotisiert sind. Auch auf die Intelligenz solcher Wesen ist ihr Einfluß ein unmittelbarer. Von ihm bezwungen, und von meinen Objektivgläsern umringt, trug Alicia auf diesem Podium tagelang all die Phrasen vor, die zu Hadalys eigener Rolle gehören, und ihren Charakter kennzeichnen; und zwar wurden sie der Nichtsahnenden mitsamt den entsprechenden Blicken, Intonationen und Bewegungen von Sowana suggeriert. Die goldenen Lungen Hadalys verzeichneten unter dem Druck der Suggestion die allerfeinsten Stimmnuancen. Den Mikrometer in der Hand und meine schärfste Lupe vor den Augen, gravierte ich indessen auf die Platten der Bewegungswalzen nur jene – Momentaufnahmen vergleichbare – Totalität der Bewegungen, die wieder mit den Blicken oder dem teils heitern, teils ernsten Ausdruck Alicias übereinstimmte.

Während dieser elftägigen Arbeit wurde nach meinen genauesten Angaben der physische Teil des Phantoms bis auf die Brust vollendet. Wollen Sie die verschiedenen Dutzende von chromophotographischen Aufnahmen sehen, die auf einer Entfernung von einem tausendstel Millimeter durchstochen sind, und auf denen die metallischen Staubkörnchen der Inkarnation eingestreut wurden, um das Lächeln Miß Alicias, das fünf oder sechs verschiedene Grundzüge tragen mag, auf magnetischem Wege genau zu reproduzieren? Ich habe diese Aufnahmen hier in diesen Kartons. Die Nuancierung der verschiedenen Mienenspiele richtet sich einzig nach der Bedeutung der Worte. – Ebenso werden die Blicke dieser so interessanten jungen Frau durch ein fünffaches Spiel der Augenbrauen modifiziert.

Schließlich läßt sich diese Arbeit, die sich Ihnen nur im großen ganzen so kompliziert darstellen muß, im Grunde auf ein paar allgemeine Formeln reduzieren, die mich allerdings viel Zeit und Mühe gekostet haben; aber das ganze, auf minimale Feinheiten beruhende Werk ist sonst weder schwer noch unausführbar; es ergibt sich von selbst. In dem Moment, da ich vor einigen Tagen die äußere Hülle des Werkes schloß, um sie allmählich zuerst durch ein Pulver, dann mittels verschiedener anderer Schichten mit dem künstlichen Fleisch zu umgeben, in dem Moment hatte die einem dunklen, unbestimmbaren Zustand noch anheimgegebene Hadaly in tadelloser Weise all die Szenen wiederholt, die ihr den Schein einer geistigen Wesenheit verleihen.

Heute aber, da ich den ganzen Tag, sei es hier oder im Park, das vollendete Werk betrachtete, ward ich selbst von höchstem Erstaunen erfaßt.

Hier war idealisiertes Menschentum, – und ich gestehe Ihnen, daß ich mich von Begeisterung ergriffen fühlte. Welche traumhaft schöne Melancholie in ihren Worten! welche Stimme! welche durchdringende Tiefe in ihren Augen. Welch herrlicher Gesang! welch göttliche Schönheit. Welch berauschende Tiefe weiblichen Gefühls! Welch unbewußte Sehnsucht nach unerreichbarer Liebe. Mit einem leichten Klirren ihrer Ringe zauberte Sowana den Schein so wonniger Dinge hervor. – Und ich sagte Ihnen ja schon, daß all diese erstaunlichen und bewundernswerten Szenen von den größten Dichtern und Denkern unseres Jahrhunderts verfaßt wurden.

Wenn Sie in Ihrem alten Schlosse Hadaly erwecken und ihr den ersten Becher klaren Wassers und die erste Pastille reichen werden, dann, Lord Ewald, wird sich Ihnen erst künden, welch wunderbares Phantom vor Ihnen steht. Haben Sie sich erst einmal an die Eigentümlichkeiten und die Gegenwart Hadalys gewöhnt, so werden Sie sich gewiß in zwanglosester Weise in Gepräche mit ihr einlassen; denn wenn ich auch der Schöpfer ihres physischen und illusorischen Wesens bin, so hat sich eine mir unbekannte Seele meines Werkes bemächtigt und sich ihm einverleibt, und lenkt nun all die Einzelheiten dieser unerklärlichen und deshalb grauenvollen, aber dabei so entzückenden Szenen. Und sie lenkt sie mit einer so zarten Kunst, daß es in der Tat die menschliche Einbildungskraft übersteigt.

Durch Suggestion ist dieses neue Kunstwerk zu einem übernatürlichen Wesen geworden, und mein Werk zum Mittelpunkt eines uns unbegreiflichen Mysteriums.

XIV. Abschied

> Die kummervolle Stunde,
> Wo jeder seines Weges zieht.
> *Victor Hugo: Gil Blas*

Das Werk wäre also vollendet, sagte Edison, und ich darf sagen, daß es nicht nur ein leeres Trugbild ist. Eine Seele hat sich zu der Stimme, der Gebärde, dem Tonfall und dem Lächeln, ja selbst der Blässe jener Lebenden hinzugefügt, der Ihre Liebe gehörte. Bei Ihrer einstigen Geliebten waren alle Dinge tot, vernünftelnd, enttäuschend, erniedrigend. In ihrer Form birgt sich nunmehr das weibliche Wesen, dem so viel Schönheit vielleicht angehörte, da es sich würdig zeigte, sie zu beleben. Somit hat die zum Opfer des Künstlichen Erkorene das Künstliche überboten! Die Verlassene, um einer erniedrigenden und lasterhaften Liebe willen Verratene, hat sich in einer Vision verklärt, die ein erhabenes Liebesgefühl einzuflößen vermochte! Sie, die in ihren Hoffnungen, ihrer Gesundheit, ihrem Vermögen durch die Rückwirkungen eines Selbstmordes zugrunde gerichtet wurde, hat einen anderen vor dem Selbstmord bewahrt. Wählen Sie jetzt zwischen dem Schatten und der Wirklichkeit. Glauben Sie, daß eine solche Chimäre Sie in dieser Welt zurückhalten könnte – und das Leben wert ist?

Lord Ewald erhob sich: zog aus einem elfenbeinernen Etui eine wundervolle Taschenpistole hervor und reichte sie Edison hin.

Mein lieber Zauberer, sagte er, gestatten Sie, daß ich Ihnen ein Andenken an dieses unerhörte und herrliche Abenteuer zurücklasse! Sie haben es wohl verdient.

Auch Edison war jetzt aufgestanden; nachdenklich ließ er den Hahn der Pistole spielen, streckte dann den Arm aus und zielte nach dem offenen Fenster.

Diese Kugel dem Teufel! rief er, falls es einen gibt; ich glaube fast, daß er jetzt irgendwo in der Nähe ist.

Ha, Ha! Wie im Freischütz! murmelte Lord Ewald, der über den Einfall Edisons unwillkürlich lächeln mußte.

Edison schoß in die Nacht hinaus.

Getroffen! hallte vom Parke eine merkwürdige Stimme zurück.

Was ist denn das? fragte Lord Ewald erstaunt.

Nichts; einer meiner Phonographen, der sich einen Scherz erlaubt! erwiderte Edison, bei seinem grotesken Spaße bleibend.

Ich beraube Sie eines übermenschlichen Meisterwerkes! sagte Lord Ewald nach einer Pause.

Nein, da ich ja das Rezept behalte, sagte Edison. Ich will jedoch keine Androiden mehr verfertigen. Meine Gewölbe werden mir als Verstecke dienen, um andere Entdeckungen darin auszudenken.

Und nun Lord Ewald, leben Sie wohl. Sie haben das Traumland zu ihrem Teil erwählt. Nehmen Sie die Muse dieses Landes mit. Mich kettet das Schicksal an die blassen Wirklichkeiten. Die Reisekiste und der Karren stehen bereit; meine Mechaniker werden Ihnen, stark bewaffnet, bis nach New York das Geleite geben; dort habe ich schon den Kapitän der Wonderful benachrichtigt. Wir sehen uns vielleicht in Athelwold. Schreiben Sie mir. Ihre Hand! – Adieu.

Zum letzten Male reichten sich die beiden Männer die Hände.

Gleich darauf bestieg Lord Ewald sein Pferd an der Seite des Karrens, im Fackelschein und von seiner Eskorte umgeben.

Der Zug setzte sich in Bewegung – und bald war er nur mehr in der Ferne auf der Straße sichtbar, die nach dem kleinen Bahnhof von Menlo Park führte.

Als sich Edison in seinem lichtstrahlenden Pandämonium allein sah, schritt er langsam auf die schwarzen Draperien zu, deren lange Falten etwas zu verbergen schienen. Edison schob sie nun zurück.

Es kam nun eine in tiefe Trauer gekleidete schlanke Frau zum Vorschein, die auf einem großen, rotsamtnen, auf Glasscheiben gestellten Divan im Schlafe zu liegen schien. Sie war noch jung, obwohl ihr schönes schwarzes Haar an den Schläfen stark ergraute. Das Gesicht, dessen Züge streng und doch reizend waren, trug einen Ausdruck übernatürlicher Ruhe. Die auf dem Teppich herabhängende Hand hielt das mit Watte umwickelte Schallrohr eines Elektrophons: sprach sie da hinein, konnte niemand, auch wenn er in ihrer Nähe war, sie vernehmen.

O Sowana! sagte Edison, – so brachte es denn die Wissenschaft zum erstenmal zuwege, den Menschen ... selbst von der Liebe zu heilen!

Da die Somnambule keine Antwort gab, ergriff Edison ihre Hand: sie war erkaltet. Erschrocken neigte er sich zu ihr nieder; der Puls schlug nicht mehr, und das Herz stand still.

Edison führte nun über die Stirne der Schlafenden die magnetischen Gesten des Erweckens vervielfacht aus. Nach einer Stunde tiefer Besorgnis und Wiederbelebungsversuchen erkannte Edison, daß diese scheinbar Schlafende auf immer die Welt der Lebenden verlassen hatte.

XV. Schicksal

> Sic fata voluere.
> *Augurenausspruch*

Ungefähr drei Wochen später, da keinerlei Nachricht von Lord Ewald eintraf, fing Edison an, beunruhigt zu sein.

An einem der darauffolgenden Abende, gegen 9 Uhr, als er allein in seinem Laboratorium unter der Lampe saß und die Depeschen seiner Zeitung überflog, fielen seine Blicke auf folgende Stelle, die er zweimal mit tiefer Betroffenheit las:

Maritimes. Lloyd. – Telegramm.

»Die Nachricht von dem Untergang des Steamers The Wonderful, die wir gestern brachten, wird soeben bestätigt und durch folgende traurige Einzelheiten noch ergänzt.

Das Feuer brach gegen zwei Uhr morgens am Hinterteil des Schiffes in den Magazinen aus, wo die Mineralwasser und die Alkoholflüssigkeiten aufbewahrt wurden. Die Ursache des Brandes ist noch unbekannt. Das Meer war stürmisch, und da der Dampfer stark auf und nieder schwankte, wurde die Flamme alsbald dem Gepäckraum zugetrieben, so daß Rauch und Flamme aufschlugen.

In einer Minute belagerten die aus dem Schlafe geschreckten Passagiere in wilder Panik das Verdeck.

Dort trugen sich grauenvolle Szenen zu.

Die Frauen und Kinder erhoben angesichts des immer rascher um sich greifenden Feuers verzweifelte Jammerrufe.

Da der Kapitän erklärte, daß man innerhalb fünf Minuten sinken würde, stürzte alles im Nu nach den Rettungsbooten.

Die Frauen und Kinder wurden zuerst eingeschifft.

Inmitten dieser Greuel ereignete sich ein merkwürdiger Zwischenfall. Ein junger Engländer, Lord E . . ., riß eine Stange aus der Verdeckluke und wollte durch die Flammen hindurch gewaltsam bis zu den brennenden Kisten und Koffern vordringen.

Er riß einen Leutnant und einen der Hochbootsmänner, die ihn aufzuhalten suchten, zu Boden, und es mußten sich nicht weniger als ein halb Dutzend Matrosen über den wie wahnsinnig sich Gebärdenden werfen, um zu verhindern, daß er sich in die Flammen stürze.

Er wehrte sich wie ein Verzweifelter und behauptete, eine Kiste retten zu müssen, die einen so kostbaren Gegenstand enthielt, daß er dem 100 000 Guineen bot, der ihm helfen würde, sie dem Feuer zu entreißen, – allein es war unmöglich, und wäre zudem auch nutzlos gewesen, da die Rettungsboote kaum Raum genug für die Passagiere und die Besatzung boten.

Er mußte zuletzt gefesselt werden, was seiner außerordentlichen Kraft wegen ziemlich mühsam war. Ohnmächtig wurde er zuletzt in das letzte Boot gebracht; das Avisschiff des französischen Dampfers ›Le Redoutable‹ nahm die Schiffbrüchigen gegen 6 Uhr früh auf.

Das erste Rettungsboot, von Frauen und Kindern zu sehr überladen, versank, und die Zahl der Ertrunkenen wird auf 72 geschätzt.«

(Es folgte dann die offizielle Liste der Opfer, und unter den ersten stand der Name Miß Emma-Alicia Clarys, Gesangskünstlerin.)

Edison warf die Zeitung heftig hin. Es vergingen fünf Minuten, ohne daß ein Wort seinen düsteren Gedankengang verriet. Er streckte die Hand nach einem Kristallknopf aus und löschte die Lampen.

Dann ging er im Dunkeln auf und ab.

Plötzlich klingelte es am Telegraphen.

Edison entfachte die Nachtlampe neben dem Morseapparat.

Drei Sekunden später hielt er eine Depesche und las die folgenden Worte:

»Hadalys Verlust allein macht mich untröstlich, und nur um diesen Schatten traure ich. – Leben Sie wohl. – Lord Ewald.«

Als Edison dies las, fiel er neben dem Apparat in einen Stuhl zurück: – zerstreuten Auges blickte er umher und gewahrte in nächster Nähe den Ebenholztisch; wieder zitterte da ein Mondstrahl auf dem reizenden Frauenarm mit der weißen Hand und den zaubervollen Ringen! Seinen traurigen Gedanken ganz sich überlassend, starrte Edison durch das geöffnete Fenster und horchte gleichgültig eine Zeitlang auf den spätherbstlichen Wind, der durch die entlaubten Bäume fuhr, – dann den Blick zu den leuchtenden Gestirnen erhebend, die zwischen den schweren Wolken so unverändert funkelten, und wie das unergründliche Geheimnis des Weltenraumes über den ganzen Himmel sich hinzogen, fröstelte er, – vor Kälte vermutlich, – und in Schweigen verloren.

Peter Gendolla
›Das strahlende Äußere deines Verlangens‹

> Wir werden Kinder sein, sagte Jagger, wir werden Kinder haben mit Männern, das ist es, mehr sage ich nicht über Frauen.
> *Wolf Wondratschek, Jagger*

Etwas fällt auf an der Menschmaschine, wie sie die Literatur erfindet. Während die Konstrukteure realer Automaten – von Vaucanson, den Jacquét-Droz, den Kaufmanns im 18. Jh. bis zu den Ingenieuren des MIT in der Gegenwart[1] – ebenso viele Musikerinnen und Tänzerinnen wie Zeichner und Schachspieler bauen, imaginieren die Schriftsteller den Automatenmenschen eigentlich nur in zwei Versionen. In der einen ist er Helfer, Diener, Roboter, d.h. nichts als Arbeiter, gerade gut genug für eine Fehlfunktion, ein Aussetzen des Steuerteils, einen Aufstand, der die Diener kurzfristig an die Stelle der Herren setzt. Das ist eine eigene Geschichte. In der zweiten Version ist der Automat eine Frau. A. v. Arnims ›Bella‹, Hoffmans ›Olimpia‹, Jules Vernes ›Stilla‹, Villiers' ›Hadaly‹, Durrells ›Jolanthe‹, Lems ›Maske‹, all das sind Wesen, deren kalkulierte Mechanik von den Autoren mit einem weiblichen Körper bekleidet wurde.[2] Sie lassen sich nicht ohne weiteres als Wunschbilder einer männlichen Sexualphantasie identifizieren, bloße Sublimationen wie die Variationen des Pygmalion-Mythos.[3] Nur auf den ersten Blick nämlich dienen die Automatenfrauen der männlichen Lust. Nathanael in Hoffmanns *Sandmann* liegt »wie festgezaubert im Fenster, immer fort und fort die schöne Olimpia betrachtend«, »von unwiderstehlicher Gewalt getrieben«, kommt er »nicht los von Olimpias verführerischem Anblick«. Lord Ewald aus der mit dieser Ausgabe nun wieder zugänglichen *Eva der Zukunft* sieht die elektrische Puppe Hadaly zum ersten Mal, und »ihre Schönheit erstrahlte in unbeschreiblicher Pracht. ... Die grenzenlose Wonne reiner Freuden erfüllte sein Herz, ... seine Ekstase war ebenso plötzlich wie unverhofft.« (S. 232) Und für Julian aus Durrells *Nunquam* ist die Schönheit der Hafenhure Jolanthe letztlich der Grund, aus dem er sie, verzweifelt über ihren Selbstmord, künstlich reproduzieren läßt. Aber die Männer, die hier ihre Objekte mit den Blicken verschlingen, dürfen zu keiner wirklichen Befriedigung gelangen. Alle drei Automaten werden brutal zerstört. Olimpia wird vor den Augen Nathanaels zerrissen, Hadaly verbrannt und im Meer versenkt, Jolanthe zerschellt mit ihrem Besitzer am Boden, wie Nathanael bei Hoffmann. Je perfekter die Vortäuschung menschlicher Authentizität, je geschlossener die Illusion, um so tiefer der Riß, der sich mit solcher ›Kunst‹ in solcher Realität auftut, in dem Automat und Mensch am Ende immer mit grausamer Konsequenz versinken. Das ist ein erster Hinweis dafür, wie die Literatur die Anstrengungen der Technologie, künstliches Leben zu schaffen, beurteilt, aber wir wollen nicht vorgreifen.

Zunächst: warum überhaupt müssen künstliche Frauen konstruiert werden? Die Texte selbst geben folgende Antwort: Die Automatenfrauen sind ›echter‹, wahrhaftiger, identischer als die wirklichen Frauen; *diese* eigentlich sind falsch, ihr Geist und ihr Körper widersprechen sich für die Vorstellung des Mannes so entschieden, daß ihm, wenn er eine Frau lieben möchte, die schön ist *und* ihn versteht, nur eine synthetisch produzierte weiterhelfen kann. Nathanaels erste Verlobte Clara ist »kalt, gefühllos, prosaisch«, mit ihrem praktischen Verstand erklärt sie seine Dichtungen für gefährliche Hirngespinste. Diese wirkliche Frau beschimpft Nathanael als »lebloses, verdammtes Automat«, nur die Puppe Olimpia versteht ihn mit ihren tiefen »ach, ach, ach«. Ganz deutlich wird solche Vertauschung bei Villiers. Die wirklichen Frauen bleiben verständnislos gegenüber dem Denken und Fühlen des Mannes, bestehen aus Fassaden und Verkleidungen, die Lebendigkeit vortäuschen. Um diese ›wahre Natur‹ der Frauen zu beweisen, führt der Erfinder Edison seinem Freund Lord Ewald ein »wundervolles photochromatisches Bild« vor, lebensgroßes Abbild einer »sehr hübschen und ziemlich jungen rothaarigen Frau«. Diese Evelyn hat Edisons Freund Anderson in Sinnverwirrung und »stumpfsinnigen Selbstmord« getrieben, an ihr beweist Edison, daß das Hübsche etwas »sehr Künstliches« ist: hinter der Fassade erscheint » ... das Bild eines blutlosen, unschönen weiblichen Wesens mit kümmerlichen Gliedmaßen« (S. 146). Edison führt den Beweis im wesentlichen als optische Veranstaltung. Der männliche Blick hat sich verführen und betrügen lassen, jetzt zerlegt er das schöne Bild in seine schmutzigen Bestandteile. Das Auge und seine technischen Verlängerungen bilden die wichtigsten Werkzeuge dieser Operation. Die intensivsten Erfahrungen werden offenbar mit den visuellen Organen gemacht. Betrogen wird nicht der ganze Körper, sondern das Auge, Schaulust schlägt um in Destruktion. Es ist so, als würde jede über die bloße Präsentation ihrer Erscheinung hinausgehende Äußerung der Frau den visuellen Genuß stören, das Abbilden, Spiegeln, Projizieren unterbrechen. Lord Ewalds Frau Alicia darf nichts sprechen, dann wird ihre »wunderbare, verwirrende Schönheit« zu einem »profanierten Tempel«. Alicias Denken steht im Widerspruch zu ihrem Körper; der Widerspruch ist, »daß sie denkt« (S. 52). Wenn sie spricht, wird der Genuß der »göttlichen Linien ihrer Schönheit« unterbrochen. Der Blick will »einzig die Schönheit selbst«, in der alle Begriffe versinken. So muß eine synthetische Frau produziert werden, die identisch mit sich schweigt oder den Geist dessen widerspiegelt, der sie geschaffen hat. Das geschieht wiederum mit Hilfe optischer Technologien, als würde das Auge selbst zu produzieren beginnen, nachdem es in der Rezeption gestört worden ist. Das Vorbild der Maschinenfrau, Alicia, ist bereits auf eigenartige Weise künstlich, eine Mischung von Naturschönem und Kunstschönem. Sie ähnelt nämlich aufs Haar der *Venus victrix* aus dem Louvre, Alicia ist die Verlebendigung dieser Skulptur, ein »irrtümlich von der Natur produziertes Kunstschönes«.[4]

So gibt es zwei Gründe für die Herstellung der künstlichen Frau: zum einen gilt es, die verwirrende Mischung von Natur und Kunst zu beseitigen, deren Ursprung nicht ausgemacht werden kann. Zweitens stört die »Unzusammengehörigkeit« der Frau Alicia mit dieser ihrer Erscheinung, einer Gestalt, »die ihr nicht gehörte«, in die sie sich »verirrt« hat. Eine unbegreifliche Nichtidentität kann nur durch die Schaffung eines Wesens aufgehoben werden, deren Gestalt und Inhalt mitsamt allen Äußerungen bekannt sind. Nun wird, das sollte inzwischen deutlich sein, nicht eigentlich der *Her*stellungs-, sondern der *Dar*stellungsprozeß vom Roman beschrieben. Edison hat die Elemente der Kunstfrau längst bereit und führt sie nur noch vor, weist mit gläsernen Skalpellen auf die Nickelplatten und Gelenke, die Goldphonographen und diese phantastischen Augen, deren »strahlende Schönheit« »eine identische« ist. Identisch ist sie, weil das Auge nur so blickt, »wie der Zentralapparat der Androide es gerade will« (S. 197), dies Auge kann nichts vortäuschen. Und der Zentralapparat verzeichnet nur die Blicke, die sein Konstrukteur oder sein Benutzer sehen möchte. Die Augen selbst haben nichts Eigenes, bestehen aus einer »fast absoluten Leere« (ebd.). Im unmittelbaren und im übertragenen Sinne ist die Androide vollkommen durchsichtig, in ihr existiert nichts, das nicht gesehen, erkannt, beherrschbar gemacht worden wäre.

In dieser Beschreibung, der liebevollen Ausführlichkeit, die Villiers den Projektionen seines Erfinders widmet, wird eine eigentümliche Ambivalenz der Literatur im Verhältnis zur technologischen Produktion deutlich. Sie lehnt deren Konsequenzen ab, verurteilt die Ersetzung des Subjekts durch die Maschine, deshalb enden ihre Geschichten in Wahnsinn und Zerstörung. Aber sie ist fasziniert von dieser präzisen Reproduktion, die da in der Realität alle Nachbildungen der Literatur und Kunst in den Schatten zu stellen beginnt. Gleichzeitig bewundernd und voller Furcht beschreibt sie die sichtbare Nachahmung, das *Selbstbild* des Menschen, das sich hier in Bewegung setzt.[5] Offenbar befindet sich die Literatur da in Konkurrenz zur technologischen Produktion, wo sie glaubt, daß jenes Selbst nachgebildet werden soll. *Das* greift sie auf und an. Für sie mündet die technische Ersetzung des Lebens in eine ›Liebesmaschine‹ höherer Ordnung, die gleichwohl nichts als das Selbst ihres Besitzers widerspiegelt, womit jede eigene Äußerung der anderen, der wirklichen Frau ausgelöscht wäre. » ... das Wort, das Sie erwarten, werden Sie auch vernehmen. ... *Ihre eigene Liebe* werden Sie in ihr widerspiegeln können, ohne diesmal eine Enttäuschung zu erleben! Nie werden Ihre Worte mit Ihrer Hoffnung in Widerspruch stehen!« (S. 164)

Das könnte als sublime Kritik der Technologie, einer männlichen Logik gelesen werden, die jene fürchterliche Nichtidentität, jene im Bild der ›wirklichen Frau‹ gefaßte Differenz, die den Mann in Wahnsinn und Selbstmord treibt, zu umgehen versucht. Aber es gibt einen Bruch, Villiers schlägt sich auf die Seite des Automaten, der phantastischen Technologie. Als während der ersten Begegnung mit Hadaly Lord Ewalds Illusion zusammenstürzt, er am leisen Duft des für die Kunstfrau als Gelenkschmiere verwendeten Rosenöls erkennt, daß sein ganzes »Gefühl namenloser Freude« einer Attrappe gegolten hat, er sich verzweifelt abwenden will, fragt ihn »diese verblüffende Maschine«: »Bist du so sicher, daß ich nicht da bin?« (S. 234) In einer langen Rede stellt die Androide sich als Verkörperung des Imaginären dar. Das aber ist die Traumwelt Lord Ewalds, der Bereich seiner unbegrenzten oder noch formlosen Sehnsüchte, die sich in Hadaly materialisieren. Hadaly ist nichts weiter als eine Entwicklungsstufe Lord Ewalds. »Dem Kinde gleich, das vor dem Ende der Schwangerschaft ans Licht drängt, beschlossest du, ... deiner Stunde, die noch nicht gekommen war, voranzueilen. Allein nun bin ich da, ich! ... es war deine

Verzweiflung, die mich bewog, in aller Eile das strahlende Äußere deines Verlangens anzunehmen, um vor dir zu erscheinen.« (S. 239)

Eine narzißtische Phantasie wird hier beschrieben, eine Selbst-Produktion, die durchaus als Reflex auf einen weitreichenden zivilisatorischen Prozeß gelesen werden kann. Norbert Elias hat diesen die sogenannte Neuzeit bestimmenden Prozeß als Differenzierung äußerer, gesellschaftlicher Verhältnisse, die einhergeht mit einer Technologisierung, ›Verregelung‹ innerer Antriebe, der Einrichtung automatischer Verhaltensweisen dargestellt. Hierbei bemerkt er ein Dominantwerden des Gesichtssinns, Innen und Außen werden zunehmend über die Augen vermittelt, diese werden zu Trägern von Lust und Schrecken, über sie wird das ›Ich‹ eingerichtet, damit es in Gesellschaft funktionieren und Befriedigung finden kann.[6] Die Auftrennung von Innen und Außen, die dem Auge solche Bedeutung gibt, wird von Villiers wohl sehr deutlich reflektiert, vor allem diese ›Visualisierung des Verlangens‹ wird vom Roman erzählt. Villiers beschreibt das einsame, in seiner Haut gefangene Ich des Mannes, das Omnipotenzphantasien entwickelt, vor seiner »Stunde« »ans Licht drängt«, mit ähnlichen Worten fast schon wie Lacan, ein französischer Theoretiker unserer Zeit. Auch für diesen bildet sich ein ›Ich‹ an einer äußeren Gestalt, dem Spiegelbild. »Die totale Form des Körpers, kraft der das Subjekt in einer Fata Morgana die Reifung seiner Macht vorwegnimmt, ist ihm nur als ›Gestalt‹ gegeben, in einem Außerhalb, ... Solchermaßen symbolisiert diese ›Gestalt‹ ... die mentale Permanenz des Ich und präfiguriert gleichzeitig dessen entfremdende Bestimmung; sie geht schwanger mit den Entsprechungen, die das Ich vereinigen mit dem Standbild, auf das hin der Mensch sich projiziert, wie mit den Phantomen, die es beherrschen, wie auch schließlich mit dem Automaten, in dem sich in mehrdeutiger Beziehung die Welt seiner Produktion zu vollenden sucht.«[7]

Bezieht man dies auf die Darstellung des Automaten in der Literatur, so liest es sich wie das Modell der Bildung des Zivilisationssubjekts, wobei die Literatur das Modell wesentlich spezifiziert. Die partiellen, noch ungeformten Strebungen – Lacan nennt das den »zerstückelten Körper«, der sich im Spiegelstadium einen »Panzer« baut, eine »wahnhafte Identität« – werden als das isolierte Sehen und das technologische Denken des männlichen Teils der Gattung behandelt, der mit einem weiblichen Automaten »die

Welt seiner Produktion zu vollenden sucht«. Die Neuorganisation der gesellschaftlichen Produktion durch Technologie – Hoffmanns *Sandmann,* Villiers' *Eva der Zukunft* und Durrells *Nunquam* reflektieren hier drei bedeutsame Schübe, Mechanisierung, Elektrifizierung und den gegenwärtigen Fortschritt der Computertechnik, der ›Denkmaschinen‹ – partialisiert zunächst und vor allem den Mann in das Denken oder Anwenden technischer Funktionen und das leidenschaftliche Sehen. Mit der Maschinenfrau ist eine Form gefunden, in der das Substrat der Technologie, die Maschine, mit dem Objekt der isolierten Augen, der weiblichen Gestalt, zu einem »lebendigen« Körper verschmolzen werden kann. Der Automat, der sich selbst bewegt, aber nur so, wie sein Erfinder es will, beseitigt dessen zerrissenen Zustand.

Aber diese Version der Literatur ist nun keineswegs als Parteinahme für die ersetzten Frauen zu verstehen, vielmehr die Kritik Edisons an der ›Schauspielerei‹ der Weiblichkeit durchaus als authentische Begründung der ›Kunstproduktion‹, in doppeltem Sinne. Genau hier partizipiert Villiers nämlich an der Phantasie, die er in der Technologie und ihrer Praxis – nicht umsonst wählt er den Allround-Erfinder Edison zum Protagonisten – sich realisieren sieht. Für ihn bildet die Phantasie den Ursprung des realen technischen Fortschritts, und hier, nicht in besagter Parteinahme, ist wohl auch der Grund der genannten Ambivalenz zu suchen. Denn bisher »vollendeten« nur Literatur und Kunst »die Welt seiner Produktion«. ›Seiner‹, auch Villiers unterscheidet nicht, wie käme er dazu, den Mann vom Menschen überhaupt, nicht in diesem Punkt. Mit der Technologie entsteht ein ganz unübersehbarer Konkurrent auf dem Feld dieser Produktion, durchaus in der Lage, weit handfestere Selbstbilder zu erstellen, als alle ästhetischen Imaginationen zusammen. Hier ist die Furcht und zugleich Faszination des Autors verankert, der die Imagination an den Ursprung der technischen Produktivität setzt, damit jene nicht von dieser *er*setzt, schlicht und einfach abgeschafft wird. Denn das fürchtet die Literatur, den Einbruch der ›Realität‹ in die Imagination. In dieser ist die Realität das Phantastische, der Riß in der Erfindung, die Bedrohung der Fiktion. Die faszinierend schöne neue Welt, die »Eva der Zukunft«, diese »weiche, so elastische und zarte Substanz, ... daß man darüber den Verstand verlieren könnte«, soll nicht sein. Nur deshalb versinkt sie im Meer.

Anmerkungen

1 Zur Sozial-, Kunst- und Literaturgeschichte der Automatenmenschen s. etwa:
John Cohen, *Golem und Roboter*, Ffm. 1968
Klaus Völker, *Künstliche Menschen*, München 1976
2 A. v. Arnim, *Isabella von Ägypten*, Stuttgart 1977
E. T. A. Hoffmann, *Der Sandmann*, in: Werke in 5 Bdn., München 1977
Jules Verne, *Das Karpatenschloß*, in: Ausgabe in 20 Bdn., Ffm. 1967
Lawrence Durrell, *Nunquam*, Reinbek 1972
Stanislav Lem, *Die Maske*, Ffm. 1977
Auch im Film sind diese Wesen in diesen Versionen anzuschaun, von Langs ›Metropolis‹ bis Fellinis ›Casanova‹.
3 Beate Uhse, Sexhändlerin, hat im Frühjahr 1981 beim Gesundheitsamt in Flensburg die Erlaubnis zum Bau der neuesten Variation beantragt, einer ›Liebesmaschine‹, wie sie es nennt. Sie besteht aus einem Projektionsgerät für Pornofilme und einer Plastikvagina. Das Gerät soll bundesweit aufgestellt werden und für 5 DM benutzbar sein.
4 So Hermann Wetzel in einem – auch für die Bio- und Bibliographie Villiers informativen – Nachwort zur vergriffenen Ausgabe des Romans von 1972.
5 Wie weit die reale Biotechnologie, insbesondere Genchirurgie hier bereits gelangt ist, wie dies mit einem sozialen ›Maschinisierungsprozeß‹ zusammenhängt und dieser wiederum mit dem Verhältnis der Geschlechter, hat kürzlich eine Berliner Projektgruppe umfassend darzustellen versucht:
A. Bammé, G. Feuerstein u. a., *Maschinen-Menschen, Mensch-Maschinen*. Grundrisse einer sozialen Beziehung, Reinbek 1983
6 Norbert Elias, *Über den Prozeß der Zivilisation*, 2 Bde., Ffm. 1967, bes. I, 281 f.
7 Jaques Lacan, *Schriften I*, Olten 1973, S. 64.

*Phantastische Bibliothek
in den suhrkamp taschenbüchern*

Violetter Umschlag kennzeichnet die Bände der
»Phantastischen Bibliothek« innerhalb der *suhrkamp taschenbücher*

Band 1 Stanisław Lem, Nacht und Schimmel. Erzählungen. Aus dem Polnischen von I. Zimmermann-Göllheim. st 356

Band 2 H. P. Lovecraft, Das Ding auf der Schwelle. Unheimliche Geschichten. Deutsch von Rudolf Hermstein. st 357

Band 3 Herbert W. Franke, Ypsilon minus. st 358

Band 4 Blick vom anderen Ufer. Europäische Science-fiction. Herausgegeben von Franz Rottensteiner. st 359

Band 5 Gore Vidal, Messias. Roman. Deutsch von Helga und Peter von Tramin. st 390

Band 6 Ambrose Bierce, Das Spukhaus. Gespenstergeschichten. Deutsch von Gisela Günther, Anneliese Strauß und K. B. Leder. st 365

Band 7 Stanisław Lem, Transfer. Roman. Deutsch von Maria Kurecka. st 324 (vergriffen)

Band 8 H. P. Lovecraft, Der Fall Charles Dexter Ward. Zwei Horrorgeschichten. Aus dem Amerikanischen von Rudolf Hermstein. st 391

Band 9 Herbert W. Franke, Zarathustra kehrt zurück. st 410

Band 10 Algernon Blackwood, Besuch von Drüben. Gruselgeschichten. Aus dem Englischen von Friedrich Polakovics. st 411

Band 11 Stanisław Lem, Solaris. Roman. Aus dem Polnischen von I. Zimmermann-Göllheim. st 226 (vergriffen)

Band 12 Algernon Blackwood, Das leere Haus. Phantastische Geschichten. Deutsch von Friedrich Polakovics. st 30

Band 13 A. und B. Strugatzki, Die Schnecke am Hang. Aus dem Russischen von H. Földeak. Mit einem Nachwort von Darko Suvin. st 434

Band 14 Stanisław Lem, Die Untersuchung. Kriminalroman. Aus dem Polnischen von Jens Reuter und Hans Jürgen Mayer. st 435

Band 15 Philip K. Dick, UBIK. Science-fiction-Roman. Aus dem Amerikanischen von Renate Laux. st 440

Band 16 Stanisław Lem, Die Astronauten. Utopischer Roman. Aus dem Polnischen von Rudolf Pabel. st 441

Band 17 Phaïcon 3. Almanach der phantastischen Literatur. Herausgegeben von Rein A. Zondergeld. st 443

Band 18 Stanisław Lem, Die Jagd. Neue Geschichten des Piloten Pirx. Aus dem Polnischen von Roswitha Buschmann, Kurt Kelm, Barbara Sparing. st 302

Band 19 H. P. Lovecraft, Cthulhu. Geistergeschichten. Deutsch von H. C. Artmann. Vorwort von Giorgio Manganelli. st 29

Band 20 Stanisław Lem, Sterntagebücher. Aus dem Polnischen von Caesar Rymarowicz. Mit Zeichnungen des Autors. st 459
Band 21 Polaris 4. Ein Science-fiction-Almanach von Franz Rottensteiner. st 460
Band 22 Das unsichtbare Auge. Eine Sammlung von Phantomen und anderen unheimlichen Erscheinungen. Erzählungen. Herausgegeben von Kalju Kirde. st 477
Band 23 Stefan Grabiński, Das Abstellgleis und andere Erzählungen. Mit einem Nachwort von Stanisław Lem. Aus dem Polnischen von Klaus Staemmler. st 478
Band 24 H. P. Lovecraft, Berge des Wahnsinns. Zwei Horrorgeschichten. Deutsch von Rudolf Hermstein. st 220
Band 25 Stanisław Lem, Memoiren, gefunden in der Badewanne. Aus dem Polnischen von Walter Tiel. Mit einer Einleitung des Autors. st 508
Band 26 Gerd Maximovič, Die Erforschung des Omega-Planeten. Erzählungen. st 509
Band 27 Edgar Allan Poe, Der Fall des Hauses Ascher. Aus dem Amerikanischen von Arno Schmidt und Hans Wollschläger. st 517
Band 28 Algernon Blackwood, Der Griff aus dem Dunkel. Gespenstergeschichten. Deutsch von Friedrich Polakovics. st 518
Band 29 Stanisław Lem, Der futurologische Kongreß. Aus dem Polnischen von I. Zimmermann-Göllheim. st 534
Band 30 Herbert W. Franke, Sirius Transit. Roman. st 535
Band 31 Darko Suvin, Poetik der Science-fiction. Zur Theorie und Geschichte einer literarischen Gattung. Deutsch von Franz Rottensteiner. st 539
Band 32 M. R. James, Der Schatz des Abtes Thomas. Zehn Geistergeschichten. Aus dem Englischen von Friedrich Polakovics. st 540
Band 33 Stanisław Lem, Der Schnupfen. Kriminalroman. Autorisierte Übersetzung aus dem Polnischen von Klaus Staemmler. st 570
Band 34 Franz Rottensteiner (Hrsg.), ›Quarber Merkur‹. Aufsätze zur Science-fiction und Phantastischen Literatur. st 571
Band 35 Herbert W. Franke, Zone Null. Science-fiction-Roman. st 585
Band 36 Über Stanisław Lem. Herausgegeben von Werner Berthel. st 586
Band 37 Wie der Teufel den Professor holte. Science-fiction-Erzählungen aus Polaris 1. st 629
Band 38 Das Mädchen am Abhang. Science-fiction-Erzählungen aus Polaris 2. st 630
Band 39 Der Weltraumfriseur. Science-fiction-Erzählungen aus Polaris 3. st 631
Band 40 Die Büßerinnen aus dem Gnadenkloster. Phantastische Erzählungen aus Phaïcon 2. Herausgegeben und mit einem Vorwort von Rein A. Zondergeld. st 632

Band 41 Herbert W. Franke, Einsteins Erben. Science-fiction-Geschichten. st 603
Band 42 Edward Bulwer Lytton, Das kommende Geschlecht. Aus dem Englischen übersetzt von Michael Walter. st 609
Band 43 H. P. Lovecraft, Die Katzen von Ulthar und andere Erzählungen. Deutsch von Michael Walter. st 625
Band 44 Phaïcon 4. Almanach der phantastischen Literatur. Herausgegeben von Rein A. Zondergeld. st 636
Band 45 Johanna Braun, Günter Braun, Unheimliche Erscheinungsformen auf Omega XI. Utopischer Roman. st 646
Band 46 Bernd Ulbrich, Der unsichtbare Kreis. Utopische Erzählungen. st. 652
Band 47 Stanisław Lem, Imaginäre Größe. Aus dem Polnischen von Caesar Rymarowicz. st 658
Band 48 H. W. Franke, Paradies 3000. Science-fiction-Erzählungen. st 664
Band 49 Arkadi und Boris Strugatzki, Picknick am Wegesrand. Utopische Erzählung. Aus dem Russischen übersetzt von Aljonna Möckel. Mit einem Nachwort von Stanisław Lem. st 670
Band 50 Louis-Sébastien Mercier, Das Jahr 2440. Deutsch von Christian Felix Weiße (1772). Herausgegeben, mit Erläuterungen und einem Nachwort versehen von Herbert Jaumann. st 676
Band 51 Johanna Braun, Günter Braun, Der Fehlfaktor. Utopisch-phantastische Erzählungen. st 687
Band 52 H. P. Lovecraft, Stadt ohne Namen. Gespenstergeschichten. Aus dem Amerikanischen von Charlotte Gräfin von Klinckowstroem. st 694
Band 53 Leo Szilard, Die Stimme der Delphine. Utopische Science-fiction-Erzählungen. Mit einem Vorwort von Carl Friedrich von Weizsäcker. st 703
Band 54 Polaris 5. Ein Science-fiction-Almanach. Herausgegeben von Franz Rottensteiner. st 713
Band 55 Arthur Machen, Die leuchtende Pyramide und andere Geschichten des Schreckens. Aus dem Englischen von Herbert Preissler. st 720
Band 56 J. G. Ballard, Der ewige Tag und andere Erzählungen. Deutsch von Michael Walter. st 727
Band 57 Stanisław Lem, Mondnacht. Hör- und Fernsehspiele. Aus dem Polnischen übersetzt von Klaus Staemmler, Charlotte Eckert, Jutta Janke und I. Zimmermann-Göllheim. st 729
Band 58 Herbert W. Franke. Schule für Übermenschen. st 730
Band 59 Joseph Sheridan Le Fanu, Der besessene Baronet und andere Geistergeschichten. Deutsch von Friedrich Polakovics. st 731
Band 60 Philip K. Dick, LSD-Astronauten. Deutsch von Anneliese Strauß. st 732

Band 61 Stanisław Lem, Terminus und andere Geschichten des Piloten Pirx. Aus dem Polnischen von Caesar Rymarowicz. st 740
Band 62 Herbert W. Franke, Keine Spur von Leben. *Hörspiele*. st 741
Band 63 Johanna Braun, Günter Braun, Conviva Ludibundus. Utopischer Roman. st 748
Band 64 William Hope Hodgson, Stimme in der Nacht. Unheimliche Seegeschichten. Deutsch von Wulf Teichmann. st 749
Band 65 Kōbō Abe, Die vierte Zwischeneiszeit. Aus dem Japanischen von S. Schaarschmidt. st 756
Band 66 Die andere Zukunft. Phantastische Erzählungen aus der DDR. Herausgegeben von Franz Rottensteiner. st 757
Band 67 Michael Weisser, SYN-CODE-7. Science-fiction-Roman. st 764
Band 68 C. A. Smith, Saat aus dem Grabe. Phantastische Geschichten. Aus dem Amerikanischen von Friedrich Polakovics. st 765
Band 69 Herbert W. Franke, Tod eines Unsterblichen. Science-fiction-Roman. st 772
Band 70 Philip K. Dick. Mozart für Marsianer. Science-fiction-Roman. Aus dem Amerikanischen von Renate Laux. st 773
Band 71 H. P. Lovecraft, In der Gruft und andere makabre Geschichten. Deutsch von Michael Walter. st 779
Band 72 A. und B. Strugatzki, Montag beginnt am Samstag. Utopischphantastischer Roman. Aus dem Russischen von Hermann Buchner. st 780
Band 73 Stanisław Lem, Die Ratte im Labyrinth. Ausgewählt von Franz Rottensteiner. Aus dem Polnischen von Roswitha Buschmann, Caesar Rymarowicz, Jens Reuter und Klaus Staemmler. st 806
Band 74 Johanna Braun, Günter Braun, Der Irrtum des großen Zauberers. Phantastischer Roman. st 807
Band 75 J. G. Ballard, Kristallwelt. Science-fiction-Roman. Deutsch von Margarete Bormann. st 818
Band 76 Peter Schattschneider, Zeitstopp. Science-fiction-Geschichten. st 819
Band 77 Phantasma. Polnische Geschichten aus dieser und jener Welt. Herausgegeben und übersetzt von Klaus Staemmler. st 826
Band 78 Arkadi und Boris Strugatzki, Die gierigen Dinge des Jahrhunderts. Phantastischer Roman. Aus dem Russischen von Heinz Kübart. st 827
Band 79 J. G. Ballard, Die Tausend Träume von Stellavista und andere Vermilion-Sands-Stories. Aus dem Englischen von Alfred Scholz. st 833
Band 80 Brian W. Aldiss, Der unmögliche Stern. Science-fiction-Geschichten. Aus dem Englischen von Rudolf Hermstein. st 834

Band 81 Herbert W. Franke, Transpluto. Science-fiction-Roman. st 841
Band 82 Polaris 6. Ein Science-fiction-Almanach, Herbert W. Franke gewidmet. Herausgegeben von Franz Rottensteiner. st 842
Band 83 Algernon Blackwood, Der Tanz in den Tod. Unheimliche Geschichten. Herausgegeben von Kalju Kirde. Aus dem Englischen von Friedrich Polakovics. st 848
Band 84 L. Sprague de Camp, H. P. Lovecraft. Eine Biographie. Aus dem Amerikanischen von Jörg Krichbaum. st 849 (erscheint nicht)
Band 85 Stanisław Lem, Robotermärchen. Aus dem Polnischen von I. Zimmermann-Göllheim. st 856
Band 86 Phaïcon 5. Almanach der phantastischen Literatur. Herausgeben von Rein A. Zondergeld. st 857
Band 87 C. A. Smith, Planet der Toten. Phantastische Erzählungen. Aus dem Amerikanischen von Friedrich Polakovics. st 864
Band 88 Jerzy Żuławski, Auf dem Silbermond. Science-fiction-Roman. Aus dem Polnischen von Edda Werfel. st 865
Band 89 Arkadi und Boris Strugatzki, Fluchtversuch. Science-fiction-Roman. Aus dem Russischen von Dieter Pommerenke. st 872
Band 90 Michael Weisser, DIGIT. Science-fiction-Roman. st 873
Band 91 Rein A. Zondergeld, Lexikon der phantastischen Bibliothek. st 880
Band 92 Johanna Braun, Günter Braun, Der Utofant. In der Zukunft aufgefundene Journale aus dem Jahrtausend III. st 881
Band 93 Cordwainer Smith, Herren im All. Science-fiction-Erzählungen. Aus dem Amerikanischen von Rudolf Hermstein. st 888
Band 94 Tod per Zeitungsannonce und andere phantastische Erzählungen aus Rußland. Herausgegeben von Elisabeth Cheauré. Aus dem Russischen von Edda Werfel und anderen. st 889
Band 95 J. G. Ballard, Hallo Amerika! Science-fiction-Roman. Aus dem Englischen von Rudolf Hermstein. st 895
Band 96 J. G. Ballard, Billennium. Science-fiction-Erzählungen. Aus dem Englischen von Alfred Scholz und Michael Walter. st 896
Band 97 Stanisław Lem, Die Stimme des Herrn. Roman. Aus dem Polnischen von Roswitha Buschmann. st 907
Band 98 Thomas Owen, Wohin am Abend? und andere seltsame Geschichten. Deutsch von Rein A. Zondergeld. Mit einem Nachwort des Übersetzers. st 908
Band 99 Martin Roda Becher, An den Grenzen des Staunens. Aufsätze zur phantastischen Literatur. st 915
Band 100 Phantastische Träume. Herausgegeben von Franz Rottensteiner. st 954
Band 101 Jerzy Żuławski, Der Sieger. Ein klassischer Science-fiction-Roman. Aus dem Polnischen von Edda Werfel. st 916

Band 102 Joseph Sheridan Le Fanu, Maler Schalken und andere Geistergeschichten. Deutsch von Friedrich Polakovics. st 923
Band 103 J. G. Ballard, Das Katastrophengebiet. Science-fiction-Erzählungen. Aus dem Englischen von Charlotte Franke und Alfred Scholz. st 924
Band 104 Polaris 7. Ein Science-fiction-Almanach. Herausgegeben von Franz Rottensteiner. st 931
Band 105 Lygia Fagundes Telles, Die Struktur der Seifenblase. Unheimliche Erzählungen. Aus dem portugiesischen Brasilianisch von Alfred Opitz. st 932
Band 106 Adolfo Bioy Casares, Morels Erfindung. Phantastischer Roman. Aus dem Spanischen von Karl August Horst. Mit einem Nachwort von J. L. Borges. st 939
Band 107 J. G. Ballard, Der tote Astronaut. Science-fiction-Erzählungen. Aus dem Englischen von Michael Walter. st 940
Band 108 Villiers de l'Isle-Adam, Die Eva der Zukunft. Deutsch von Annette Kolb. st 947
Band 109 Johanna Braun, Günter Braun, Das kugeltranszendentale Vorhaben. Phantastischer Roman. st 948
Band 110 Stanisław Lem, Eine Minute der Menschheit. Aus dem Polnischen von Edda Werfel. st 955
Band 111 Arkadi und Boris Strugatzki, Der ferne Regenbogen. Eine utopische Erzählung. Aus dem Russischen von Aljonna Möckel. st 956
Band 112 Josef Nesvadba, Die absolute Maschine. Science-fiction-Erzählungen. Aus dem Tschechischen von Erich Bertleff. st 961
Band 113 Adolfo Bioy Casares, Die fremde Dienerin. Phantastische Erzählungen. Aus dem Spanischen von Joachim A. Frank. st 962
Band 114 Jerzy Żuławski, Die alte Erde. Science-fiction-Roman. Aus dem Polnischen von Edda Werfel. st 968
Band 115 Robert Plank, George Orwells »1984«. Eine psychologische Studie. Deutsch von Leopold Spira. st 969
Band 116 J. G. Ballard, Die Dürre. Science-fiction-Roman. Aus dem Englischen von Maria Gridling. st 975
Band 117 Mihály Babits, Der Storchkalif. Phantastischer Roman. Einzig berechtigte Übertragung aus dem Ungarischen von Stefan J. Klein. st 976
Band 118 Walter de la Mare, Aus der Tiefe. Seltsame Geschichten. Aus dem Englischen von Traude Dienel. st 982
Band 119 Johanna Braun, Günter Braun, Die unhörbaren Töne. Utopisch-phantastische Erzählungen. st 983
Band 120 Erckmann-Chatrian, Das Eulenohr und andere phantastische Erzählungen. Aus dem Französischen von Hilde Linnert. st 989

Band 121 Herbert W. Franke, Die Kälte des Weltraums. Science-fiction-Roman. st 990
Band 122 Stanisław Lem, Phantastik und Futurologie I. Autorisierte Übersetzung aus dem Polnischen von Beate Sorger und Wiktor Szacki. st 996
Band 123 Marianne Gruber, Die gläserne Kugel. Utopischer Roman. st 997
Band 124 Stanisław Lem, Waffensysteme des 21. Jahrhunderts. Aus dem Polnischen von Edda Werfel. st 998
Band 125 Stanisław Lem, Das Katastrophenprinzip. Die kreative Zerstörung in der Natur. Aus dem Polnischen von Friedrich Griese. st 999
Band 126 Stanisław Lem, Phantastik und Futurologie II. Aus dem Polnischen von Edda Werfel. st 1013
Band 127 J. G. Ballard, Der vierdimensionale Alptraum. Science-fiction-Erzählungen. Aus dem Englischen von Wolfgang Eisermann. st 1014
Band 128 Svend Åge Madsen, Dem Tag entgegen. Utopischer Roman. Aus dem Dänischen von Horst Schröder. st 1020
Band 129 Peter Schattschneider, Singularitäten. Ein Episodenroman im Umfeld Schwarzer Löcher. st 1021
Band 130 Über H. P. Lovecraft. Herausgegeben von Franz Rottensteiner. st 1027
Band 131 Antoni Słonimski, Der Zeittorpedo. Phantastischer Roman. Aus dem Polnischen von Klaus Staemmler. st 1028
Band 132 Jean Ray, Die Gasse der Finsternis. Phantastische Erzählungen. Aus dem Französischen von Willy Thaler. st 1034
Band 133 Gerd Maximovič, Das Spinnenloch und andere Science-fiction-Erzählungen. st 1035
Band 134 Guy de Maupassant, Die Totenhand und andere phantastische Erzählungen. Aus dem Französischen von Walter Widmer und anderen. st 1040
Band 135 H. P. Lovecraft und andere, Das Grauen im Museum und andere Erzählungen. Ausgewählt von Kalju Kirde. Aus dem Amerikanischen von Rudolf Hermstein. st 1067
Band 136 Martin Roda Becher, Hinter dem Rücken. Phantastische Erzählungen. st 1041
Band 137 Phantastische Welten. Herausgegeben von Franz Rottensteiner. st 1068

Alphabetisches Gesamtverzeichnis der suhrkamp taschenbücher

Abe, Die vierte Zwischeneinszeit 756
Achternbusch, Alexanderschlacht 61
- Das letzte Loch 803
- Der Neger Erwin 682
- Die Stunde des Todes 449
- Happy oder Der Tag wird kommen 262
Adorno, Erziehung zur Mündigkeit 11
- Studien zum autoritären Charakter 107
- Versuch, das ›Endspiel‹ zu verstehen 72
- Versuch über Wagner 177
- Zur Dialektik des Engagements 134
Aitmatow, Der weiße Dampfer 51
Aldis, Der unmögliche Stern 834
Alegría, Die hungrigen Hunde 447
Alewyn, Probleme und Gestalten 845
Alfvén, Atome, Mensch und Universum 139
- M 70 – Die Menschheit der siebziger Jahre 34
Allerleirauh 19
Alsheimer, Eine Reise nach Vietnam 628
- Vietnamesische Lehrjahre 73
Alter als Stigma 468
Anders, Kosmologische Humoreske 432
v. Ardenne, Ein glückliches Leben für Technik und Forschung 310
Arendt, Die verborgene Tradition 303
Arlt, Die sieben Irren 399
Arguedas, Die tiefen Flüsse 588
Artmann, Grünverschlossene Botschaft 82
- How much, schatzi? 136
- Lilienweißer Brief 498
- The Best of H. C. Artmann 275
- Unter der Bedeckung eines Hutes 337
Augustin, Raumlicht 660
Bachmann, Malina 641
v. Baeyer, Angst 118
Bahlow, Deutsches Namenlexikon 65
Balint, Fünf Minuten pro Patient 446
Ball, Hermann Hesse 385
Ballard, Der ewige Tag 727
- Die Tausend Träume 833
- Kristallwelt 818
Barnet (Hg.), Der Cimarrón 346
Basis 5, Jahrbuch für deutsche Gegenwartsliteratur 276
Basis 6, Jahrbuch für deutsche Gegenwartsliteratur 340
Basis 7, Jahrbuch für deutsche Gegenwartsliteratur 420
Basis 8, Jahrbuch für deutsche Gegenwartsliteratur 457
Basis 9, Jahrbuch für deutsche Gegenwartsliteratur 553
Basis 10, Jahrbuch für deutsche Gegenwartsliteratur 589
Sylvia Beach, Shakespeare and Company 823
Beaucamp, Das Dilemma der Avantgarde 329
Becker, Jürgen, Eine Zeit ohne Wörter 20
- Gedichte 690
Becker, Jurek, Irreführung der Behörden 271
- Der Boxer 526
- Jakob der Lügner 774
- Schlaflose Tage 626
Beckett, Das letzte Band (dreisprachig) 200
- Der Namenlose 536
- Endspiel (dreisprachig) 171
- Glückliche Tage (dreisprachig) 248
- Malone stirbt 407
- Molloy 229
- Warten auf Godot (dreisprachig) 1
- Watt 46
Das Werk von Beckett. Berliner Colloquium 225
Materialien zu Beckett »Der Verwaiser« 605
Materialien zu Becketts »Godot« 104
Materialien zu Becketts »Godot« 2 475
Materialien zu Becketts Romanen 315
Behrens, Die weiße Frau 655
Bell, Virginia Woolf 753
Benjamin, Der Stratege im Literaturkampf 176
- Illuminationen 345
- Über Haschisch 21
- Ursprung des deutschen Trauerspiels 69
Zur Aktualität Walter Benjamins 150
Beradt, Das dritte Reich des Traums 697
Bernhard, Das Kalkwerk 128
- Der Kulterer 306
- Frost 47
- Gehen 5
- Salzburger Stücke 257
Bertaux, Hölderlin 686
- Mutation der Menschheit 555
Beti, Perpétue und die Gewöhnung ans Unglück 677
Bienek, Bakunin, eine Invention 775
Bierce, Das Spukhaus 365
Bingel, Lied für Zement 287
Bioy Casares, Fluchtplan 378
- Tagebuch des Schweinekriegs 469
Blackwood, Besuch von Drüben 411
- Das leere Haus 30
- Der Griff aus dem Dunkel 518
Blatter, Zunehmendes Heimweh 649
- Schaltfehler 743
Bloch, Atheismus im Christentum 144
Böni, Ein Wanderer im Alpenregen 671
Börne, Spiegelbild des Lebens 408
Bohrer, Ein bißchen Lust am Untergang 745
Bonaparte, Edgar Poe, 3 Bde. 592
Bond, Bingo 283
- Die See 160
Brandão, Null 777
Brasch, Kargo 541
Braun, J. u. G., Conviva Ludibundus 748
- Der Fehlfaktor 687
- Der Irrtum des Großen Zauberers 807
- Unheimliche Erscheinungsformen auf Omega XI 646
Braun, Das ungezwungne Leben Kasts 546
- Gedichte 499
- Stücke 1 198
- Stücke 2 680
Brecht, Frühe Stücke 201
- Gedichte 251
- Gedichte für Städtebewohner 640
- Geschichten vom Herrn Keuner 16
- Schriften zur Gesellschaft 199
Brecht in Augsburg 297
Bertolt Brechts Dreigroschenbuch 87
Brentano, Berliner Novellen 568
- Prozeß ohne Richter 427
Broch, Hermann, Barbara 151
- Briefe I 710
- Briefe II 711
- Briefe III 712
- Dramen 538
- Gedichte 572

- Massenwahntheorie 502
- Novellen 621
- Philosophische Schriften 1 u. 2 2 Bde. 375
- Politische Schriften 445
- Schlafwandler 472
- Schriften zur Literatur 1 246
- Schriften zur Literatur 2 247
- Schuldlosen 209
- Der Tod des Vergil 296
- Die Unbekannte Größe 393
- Die Verzauberung 350
- Materialien zu »Der Tod des Vergil« 317
Brod, Der Prager Kreis 547
- Tycho Brahes Weg zu Gott 490
Broszat, 200 Jahre deutsche Polenpolitik 74
Brude-Firnau (Hg.), Aus den Tagebüchern Th. Herzls 374
Buch, Jammerschoner 815
Budgen, James Joyce 752
Büßerinnen aus dem Gnadenkloster, Die 632
Bulwer-Lytton, Das kommende Geschlecht 609
Buono, Zur Prosa Brechts. Aufsätze 88
Butor, Paris–Rom oder die Modifikation 89
Campbell, Der Heros in tausend Gestalten 424
Casares, Schlaf in der Sonne 691
Carossa, Ungleiche Welten 521
- Der Arzt Gion 821
Über Hans Carossa 497
Carpentier, Die verlorenen Spuren 808
- Explosion in der Kathedrale 370
- Krieg der Zeit 552
Celan, Mohn und Gedächtnis 231
- Von Schwelle zu Schwelle 301
Chomsky, Indochina und die amerikanische Krise 32
- Kambodscha Laos Nordvietnam 103
- Über Erkenntnis und Freiheit 91
Cioran, Die verfehlte Schöpfung 550
- Vom Nachteil geboren zu sein 549
- Syllogismen der Bitterkeit 607
Cisek, Der Strom ohne Ende 724
Claes, Flachskopf 524
Condrau, Angst und Schuld als Grundprobleme in der Psychotherapie 305
Conrady, Literatur und Germanistik als Herausforderung 214
Cortázar, Bestiarium 543
- Das Feuer aller Feuer 298
- Die geheimen Waffen 672
- Ende des Spiels 373
Dahrendorf, Die neue Freiheit 623
- Lebenschancen 559
Dedecius, Überall ist Polen 195
Degner, Graugrün und Kastanienbraun 529
Der andere Hölderlin. Materialien zum »Hölderlin«-Stück von Peter Weiss 42
Der Ernst des Lebens 771
Dick, LSD-Astronauten 732
- Mozart für Marsianer 773
- UBIK 440
Die Serapionsbrüder von Petrograd 844
Doctorow, Das Buch Daniel 366
Döblin, Materialien zu »Alexanderplatz« 268
Dolto, Der Fall Dominique 140
Döring, Perspektiven einer Architektur 109
Donoso, Ort ohne Grenzen 515
Dorst, Dorothea Merz 511
- Stücke 1 437
- Stücke 2 438

Duddington, Baupläne der Pflanzen 45
Duke, Akupunktur 180
Duras, Hiroshima mon amour 112
Durzak, Gespräche über den Roman 318
Edschmid, Georg Büchner 610
Ehrenburg/Fuchs, Sozialstaat und Freiheit 733
Ehrenburg, Das bewegte Leben des Lasik Roitschwantz 307
- 13 Pfeifen 405
Eich, Ein Lesebuch 696
- Fünfzehn Hörspiele 120
Eliade, Bei den Zigeunerinnen 615
Eliot, Die Dramen 191
Zur Aktualität T. S. Eliots 222
Ellmann, James Joyce 2 Bde. 473
Enzensberger, Gedichte 1955–1970 4
- Der kurze Sommer der Anarchie 395
- Der Untergang der Titanic 681
- Museum der modernen Poesie, 2 Bde. 476
- Politik und Verbrechen 442
Enzensberger (Hg.), Freisprüche. Revolutionäre vor Gericht 111
Eppendorfer, Der Ledermann spricht mit Hubert Fichte 580
Erbes, Die blauen Hunde 825
Erikson, Lebensgeschichte und hist. Augenblick 824
Eschenburg, Über Autorität 178
Ewald, Innere Medizin in Stichworten I 97
- Innere Medizin in Stichworten II 98
Ewen, Bertolt Brecht 141
Fallada/Dorst, Kleiner Mann – was nun? 127
Fanon, Die Verdammten dieser Erde 668
Federspiel, Paratuga kehrt zurück 843
Feldenkrais, Abenteuer im Dschungel des Gehirns 663
- Bewußtheit durch Bewegung 429
Feuchtwanger (Hg.), Deutschland – Wandel und Bestand 335
Fischer, Von Grillparzer zu Kafka 284
Fleißer, Der Tiefseefisch 683
- Eine Zierde für den Verein 294
- Ingolstädter Stücke 403
Fletcher, Die Kunst des Samuel Beckett 272
Frame, Wenn Eulen schreien 692
Franke, Einsteins Erben 603
- Keine Spur von Leben 741
- Paradies 3000 664
- Schule für Übermenschen 730
- Sirius Transit 535
- Tod eines Unsterblichen 772
- Transpluto 841
- Ypsilon minus 358
- Zarathustra kehrt zurück 410
- Zone Null 585
v. Franz, Zahl und Zeit 602
Friede und die Unruhestifter, Der 145
Fries, Das nackte Mädchen auf der Straße 577
- Der Weg nach Oobliadooh 265
- Schumann, China und der Zwickauer See 768
Frijling-Schreuder, Was sind das – Kinder? 119
Frisch, Andorra 277
- Der Mensch erscheint im Holozän 734
- Dienstbüchlein 205
- Herr Biedermann / Rip van Winkle 599
- Homo faber 354
- Mein Name sei Gantenbein 286
- Montauk 700
- Stiller 105
- Stücke 1 70
- Stücke 2 81

- Tagebuch 1966–1971 256
- Wilhelm Tell für die Schule 2
Materialien zu Frischs »Biedermann und die Brandstifter« 503
- »Stiller« 2 Bde. 419
Frischmuth, Amoralische Kinderklapper 224
Froese, Zehn Gebote für Erwachsene 593
Fromm/Suzuki/de Martino, Zen-Buddhismus und Psychoanalyse 37
Fuchs, Todesbilder in der modernen Gesellschaft 102
Fuentes, Nichts als das Leben 343
Fühmann, Bagatelle, rundum positiv 426
- Erfahrungen und Widersprüche 338
- 22 Tage oder Die Hälfte des Lebens 463
Gabeira, Die Guerilleros sind müde 737
Gadamer/Habermas, Das Erbe Hegels 596
Gall, Deleatur 639
García Lorca, Über Dichtung und Theater 196
Gauch, Vaterspuren 767
Gespräche mit Marx und Engels 716
Gibson, Lorcas Tod 197
Gilbert, Das Rätsel Ulysses 367
Ginzburg, Ein Mann und eine Frau 816
Glozer, Kunstkritiken 193
Goldstein, A. Freud, Solnit, Jenseits des Kindeswohls 212
Goma, Ostinato 138
Gorkij, Unzeitgemäße Gedanken über Kultur und Revolution 210
Grabiński, Abstellgleis 478
Griaule, Schwarze Genesis 624
Grimm/Hinck, Zwischen Satire und Utopie 839
Grossmann, Ossietzky. Ein deutscher Patriot 83
Gulian, Mythos und Kultur 666
Gustav Gründgens Faust 838
Habermas, Theorie und Praxis 9
- Kultur und Kritik 125
Habermas/Henrich, Zwei Reden 202
Hammel, Unsere Zukunft – die Stadt 59
Han Suyin, Die Morgenflut 234
Handke, Als das Wünschen noch geholfen hat 208
- Begrüßung des Aufsichtsrats 654
- Chronik der laufenden Ereignisse 3
- Das Ende des Flanierens 679
- Das Gewicht der Welt 500
- Die Angst des Tormanns beim Elfmeter 27
- Die linkshändige Frau 560
- Die Stunde der wahren Empfindung 452
- Die Unvernünftigen sterben aus 168
- Der kurze Brief 172
- Falsche Bewegung 258
- Die Hornissen 416
- Ich bin ein Bewohner des Elfenbeinturms 56
- Stücke 1 43
- Stücke 2 101
- Wunschloses Unglück 146
Hart Nibbrig, Ästhetik 491
- Rhetorik des Schweigens 693
Heiderich, Mit geschlossenen Augen 638
Heilbroner, Die Zukunft der Menschheit 280
Heller, Die Wiederkehr der Unschuld 396
- Enterbter Geist 537
- Nirgends wird Welt sein als innen 288
- Thomas Mann 243
Hellman, Eine unfertige Frau 292
Henle, Der neue Nahe Osten 24
v. Hentig, Die Sache und die Demokratie 245
- Magier oder Magister? 207
Herding (Hg.), Realismus als Widerspruch 493

Hermlin, Lektüre 1960–1971 215
Herzl, Aus den Tagebüchern 374
Hesse, Aus Indien 562
- Aus Kinderzeiten. Erzählungen Bd. 1 347
- Ausgewählte Briefe 211
- Briefe an Freunde 380
- Demian 206
- Der Europäer. Erzählungen Bd. 3 384
- Der Steppenwolf 175
- Die Gedichte. 2 Bde. 381
- Die Kunst des Müßiggangs 100
- Die Märchen 291
- Die Nürnberger Reise 227
- Die Verlobung. Erzählungen Bd. 2 368
- Die Welt der Bücher 415
- Eine Literaturgeschichte in Rezensionen 252
- Das Glasperlenspiel 79
- Innen und Außen. Erzählungen Bd. 4 413
- Italien 689
- Klein und Wagner 116
- Kleine Freuden 360
- Kurgast 383
- Lektüre für Minuten 7
- Lektüre für Minuten. Neue Folge 240
- Morgenlandfahrt 750
- Narziß und Goldmund 274
- Peter Camenzind 161
- Politik des Gewissens. 2 Bde. 656
- Roßhalde 312
- Siddhartha 182
- Unterm Rad 52
- Von Wesen und Herkunft des Glasperlenspiels 382
Materialien zu Hesses »Demian« 1 166
Materialien zu Hesses »Demian« 2 316
Materialien zu Hesses »Glasperlenspiel« 1 80
Materialien zu Hesses »Glasperlenspiel« 2 108
Materialien zu Hesses »Siddhartha« 1 129
Materialien zu Hesses »Siddhartha« 2 282
Materialien zu Hesses »Steppenwolf« 53
Über Hermann Hesse 1 331
Über Hermann Hesse 2 332
Hermann Hesse – Eine Werkgeschichte von Siegfried Unseld 143
Hermann Hesses weltweite Wirkung 386
Hildesheimer, Hörspiele 363
- Mozart 598
- Paradies der falschen Vögel 295
- Stücke 362
Hinck, Von Heine zu Brecht 481
Hinojosa, Klail City und Umgebung 709
Hobsbawm, Die Banditen 66
Hodgson, Stimme in der Nacht 749
Hofmann (Hg.), Schwangerschaftsunterbrechung 238
Hofmann, Werner, Gegenstimmen 554
Höllerer, Die Elephantenuhr 266
Holmqvist (Hg.), Das Buch der Nelly Sachs 398
Hortleder, Fußball 170
Horváth, Der ewige Spießer 131
- Der jüngste Tag 715
- Die stille Revolution 254
- Ein Kind unserer Zeit 99
- Ein Lesebuch 742
- Geschichten aus dem Wiener Wald 835
- Jugend ohne Gott 17
- Leben und Werk in Dokumenten und Bildern 67
- Sladek 163
Horváth/Schell, Geschichten aus dem Wienerwald 595

Hrabal, Erzählungen 805
Hsia, Hesse und China 673
Hudelot, Der Lange Marsch 54
Hughes, Hurrikan im Karibischen Meer 394
Huizinga, Holländische Kultur im siebzehnten Jahrhundert 401
Ibragimbekow, Es gab keinen besseren Bruder 479
Ingold, Literatur und Aviatik 576
Innerhofer, Die großen Wörter 563
– Schattseite 542
– Schöne Tage 349
Inoue, Die Eiswand 551
Jakir, Kindheit in Gefangenschaft 152
James, Der Schatz des Abtes Thomas 540
Jens, Republikanische Reden 512
Johnson, Berliner Sachen 249
– Das dritte Buch über Achim 169
– Eine Reise nach Klagenfurt 235
– Mutmassungen über Jakob 147
– Zwei Ansichten 326
Jonke, Im Inland und im Ausland auch 156
Joyce, Anna Livia Plurabelle 751
– Ausgewählte Briefe 253
Joyce, Stanislaus, Meines Bruders Hüter 273
Junker/Link, Ein Mann ohne Klasse 528
Kappacher, Morgen 339
Kästner, Der Hund in der Sonne 270
– Offener Brief an die Königin von Griechenland. Beschreibungen, Bewunderungen 187
Kardiner/Preble, Wegbereiter der modernen Anthropologie 165
Kasack, Fälschungen 264
Kaschnitz, Der alte Garten 387
– Ein Lesebuch 647
– Steht noch dahin 57
– Zwischen Immer und Nie 425
Katharina II. in ihren Memoiren 25
Kawerin, Das doppelte Porträt 725
Keen, Stimmen und Visionen 545
Kerr (Hg.), Über Robert Walser 1 483
– Über Robert Walser 3 556
Kessel, Herrn Brechers Fiasko 453
Kirde (Hg.), Das unsichtbare Auge 477
Kleinhardt, Jedem das Seine 747
Kluge, Lebensläufe. Anwesenheitsliste für eine Beerdigung 186
Koch, Anton, Symbiose – Partnerschaft fürs Leben 304
Koch Werner, Jenseits des Sees 718
– Pilatus 650
– See-Leben I 132
– Wechseljahre oder See-Leben II 412
Koehler, Hinter den Bergen 456
Koeppen, Amerikafahrt 802
– Das Treibhaus 78
– Der Tod in Rom 241
– Eine unglückliche Liebe 392
– Nach Rußland und anderswohin 115
– Reisen nach Frankreich 530
– Romanisches Café 71
– Tauben im Gras 601
Koestler, Der Yogi und der Kommissar 158
– Die Nachtwandler 579
– Die Wurzeln des Zufalls 181
Kolleritsch, Die grüne Seite 323
Komm schwarzer Panther, lach noch mal 714
Komm, Der Idiot des Hauses 728
Konrád, Der Stadtgründer 633
– Der Besucher 492

Konrád/ Szelényi, Die Intelligenz auf dem Weg zur Klassenmacht 726
Korff, Kernenergie und Moraltheologie 597
Kracauer, Das Ornament der Masse 371
– Die Angestellten 13
– Kino 126
Kraus, Magie der Sprache 204
Kroetz, Stücke 259
Krolow, Ein Gedicht entsteht 95
Kücker, Architektur zwischen Kunst und Konsum 309
Kühn, Josephine 587
– Ludwigslust 421
– N 93
– Siam-Siam 187
– Stanislaw der Schweiger 496
– Und der Sultan von Oman 758
Kundera, Abschiedswalzer 591
– Das Leben ist anderswo 377
– Der Scherz 514
Laederach, Nach Einfall der Dämmerung 814
Lagercrantz, China-Report 8
Lander, Ein Sommer in der Woche der Itke K. 155
Laqueur, Terrorismus 723
Laxness, Islandglocke 228
le Fanu, Der besessene Baronet 731
le Fort, Die Tochter Jephthas und andere Erzählungen 351
Lem, Astronauten 441
– Das Hospital der Verklärung 761
– Der futurologische Kongreß 534
– Der Schnupfen 570
– Die Jagd 302
– Die Ratte im Labyrinth 806
– Die Untersuchung 435
– Die vollkommene Leere 707
– Imaginäre Größe 658
– Memoiren, gefunden in der Badewanne 508
– Mondnacht 729
– Nacht und Schimmel 356
– Solaris 226
– Sterntagebücher 459
– Summa technologiae 678
– Terminus 740
– Transfer 324
– Über Stanisław Lem 586
Lenz, Hermann, Andere Tage 461
– Der russische Regenbogen 531
– Der Tintenfisch in der Garage 620
– Die Augen eines Dieners 348
– Die Begegnung 828
– Neue Zeit 505
– Tagebuch vom Überleben 659
– Verlassene Zimmer 436
Lepenies, Melancholie und Gesellschaft 63
Lese-Erlebnisse 2 458
Leutenegger, Ninive 685
– Vorabend 642
Lévi-Strauss, Rasse und Geschichte 62
– Strukturale Anthropologie 15
Lidz, Das menschliche Leben 162
Liebesgeschichten 847
Link, Das goldene Zeitalter 704
– Die Reise an den Anfang der Scham 840
– Tage des schönen Schreckens 763
Literatur aus der Schweiz 450
Lovecraft, Cthulhu 29
– Berge des Wahnsinns 220
– Das Ding auf der Schwelle 357
– Die Katzen von Ulthar 625

- Die Stadt ohne Namen 694
- Der Fall Charles Dexter Ward 391
- In der Gruft 779
MacLeish, Spiel um Job 422
Mächler, Das Leben Robert Walsers 321
Mädchen am Abhang, Das 630
Machado de Assis, Posthume Erinnerungen 494
Machen, Die leuchtende Pyramide 720
Majakowski, Her mit dem schönen Leben 766
Malson, Die wilden Kinder 55
Martinson, Die Nesseln blühen 279
- Der Weg hinaus 281
Mautner, Nestroy 465
Mayer, Außenseiter 736
- Georg Büchner und seine Zeit 58
- Richard Wagner in Bayreuth 480
Materialien zu Hans Mayer, »Außenseiter« 448
Mayröcker. Ein Lesebuch 548
Maximovič, Die Erforschung des Omega Planeten 509
McCall, Jack der Bär 699
McHale, Der ökologische Kontext 90
Meier, Der schnurgerade Kanal 760
Mein Goethe 781
Melchinger, Geschichte des politischen Theaters 153, 154
Mercier, Das Jahr 2440 676
Meyer, Die Rückfahrt 578
- Eine entfernte Ähnlichkeit 242
- In Trubschachen 501
Miłosz, Verführtes Denken 278
Minder, Dichter in der Gesellschaft 33
- Kultur und Literatur in Deutschland und Frankreich 397
Mitscherlich, Massenpsychologie ohne Ressentiment 76
- Thesen zur Stadt der Zukunft 10
- Toleranz - Überprüfung eines Begriffs 213
Mitscherlich (Hg.), Bis hierher und nicht weiter 239
Molière, Drei Stücke 486
Mommsen, Goethe und 1001 Nacht 674
- Kleists Kampf mit Goethe 513
Morante, Lüge und Zauberei 701
Morselli, Licht am Ende des Tunnels 627
Moser, Gottesvergiftung 533
- Lehrjahre auf der Couch 352
Muschg, Albissers Grund 334
- Entfernte Bekannte 510
- Gegenzauber 665
- Gottfried Keller 617
- Im Sommer des Hasen 263
- Liebesgeschichten 164
- Noch ein Wunsch 735
Myrdal, Asiatisches Drama 634
- Politisches Manifest 40
Nachtigall, Völkerkunde 184
Neruda, Liebesbriefe an Albertina Rosa 829
Nizon, Canto 319
- Im Hause enden die Geschichten. Untertauchen 431
Norén, Die Bienenväter 117
Nossack, Das kennt man 336
- Der jüngere Bruder 133
- Die gestohlene Melodie 219
- Nach dem letzten Aufstand 653
- Spirale 50
- Um es kurz zu machen 255
Nossal, Antikörper und Immunität 44

Örkény, Interview mit einem Toten 837
Offenbach, Sonja 688
Olvedi, LSD-Report 38
Onetti, Das kurze Leben 661
Oviedo (Hg.), Lateinamerika 810
Painter, Marcel Proust, 2 Bde. 561
Paus (Hrsg.), Grenzerfahrung Tod 430
Payne, Der große Charlie 569
Pedretti, Harmloses, bitte 558
- Heiliger Sebastian 769
Penzoldts schönste Erzählungen 216
- Der arme Chatterton 462
- Die Kunst das Leben zu lieben 267
- Die Powenzbande 372
Pfeifer, Hesses weltweite Wirkung 506
Phaïcon 3 443
Phaïcon 4 636
Phantasma 826
Plenzdorf, Die Legende vom Glück ohne Ende 722
- Die Legende von Paul & Paula 173
- Die neuen Leiden des jungen W. 300
Pleticha (Hg.), Lese-Erlebnisse 2 458
Plessner, Diesseits der Utopie 148
- Die Frage nach der Conditio humana 361
- Zwischen Philosophie und Gesellschaft 544
Poe, Der Fall des Hauses Ascher 517
Politzer, Franz Kafka. Der Künstler 433
Portmann, Biologie und Geist 124
- Das Tier als soziales Wesen 444
Prangel (Hg.), Materialien zu Döblins »Alexanderplatz« 268
Prinzhorn, Gespräch über Psychoanalyse zwischen Frau, Dichter, Arzt 669
Proust, Briefe zum Leben, 2 Bde. 464
- Briefe zum Werk 404
- Die Welt der Guermantes 2 Bde. 754
- Im Schatten junger Mädchenblüte, 2 Bde. 702
- In Swanns Welt 644
- Sodom und Gomorra 2 Bde. 822
Psycho-Pathographien des Alltags 762
Psychoanalyse und Justiz 167
Puig, Der schönste Tango 474
- Verraten von Rita Hayworth 344
Raddatz, Traditionen und Tendenzen 269
- ZEIT-Bibliothek der 100 Bücher 645
- ZEIT-Gespräche 520
- ZEIT-Gespräche 2 770
Rama (Hg.), Der lange Kampf Lateinamerikas 812
Ramos, Karges Leben 667
Rathscheck, Konfliktstoff Arzneimittel 189
Recht, Verbrecher zahlen sich aus 706
Regler, Das große Beispiel 439
- Das Ohr des Malchus 293
Reik (Hg.), Der eigene und der fremde Gott 221
Reinisch (Hg.), Jenseits der Erkenntnis 418
Reinshagen, Das Frühlingsfest 637
Reiwald, Die Gesellschaft und ihre Verbrecher 130
Ribeiro, Maíra 809
Riedel, Die Kontrolle des Luftverkehrs 203
Riesman, Wohlstand wofür? 113
- Wohlstand für wen? 114
Rilke, Materialien zu »Cornet« 190
- Materialien zu »Duineser Elegien« 574
- Materialien zu »Malte« 174
- Rilke heute 1 290
- Rilke heute 2 355
Rochefort, Eine Rose für Morrison 575
- Frühling für Anfänger 532
- Kinder unserer Zeit 487

- Mein Mann hat immer recht 428
- Das Ruhekissen 379
- Zum Glück gehts dem Sommer entgegen 523
Rodriguez, Monegal (Hg.), Die Neue Welt 811
Rosei, Landstriche 232
- Wege 311
Roth, Der große Horizont 327
- die autobiographie des albert einstein. Künstel. Der Wille zur Krankheit 230
Rottensteiner (Hg.), Blick vom anderen Ufer 359
- Die andere Zukunft 757
- Polaris 4 460
- Polaris 5 713
- Polaris 6 842
- Quarber Merkur 571
Roumain, Herr über den Tau 675
Rüegg, Antike Geisteswelt 619
Rühle, Theater in unserer Zeit 325
Russell, Autobiographie II 22
- Autobiographie II 84
- Autobiographie III 192
- Eroberung des Glücks 389
Russische Liebesgeschichten 738
v. Salis, Rilkes Schweizer Jahre 289
Sames, Die Zukunft der Metalle 157
Sarraute, Zeitalter des Mißtrauens 223
Schäfer, Erziehung im Ernstfall 557
Schattschneider, Zeitstopp 819
Scheel/Apel, Die Bundeswehr und wir. Zwei Reden 522
Schickel, Große Mauer, Große Methode 314
Schimmang, Das Ende der Berührbarkeit 739
- Der schöne Vogel Phönix 527
Schneider, Der Balkon 455
- Die Hohenzollern 590
- Macht und Gnade 423
Über Reinhold Schneider 504
Schulte (Hg.), Spiele und Vorspiele 485
Schultz (Hg.), Der Friede und die Unruhestifter 145
- Politik ohne Gewalt? 330
- Wer ist das eigentlich – Gott? 135
Schur, Sigmund Freud 778
Scorza, Trommelwirbel für Rancas 584
Semprun, Der zweite Tod 564
- Die große Reise 744
Shaw, Der Aufstand gegen die Ehe 328
- Der Sozialismus und die Natur des Menschen 121
- Die Aussichten des Christentums 18
- Politik für jedermann 643
- Wegweiser für die intelligente Frau... 470
Simpson, Biologie und Mensch 36
Smith, Saat aus dem Grabe 765
Sperr, Bayrische Trilogie 28
Spiele und Vorspiele 485
Spuk, Mein Flirt... 805
Steiner, George, In Blaubarts Burg 77
- Der Tod der Tragödie 662
- Sprache und Schweigen 123
Steiner, Jörg, Ein Messer für den ehrlichen Finder 583
- Strafarbeit 471
Sternberger, Panorama oder Ansichten vom 19. Jahrhundert 179
- Gerechtigkeit für das 19. Jahrhundert 244
- Heinrich Heine und die Abschaffung der Sünde 308
- Über den Tod 719
Stierlin, Adolf Hitler 236
- Das Tun des Einen ist das Tun des Anderen 313

- Delegation und Familie 831
- Eltern und Kinder 618
Stolze, Innenansicht 721
Strausfeld (Hg.), Materialien zur lateinamerikanischen Literatur 341
- Aspekte zu Lezama Lima »Paradiso« 482
Strawinsky 817
Strehler, Für ein menschlicheres Theater 417
Strindberg, Ein Lesebuch für die niederen Stände 402
Struck, Die Mutter 489
- Lieben 567
- Trennung 613
Strugatzki, Die Schnecke am Hang 434
- Montag beginnt am Samstag 780
- Picknick am Wegesrand 670
Stuckenschmidt, Schöpfer der neuen Musik 183
- Maurice Ravel 353
- Neue Musik 657
Suvin, Poetik der Science Fiction 539
Swoboda, Die Qualität des Lebens 188
Szabó, I. Moses 22 142
Szillard, Die Stimme der Delphine 703
Szczepański, Vor den unbekannten Tribunal 594
Tendrjakow, Mondfinsternis 717
Terkel, Der Große Krach 23
Timmermans, Pallieter 400
Trocchi, Die Kinder Kains 581
Ueding (Hg.), Materialien zu Hans Mayer, »Außenseiter« 448
Ulbrich, Der unsichtbare Kreis 652
Unseld, Hermann Hesse – Eine Werkgeschichte 143
- Begegnungen mit Hermann Hesse 218
- Peter Suhrkamp 260
Unseld (Hg.), Wie, warum und zu welchem Ende wurde ich Literaturhistoriker? 60
- Bertolt Brechts Dreigroschenbuch 87
- Zur Aktualität Walter Benjamins 150
- Mein erstes Lese-Erlebnis 250
Unterbrochene Schulstunde. Schriftsteller und Schule 48
Utschick, Die Veränderung der Sehnsucht 566
Vargas Llosa, Das grüne Haus 342
- Die Stadt und die Hunde 622
Vidal, Messias 390
Waggerl, Brot 299
- Das Jahr des Herrn 836
Waley, Lebensweisheit im Alten China 217
Walser, Martin, Das Einhorn 159
- Das Schwanenhaus 800
- Der Sturz 322
- Die Anselm Kristlein Trilogie, 3 Bde. 684
- Ein fliehendes Pferd 600
- Ein Flugzeug über dem Haus 612
- Gesammelte Stücke 6
- Halbzeit 94
- Jenseits der Liebe 525
Walser, Robert, Briefe 488
- Der Gehülfe 813
- Der »Räuber« – Roman 320
- Poetenleben 388
Über Robert Walser 1 483
Über Robert Walser 2 484
Über Robert Walser 3 519
Weber-Kellermann, Die deutsche Familie 185
Weg der großen Yogis, Der 409
Weill, Ausgewählte Schriften 285
Über Kurt Weill 237
Weischedel, Skeptische Ethik 635

Weiss, Peter, Das Duell 41
Materialien zu Weiss' »Hölderlin« 42
Weiß, Ernst, Der Aristokrat 792
– Der arme Verschwender 795
– Der Fall Vukobrankovics 790
– Der Gefängnisarzt 794
– Der Verführer 796
– Die Erzählungen 798
– Die Feuerprobe 789
– Die Galeere 784
– Die Kunst des Erzählens 799
– Franziska 785
– Georg Letham 793
– Ich – der Augenzeuge 797
– Männer in der Nacht 791
– Nahar 788
– Tiere in Ketten 787
Weissberg-Cybulski, Hexensabbat 369
Weisser, SYN-CODE-7 764

Weltraumfriseur, Der 631
Wendt, Moderne Dramaturgie 149
Wer ist das eigentlich – Gott? 135
Werner, Fritz, Wortelemente lat.-griech. Fachausdrücke in den biolog. Wissenschaften 64
Wie der Teufel den Professor holte 629
v. Wiese, Das Gedicht 376
Wilson, Auf dem Weg zum Finnischen Bahnhof 194
Winkler, Menschenkind 705
Wittgenstein, Philosophische Untersuchungen 14
Wolf, Die heiße Luft der Spiele 606
– Pilzer und Pelzer 466
– Punkt ist Punkt 122
Wollseiffen, König Laurin 695
Zeemann, Einübung in Katastrophen 565
– Jungfrau und Reptil 776
Zimmer, Spiel um den Elefanten 519
Zivilmacht Europa – Supermacht oder Partner? 137